민족문학론과 근대성

민족문학론과 근대성

이 상 갑

도서출판 역락

저 · 자 · 소 · 개

이상갑(李相甲)

1957년 경남 고성 출생
고려대학교 대학원 국어국문학과 졸업(문학박사)
현재 한림대학교 교수

주요 저서로는
『한국 근대문학과 전향문학』, 『근대민족문학비평사론』, 『한국문학과 시대의 상상력』
등이 있다.

민족문학론과 근대성

인 쇄	2006년 2월 16일
발 행	2006년 2월 25일
저 자	이상갑
펴낸이	이대현
편 집	이은희 · 이태곤
펴낸곳	도서출판 **역락**

서울 성동구 성수2가 3동 301-80 (주)지시코 별관 3층
전화 3409-2058, 3409-2060 / FAX 3409-2059
홈페이지 http://www.youkrack.com
이메일 youkrack@hanmail.net
등록 1999년 4월 19일 제303-2002-000014호

ISBN 89-5556-393-0-93810
정 가 18,000원

요즘 들어 민족문학에 대한 논의가 드물다. '민족'을 말하는 경우에도, 그것을 얼마나 우리 시각에서 천착하고 있는지는 의문이다. '우리'를 빠뜨린 채 '세계'를 추구하여, 1960년대 이후 우리 민족문학이 거둔 성과까지 외면하는 경우도 있다. 여기서 민족문학론에 대한 체계적인 인식을 기대하기는 어렵다.

이 책은 『근대민족문학비평사론』(소명출판, 2003)에 이어, 민족문학사의 흐름을 살펴보고 있다. 특히 1960년대 이후 우리 비평사의 실상을 구체적으로 살펴봄으로써, 민족문학의 역사성을 확인하고 있다.

1부 '전향과 친일, 그리고 저항'에서는 박영희, 안함광, 임화를 중심으로 전향과 친일, 그리고 저항의 길항 관계를 살펴보았다. 먼저 「전향과 친일의 한 좌표-박영희론」에서는 박영희가 전향·친일문학론의 시금석에 해당한다고 보고, 그가 발표한 전향선언문과 소설 「명암」 그리고 수기 「독방」의 거리, 나아가 국민문학론의 내적 균열 양상을 살펴보았다. 「전향과 친일, 그리고 저항-안함광론」에서는 '문화'와 '생활' 개념을 통해 전향과 친일의 거리를 살펴보았다. 「분열의 수사와 근대 극복-임화론」에서는 '정치'와 '문화' 그리고 '생활' 개념을 통해 '주체화'의 과정을 살펴보고, 나아가 본격소설론이 함축하고 있는바, 이중 전략을 살펴보았다.

2부 '민족문학론의 역사성'에서는 1970, 80년대 비평을 살펴보았다. 먼저 「이론비평과 실제비평의 심화와 확대」에서는 문학사회학에 대한 〈문지〉와 〈창비〉의 거리를 살펴보고, 나아가 민족문학론·대중문학론·리얼리즘론·제3세계문학론·농민문학론 등 1970년대 비평 전반을 살펴보았다. 「예술성과 운동성의 길항 관계, 그리고 민족문학의 역사성」에서는 1980년대 민족문학론의 형성 배경, 나아가 민중적 민족문학론·민주주의 민족문학론·노동해방문학론·민족해방문학론·중도적 민족문학론 등을 살펴보았다. 이를 통해 1980년대 민족문학론의 성과와 한계 그리고 그 역사성을 살펴보았다.

3부 '민족문학론의 과제'에서는 서평과 관련한 글들을 실었다. 「근대문학 '여명'기의 희망과 또 하나의 과제」에서는 근대문학의 기점과 관련하여 '근대성'의 과제를 살펴보았다. 「민족 담론의 '역사성'을 확보하기 위하여」에서는 최근의 민족 담론에 대해서, 그리고 「현실과 길항하는 소설의 생명력」에서는 최근 소설을 통해 민족 담론의 역사적 과제를 각각 살펴보았다.

4부 '민족문학사의 자장'에서는 민족문학사의 흐름 속에서 나타난 다양한 목소리들을 확인하였다. 「일제 강점기 항일문학에 나타난 '지속'과 '계승'의 의미」에서는 항일문학의 위상을 살펴보았고, 「판매금지 작품과 사회 상황」에서는 일제 강점기부터 1990년대까지 판매 금지된 작품을 통해 문학과 정치와의 긴장 관계를 살펴보았다. 또한 김말봉의 『찔레꽃』, 김유정의 「봄·봄」(해학과 비수(匕首)의 미학), 최인훈의 『광장』(분단극복과 인간 보편의 가치 탐구), 그리고 1950, 60년대 유종호의 비평 세계를 살펴보았다.

마지막 5부에서는 안함광이 발표한 평론과 1980년대 문학비평 자료를 실었다. 안함광의 글은 친일을 결코 단선적으로 파악할 수 없다는 사실을 반증해주는 귀중한 자료다. 1980년대 문학비평 자료 또한 연구에 조금이나마 도움을 주고자 정리한 것이다.

세계화가 외쳐지는 오늘날, 민족(국가)은 우리에게 여전히 현실적 가치가 있다. 여기서 민족은 당연히 저항적 민족주의와는 무관하다. 민족문학이 이념에 치우쳐 나타났던 부작용은 정확하게 지적해야 한다. 하지만 그 성과 또한 분명히 인식해야 한다. 우리는 무엇보다 분단의 시대를 살고 있다. 따라서 오늘의 시각에서 민족(국가)과 민족문학의 역사성을 새롭게 인식해야 한다. 이는 결국 오늘의 자본주의 사회를 어떻게 이해하느냐의 문제다. 여기 실린 글들은 모두 이 문제와 관련되어 있다.

끝으로, 어려운 출판 사정에도 불구하고 책을 출판해준 역락의 이대현 사장님께 이 자리를 빌어 감사함을 전한다. 그리고 바쁜 일정에도 불구하고 편집과 교정에 정성을 쏟아준 편집부 직원에게도 고마움을 전한다.

2006년 2월
연구실에서
이상갑

목 차 •••

제 2 부 민족문학론의 역사성

제 3 부 민족문학론의 과제

제 4 부 민족문학사의 자장

제1부 전향과 친일, 그리고 저항

✔ 전향과 친일의 한 좌표–박영희론

✔ 전향과 친일, 그리고 저항–안함광론

✔ 분열의 수사와 근대 극복–임화론

전향과 친일의 한 좌표

─박영희론

1. 박영희, 전향·친일문학론의 시금석

한국문학사에서 전향은 무엇보다 소재가 아니다. 작품에 전향지식인이 나온다고 해서 전향문학은 아니라는 말이다. 마찬가지로 전향은 '사상적 회심 (回心) 현상 일반'이 아니다. 전향을 사상적 회심(回心) 현상 일반으로 볼 경우 소재적으로 접근할 수밖에 없기 때문이다. 그런데도 지금까지의 연구는 모두 전향을 소재 차원에서 접근하여 한국문학사에서 전향이 갖는 의미를 명확하게 규정하지 못했다. 따라서 1930년대 후반 구카프작가들이 맞이한 전향은 우선 '공산주의자가 자신의 사상을 버리는 것'으로 파악해야 한다.

나아가 우리에게 과연 '전향'이란 용어가 성립할 수 있겠는가를 근본적으로 질문할 수 있다. 사실 1930년대 후반 임화·안함광의 비평과 김남천·한설야의 소설은 오히려 전향 상황을 어떻게 극복할 것인가에 초점을 맞추고 있다. 전향은 무엇보다 일제가 좌익지식인을 포섭하기 위한 '제도'로서 강요된 것이었다. 바로 여기서 전향에 저항하는 비전향의 계기가 발생한다. 따라서 전향문학 연구는 전향과 거기에 저항하는 지점을 동시에 읽어내야 한다.

친일 문제 또한 마찬가지다. 신체제시기 문학은 사실상 친일과 거기에 저항하는 계기가 다양한 방식으로 충돌하는 공간이다. 따라서 친일과 거기에 균열을 일으키는 저항의 지점을 징후적으로 읽어내야 한다.[1]

이 글은 이러한 문제의식 아래 박영희를 다시 읽어보고자 한다. 그의 전향선언문에 의하면, 그는 1929년 신간회 해소 때 카프(KAPF)에 회의하기 시작했다. 그 뒤 1931년 2월 제1차 카프검거사건 때 불기소되었고, 1932년 카프 간부를 사임, 1933년 10월 7일 카프에 탈퇴원을 제출하였다. 이어 전향선언문을 썼다. 제2차 카프검거사건(신건설사 전주사건) 때는 종로경찰서에 연행되어 (1934.12), 전주형무소로 갔고(1935.1.), 그곳에서 약 1년 동안 복역하고 집행유예로 석방되었다. 그 뒤 사상범보호관찰법에 따라 1938년 6월 동경에서 개최된 전향자대회에 참가하였다. 1939년 4월에는 북지(北支)종군에 다녀와 기행문을 썼고, 1939년 10월에는 <조선문인협회> 간사가 되고 창씨개명(芳村香道) 하는 등 신체제문학에 협력한다. 1942년 11월에는 이광수 · 유진오와 함께 동경에서 개최된 제1차 대동아문학자대회에 참가하였다. 이러한 친일 행적 때문에 광복 후 반민족자 명단에 올랐고, 1950년 7월 북한군에 의해 서대문형무소에 수감 중 납북된 것으로 알려져 있다.

그의 전향에는 일본 좌익지식인(林房雄, 佐野學, 鍋山貞親 등)의 전향과 小林多喜二의 죽음이 큰 영향을 미쳤다. 특히 일본공산당 중앙위원장인 佐野學과 鍋山貞親이 옥중에서 발표한 공동전향선언문은 그의 전향선언문 발표에 영향을 미쳤다. 일본 좌익지식인의 전향은 이른바 만주사변의 지지, 천황의 긍정, 코민테른으로부터의 탈퇴로 요약된다. 이 같은 사정은 전향의 이유로 '국민적 자각'(31. 90%)이 가장 높은 비율을 차지하는 데서도 잘 알 수 있

---

1) 이러한 문제의식은 이 책에 실린 「전향과 친일, 그리고 저항 – 안함광론」과 「분열의 수사와 근대 극복 – 임화론」을 참고할 수 있다.

다.[2] 나프(NAPF)에 대한 일제의 탄압은 1932년부터 본격화되어 4백여 명이 검거되었고, 1934년 2월 나프는 해산하게 된다.

그러면 박영희의 전향은 어떠했는가. 김윤식은 우선 박영희가 『백조』의 유미주의에서 계급사상으로 옮겨간 것은 권력의 강제에 의해서가 아니라 자기성장에 의한 자발적 행위였다고 지적한다.[3] 하지만 그는 박영희가 카프를 주도할 무렵에도 마르크스 문학론의 참모습을 논리적으로 파악하지 못하고, 다만 식민지 지식인으로서 계급사상의 반(反)제국주의적인 성격을 하나의 응전력으로 선택했으며, 그러한 응전력의 선택이 일본 사상계의 것을 그대로 수용했다는 것을 그 한계로 지적한다.[4] 사실 박영희는 『백조』에서 프로문학으로 옮겨가는 과정에서 시종일관 '진보적 민족주의'(反제국주의)의 입장을 취한다.[5] 그는 실제로 신간회사건 때 경성지부의 책임자로서 구속의 위험을 무릅쓰고 신간회 해소를 주장했다. 신간회 해소는 그 당시 곧 진보적 운동이 지하운동화하는 것을 선언하는 것이었다.

김윤식은 특히 박영희의 국민문학론이 도처에서 논리적 모순을 드러내고 있다고 지적한다. 그것은 박영희의 친일이 스스로 우러나온 것이 아니라 외부의 압력에 의한 것이었기 때문이라는 것이다. 그 하나의 근거로 그는 「문학의 이론과 실제」(『문장』, 1940.2~3, 미완)를 든다. 다시 말해 박영희가 자신의 친일 행위가 극에 달했던 1940년 무렵 이 같은 문학원론적인 글을 쓰고 있다는 것이다.

---

2) 김윤식, 『한국근대문학사상사』, 한길사, 1984, 313면.
3) 위의 책, 312면.
4) 위의 책, 137면.
5) 박영희, 「초창기의 문단측면사」, 『현대문학』, 1959.8.~1960.5.

물론 회월만이 외부의 압력을 받은 것이 아니지만, 회월의 경우는 동우회의 이광수, 주요한과 함께 유달리 압력이 심했다고 볼 수 있으며, 그렇다면, 제1급의 이론가였던 회월이 이광수나 최재서 못지 않게 일본 정신을 파악할 수 있었다고 볼 수 있는데도, 국민문학론의 이론상의 모순이 보이는 것은 회월의 친일에의 전향이 행동이 앞선 결과 자포자기 상태에 가까웠던 것이라 할 수 있을 것이다. 이러한 사실을 뒷받침해 주는 것은, 이광수나 최재서가 민족의식이나 논리를 포기하고 내선일체라는 신념에 도달하기까지에는 여러 가지 형태의 회의를 가지고 방황하는 자기고백의 글이 발표되었음을 볼 수 있는 데 비해, 회월에서는 자기정당화의 고백체의 글이 거의 없다는 점이다. 이 사실은 회월의 정신적 궤적을 추구하는 마당에서 놓칠 수 없는 대목인 것이다. 회월이 전주 옥중에서 모로서의 기독교를 끝까지 믿었고, 교회에 나가면서도 조선신궁 참배를 할 수 있었던 불가사의한 사실의 원인을 찾아야 될 것이다.

이렇게 보아 올 때, 1938년 이후 회월의 친일 활동은 그의 문학상에서 볼 때, 『백조』파와 함께 한갓 허상이라 할 수가 있다.[6] (강조 : 인용자, 이하 동일)

인용은 박영희의 친일 과정에 자기를 정당화하는 고백체의 글이 전혀 없다는 것, 따라서 그의 친일 활동 또한 한갓 허상에 불과하다는 것이다. 다만 김윤식은 박영희의 국민문학론이 지닌 논리적인 모순을 구체적으로 밝히지는 않고 있다. 사실 우리의 전향·친일문학 연구에서 대표적인 전향선언문을 발표한 박영희는 시금석과 같은 존재다. 무엇보다 박영희의 친일 활동이 한갓 허상에 불과한 것은 아니다. 오히려 만약 그가 전향·친일과 함께 그것에 저항하는 지점을 동시에 보여준다면, 그는 우리의 전향·친일문학 연구가 결코 단선적으로 이루어져서는 안 된다는 생생한 예증이 될 것이다. 특히 전향·친일문학 연구에서 비평과 작품의 낙차를 고려해야 하는데, 그는 이 점에서도 좋

---

6) 김윤식, 『박영희 연구』, 열음사, 1989, 118면.

은 자료를 제공한다. 그는 전향선언문과 소설 「명암」(1940) 그리고 수기 「독방」(1958)을 함께 발표하고 있기 때문이다.

2. 전향선언문과 「명암」의 거리

박영희는 자신의 전향이 우선은 객관적 정세와 다음으로는 문학 자체에 대한 관심 때문이었다고 밝히고 있다.[7] 이처럼 그의 전향선언문은 무엇보다 정치와 예술의 관계를 몰각하고 있다. "내 자신이 한 권위 있는 정치가로서 예술을 생각해본 일은 없다."는 그의 말은 자신의 이전 문학 행동을 전면 부인하는 것이다. 즉 그는 그 당시 상황에서는 정치 행위가 예술을 통해서 분출될 수밖에 없었다는 것, 따라서 그때의 예술은 정치와 맞먹는 행위였다는 것, 그리고 카프가 그것을 정확히 보여주었다는 것, 등을 정확히 인식하지 못하고 있는 것이다. 요컨대 그는 정치와 예술의 관계를 깊이 사유하지 못했다. 바로 이 때문에 그는 "다만 얻은 것은 『이데올로기』며 상실한 것은 예술 자신이었다."고 말했다. 문학이 이데올로기와 전혀 무관한 것도 아니지만, 더 중요한 것은 그 이데올로기가 얼마나 현실정합적으로 작품에 형상화되었는가이다.

카프 해산 이후 구카프작가들이 맞이한 전향 상황은 무엇보다 그와 같은 정치와 예술의 관계를 예전과는 다르게 사고할 것을 요구했다. 임화가 '정치'(사상)를 실천이라는 계기를 통해 '생활'(사실 또는 일상성) 속에서 주체화하려 했다면[8], 안함광 또한 동아신체제 같은 왜곡된 '정치'에 대응하기 위해 '문화'

---

7) 박영희, 「최근 문예이론의 신전개와 그 경향-사회사적 및 문학사적 고찰」, 『동아일보』, 1934.1.2.~1.11.

그리고 그 '문화'를 가능하게 하는 '생활' 개념을 강조했다.[9] 그러나 박영희는 '정치'와는 전혀 무관하게 '예술'(문학)의 독자성을 내세운다. 다만 여기서 중요한 것은 이것을 곧바로 전향과 연결지을 수 없다는 점이다. 이것은 이 당시 그의 소설 「명암」과 수기 「독방」이 잘 증명해준다. 앞서 우리의 전향문학 연구에서 비평과 작품의 낙차를 고려해야 한다고 말한 것도 이 때문이다.

우선 박영희의 문학론은 아주 원론적이라는 사실이 주목된다. 백철의 '인간묘사론'에 대한 그의 비판을 살펴보자. 그는 백철의 '인간묘사론'이 인간과 사회의 관계를 망각하였다고 비판한다. 물론 박영희는 '전형론'(형상론)에 가까운 발언을 한다. 즉 "허다한 과거의 문인들이 인간을 묘사함에서 그 시대와 사회를 표시하였으며, 그 사회를 묘사한 그 중에서 생생한 개별적 인간이 묘출"[10]되었다는 언급이 그것이다.

> 문학사는 사회사의 영향을 밀접히 받으며 어느 때 문학사는 사회사의 일부분의 연구 소재를 제공하면서도 사회사는 아니다. **이것은 변증법의 중요한 명제인 특수성 개별성이다.** 그러므로 과오와 실패의 총체적 책임을 변증법적 법칙으로 돌아가게 하는 것은 또한 불가하다. 예술이 최고의 수준에서 정책에 봉사되는 때는 사회의 비상시에 국한한다. 말하자면 예술은 이러한 때는 겨우 생명만 보지하는 셈이다.[11]

인용은 문학과 사회의 관계를 말하면서 변증법의 중요한 명제인 특수성을 강조한다. 또한 그는 과거 프로문학의 과오와 실패의 책임을 결코 변증법

---

8) 임화, 「사실의 재인식」, 『문학의 논리』, 서음출판사, 1989, 80~86면.
9) 안함광, 「조선문학의 진로 – 문학과 생활」, 『동아일보』, 1939.11.30. ~ 12.8.
10) 박영희, 「최근 문예이론의 신전개와 그 경향」, 『동아일보』, 1934.1.4.
11) 위의 글.

에 돌려서는 안 된다고 말한다. 오히려 "유물변증법의 착오된, 기계적 응용의 극복, 편협한 『파티-앤·쉽』과 증오할 만한 『색터리아니슴』의 방기, 소박한 정치의식의 양기"[12]를 강조한다. 한마디로 그가 정치의식의 양기를 주장하며 예술을 강조하는 근거는, 현 시기가 비상시가 아니라는 것이다. 그의 말대로 사회의 비상시에만 예술은 최고의 수준에서 정책에 봉사한다. 즉 그는 과거 카프의 오류를 그 구체적인 실천 과정에서 찾지 않고 '사회의 비상시가 아니었다'는 피상적인 근거로 비판하고 있다. 그가 임화·김남천·안막·권환 등 이른바 동경소장파가 주도한 볼셰비키화에 대해 거리를 둔 것도 마찬가지 이유였다. 아직 '문학적 자존심'을 가졌던 그는 문학을 공산당의 심부름꾼으로 만드는 볼셰비키화를 인정할 수 없었다. 공산당운동이 지하에서만 가능한 상황에서는 문학은 어디까지나 문학자만이 감당해야 하는 몫이라는 것이었다. 그는 해방 후 발표한 「초창기의 문단측면사」(『현대문학』, 1959.8.~1960.5.)에서도 이 당시 그의 심경을 솔직하게 드러내고 있다. 그 자신이 공식주의에 빠졌던 것을 매우 부끄럽게 생각하였던 터라 또 다시 그러한 공식주의에 빠질 수 없었다는 것이다.

박영희가 강조하는 '예술'은 '예술을 위한 문학'이란 의미에서의 '예술'은 아니다. 오히려 '인생을 위한 문학'이란 의미에서의 예술을 가리킨다. 그런데 그 '인생을 위한 문학'은 근대 들어 문학의 한계선을 넘어 정치주의의 길로 들어가게 되었다고 그는 비판한다.[13] 그에 의하면, 그 같은 정치주의의 한계는 이미 라프(RAPF)의 해체가 잘 보여주었다. 정치주의는 인간과 신을 물질화하며 인간의 정신 세계와 그 정서의 신비성을 거부하여 문학의 비극을 초래했다. 따라서 그는 기계화되고 공식화된 인간 문제를 다시 검토하여 생기 있

---

12) 박영희, 「최근 문예이론의 신전개와 그 경향」, 『동아일보』, 1934.1.11.
13) 박영희, 「문학의 이론과 실제」(미완), 『문장』, 1940.2.~3.

는 인간과 문학을 찾겠다고 말한다. 하지만 그것을 위해 그가 오히려 좁은 '기술 문제'를 설정하는 것은 한계가 있다. 이는 그가 무엇보다 정치와 예술의 관계를 치밀하게 따지지 않고 '정치'로부터 '예술'로의 방향전환을 성급하게 주장한 데 그 근본 원인이 있다. 앞서 언급했듯, 이것이 이 시기 임화·안함광과 다른 측면이다. 다만, 이것을 일방적으로 '전향'으로 몰고 가는 것은 단편적일 수 있다. 그의 소설 「명암」이 주목되는 것도 이 때문이다.

카프 해산 이후 박영희는 「반려」(『삼천리』, 1936.8.~, 『삼천리문학』, 1938.4.), 「포도원에서」(『조선문학』, 1936.10.), 「명암」(『문장』, 1940.1.) 등을 발표한다. 이 가운데 「명암」은 신체제가 본격화되던 시기에 그의 전향에 대한 태도를 잘 보여준다. 「명암」은 거의 폐사 직전의 신문사 편집부장인 비중 있는 전향지식인 정식과 또 다른 전향자 리우필을 대비하고 있다. 정식은 어떤 반대도 무릅쓰고 사회의 공기인 신문사를 끝까지 지키려 한다. 하지만 기자 명호의 생각은 다르다. 명호는 광무소의 비리를 고발한 적이 있는데, 이를 광무소 직원들이 항의하며 그 기사를 쓴 기자 이름을 알고자 한다. 그런데도 정식은 끝까지 명호의 이름을 알려주지 않는다. 그는 이러한 자신의 행동을 마치 자기자신이 무슨 위대한 일이라도 한 것처럼 느끼기도 한다. 무엇보다 그를 미워하고 비웃는 명호를 위해 끝까지 싸운 자신을 대견해 한다. 그리하여 "「그러니깐 나는 그를 지휘하는 사람이 될 수 있는 것이며, 지금 그를 지배하고 있는 것이다.」"고 생각한다.

그런데 예전에 사회운동 경력이 있는 리우필이 지국 경영도 해볼 겸 정신의 지도를 받기 위해 정식을 찾아온다. 리우필은 5년의 형기를 마치고 나온 뒤였다. 그는 정식에게 예전에 자신이 한 운동은 '시대적 산물'이었다며 이제는 먼저 살아야겠다고 말한다. 정식은 처음에는 그를 신문사에 돈을 투자할 사람으로 알았다. 그런데 그 말을 듣고 결국 그가 취직운동을 하러 온 것을 알고 실망한다. 그러나 지국 경영에 필요한 100원은 아니나 60원 정도는 있다는 소리를 듣고 정식은 그를 다시 호의적으로 대한다. 정식은 한편으로 신문사가 뻔히 망할 줄 알면서도 돈을 받는 자기가 한심하여 자책하기도 한다. 그럼에도 그는 "신문 하나를 살리면 그만큼 사회의 많은 사람을 위해서 유익"하다며 스스로를 위로한다. 하지만 리우필이 계속 마음에 걸려 그에게 빌린 돈을 갚기 위해 다른 사람에게 돈 60원을 빌린다. "신문은 망했어도, 나는 망하지 않아야"하겠다는 것이다. 그런데 이미 흩어진 신문사 동료들을 걱정하며 명호 집을 지나치다 명호가 빚쟁이와 싸우는 것을 보고 명호에게 그 돈을 모두 준다. 리우필에게 진 빚은 여전히 갚지 못하게 된 것이다. 그래서 리우필에 대한 그의 죄책감은 더욱 깊어진다. 그리하여 일기에다 "리우필에게 아직도 내 성심을 보내지 못했다. 그러나 이것은 내일 해결될 문제로 생각한다."고 썼다. 하지만 정작 리우필은 이미 국내를 떠나고 없다.

신문이 망했단 말이 나매, 전선 각 지국장이 서울에 대회를 열었다. 정식이는 이 기회에 리우필이 올라오면 그 기회에 돈도 갚고, 사죄를 유감없이 하리라고 벼르고 있었으나, 다른 데 지국장이 다 올라왔는데, 리우필이만 눈에 보이지 않았다. 정식의 낙심은 컸다.

「그러면 그옇고 고향을 떠나간 게로구나! 그러면 왜 돈을 도로 보내라는 편지 한 장 아니하고, 말았을까. 차라리 나에게 욕하는 편지라도 할 것이 아닌가. 그는 양처럼 온순하였구나. 그러면 그는 나를 최후까지 존경하고 최후까지 믿고 있는 까닭일까.」

정식은 마음을 쥐어뜯고, 괴로워하였다. 그 후에 신상에 알 만한 사람에게, 그를 알아보아 달라고 편지를 해보았으나, 그의 향방은 아무도 모른다고 답장이 왔다.

정식이는 그를 자기 일생에는 그옇고 만나볼 것이라는 결심은 물론이나, 그래도 많은 날이 지나가는 동안에, 모든 기억이 사라질 염려가 없지 않다고 생각해서, 무슨 방법으로든지 잊어버리지 않게 일기를 쓰려고, 한참 생각하다가, 나중에 이렇게 일기책에 기록하였다.

「리우필은 나의 은인이다. 나의 모든 죄를 용서해준 사람이다. 돈으로 그 은혜를 갚는 것도 한 의무지만 어느 때나 그를 잊어버리지 않기로 하자. 나는 내 마음에 약속한다.」

김정식은 펜과 일기책을 내던지고 한숨을 한번 길게 쉬었다.[14]

인용에서 정식의 자기반성은 주목된다. 물론 그것을 가능하게 한 것은 리우필이다. 리우필 또한 전향자로서 생계를 꾸리기 위해 신문사 지국을 경영하기를 바랐다. 하지만 그는 정식보다는 타락하지 않았다. 나아가 그는 자신의 행동으로 정식을 깨우쳐 주었다. 여기서도 전향자의 심리가 결코 단순하지 않음을 알 수 있다.

이렇듯 '정치'로부터 '예술'로의 방향전환을 선언한 박영희의 전향선언문과 소설 「명암」은 상당한 편차를 보여준다. 더욱이 「명암」은 그가 이미 전향자 대회에 참가한 뒤 국민문학론을 본격적으로 쓰던 시기에 발표되었다. 우리가 전향·친일문학 연구에서 비평과 작품의 낙차를 고려해야 하는 이유가 바로 여기에 있다.

3. 「독방」, 전향과 저항의 균열

박영희의 옥중수기 「독방」은 앞서 살펴본 「명암」보다 그 문제의식이 한

---

14) 박영희, 「명암」, 『문장』, 1940.1.

층 분명하다. 우선 「독방」의 서지 사항부터 살펴보자. 「독방」은 『현대문학』
(1958.9.~1959.7.)에 실려 있으나 마지막 회 끝에 '계속'으로 되어 있는 것으로
보아 미완이다. 1959년 8월부터는 「초창기의 문단측면사」가 연재되고 있어
사실상 1959년 7월 호가 마지막 회다. 첫 회 앞머리에는 다음과 같은 편집자
의 '소개의 말'이 있다.

> 이 원고는 회월 박영희 씨가 카프 사건으로 일제에 피검되었던 쓰라린 경험
> 을 수기로 남긴 것이다.
> **이 수기는 1935년에 기록된 것으로서 씨의 전향성명과 거의 전후해서 집필된**
> **것이 아닌가 생각된다.** 단행본으로 출간할 의도로서 탈고 후에도 오래 동안 비
> 장해 왔던 것으로 추측되는 이 원고는 6·25사변 중 씨가 북한괴뢰에게 납치된
> 후 그의 장남 박기원 군에 의하여 지금까지 보관되어 왔던 것이다.[15]

인용은 「독방」이 "전향선언과 거의 전후해서 집필된" 것으로 보고 있다.
하지만 첫 회의 본문에 "때는 서기 1935년 1월 25일"이라고 하고 있는 것으
로 보아, 「독방」의 집필 시기는 전향선언 후가 분명하다. 그리고 마지막 회
의 발표 날짜는 1935년 7월 15일로 되어 있다.[16]

우선 「독방」에 언급된 기독교는 박영희의 전향의 근거로 보기 어렵다.
그것은 기독교가 그에게 체화된 것으로 보기 어렵기 때문이다. 그는 기독교
를 단지 괴로운 수형 생활을 견뎌나가는 하나의 계기로 설정하고 있을 따름
이다. 전향(2차 출옥) 후 그의 작품이나 비평에도 기독교적 이념은 전혀 나타나

---

15) 박영희, 「독방」, 『현대문학』, 1958.9.
16) 「독방」의 서지 사항은 다음과 같다. 1회 – (1958.9./1~4항목), 2회 – (1958.10./5~6항목), 3회
   – (1958.11./7항목), 4회 – (1958.12./8항목), 5회 – (1959.1./9~10항목), 6회(**7회로 잘못 기재되**
   어 있음) – (1959.2./11~12항목), 7회(**8회로 잘못 기재되어 있음**) – (1959.5./13항목), 8회(**정상**
   적으로 8회로 기재되어 있음) – (1959.7./14~15항목) <10회 연재 계획이었으나 8회만 연재>

지 않는다.[17] 「독방」에 의하면, 그의 어머니는 죽을 때 전도사의 직분을 가지고 있었고 일찍부터 기독교를 믿으며 홀로 살아왔다. 따라서 기독교에 대한 그의 관심은 어머니의 영향이 컸다. 하지만 그는 기독교를 내면의 종교로서 체화하지는 않았다.

「독방」은 '일제=로마'와 '베드로·바울·실라=회월'의 구도가 보인다. 주지하듯 베드로·바울·실라는 모두 순교자였다. 이는 <나>(박영희)의 내면을 이해하는 데 아주 중요하다. 이런 내면의 고백은 수기라는 양식을 빌었기에 가능했다. 이와 관련하여 다음 인용은 주목된다.

> 이와 같이 나는 구절대로 찾아 읽었다. 그리고 나는 눈을 감고 한참 묵상하였다. 나에게 일러주신 성경 말씀을 통하여 어머니의 뜻을 찾아내려는 것이다. 내가 생각한 어머니의 뜻은 이러한 것이라고 결론하였다.
>
> 즉 전능하신 하나님은 착하고 옳은 일 하는 사람을 구원하여 주신다. 베드로와 바울과 실라가 옥중에 갇혔었지마는 하나님의 권능으로 다 나오게 하신 것이 아니냐. **칼 쓰기를 좋아하는 자는 칼로 망한다는 뜻은 무단정치를 하는 일본의 멸망을 암시하신 것이 아닌가. 그러니 모든 어려운 것을 참고 이기자.** 그러면 나중에는 반드시 좋은 결과를 얻게 될 것이라는 것이며 이러한 하나님이 너를 항상 안고 계신 것을 알고 항상 기도하고 굳센 신앙심을 얻으라는 말씀인 것을 알았다.」
>
> 이렇게 그 뜻을 해석한 나는 마음이 즐겁고 상쾌하였다. 새로운 기운이 났다. 힘이 생겼다.[18]

인용에서 박영희는 기독교를 단순히 '권선징악'이라는 윤리적인 각도에서

---

17) 김윤식, 『박영희 연구』, 열음사, 1989, 112면.
18) 박영희, 「독방」, 『현대문학』, 1959.2.

이해하고 있다. 특히 칼 쓰기를 좋아하는 자는 칼로 망한다는 것, 그리고 그것은 무단정치를 하는 일본의 멸망을 암시한 것이라는 말이 주목된다. 이를 보아 이 글은 집필 당시에는 전혀 발표될 수 없었을 것이다. 뒤이어 <나>는 혹시 누가 위의 인용을 어떻게 해석하느냐고 묻는다면 어떻게 답변할 것인가를 두고 고민하는데, 그것은 외부의 눈초리가 두려웠기 때문이다. 「독방」은 또한 감옥 안에 있는 사람들은 "일본정신이니 황도정신이니 하는 책이 보기 싫은 까닭에" 그 같은 관본보다는 차라리 불교 서적을 빌려 읽었다는 것을 두드러지게 강조한다. 즉 <나>는 유물사관을 가진 그 사람들이 대부분 종교 같은 데는 관심이 없다는 사실을 잘 안다.

그러나 나의 결심을 여기서 이곳에서 말한다면 유물철학이나 소위 맑스의 자본론에 대하여는 거진 칠팔 년의 세월을 허비하면서 나로서는 대개는 읽고 연구하여 본 것이었다. 누구나 젊은 사람이면 「자본론」의 책이름이라도 알아야 행세를 하는 시대였으니 물론 나도 맑스의 「자본론」을 읽어보았으나 이해하기 어려우므로 다시 「경제학원론」에서부터 시작하여 거진 일 년 동안 경제학에 관한 책만을 읽어도 보았다. 결국 이러한 노력은 경제학을 전문하려는 것이 아니라 굳은 혁명적 이론을 배우며 그 신념에 만족을 얻기 위함이었다. 따라서 이것은 조선의 해방을 위하여 일본 제국주의와 싸우는 젊은 혁명가의 철석과 같은 신념을 넣어주기 위하여는 큰 도움이 되었다고 볼 수 있다. 그것은 사람의 생각과 행동을 우연한 것으로 보지 않고 과학적인 필연성으로 해석하는 인생관과 철학관이 전부 혁명운동에 부합하는 이론이 되는 까닭이었다. 그러므로 이러한 이론에서 출발한 혁명가는 일시적 감정이나 울분에서가 아니라 영원한 혁명 법칙에서 자기의 행동과 신념을 굳게 할 수 있었던 것이었다.
그러나 이러한 학문은 전부 혁명의 학문일 뿐 사람의 정신 생활에 대해서는 듣고 볼 만한 것이 없었다. **그리하여 나는 이 유물론에서 나의 세계를 훨씬 넓**

히며 유물론만의 구속을 받지 않기 위하여 정신적인 학문을 배워보려고 노력하던 때라 마침 몸이 옥중에 있게 된 것을 이용하여 이에 관한 서적을 전부 읽어보리라는 욕망까지도 가지고 있었다. 그 가운데 종교에 관한 것도 커다란 부분이었다.[19]

인용은 유물철학이나 맑스의 이론이 조선의 해방을 위해 일제와 싸우는 사람들에게 큰 힘이 되었다는 것, 하지만 <나>는 그 같은 유물론만의 구속을 받지 않기 위해 종교에도 관심을 가졌다는 것이다. 그러나 앞서 언급했듯 <나>의 기독교에 대한 관심은 답답한 수형 생활을 견뎌내기 위해서였다. 사실 <나>는 육체와 정신의 모든 자유를 빼앗긴 까닭에 자신의 힘으로는 수형 생활을 견딜 수 없었다. 그리하여 그에게는 마음의 자유를 얻게 하는 기도가 필요했다. 기도는 오직 절대자에게 자신을 맡김으로써 안식을 얻는 것이기 때문이다. 따라서 "유물론만의 구속을 받지 않기 위하여"라는 부분을 독립적으로 떼어놓고, 또 기독교의 의미를 확대 해석하여, 거기서 전향의 논리를 읽어내는 것은 지나치게 소재적이고 단선적이다. 이와 관련하여 미완으로 끝난 마지막 회, 끝 부분의 다음 시는 주목된다.

밥그릇 국대접이 /탁자에 놓여 있고 /요 삼아 이불 한 채 /창 밑에 개어 노니 /부귀 공명한들 /더 바랄 것 무엇이랴 /세상의 명리와 욕심을 /아낌없이 내버리고 /날마다 책을 읽어 /녹쓴 마음 닦느라니 /청풍이 친구인양 /저녁마다 **나를 찾네 /몸은 옥중에 가쳤으나 /내 마음 가둘 리 없어 /꿈마다 동지를 만나 /새 일을 의론하니 /하늘 아래 넓은 땅에**
   날 막을 자 누구던가.
나는 낮은 소리로 여러 번이나 혼자 이렇게 읊었다. 더운 저녁이었다. 그러나

---

19) 박영희, 「독방」, 『현대문학』, 1959.2.

청풍의 시원한 맛을 알 수 있는 유쾌한 저녁이기도 하였다.[20]

앞서 언급한바 '칼로 일어선 자는 칼로 망한다'는 말과 정신의 자족감과 흔들리지 않는 신념을 강조하는 위의 시는 <나>(박영희)의 내면 세계를 충분히 엿보게 한다. 이런 내적 맥락을 파악한다면 여기서 「독방」이 끝나는 것은 필연적인 것으로 보인다. 비유·상징의 시적 장치를 통해 자신의 내면을 다 드러낸 상황에서 또 무슨 말이 필요할 까닭이 없겠기 때문이다.

다만 여기서 <나>는 '물질/정신'의 단순한 이분법을 구사하는데, 이는 그 뒤 박영희가 아무런 내적 계기 없이 친일로 기울어지는 과정을 이해하는 데 한 단서를 제공한다. 요컨대 「독방」이 이처럼 전향과 거리를 두고 저항의 지점을 보여주는 것은, <나>가 아직도 계급사상에 대한 신뢰를 완전히 상실하지 않았기에 가능했다.

4. '국민문학론'의 내적 균열양상

신체제 시기 박영희의 글은 다음과 같다. 「국민문학의 건설」(『매일신보』, 1940.1.1.), 「문학의 이론과 실제」(『문장』, 1940.2.), 「창작과 비평의 교류」(『매일신보』, 1940.3.4.~3.7.), 「문장보국의 의의」(『매일신보』, 1940.4.25.), 「문학운동의 전시체제」(『매일신보』, 1940.7.6.), 「포연 속의 문학」(『매일신보』, 1940.8.15.~8.20.), 「신체제를 맞는 문학 – 문협 일주년에 제하여」(『매일신보』, 1940.11.6.~11.7.), 「국가 대이상의 문학」(『매일신보』, 1941.1.1.), 「문학의 새로운 과제」(『매일신보』, 1941.4.11.~4.16.), 「임전체제하의 문화와 문학의 임전체제」(『국민문학』, 1941.11.), 「신시대의

---

20) 박영희, 「독방」, 『현대문학』, 1959.7.

문학적 이념」(『매일신보』, 1942.3.16.~3.18.) 등이 그것이다. 이 가운데 문학 원론에 해당하는 「문학의 이론과 실제」와 「창작과 비평의 교류」를 제외하면, 나머지 글은 모두 국민문학론의 성격을 지닌다. 그의 국민문학론은 한마디로 "국민 생활의 실천과 이상이 사실 그대로 나타나는" '국민적 사실주의의 문학'이다.[21]

요컨대 이들 글에서 주목되는 것은 두 가지다. 하나는 문학 원론에 해당하는 글과 국민문학론간에 서로 충돌하는 지점이 보인다는 점이다. 다른 하나는 국민문학으로 전환하는 과정에서 그 내적 계기가 전혀 보이지 않는다는 점이다. 이는 그의 국민문학의 논리가 선규정적이라는 것을 의미하며 그만큼 허약하다는 반증이다. 그 계기를 굳이 찾자면 '예술을 위한 예술'과 '인생을 위한 예술' 그리고 '국가를 위한 예술'이라는 세 가지 요소다. 즉 그는 개인주의가 팽배하던 19세기의 '예술을 위한 예술'을 비판하며 '인간을 위한 예술'을 강조하다가 다시 '국가를 위한 예술'을 내세우는데, 그 이유는 오직 '국가' 속에서 '인간'(개인)은 자신의 이상을 최대한 발휘할 수 있기 때문이다. 다시 말해 「문학의 이론과 실제」와 「창작과 비평의 교류」를 제외하면, 나머지 글은 모두 제목만 다를 뿐 기본 논지는 똑같다. 이렇듯 그의 국민문학론은 선규정적이다. "조선 사람이 소설 한 권을 읽고 황국 신민의 진의를 깨달을 수도 있다."[22]고 말할 정도로 그의 국민문학론은 논리 이전의 허약한 수준의 것이다. 이를 염두에 두고 그의 문학 원론과 국민문학론간의 관계를 좀더 살펴보자.

먼저 신체제를 강조한 「국민문학의 건설」 다음에 발표한 「문학의 이론과 실제」와 「창작과 비평의 교류」는 아주 객관적인 입장에서 문학 원론을 이야기한다. 박영희는 이미 자신의 전향선언문과 수기 「독방」에서 예술과 인

---

21) 박영희, 「문학의 새로운 과제」, 『매일신보』, 1941.4.16.
22) 박영희, 「문학의 새로운 과제」, 『매일신보』, 1941.4.12.

간 정신의 신비성을 강조한 바 있다. 아울러 '예술을 위한 문학'이 아닌 '인생을 위한 문학'을 강조했다. 그가 강조한바 '인생을 위한 문학'은 당연히 계급사상에 대한 비판을 겨냥하고 있다. 즉 '인생을 위한 문학'은 근대 들어 자신의 문학적 한계선을 넘어 정치주의의 길로 들어섰다는 것, 하지만 그 같은 정치주의의 한계는 이미 (구)소련의 라프의 해체가 잘 보여준다는 것이다. 그는 무엇보다 그와 같은 정치주의가 인간과 신을 물질화하여 인간의 정신 세계를 봉쇄하고 결과적으로 문학의 비극을 초래했다고 주장한 바 있다. 따라서 그는 유물론적 예술관, 기계화되고 공식화된 인간 문제를 다시 검토하여 생기 있는 인간과 문학을 찾겠다고 말한다. 여기에 이르면 「독방」에서 그나마 보이던 계급사상에 대한 신뢰는 완전히 사라지고 만다. 요컨대 그는 전향 선언문(1934)에서 이데올로기를 얻은 대신 예술을 잃었다고 했고, 「문학의 이론과 실제」(1940)에서는 그 상실한 예술을 옹호하기 위해 계급사상의 정치주의를 강하게 비판한다.[23] 이 글에 이어 발표된 「창작과 비평의 교류」 또한 그런 점에서 주목된다.

파멸된 정신세계 진리의 세계 도덕의 세계를 재건하는 정신 없이는 현대문학은 건전한 발전을 할 수 없는 것이다.
현대의 생활이 물질주의와 아울러 도덕과 진리를 무시하여 있으니 문학적 작품은 그것을 반영하면 족하다고 한다. 문학은 설교조의 문학이 경전이 아니니 새삼스럽게 도의를 논할 필요가 없다고 한다. 그러나 그 대신 문학은 「생활의 실체」를 묘출해서 그것에서 인류 도덕 진리의 반드시 나갈 방향을 표시하고 있

---

23) 박영희는 해방 후 「문학의 이론과 실제」와 다른 문학 원론적인 글들을 묶어 같은 제목의 단행본을 펴냈다. 여기서 이 책에 실린 글들에 대한 그의 애착을 짐작할 수 있다. 특히 이것은 신체제 시기에 발표된 이 글들이 신체제와는 무관하다는 자신감의 반증일 수도 있다(박영희, 『문학의 이론과 실제』, 일월서각, 1947 참조).

는 것이니 이러한 문학의 가치는 거대한 것이다. 정신 생활의 향상으로부터 실생활에도 영향되는 것이다.

문학의 공리적 결과는 독자에게 명령하는 것이 아니며 지도하는 것은 아니다. 모든 것을 생활의 전체성에서 그 방향을 어떠한 작가의 한 이상으로서 표현하는 것이다. 우리는 과거의 수많은 위대한 작가와 그 작품을 이러한 의미에서 애독하고 감탄하고 심취하였다.[24]

인용은, 문학의 공리적 결과는 독자에게 명령하거나 지도하는 것은 아니라는 것, 따라서 모든 것을 생활의 전체성에서 파악하여 그것을 작가의 한 이상으로서 표현하는 것이라는 것이다. 이는 아주 객관적인 문학론에 해당한다. 특히 이 글보다 두 달 앞서 발표된 「국민문학의 건설」이 '국체에의 헌신'을 강조한 것과는 사뭇 다르다.

그러면 국민문학론으로 나아가는 과정은 어떠한가. 신체제가 본격화되면서 그는 자신이 바라던 '예술'과 '인간'을 버리고 아무런 내적 계기 없이 '국가'를 내세우게 된다.[25] "자아라는 개성을 국가 속에 해소시켜서 전체로서의 자아를 찾자"는 것이다.[26] 여기서 '인간'(개인, 자아)과 '국가'는 구별되지 않는다. 그때의 인간은 개성을 지닌 한 존재가 아니라 오직 국가에 충성하는 데서만 그 존재 가치를 확인할 수 있다. 그의 말대로 "자기를 표준한 개성은 사회적 단위의 개성, 국가적 단위의 개성을 만들어야 하는 것이다."[27] 그러면 논리상 그가 이렇게 주장하게 된 이유는 무엇인가. 그것은 한마디로 그가 계급사상의 정치주의만 문제삼고 신체제의 정치주의는 괄호로 처리했기 때문이

---

24) 박영희, 「창작과 비평의 교류」, 『매일신보』, 1940.3.7.
25) 박영희, 「신체제를 맞는 문학—문협 일주년에 제하여」, 『매일신보』, 1940.11.7.
26) 박영희, 「문학의 새로운 과제」, 『매일신보』, 1941.4.12.
27) 박영희, 「포연 속의 문학」, 『매일신보』, 1940.8.17.

다. 말하자면 신체제의 정치주의를 괄호로 처리한 결과가 다름 아닌 '인간에서 국가로', 더 정확하게는 '인간=국가'의 논리 구조다. 이처럼 '인간'과 '국가'를 매개하는 내적 계기가 없다는 것은, 그가 그 '인간'과 '국가'를 가능하게 하는 '현실'에 대해 깊이 사유하지 못했다는 것을 말해준다. 물론 이때의 '현실'이란 식민지자본주의사회라는 조선의 특수성과 함께 세계 자본주의 경제체제 하에서의 일본의 특수성을 가리킬 것이다. 이에 대한 인식을 소홀히 하였기에 그는 일본을 "현대 아국"[28]이라 말할 수 있었고, 그 자신을 일본 국민으로 파악할 수 있었다. 그의 국민문학론을 단순히 외압의 산물로만 보기 어려운 것도 그래서이다. 여기서 그는 「전향선언문」 이후 자신이 거부했던 바, 문학과 정치의 일원론적인 사고로 다시 회귀한다.

이처럼 그의 국민문학론은 '개인/사회(국가)'의 단순한 이분법에 기초하고 있다. 말하자면 중세 이후 극도로 발달한 '개인'주의 사상을 양기하기 위해 '국민'문학이 필요하다는 것이다. 그가 말하는 개인주의문학은 다음 인용에서 잘 드러난다.

다만 작가 자신만이 만족하고 마는 문학적 경향을 나는 개인주의문학의 최종적 계단이라고 생각한다. 원래로 중세 이후의 개인적 의식이 해방된 후로는 각자의 인생관 사회관 우주관은 발전할 대로 발전하였다. 이곳에서 고전적 통일성은 완전히 붕괴되어 버렸다. 그러나 이 개인주의의 급속한 발달은 구미 제국의 사회발달사적 원인에서 발한 것으로 종교적 개인주의에서 물질적 개인주의에 이르러 그 최후를 마칠 때까지 허다한 공죄(功罪)를 지적할 수 있으려니와 이곳에서는 그것을 생략하고 **이 극도로 발달된 개인주의는 문학사상에 있어서 침체와 빈궁을 가져올 뿐만이 아니라 사회와 민족과 국가를 붕괴시키는 작용에까지 이**

---

28) 박영희, 「신체제를 맞는 문학 – 문협 일주년에 제하여」, 『매일신보』, 1940.11.7.

르고 마는 것이다.[29]

인용에서 주목되는 것은 '개인/사회(국가)' '물질/정신'의 선명한 이분법이다. 중세 이후 극도로 발달한 서구의 개인주의가 민족과 국가를 붕괴시켰기 때문에 이제 그 '개인'은 '국가'에 해소되어야 한다는 것이다. 여기서 서구의 개인주의가 갖는 긍정적인 의미는 전혀 기대할 수 없다. 또한 그가 말하는 개인은 보편적이고 추상적인 '개인'일 뿐, 그것이 시대와 지역에 따라 갖는 특수한 역사적 성격에 대해서도 전혀 인식이 없다. 즉 박영희의 국민문학론은 일본의 '국체'를 강조하기 위해 서구 개인주의의 폐해만을 지적하고 있다. 이는 그가 무엇보다 신체제의 정치주의를 괄호로 처리하였기에 가능했다. 그 결과 초래된 '인간=국가'의 논리적 비약은 그의 신체제로의 전환이 아주 허약한 것이었음을 말해준다. 그리하여 그것은 상황이 바뀌면 얼마든지 또 다른 것으로 바뀔 수 있다. 이로써 그의 신체제로의 전환은 그의 정열적인 활동에도 불구하고 일종의 포즈에 불과한 것이 된다.

5. 마무리

지금까지 전향과 친일 문제와 관련하여 1930년대 중반 이후 박영희의 작품과 비평을 살펴보았다. 전향은 무엇보다 소재가 아니라는 것, 사상적 회심(回心) 현상 일반으로 접근해서는 안 된다는 것, 나아가 우리에게 과연 전향이란 용어가 성립할 수 있는가, 등의 문제를 그의 전향선언문과 소설 「명암」 그리고 수기 「독방」을 중심으로 우선 살펴보았다. 그리고 그 연장선에서 신

---

29) 박영희, 「신시대의 문학적 이념」, 『매일신보』, 1942.3.17.

체제 시기 그의 국민문학론의 내적 균열양상을 살펴보았다.

그의 전향선언문은 이데올로기 대신 상실한 예술을 강조했다. 하지만 「명암」은 전향지식인의 자기반성을 통해 전향 상황에 저항하는 지점을 구체적으로 보여준다. '나는 망하지 않아야 하겠다'는 명제가 그것이다. 더욱이 「명암」은 박영희가 전향자대회에 참가한 뒤 국민문학론을 본격적으로 쓰던 시기에 발표되었다는 점에서, 전향자의 심리가 결코 단순하지 않음을 보여준다. 특히 「독방」은 여전히 계급사상에 대한 미련을 떨쳐버리지 못하고 있다. 전향문학 연구에서 비평과 작품의 낙차를 고려해야 하는 이유가 바로 여기에 있다. 그러나 신체제 시기 들어 그의 비평은 큰 전환을 맞게 된다. 우선 이시기 그의 글들간에도 편차와 균열이 존재한다. 「문학의 이론과 실제」와 「창작과 비평의 교류」가 객관적인 입장에서 문학론을 제시한다면, 다른 글은 모두 국민문학을 옹호한다.

박영희의 국민문학론은 '개인/사회(국가)'의 단순한 이분법에 기초하고 있다. 이 밖에도 '이데올로기/예술' '물질/정신' '서구 개인주의/동양의 일본 정신' 등의 숱한 이분법이 존재한다. 사실 「독방」만 해도 변증법적 사유를 놓치지는 않고 있다. 하지만 그의 국민문학론은 변증법적 상호 작용은 전혀 고려하지 않고 있다. 아무런 내적 계기 없이 '개인'은 '국가'에 해소되어야 한다는 주장만 되풀이될 따름이다. 이것은 논리의 파탄을 넘어 논리의 실종이라 해야 할 것이다. 이는 그가 계급사상의 정치주의만을 문제삼고 신체제의 극단화된 정치주의는 괄호로 처리하였기에 가능했다. 사실 그는 서구 개인주의의 긍정적인 면은 전혀 인식하지 않는다. 또한 식민지자본주의사회라는 조선의 특수성, 나아가 세계 자본주의 경제체제 하에서의 일본의 특수성에 대한 인식도 보이지 않는다.

요컨대 '예술' 또는 '인간'에서 '국가'(사회)로의 전환 과정에 전혀 내적 계기가 없다. '인간=국가'의 논리적 비약만이 있을 뿐이다. 이로써 그의 신체제로의 전환은 그의 정열적인 활동에도 불구하고 일종의 포즈에 불과한 것이 된다. 한편 이와 더불어, 그가 객관적인 문학론을 동시에 전개하고 있는 것은, 그의 국민문학론이 스스로 모순과 파열을 내장하고 있다는 명백한 증거다. 다시 말해 이러한 분열상 자체가 전향·친일문학을 단선적으로 접근해서는 안 된다는 사실을 잘 말해준다.

전향과 친일, 그리고 저항
- 안함광론

1. 우리에게 '전향'이란 무엇인가

동북사변(1931) 이후 일본은 대륙 침략을 본격화한다. 그에 따라 카프 (KAPF)는 제1차 검거사건(1931)을 비롯, 신건설사 사건(1934)으로 1935년 마침 내 해산하게 된다. 이 당시 (구)소련은 이미 사회주의리얼리즘으로 창작의 활 성화를 꾀하고 있었고, 이것은 일본에도 영향을 미쳤다. 그러나 갈수록 강화 되는 군국주의 체제하에서 일본의 나프(NAPF)는 1934년 해산하게 된다. 박영 희가 전향선언문 「최근 문예이론의 신전개와 그 경향 – 사회사적 및 문학사 적 고찰」(『동아일보』, 1934.1.2.~1.11.)을 발표하고, 또 여러 논자들이 사회주의리 얼리즘을 둘러싸고 활발하게 논의를 펼쳤던 것도 모두 일본의 영향이 컸다. 특히 일본에서 발표된 공동전향선언문 「공동 피고 동지에 고하는 글」(佐野學 · 鍋山貞親, 『개조』, 1933.5.)은 박영희의 전향선언문에 큰 영향을 미쳤다. 그리고 이제 일본과 조선 모두 군국주의 체제를 정면으로 마주할 수밖에 없었다.

카프 해산 이후 '전향'을 이야기할 때 우선 그 개념을 살펴보아야 한다. 흔히 전향의 개념을 세 가지로 말한다. 공산주의자가 공산주의를 포기하는 경우, 진보적 · 합리주의적 사상을 포기하는 경우, 사상적 회심(回心) 현상 일반을 가리키는 경우 등이 그것이다.1) 일본의 경우, 이 셋 가운데 첫 번째의 의미로 전향 개념을 규정하고 있다. 그에 따라 적극적인 전향파(佐野學 · 鍋山貞親 등), 소극적인 전향파(「시골집」의 저자 中野重治 등), 그리고 비전향파(臟原惟人 · 宮本百合子 등)로 크게 나누어진다. 그런데 일본 전향 연구의 한 특징은, 국민 대중들 모두가 일본 정신으로 귀의하는 상황에서 비전향파 또한 결국은 전향파와 다르지 않다는 것이다. 그러나 식민지였던 우리의 경우 이와는 다른 시각을 요구한다. 사실 우리의 전향은 박영희 · 백철 등 몇몇 경우를 제외하면 대부분 '소극적인 전향' 유형에 속할 것이다. 그것은 일단 전향자가 집행유예로 석방되면 '조선사상범보호관찰법'(1936.12.)에 따라 일제의 보호 아래 갱생을 도모하지 않을 수 없었기 때문이다. 바로 이 때문에 일본에서의 전향이 공개적으로 진행되었던 것과 달리, 우리의 전향은 대부분 은밀하게 이루어졌다.

우리의 전향문학 연구도 이제 상당히 축적되어 있다. 그 대상 작가는 이기영 · 한설야 · 김남천 · 임화 등 구카프작가와 유진오 · 이효석 · 이무영 · 채만식 등 동반자작가, 그리고 박영희 · 백철 등에 걸쳐 있다. 일찍이 김윤식은 동반자작가와 박영희 · 백철 등의 경우 그들의 사상 선택이나 거기에서의 이탈이 모두 '시류적인' 것이었다고 평가하였다.2) 그 뒤 다른 연구자들이 대상 작품을 확대하거나3), 논의 대상을 유항림 등의 단층파와 최명익 · 정비석 등의 신인작가로까지 넓히기도 했다.4) 김윤식은 그 뒤에도 '전향'을 사상적

---

1) 本多秋五, 「전향문학론」, 노상래(역), 『전향이란 무엇인가』, 영한, 2000, 27〜75면.
2) 김윤식, 『한국근대문학사상사』, 한길사, 1984, 259~326면.
3) 김동환, 「1930년대 한국 전향소설 연구」, 서울대 석사, 1987.
4) 졸고, 「'단층파' 소설연구 – '전향 지식인'의 문제를 중심으로」, 『한국학보』(66), 1992년 봄.

회심(回心) 현상 일반으로 보고, 해방공간에서의 사상 전향, 예컨대 김기림·박태원·최명익과 이태준·이원조·정지용 등의 전향까지 살펴보았다.[5] 여기서 우리의 전향 논의는 그 대상 폭을 크게 넓히게 되었다. 그리고 전향 문제가 사상사의 관점에서 검토되기 시작했다.

하지만 전향 개념이 확대되면서 단순히 소재적으로 접근하는 폐단도 없지 않았다. 김윤식은 박영희와 임화, 특히 임화가 모더니즘·사회주의·일본주의를 등가(等價)로 보고, "이 세 이데올로기 사이에 균형감각을 취하는 일이 그에게는 전향"[6]이었다고 지적한 바 있다. 물론 여기서 그는 전향 개념을 사상적 회심(回心) 현상 일반으로 보고 있다. 그런데 모더니즘, 사회주의, 일본주의라는 세 가지 사상은 서로 완전히 '등가'이기 때문에, 엄밀하게 말하면, 그것들 사이에서의 작가의 선택을 두고 굳이 '전향'이란 말을 쓸 필요가 없게 된다. 이 글에서 전향 문제를 구카프작가들, 그 중에서도 안함광을 중심으로 살펴보려 하는 것도 사상적 회심 현상 일반에서가 아니라 식민지 조선의 특수성의 관점에서 전향을 이해하기 위해서다.

따라서 우선 '전향문학'과 '전향작가의 문학'은 구분되어야 한다. '전향문학'의 경우는 소재 차원에서의 접근을 의미하며, '전향작가의 문학'의 경우 그 논의 대상이 전향작가에 한정된다. 사실 박영희·백철 등 몇몇 특이한 경우를 제외하면 우리의 전향은 '비전향'의 본질적인 계기를 내포하고 있다.[7] '전향=비전향'의 구도가 그것이다. 그리하여 전향 문제가 적어도 소재 차원의 것이 아니라면, 과연 우리에게 '전향'이 성립될 수 있는가를 질문할 수 있다.

藤石貴代, 「1930년대 후반 한국 전향소설 연구」, 서울대 석사, 1997.
5) 김윤식, 『한국현대문학사상사론』, 일지사, 1992, 109~145면.
6) 위의 책, 123면.
7) 이 문제는 졸저『한국 근대문학과 전향문학』(깊은샘, 1995)의 제1부「1930년대 후반기 창작방법론 연구」에서 이미 살펴본 바 있다.

따라서 이 경우 '완전 전향'(박영희 · 백철 · 김기진 등)을 제외한다면, 굳이 '위장 전향'(임화 · 김남천 등)이라거나 또는 '비전향의 전향'(이기영 · 한설야 등)[8]이라거나 할 필요가 없다. 1930년대 후반 임화와 김남천, 특히 안함광과 한설야는 오히려 이 전향 상황을 어떻게 극복하느냐에 초점을 맞추고 있다.[9] 임화 · 김남천의 주체 '재건'과 안함광의 주체 '건립'의 과제가 그것이다. 또한 김남천의 「경영」, 「맥」 연작과 『대하』, 한설야의 『황혼』, 『탑』, 『마음의 향촌』(『초향』), 『청춘기』 등은 그 창작적 성과에 해당한다. 이렇듯 전향 문제는 개별 작가의 조직 이탈과 창작 행위 전반과의 관계, 그리고 창작의 경우에 있어서도 비평과 작품 간의 관계를 보다 치밀하게 따져보아야 한다.

2. '전향'과 '친일'의 거리

주지하듯, 1938년 <전조선사상보국연맹>이 결성되고, 그 해 7월 22일 부민관에서는 '전조선전향자대회'가 열렸다. 이 대회에는 수석 간부로 참가한 박영희 외에도 김팔봉 · 임화 · 이기영 · 송영 등이 참가했다. 이들이 전향자대회에 참가했다는 것은 이제 그들이 공산주의사상을 버리고 일본의 국민정신을 받아들인다는 것을 의미했다. 그러나 여기서도 카프에 심정적으로 동조했던 동반자작가를 포함하여 박영희 · 백철 · 신유인 · 이갑기 등의 이른바 전향파들과, 임화 · 김남천 · 한설야 · 안함광 등의 구카프작가들은 일단 구별

---

8) 노상래, 『한국 문인의 전향연구』, 영한, 2000, 69~70면.
9) 안함광은 「문학의 주장과 실험의 세계 – 『대하』의 작자의 걸어온 길」(『비판』, 1939. 7)에서 김남천이 세사에만 저회하지 않고 예전의 정신적 전통을 개변하기 위해 노력하는 것을 높이 평가하고 있으며, 한설야는 그보다 더 "上之上"의 경지에 있다고 『청춘기』를 평가하고 있다.

해야 한다. 사실 전향의 대표자였던 박영희조차 '전향=친일'의 덫만을 씌울 수 없다는 사실을 그의 전향선언문과 수기 「독방」(『현대문학』, 1959.2.) 그리고 소설 「명암」(『문장』, 1940.1.) 등의 편차 내지 내적 균열 상태가 잘 말해주고 있다. 그러므로 '전향'이 이후 '친일'과 관계 맺는 양상은 보다 섬세하게 고찰되어야 한다.

앞서 제기한 바, '전향은 비전향의 본질적인 계기를 내포하고 있다'고 한다면 '전향=친일'의 단순 도식은 성립하기 어렵다. 중요한 것은 오히려 '전향'과 '친일'(천황제로의 귀의) 사이에서 서로 다른 여러 층위들을 확인하고 그 의미를 살펴보는 것이다. 다시 말해 '친일'과 거기에 균열을 일으키는 여러 '저항'의 지점들을 동시에 확인하는 것이다. 친일문학 연구는 바로 이러한 관점에서 보다 치밀하게 이루어져야 한다. 1950년대부터 시작된 일본의 전향문학 연구는 바로 이러한 측면에 대한 인식을 겨냥하고 있다. '전향'을 단순히 외적 강제의 결과로서가 아니라, "수입 사상이 일본화 되는 과정에서 생긴 알력"으로 해석하는 경우가 그 하나의 예다.[10] 즉 '전향'을 좌익 지식인이 한때 그들이 무시했던 근대 일본의 열악한 봉건성의 제약에 스스로 굴복하거나 그 봉건성 자체를 동경하는 것으로 해석하는 것이다.[11] 이렇게 해석하는 경우, 좌익 지식인의 전향에는 그들 이론의 관념성도 작용하였겠지만 국민 대중의 전향이 크게 작용한 것이 된다. 이것은 따라서 '전향'을 단순히 국가 권력에 굴복한 것으로 해석하거나 계급적 배반으로 이해하는 방식[12]과는 다르다. 여기서 '전향'은 일본의 사상사 전반과 관련하여 논의되고 있음을 알 수 있다.

그런데 앞서 지적했듯, 식민지 조선의 경우 좌익 지식인이 '전향=친일'의

---

10) 本多秋五, 「전향문학론」, 노상래(역), 『전향이란 무엇인가』, 영한, 2000, 63면.
11) 吉本隆明, 「전향론」, 위의 책, 3면.
12) 杉浦明平, 「전향론」, 위의 책, 97~111면.

구도에서 이른바 '국체'(천황제)를 그대로 받아들였다고 보기는 어렵다. 식민지였던 우리의 경우, '전향'과 '친일' 사이에는 훨씬 복잡하고 다양한 계기들이 작용했을 것이기 때문이다. 이 점에서 다음 지적은 주목된다.

> 이제 전향에 대한 결과를 고찰해볼 차례이다. KAPF에서 전향한 회월과 백철이 다시 「황도문학」으로 전향하게 되었고, 해방 후에는 그들이 처음 KAPF에서 전향할 때의 상태로 회귀한다. 따라서 황도문학에의 전향은 의장적(擬裝的)이라 볼 수 있다. 한편, KAPF 해체 후 어느 시기만큼 비전향파이던 임화 등이 황도문학으로 전향한 것도 역시 의장전향이라 본다. 왜냐하면 마르크스주의에서의 전향 문제는 결국 회월·백철만이 전형적이고 유일한 것이며 그만큼 비평사적 의의가 있다는 것이 된다. 이러한 사실은 한국문예에서의 전향 문제가 심각한 내적 변모를 경험하지 못했다는 것을 의미할 것이다.13)

인용은 '전향'을 사상적 회심(回心) 현상 일반으로 보고 있기는 하지만, 우리의 '전향'이 '의장적'이라는 위의 지적은 우리가 '전향' 문제를 '친일'과 관련하여 사고할 때 하나의 훌륭한 시사점을 제공하고 있다. 나아가 우리가 '전향' 개념을 '공산주의자가 공산주의를 포기하는 경우'로 사용한다면, 구카프작가들의 '전향'과 '친일'간의 관계를 살펴보기 위해서는 훨씬 섬세한 눈금이 요구된다는 사실을 확인하게 한다.

최근 우리의 친일문학론을 두고 "근대 이후 한국문학사의 어떤 예외적이고 우연적인 현상이 아니라 안타깝지만 근대 이후 한국문학의 한 중요한 귀착점"14)이라거나, 일본이 상징하는 바 국민국가로 회수되는 것으로 파악하기도 했다.15) 말하자면 우리가 민족국가의 경험이 전혀 없었기 때문에 그토록

---

13) 김윤식, 『한국근대문예비평사연구』, 일지사, 1985, 183면.
14) 류보선, 「친일문학의 역사철학적 맥락」, 『한국근대문학연구』, 태학사, 2003.4, 32~33면.

급진적으로 '내선일체론'으로 빠져들었다는 것이다. 그러나 앞서도 언급했지만, 이것을 결코 일반화할 수는 없다. 전향·친일 문제와 관련하여 특히 안함광의 문제의식이 돋보이는 것도 바로 이 지점이다.

안함광은 '조선적 특수성'론을 통해 누구보다 우리의 식민지 현실을 정확하게 인식했다. 또한 그는 식민지 조선의 지식인이 '전향'과 그 연장선에 놓여있는 '친일' 문제를 어떻게 사유하였는지를 예각적으로 보여준다. 예컨대 '친일'과 거기에 균열을 일으키는 여러 '저항'의 지점들을 그는 동시에 보여준다. 사실 포섭과 배제, 허용과 금지 등, '나를 닮되, 나와 같아서는 안 된다'는 식민주의 자체의 내적 모순은 필연적으로 피지배자의 분열과 '양가적 저항'[16]을 불러온다. '규칙을 따르면서 동시에 어기는' 피지배자의 태도가 그것이다. 더욱이 '내선일체'가 강요된 신체제 시기에 피지배자의 이러한 '양가적' 태도는 '저항'의 지점이기도 하다. 따라서 어떤 점에서는 식민 지배자와 피지배자가 가장 첨예하게 부딪치는 시기가 신체제 시기며, 그 장소가 '국민문학'의 현장이라 할 수 있다. 이 '양가적 저항' 개념은 호미 바바[17] 이전에 이미 파농이 명쾌하게 살핀 바 있다. 바바와 달리, 파농[18]은 그 '저항'의 욕망을 보다 적극적으로 읽어낸다. 즉 그는 식민주의를 정치·경제적 침탈과 정신적 억압의 양면적 현상으로 접근하여, 식민주의의 극복 또한 물질적 실천과 담론적 실천을 병행할 때 완성될 수 있음을 분명히 했다. 그리고 그는 식민주의와 내부의 계급적 모순을 함께 극복할 때 진정한 민족해방도 가능하다고 보았다.[19]

---

15) 강상희, 「친일문학론의 인식 구조」, 『한국근대문학연구』, 태학사, 2003.4, 45면.
16) 박상기, 「탈식민주의의 양가성과 혼성성」, 『비평과이론』 8호, 2001년 봄·여름, 91면.
17) 호미 바바, 나병철 역, 『문화의 위치』, 소명, 2002, 177~192면.
18) 프란츠 파농, 이석호 역, 「검은 피부, 하얀 가면」, 인간사랑, 1998. 특히 제4장 '식민지 민중의 의존 콤플렉스'는 식민 지배자는 물론 피지배자의 인간 소외를 동시에 말하고 있다.
19) 이경원, 「탈식민주의의 계보와 정체성」, 『비평과이론』 7호, 2000년 가을·겨울, 19면.

요컨대 이 글은 '전향' 문제를 소재 차원에서 접근해서는 안 된다는 것, 그리고 과연 우리에게 '전향'이 성립될 수 있겠는가의 문제, 나아가 '전향=친일'의 구도를 그대로 받아들일 수 있겠는가, 등의 문제를 안함광을 중심으로 살펴보려 한다. 특히 '친일'과 거기에 균열을 일으키는 여러 '저항'의 지점들을 동시에 확인하고자 한다. 이는 무엇보다 지배 권력의 강요에 의한 '순응'이냐 의도적 '저항'이냐 라는 단순한 이분법을 넘어설 수 있기 때문이다. 사실 우리가 '제국주의/민족주의' 그리고 '친일/저항'이라는 이분법에 갇혀 있는 한, 우리 내부의 또 다른 착취에 대해서는 둔감할 수밖에 없다. '전향' 또한 하나의 '제도'적 차원에서 진행되었고, 따라서 의식적이든 무의식적이든 그것을 받아들일 수밖에 없었다고 한다면, 그때의 '친일'은 '포섭'을 전제할 수밖에 없다. 바로 그 때문에 '친일'에 '저항'의 균열이 생겨난다고 하겠다. 바로 이 지점에 안함광이 서 있다. 이 글은 이러한 관점에서 안함광의 해방 이전 비평과, 해방 이후 북한에서의 '민족적 특성' 논의 이전까지의 비평을 살펴보려 한다.

3. 식민지자본주의와 '민족'(－'통일 국가')의 의미

주지하듯, 1940년대로 접어들며 『동아일보』와 『조선일보』 그리고 『문장』과 『인문평론』이 폐간되고, 곧이어 일어 문예지 『국민문학』(1941.11.)이 창간된다. 그 뒤 조선어학회 사건(1942.10.1.)을 거치며 그야말로 '조선어'가 아닌 '일본어'를 '국어'로 삼을 수밖에 없는 상황을 맞게 된다. 안함광은 「조선문학의 진로」(『동아일보』, 1939.11.30.～12.8.)에서 친일 조직이었던 <조선문화협회>의 창립을 시의적절한 것으로 평가하고 있다. 특히 1940년대로 접어들며 그는 '전향=친일'의 흔적을 내비치고 있다.[20] 그는 일본 국가 내의 일본 민족과 조선 민족에게 "「시국」의 정신적 특성에 대한 구극적 약속은 동일"[21]하다는 전제 아래, 「국민문학의 성격」(『매일신보』, 1942.7.21.~7.24.)과 「국민문학의 문제」(『매일신보』, 1943.8.24.~8.31.) 등에서 신체제문학을 이론적으로 검토한다.

안함광은 먼저 예전의 경향문학을 비판하며 일본의 '국민문학'으로의 '전향'을 분명히 한다. "반도문학이 의거했든 사회철학 말하자면 문화 단위로서의 민족 내지 계급이라는 것은 국민이라는 역사적 범주에 당연히 포섭되어져야 할 것"[22]이라거나, "세계의 질서가 계급주의에 의하여 횡단되어진다고 생각한 대전제부터가 허황한 견해"[23]라거나, 또는 "현시의 국민문학은 뒤집힌 형태로서의 계급문학의 전철을 밟아서는 안 될 것"[24]이라는 언급 등이 그것이다. 여기서 계급문학의 비판적 계승을 기대할 수는 없다. 그는 예전의 경향문학의 한계를 '세계관 그 자체의 비현실성'과 '기술의 미흡'으로 지적하면서, 오늘의 '국민문학'은 이 두 가지 한계를 모두 해결하였다고 주장한다. 왜냐하면 "현시 국민문학이 의거한 바 국가주의적 세계관의 현실성과 상사해서 장구한 과정 동안 숙련해 온 기술의 향상이 문학의 경향성을 진실한 예술성에로까지 이끌어"[25] 올렸기 때문이다.

다시 말하면 이 경우에 있어서의 「국민의식」은 정치적으로는 민주주의에 의

---

20) 안함광은 해방 직후 김구 지시로 임정 국무위원 김승학이 작성한 '친일파' 263명의 명단에 들어 있다(이덕일, 「친일파 263명 '반민특위' 살생부 초안 최초 공개」, 『월간중앙』, 2001년 가을).
21) 안함광, 「내지 문학의 특성과 조선 작가의 작품」(3), 『매일신보』, 1940.7.26.
22) 안함광, 「국민문학의 성격」(1), 『매일신보』, 1942.7.21.
23) 안함광, 「국민문학의 문제」(4), 『매일신보』, 1943.8.27.
24) 안함광, 「조선문학의 특질과 방향에 대하여」, 김윤식(역), 『작가』, 2002년 겨울.
25) 안함광, 「국민문학의 성격」(3), 『매일신보』, 1942.7.24.

하여 특징화된 것일 뿐 아니라 그 한에 있어서 개인주의의 ×(개)인과도 이율배반적인 것은 아니라는 사정에서 와지는 당연한 귀결이다.

이런 의미에서 현시의 국민문학의 안받침으로서의 「국민의식」이란 것은 정당하는 「황국신민의식」으로서 호칭되어져야 할 문제다.

이리해서 근대 국가의 초창기에 있어서의 국민문학이 단순히 창조적 제인격의 연쇄일 뿐이었다고 하면 **현시의 국민문학은 창조적 제인격과 상사해서 정신이라든가 심정이라든가 말하자면 아직 형식되어지지 않은 모든 힘의 협동에 의해서 국가에 대하여 성과적으로 봉사해 나가는 것이 아니어서는 아니 될 것이다.**

이리해서만 국민문학은 현시 총력체하에 있어 자기 존재의 의무를 소리 높여 주장할 수 있는 것이리라.[26]

인용은 오늘의 '국민문학'은 '황국신민의식'을 토대로 한다고 말한다. 또 총력체제 아래 국가에 봉사해야 하는 '국민문학'은 '종합적 리얼리즘'을 그 양식으로 한다고 하는데, 여기서 그가 말하는 '종합적 리얼리즘'은 '국가주의적인 의욕적 리얼리즘'이기도 하다. 그에 의하면, 이 '국가주의적인 의욕적 리얼리즘'은 의욕적인 한에서 낭만주의와 별개의 것이 아니며, 또 당해 현실에서 예술의 조황(粗荒)화를 미연에 방지하기 위하여서 그것은 고전주의와 통하는 것이기도 하다. 이처럼 낭만주의와 고전주의를 리얼리즘 권내에 모두 포함하고 있는 것이 '종합적 리얼리즘'이다. 여기서 '(혁명적) 낭만주의'를 강조해 온 그의 사고의 잔재가 보인다. 사실 천황제 자체가 낭만주의적 환상과 무관하지 않다.[27] 물론 이 시기에 그는 '혁명적 낭만주의'라는 용어를 사용하고 있

---

26) 안함광, 「국민문학의 성격」(2), 『매일신보』, 1942.7.22.
27) 이에 대해서는, 스즈키 마사유키의 『근대 일본의 천황제』(류교열 역, 이산, 1998)의 제7장 「국체 지상주의와 천황의 신격화」를 참조할 수 있다.

지는 않다. 하지만 그의 낭만주의적 사고의 잔재는 의식적이든 무의식적이든 천황제에 포섭되는 측면이 있어 보인다. 그러나 유물변증법적 창작방법(이하 '유변창')을 주장하던 시기의 '혁명적 낭만주의'와 신체제 시기의 낭만주의적 요소는 구별해야 한다. 전자가 현실 인식을 위한 리얼리즘의 한 구성 요소라 한다면, 후자는 말 그대로 천황제와 관련하여 '국가주의적인 의욕적 리얼리즘'의 한 계기라 할 수 있기 때문이다. 요컨대 그는 "오늘의 성전(聖戰), 그 중 대동아전쟁의 발발이라는 감격적 사실이 없었다고 한다면, 조선에 있어서의 국민의식의 앙양은 차라리 장래의 일일지도 모를 일"[28]이라 주장한다. 즉 조선은 일본의 성전(聖戰)을 통해 비로소 국민의식을 가질 수 있게 되었다는 것이다.

이 문제를 좀더 구체적으로 살펴보자. 그의 「문학의 구상」(『매일신보』, 1941.5.13.~5.21.) 또한 '(혁명적) 낭만주의'라는 그의 사고의 잔재와 함께 그가 '계급문학'에서 '국민문학'으로 이행해가는 과정을 잘 보여준다. 우선 그는 발 자크의 관찰적인 '객관주의적 사실주의'보다 도스토예프스키나 톨스토이의 작 품이 더욱 치열한 인간 정신을 보여준다고 말한다. 여기서 도스토예프스키나 톨스토이가 보여주는 바 '인간 정열의 논리'와, '동아체제'가 상징하는 바 '현 실의 논리'를 생활 면에서 종합하여 창조하는 문학이 바로 그가 말하는 '국민 문학'이다. 즉 그는 '계급문학'에서 '국민문학'으로 이행하는 과정에서 '인간 정열의 논리'라는 계기를 설정하고 있다. 그리하여 그가 말하는 '국민문학'은 발자크적인 '객관주의적 사실주의'를 척결하여 '건설적 사실주의'를 그 자신의 양식으로 하고 있다. 이 '건설적 사실주의'는 앞서 말한 '종합적 리얼리즘'('국 가주의적인 의욕적 리얼리즘')에 다름 아닌데, 따라서 이 역시 낭만주의적 요소와

---

28) 안함광, 「조선문학의 특질과 방향에 대하여」, 김윤식(역), 『작가』, 2002년 겨울.

고전주의적 요소를 리얼리즘 권내에 통일하고 있는 것으로, 전자는 평판(平版)화를 방지하고 후자는 조황(粗荒)화를 경계하는 역할을 한다. 이처럼 그가 부분적이나마 '계급문학'에서 '국민문학'으로 이행해가는 과정을 보여준다는 것은, 그의 전향·친일이 의식적이든 무의식적이든 천황제에 '포섭'되는 측면도 있었음을 의미한다.

안함광은 그러나 이러한 그의 '국민문학'으로의 '전향'과 '친일'의 상황을 또한 극복하기 위한 논리를 해방 전후에 걸쳐 지속적으로 보여준다. 다시 말해, '전향과 '친일'의 문제를 그대로 연결하여 사고할 수 없다는 것이다. 그 둘 사이에는 다양한 균열들이 관여할 수 있기 때문이다.

이 문제와 관련하여, 우선 해방 이전 그의 비평을 살펴보자. 해방 이전 우리의 현실에 대한 그의 인식은 그의 '조선적 특수성'론에서 잘 드러난다.

> 정치와 예술에 대하여 직선적 해석을 가지는 과거의 편견을 버리라! 라고 외치는 말은 천만번 정당하다. 뉘라서 아직도 이러한 극좌적 편향에 미련을 가진 자 있을 것이랴! 그러나 문제를 정당히 해결하기 위하여는 우리는 한걸음 더 나아가서 그러한 극좌적 편향에 대한 추출적(抽出的) 근원체로서의 사회적 조건에 대한 구명과 분석이 있었어야 할 것이었고 **이리하여 지금 새로운 양자(樣姿)로서 등장된 예술의 특수성이란 것은 어떠한 방법에 의거하여서만 정당히 섭취될 것이냐 라는 문제에 있어서 그는 필연으로 조선이 처해 있는 현재의 사회적 제조건과 그가 일(一) 단위로서 구성되어 있는 세계적 현상세(現狀勢)에 대한 과학적 '격투'가 있었어야 할 것이 아니었던가?** 이리하여서만 작금 문단의 지배적 논제가 되어 있는 사회주의적 리얼리즘이란 것도 진실로 정당한 혈육적인 해석의 '아침'을 맞이할 수 있을 것은 두말할 것도 없는 일이다.[29]

---

29) 안함광, 「조선 프로문학의 현 단계적 위기와 그의 전망」, 『예술』, 1935.4.

인용은 구카프작가들이 일본과 (구)소련으로부터 이론을 무분별하게 받아들이는 태도를 문제삼고 있다.[30] 안함광은 다른 비평가들과 달리 농민문학론을 본격적으로 제기하였고, 또 사회주의리얼리즘의 도입을 둘러싼 논쟁에서도 '유변창'의 유효성을 계속 강조하였다.[31] 그는 '유변창' 또한 사회주의리얼리즘과 마찬가지로 제재의 광범한 선택과 높은 수준의 형상성의 획득, 그리고 현실의 산(生) 자태에서의 모사 등을 결코 소홀히 하지는 않았다고 지적한다. 문제는 이것을 제대로 이해하지 못하고 '유변창'을 도식적으로 파악한 작가와 비평가에게 있었다는 것이다. 나아가, 그는 이러한 한계 자체가 바로 우리 사회의 한 발전 단계를 정확히 보여준다고 분석한다. 그렇다고 해서 그가 사회주의리얼리즘의 의의까지 부정하는 것은 아니다. 오히려 그는 '유변창'과 사회주의리얼리즘을 구분할 이유가 전혀 없다고 본다. 다만 '유변창'이 정치와 예술, 그리고 세계관과 방법을 도식적으로 이해할 가능성을 지니고 있었다고 지적하면서 '유변창' 대신 '유물변증법적 리얼리즘'을 내세운다. 이 용어야말로 세계관과 방법을 아우르는 정확한 개념이라는 것이다. 즉 객관적 현실에 대한 유물변증법적 파악을 그 생명으로 하는 프롤레타리아 예술은 리얼리즘을 그 기초 조건으로 한다는 원칙적 입장에서 그는 '유변창' 대신 '유물변증법적 리얼리즘'을 주장한다.[32]

그러면, 당대 조선을 자본주의 단계로 파악했던 그가 그 당시 (구)소련을 어떻게 이해하고 있는가. 한마디로 그는 '사회 질서로서의 사회주의'와 '관념 체계로서의 사회주의'를 구분한다. 말하자면, 당대 조선은 (구)소련이 속하는

30) 안함광, 「창작방법 문제 재검토를 위하여 – 한효 군의 박문을 읽고」, 『조선중앙일보』, 1935.6.30.~7.4.
31) 안함광, 「창작방법 문제의 토의에 기(寄)하여」, 『문학창조』, 1934.6.
32) 안함광은 「창작방법 문제 논의의 발전 과정과 그 전망」(1936.5.30.~6.10.)에서는 '유물변증법적 리얼리즘'의 한계를 지적한다.

바 '사회 질서로서의 사회주의' 사회가 아니라는 것이다. 따라서 '관념 체계로서의 사회주의' 사회에 해당할 뿐인 조선에서 사회주의리얼리즘을 주장하는 것은 조선의 현실과는 무관하다는 것이다. 사실 그는 해방 전후 일관하여 극좌적 모험주의와 프롤레타리아 국제주의를 비판한다.

이와 관련하여 그는, 위의 인용에서 보듯, 식민지 조선을 세계의 한 구성 단위로서 사고하고 있다. 세계 자본주의 하에서 식민지자본주의라는 '조선적 특수성'을 그는 인식하고 있는 것이다. 이것은 특히 '전향'에 대한 그의 비판적인 인식과 관련되어 있다. 그는 식민지자본주의라는 '조선적 특수성'을 무시하고 사회주의리얼리즘을 빌미로 전향을 선언하거나 그에 암묵적으로 동조하는 풍조를 강하게 비판한다. 그렇다고 해서 그의 '조선적 특수성'론이 자민족의 폐쇄성을 강조하는 것은 아니다. 그는 오히려 한 국가 단위를 벗어나 세계적 차원의 교류를 전제하고 있다.

한데 옹호란 창조의 전제를 떠나서는 생각할 수 없다. **이렇게 옹호가 그 자신을 위한 옹호가 아니라 창조의 정신을 전제로 하고 있는 것이랄진대 우리는 시선을 일국 내의 문화 전통에만 고정시킬 필요가 있을까?** 자작자급의 경제 원리는 지금에 있어서는 지나간 멀고 먼 옛날의 전설. 우리는 일상 생활에 있어 서양 상품의 사용으로 오히려 생활의 편의를 도모할 수 있게 된 오늘이 아닌가? **실로 오늘에 있어서 문화는 웅덩이의 물이 아니라 경계를 모르는 대해의 호수다.** 우리는 빈번한 국제문화의 교류선상에 있어 적절히 비판 섭취함에 의하여 그를 조선문화의 피와 살로 창조하면 그만이 아니냐? 그렇기 때문에 지금 우리에게선 조선문화의 옹호가 문제가 아니라 조선문화의 창조가 문제다. 왜냐하면 조선문화를 부절히 창조하려는 노정에 있어서만 진실한 의미의 옹호는 성립되어질 것이기 때문이다. 지성의 옹호란 정히 이러한 의의를 갖는 것임에 불외(不外)하다.[33]

조선문화의 옹호가 아니라 조선문화의 창조를 전제할 때 세계적 차원의 교류는 꼭 필요하다는 것이다. 또한 그는 세계적 차원의 교류를 통한 '창조'를 위해 '가능의 세계'와 '의욕의 세계', 예컨대 '의식의 능동성'과 '창조의 정신'을 강조한다.[34] 그런데 그 '의식의 능동성' 또한 그에겐 식민지 자본주의라는 '조선적 특수성'의 산물이다. "사회적ㆍ경제적 조건의 선진과 후진을 불문하고 '존재'에 대한 '의식'의 능동성이란 다 같이 필요한 것"이라는 것, 하지만 "그가 보호적 정책 밑에 제한되어지는 경우와 그 반대의 경우와의 사이에는 필연으로 그 발휘(發揮)적 성격도 달라질" 수밖에 없다는 것이다.

해방 이전 안함광은 '계급문학'(프로문학)을 '민족주의문학'과 분명히 구별하였다. 그리고 해방 이후 계급문학을 '민족문학(화)'로 구체화한다. 그가 해방 이후 '국민문화'라는 말을 반대한 것은, 그것이 한 국가 내의 일부 특권계급의 것이었다는 것, 나아가 그것이 국수주의ㆍ파쇼적인 국가주의ㆍ전통주의와 결합하여 밖으로는 다른 국가를 공격하고 안으로는 계급대립을 강화했기 때문이다. 요컨대 그는 '민족문학(화)'를 통해 "세계문화 위에 조선문화의 개성적인 힘을 갖고 참가"할 것을 강조한다. '민주적 민족의식'과 '진보적 민주주의'라는 과제가 그것이다. 해방공간에서 우리의 민족 예술은 '사회주의적' 내용이 아니라 '진보적 민주주의'의 내용을 표현해야 한다는 것이다. 그는 '근대적인 의미의 민족문학'을 수립하자는 임화의 주장에 대해, 오히려 반봉건 반제 투쟁이야말로 그것을 가능하게 하며, 따라서 민족문학의 수립은 그 동안 가장 많은 피해를 입었던 무산계급(노동자ㆍ농민을 비롯한 근로 인민대중)을 중심으로 할 수밖에 없다고 주장한다. '민족문학'과 '계급문학', 즉 민족의식과 계급의식은 서로 모순되지 않는다는 것이다. 그렇다고 해서 그가 무산계급의

---

33) 안함광, 「지성 옹호의 변」, 『비판』, 1938.11.
34) 위의 글.

독재 정치를 내세우는 것은 아니다. 그는 무산계급을 '민족문화'를 이끌어갈 중심세력으로 설정하면서도 자본가까지 포용하는 민족통일전선의 입장을 강조한다. 이것은 무엇보다 '통일 국가', 즉 "조선의 완전 독립"을 성취하기 위해서다. 만약 식민지 시대처럼 계급투쟁으로만 접근하면, 당면 과제인 민족통일 대신 민족분열을 초래할 수 있기 때문이다.[35] 그의 말대로, "인류 결합의 기본적 형태는 민족이 아니라 계급"이지만, 그것이 오늘 우리의 과제는 아니라는 것이다. 바로 그의 이러한 주장이 이 당시 (구)소련의 사회주의 현실과 서로 갈라지는 지점이다. 이러한 차이에 대한 인식은 1960년대 초반 (구)소련 중심주의에 대한 비판과 관련하여 그가 전개한 바, '민족적 특성' 논쟁에서도 분명히 드러난다.[36] 물론 여기에도 해방 이전과 마찬가지로 우리의 농민 현실에 대한 그의 인식이 크게 작용한다.[37] 대다수 농민이 우리 사회의 '민중'을 구성하고 있기에 그만큼 농민의 역할은 '민족문화' 수립에 중요하다는 것이다. 이렇듯 극좌적 노선과 프롤레타리아 국제주의에 대한 비판은 해방 전후 그의 비평을 일관하는 태도였다.

4. '문화'와 '생활', 그리고 '동아체제'

앞 절에서 우리는 해방 전후 우리 현실을 파악하는 안함광의 논리를 살

---

35) 안함광, 「민족문화론」(1946.3.24.), 김재용·이현식 공편, 『민족과 문학』(안함광 평론 선집3), 박이정, 1998, 13~25면.
36) 김재용, 「비서구 주변부의 자기인식과 번역 비평의 극복」, 『한국학연구』 17집, 2002. 11, 19~21면.
37) 안함광, 「민족문화의 발양을 위하여 - 특히 농촌과 문화의 문제를 중심으로」(1947.2.), 김재용·이현식 공편, 『민족과 문학』(안함광 평론선집3), 박이정, 1998, 145~151면.

펴보았다. 이와 관련하여 여기서는 그가 일제 말기 '친일'의 도정에서 그 '친일'의 문제를 어떻게 바라보고 있으며, 또 그 상황을 어떻게 견뎌나가느냐 하는 문제를 살펴보려 한다. 다시 말하면 '전향'과 '친일' 간의 내적 균열, 요컨대 '친일'과 거기에 균열을 일으키는 여러 '저항'의 지점들을 동시에 확인하고자 한다. 앞서 지적했듯, 그는 1940년대 들어 친일적인 평론을 다수 발표한다. 앞서 언급한바 「국민문학의 성격」과 「국민문학의 문제」 외에도, 「내지 문학의 특성과 조선 작가의 작품」(『매일신보』, 1940.7.24.~7.27.), 「문학의 구상」(『매일신보』, 1941.5.13.~5.21.), 「조선문학의 특질과 방향에 대하여」(『국민문학』 13호, 1943.1.) 등이 그것이다.

우리는 앞에서 안함광이 '계급문학'에서 '국민문학'으로 이행해가는 과정을 살펴본 바 있다. 그러면, 그가 말하는 '국민문학'과 '조선문학'은 어떠한 관계에 있는가. 「내지 문학의 특성과 조선 작가의 작품」은 처음에는 김사량·이효석·유진오·장혁주를 모두 다루려 했지만, 김사량·이효석만 다루고 중단되고 만다. 이들 가운데 그가 가장 긍정적으로 평가하는 작가가 김사량이다. '조선문학'을 바라보는 그의 태도는 다음 인용에 잘 드러나 있다.

> 어학력에 혜택받은 일부 작가 스스로가 어떤 기회에 자기 작품을 동경 문단에 발표해 나간다는 것에 대하여도 결코 편협한 태도를 취할 것은 아니라고 생각한다.
>
> **그러한 거사가 객관적으로 혹종의 사대사상을 표방한다든가 또는 당해 작가들이 조선 문단에 있어의 노작(勞作)은 중지해버린다든가 하면 이는 별 문제다.**
>
> 그러나 예상이란 하나의 기후에 불과할 것이라 생각한다.
>
> 다만 개성이 다른 번역자의 손에만 의탁해버릴 수 없는 심정 또는 **성장한 ×(예)술적 수준이라든가 전통의 고유성을 전달코저 용허되어지는 어떤 기회를 이**

용하는 것임에 불외한 것이나 아닌가 생각한다.(중략)

한 말로 말하자면 전통의 정체면이 아니라 진실로 전통일 수 있는 것이 약속
하고 있는 바 그것의 건설 면을 모색해야 할 게라고 생각한다.[38]

인용은 '조선문학'의 동경 문단에의 소개가 "혹종의 사대사상을 표방"해
서는 안 되며, 오히려 "성장한 ×(예)술적 수준이라든가 전통의 고유성을 전
달"해야 한다는 사실을 분명히 한다. 그의 말대로, '내지 문학'과 '조선문학'이
'결론'은 같다고 하더라도 그 '사색'과 '논리'의 과정은 다를 수밖에 없기 때문
이다. 그가 이렇게 주장하는 전제가 바로 '현재적(세계적) 보편성'이다. 말하자
면 '내지 문학'(多カ시)과 '조선문학'(김치, 깍두기)이 지닌 각각의 특수성은 이 '현
재적 보편성'(무, 大根)과의 관련 아래에서만 그 의미를 파악할 수 있다는 것이
다.

여기서 '국민문학'이 '내지 문학'과 '조선문학'의 상위개념으로서 '현재적
보편성'을 의미하지는 않는다. 앞서 지적했듯, 그는 '조선문학'이 "혹종의 사
대사상을 표방"해서는 안 된다는 사실을 분명히 하고 있으며, 또 '조선문학'
(김치, 깍두기)을 '내지 문학'(多カ시)과 구별하고 있다. 나아가 '조선어'(무)와 '내지
어'(大根)를 동시에 '현재적 보편성'으로 설정하는 데서 알 수 있듯, '국민문학'
이 '내지 문학'과 '조선문학'의 상위개념으로서 '현재적 보편성'을 의미하는 것
은 결코 아니다. 요컨대 그는 '국민문학'("전쟁의 문학")에 포섭되지 않는 '조선
문학'의 전통적 가치를 강조하고 있다. 이는 특히 조선어학회 사건으로 이미
조선어와의 결별이 선언된 이후에도 그가 여전히 '조선문학'이라는 용어를 사
용하고 있는 것과 무관하지 않다. 그러므로 이를 '문학 일반'의 범주 외에서
는 달리 설명할 수 없다거나, 마찬가지로 그가 말한 '국민문학'을 근대 민족

---

38) 안함광, 「내지 문학의 특성과 조선 작가의 작품」(2)(4), 『매일신보』, 1940.7.25.~27.

국가와 관련하여 '원론으로서의 국민문학' 논의와 연결짓는 것[39])은 무리가 있어 보인다. 왜냐하면 '국민문학'과 관련하여 그는 '조선문학'의 전통적 가치를 강조하고 있고, 또 '원론으로서의 국민문학'과 관련하여서는 시국을 반영한 '멸사봉공'의 논리를 요구하고 있기 때문이다. 여기서 '멸사봉공'의 논리가 '원론으로서의 국민문학'이 아님은 분명하다. 따라서 중요한 것은 '내지 문학'과 '조선문학'의 차이, 나아가 '국민문학'에 포섭되지 않는 '조선문학'의 가치, 예컨대 '국민문학'과 '조선문학' 사이의 균열 양상을 확인하는 것이다. 바로 이러한 맥락에서 그의 '문화' 개념을 살펴볼 수 있다.

우선 1930년대 후반에 안함광이 말하는 '문화'는 파시즘에 대응하기 위해 이른바 자유주의 지식인이 내세운 '문화' 개념과는 거리가 있다. 사실 그는 1930년대 후반을 풍미했던 휴머니즘론·모랄론·지성론·행동주의문학론과 거리를 두고 있다. 그가 말하는 '문화' 개념과 관련하여 '미'와 '추'에 대한 그의 생각을 먼저 살펴보자. 그는 미와 추를 각각 선과 악으로 단순 대체하는 것을 부정한다. 그는 미를 항상 선으로, 추를 항상 악으로 보는 태도를 부정하는데, 즉 그는 '미/추'와 '선/악'의 이분법을 넘어서고자 한다. 자신이 말하는 '문화'(좁게는 예술·문학)의 힘은 오히려 미에서 추를 보고 추에서 미를 보는 것이라 말한다. 이럴 때 선과 미로 대변되는 "주어진 바 질서의 규범"('동아체제') 세계와 다른 세계를 내다볼 수 있기 때문이다. 그는 미에서 추를 보는 태도를 비판적 리얼리즘의 세계로, 추에서 미를 보는 태도를 긍정적 로맨티시즘의 세계로 각각 파악하는데, '문화'는 바로 그 자체가 가진 이 두 가지 본질적 속성을 통해서 초극의 세계와 창조의 세계를 내다본다는 것이다.[40])

요컨대, 정치와 예술의 관계에서 그가 좁은 의미의 '정치'가 감당하지 못

---

39) 김윤식, 「조선문학과 국민문학의 범주에 대하여」(해설), 『작가』, 2002년 겨울.
40) 안함광, 「문학하는 마음」, 『비판』, 1939.5.

하는 것을 "예술(문학)의 묘한 힘"[41]으로 하겠다고 말했을 때, 바로 이 "예술의 묘한 힘"에 해당하는 것이 그가 말하는 '문화'의 개념이다. 그리하여 그 '문화'는 "폴리씨의 테 밖에서도 능히 자기의 유지 발전을 획책할 수 있는 광의의 사상"으로 규정된다. 그가 말하는 바, 좁은 의미의 '정치'는 일본의 '동아체제'를 가리키는데, 말하자면 그의 '문화' 개념은 좁은 의미의 '정치', 즉 '동아체제'가 감당하지 못하는 것을 '예술'(문학)의 힘으로 하겠다는 것이다.

　　그러나 국민생활에 있어서 정치의 지상위(至上位)는 국민문학에 있어서 정치의 독재를 의미하는 것이어서는 안 된다는 의미에서 국민문학이 협의의 정치문학에 떨어지는 것은 크게 경계할 필요가 있는 것이 아니겠는가! 소재주의로서, 현실의 한가운데 뛰어들어 문학인적 야심을 발휘해 보이는 것도 물론 좋으나 소재란 어디까지나 소재이고 지엽적인 것이다. **국민생활이라는 것을 역사적 전망의 긴 안목에서 본다면 졸렬하게 구가한 정책 쪽보다는, 솜씨 좋게(예술적으로) 노래한 자연 쪽이 오히려 이익이 되는 경우도 있지 않겠는가!**[42]

　　그는 또한 이 '문화' 개념과 관련하여 자신의 '비전향'의 태도를 분명히 드러낸다.[43] 그는 이 '문화'에 대한 정확한 인식이야말로 과거 카프의 도식성을 제대로 넘어서면서 카프를 정당하게 계승하는 길이라고 파악한다. 고정된 비평 기준을 설정하거나 '사상'을 선재(先在)하는 것으로 여기는 태도를 그가 1940년대 들어 강하게 비판하는 것도 이러한 이유에서였다. 이미 그는 "규환

---

41) 안함광, 「문학상의 제문제 – 문예시평」, 『문장』, 1940.2.
42) 안함광, 「조선문학의 특질과 방향에 대하여」, 김윤식(역), 『작가』, 2002년 겨울.
43) 안함광의 「문학하는 마음」은 그가 '비전향'과 관련하여 높이 평가하였던 작가 한설야에게 보내는 편지 형식으로 되어 있다("한데 더 안타까운 점은 자신이 썩어져 새싹을 움트게 하는 '밀알'도 있지만은 **그와는 반대로 자신이 썩어져 사라져버리고 마는 가랑잎이 되지 않을 것을 준비하는 것만이 문화의 문화다운 점이 아니겠느냐.**").

(叫喚)적인 주관주의적 경향성"(도식주의·공식주의)에 대하여 '예술의 당파성'을 강조한 바 있는데,[44] 즉 그가 말하는 '문화'는 '정치'와 '예술'(문학)이 고도의 통일을 이루는 것으로서, 그 둘을 아우르는 개념이다. 이는 그가 해방 이후 「예술과 정치」(1946.4.14.)라는 글에서 '문화' 대신 다시 예술과 정치의 관계를 문제삼는 데서도 재차 확인된다.

그리고 그 '문화'를 가능하게 하는 주된 요소가 '생활'이다.[45] 그가 자신의 '문화' 개념을 처음으로 이론화하고 있는 「조선문학의 진로」의 부제를 '문학과 정치'라 하지 않고 '문학과 생활'이라 한 이유도 그 때문이다. 좁은 의미의 '정치'가 아닌, 그보다 광범위한 '생활'에의 관심을 그는 '문화'라는 말로 드러내고 있는 것이다. 따라서 그가 말하는바 '생활'은 결코 세계로부터 도피하는 것을 말하지 않고 그 자체가 "사상을 주체화할 수 있는 세계"이며, "외부적인 것의 교체 여하를 막론하고 늘상 그 밑을 흐르고 있는 본질적인 것"을 의미한다.[46]

그러기에 그가 말하는바 '문화', 그리고 그것을 가능하게 하는 주된 요소로서의 '생활'은, 그가 좁은 의미의 '정치'에 해당하는 것으로 설정하고 있는 '동아체제'에 대한 견제 방식이다. 그는 '동아체제'가 "역사적 발전의 필연적 법칙"에 대한 신뢰를 박탈해버렸다고 진단한다. 그리하여 그 '동아체제'가 요구하는 바, "기계적 이념에 의한 생활 창조의 시각"이 아닌 "생활을 통한 이념의 탐색"을 강조한다.[47] 이 시기 들어 그가 특히 이론의 '후행성'을 강조하는 것도 바로 '동아체제'와 같은 외부의 선규정적인 이론(이념) 체계를 견제하기 위해서다. 특정 이론(이념) 체계보다 오히려 그것을 가능하게 하는 생동하

---

44) 안함광, 「창작방법 문제 논의의 발전 과정과 그 전망」, 『조선일보』, 1936.6.6.
45) 안함광, 「조선문학의 진로 – 문학과 생활」, 『동아일보』, 1939.11.30.~12.8.
46) 위의 글.
47) 안함광, 「문예비평의 현대적 윤리」, 『춘추』, 1941.7.

는 '생활'을 먼저 주목하고자 한 것이다. 따라서 그가 말하듯, '생활'은 단순히 제재 차원에서가 아니다. 그것은 오히려 "세계 유동의 본질 면과 교섭되어지는 것"이다. 또한 그것은 "특정의 사회를 약속하는 정형적 관념"도 아니다. 그가 강조하는 바 '사색의 리얼리티'[48]는 바로 이러한 '생활'을 정확히 인식하기 위한 수단이었다.

그리고 '생활'에 대한 정확한 인식은 우리의 '전통'에 대한 정확한 인식과 다르지 않다. 일제가 요구하는 '국민문학'의 범주 내에서 일제 말기를 견디는 한 가지 방식이었던 그의 '문화' 개념은 이 '전통' 개념과 맞물려 있다. 일본과 조선을 "동일한 국가권 내에 있어서의 민족과 민족"[49]으로 이해한 그에게 이 '전통' 개념은 특히 중요하다. 더욱이 일본의 '국민주의'와 '국제주의'가 서로 대치하는 상황에서 그것은 우리 자신을 살리는 데 반드시 필요한 것이었다.

> 문화에 있어서의 코스모폴리타니즘이 결국 허망한 물건이었다는 것은 제1차 대전이 여실히 폭로 설명한 바이어니와 그러할지라도 그 이후 치열한 관심의 적(的)이 된 나쇼나리즘이 전통주의에로까지 심화되어졌다 쳐도 그것이 국제주의와까지 모순되어지는 것이냐 하면 그런 것은 아니다.
>
> 하기는 국제연맹이 공문화(空文化)하고 독일에 있어서는 민족의 순수성이 고조(약소 민족의 합병 등으로 사실과는 다소 어긋나는 일이지마는)되어지고 말아 **정치적으로는 국민주의와 국제주의가 대치되어져 있는 것이 사실이긴 하나 일이 문학에 대한 한 그렇게 획일되어지지 못한 것도 사실이다.**
>
> **차라리 「전통」의 심×(장)과 「국민적」인 호흡을 갖는 각자의 노래는 「세계」라는 그 무대 우에서 일대 교향악을 형성하고 있는 것임에 불외하다.**[50]

---

48) 안함광, 「문학의 구상」(5), 『매일신보』, 1941.5.17.
49) 안함광, 「내지 문학의 특성과 조선 작가의 작품」(1), 『매일신보』, 1940.7.24.
50) 위의 글.

인용은, '정치'적으로는 '국민주의'와 '국제주의'가 서로 대치하고 있지만, 그러나 '문화'(학)에 있어서는 그렇지 않다는 것, 바로 여기서 각자의 '전통'이 세계 무대 위에 개입할 자리가 생긴다는 것이다. 즉 안함광은 정치적으로 '나쇼나리즘'과 결부되어 있는 '전통주의'와 문화적 차원에서의 '전통'을 구분하고 있다. 그리고 그 때의 '전통'은 당연히 일본의 '국민적'인 호흡에 포섭되지 않는 우리의 '전통'을 전제하고 있다. 그의 말대로, 외래문화의 수입 과정에서는 대립과 각축의 과정, 다시 말해 '개성적 자기주장'이 관여할 수밖에 없기 때문이다. 요컨대 그가 말하는 바 '문화', 그 핵심 기제로서의 '생활', 그리고 그 '생활'을 정확하게 인식하기 위해 그가 강조하는 바, '사색의 리얼리티'는 바로 외부와 대립·각축하는 과정을 성찰하는 요소에 다름 아니다. 그리하여 그 '사색의 리얼리티'는 당연히 식민지자본주의라는 조선의 특수성, 그리고 그 조선을 둘러싼 서구 자본주의, 나아가 그 연장선에 놓여 있는 '동아체제'에 대한 성찰을 담보하고 있다.

5. 전향·친일문학론의 진전을 바라며

　　한국근대문학사에서 전향 문제만큼 미묘한 문제도 없다. 그렇다고 해서 이른바 전향소설들 간의 '미세한 차이'를 확인하는 것으로 그칠 수는 없다. 전향 문제를 바라보는 시각의 근본적인 수정이 요구되는 것도 이 때문이다. 전향 문제는 단순히 작품에 전향 지식인이 나온다는 소재 차원에서 판단할 수는 없다. 무엇보다 카프 해산 이후 좌익 지식인이 마주한 '전향'은 일종의 '제도'였다. 그리하여 '전향'은 엄밀히 강제성을 띠고 있었지만, 아주 자유스러운 방식으로 진행되었다. 거부감 내지 저항을 최소화하면서 '포섭'하는 방식이었던 것이다. 따라서 '전향'을 '제도'적 차원에서 그대로 받아들일 수밖에 없었다고 한다면, 그 때의 '친일' 또한 '포섭'을 전제할 수밖에 없다. 바로 여기서 '친일'에 '저항'의 균열이 생겨난다고 하겠다. 사실 일본의 전향 지식인의 경우 '국가'가 큰 울타리가 되어주었다. 하지만 식민지 조선의 경우 사정은 달랐다. 물론 구카프작가들은 대부분 '전향=친일'의 구도를 취하고 있다. 그러나 이것은 표면상의 것일 뿐, 안으로는 '(비)전향=(비)친일'의 균열을 곳곳에 드러내고 있다. 여기에는 식민지 조선의 특수성이 작용하고 있고, 마르크스주의라는 계기 또한 작용하고 있다. 이것은, 구카프작가들이 대부분 해방 이후 다시 '계급문학'으로 복귀하는 데서도 여실히 증명된다.

이 글이 안함광에 주목한 것도 그러한 이유에서였다. 안함광은 해방 전후 일관하여 극좌적 노선과 프롤레타리아 국제주의를 비판했다. 해방 이전에 그는 식민지자본주의라는 '조선적 특수성'을 강조했다. 그러하기에, 그러한 식민지 조선의 특수성을 무시하고 사회주의리얼리즘을 빌미로 전향을 선언하거나 그에 동조하는 풍조를 그는 강하게 비판했다. 그렇다고 해서, 그가 말한 '조선적 특수성'론이 자민족의 폐쇄성을 강조하는 것은 아니다. 그는 오히려 한 국가의 단위를 벗어나 세계적 차원의 교류를 전제하고 있다.

그럼에도, 1940년대 들어 그는 '계급문학'을 부정하고 '국민문학'을 내세웠다. 그리고 '국민문학'으로의 이행 과정에서 그는 '(혁명적) 낭만주의'를 강조해 온 그의 사고의 잔재와 함께, 도스토예프스키나 톨스토이가 보여주는 바, '인간 정열의 논리'를 그 계기로 삼고 있다. 이렇듯 그가 부분적이나마 '계급문학'에서 '국민문학'으로 이행해가는 과정을 보여준다는 것은, 그의 전향·친일이 의식적이든 무의식적이든 일제에 '포섭'되는 측면도 있었음을 의미한다. 말하자면 수미일관하게 '비전향'(저항)의 논리만을 내세웠던 것은 아니라는 것이다.

이처럼 그의 천황제로의 전향에도 불구하고, 1930년대 후반 이후 신체제 시기의 그의 비평은 '전향'과 '친일'간의 균열 양상을 다양하게 보여준다. 다시 말해 '친일'과 거기에 균열을 일으키는 여러 '저항'의 지점들을 동시에 보여준다는 것이다. 이는 무엇보다 지배 권력의 강요에 의한 '순응'이냐 의도적 '저항'이냐, 라는 단순한 이분법을 넘어서고 있다. 사실 어떤 점에서는 식민 지배자와 피지배자가 가장 첨예하게 부딪치는 시기가 신체제 시기며, 그 장소가 '국민문학'의 현장이라 할 수 있다. 앞으로의 친일문학 연구도 바로 이러한 관점에서 보다 치밀하게 이루어져야 한다.

우선, 그는 '조선문학'이 "혹종의 사대사상을 표방"해서는 안 된다는 사실을 분명히 하고 있고, 또 '조선문학'을 '내지 문학'과 구분하며 '국민문학'("전쟁의 문학")에 포섭되지 않는 '조선문학'의 전통적 가치를 강조한다. 이처럼, 그는 '내지 문학'과 '조선문학'의 차이, 나아가 '국민문학'과 '조선문학' 사이의 균열 양상을 잘 보여준다. 이와 관련하여, 그가 말한 '문화' 개념을 이해할 수 있다. 먼저 이 '문화' 개념과 관련하여 그는 자신의 '비전향'의 태도를 분명히 드러낸다. 그는 좁은 의미의 '정치'('동아체제')가 감당하지 못하는 것을 '문화'("예술의 묘한 힘")로 하겠다고 말한다. 그리고 그 '문화'를 가능하게 하는 주된 요소가 '생활'이다. 또 그 '생활'은 "사상을 주체화할 수 있는 세계"로 규정된다. 그는 '동아체제'가 "역사적 발전의 필연적 법칙"에 대한 신뢰를 박탈해버렸다고 진단하는데, 바로 그렇기 때문에 그는 '동아체제'가 요구하는 바, "기계적 이념에 의한 생활 창조의 시각"이 아닌, "생활을 통한 이념의 탐색"을 강조한다. 특히 이 '생활'에 대한 정확한 인식은 우리의 '전통'에 대한 정확한 인식과 다르지 않다. 그는 '정치'적으로 '나쇼나리즘'과 결부되어 있는 '전통주의'와 '문화'적 차원에서의 '전통'을 구분하는데, 바로 여기서 각 나라(민족)의 '전통'이 세계 무대에 개입할 자리가 생긴다. 따라서 그 때의 '전통'은 당연히 일본의 '국민적'인 호흡에 포섭되지 않는 우리의 '전통'을 전제하고 있다. 이는, 그가 일본 정신의 확대판인 '동양주의'와 분명한 거리를 두고 있음을 말해준다.

요컨대 그가 말하는 바 '문화', 그 핵심 기제로서의 '생활'은, 식민지자본주의라는 조선의 특수성, 그리고 그 조선을 둘러싼 서구 자본주의, 나아가 그 연장선에 놓여 있는 '동아체제'에 대한 성찰을 담보하고 있다.

분열의 수사와 근대 극복
- 임화론

1. '현상'으로서의 전향과 친일

만주사변(1931) 이후 카프(KAPF) 작가는 '전향'1) 상황에 직면한다. 중일전쟁(1937)과 태평양전쟁(1941) 이후 상황은 더욱 악화된다. 이처럼 전향은 우선 외부 환경 때문에 일어난다. 자기 나름의 전향 논리를 내세운 박영희도 마찬가지다. 사실 그의 전향선언문과 「명암」(전향소설) 그리고 「독방」(수기)은 심한 편차를 보여준다. 이 점에서도 그를 간단히 '전향작가'로 처리할 수는 없다.

한국문학사에서 전향은 무엇보다 소재가 아니다. 작품에 전향지식인이 나온다고 해서 전향문학은 아닌 것이다. '전향문학'과 '전향작가의 문학'을 구별해야 하는 이유도 여기에 있다. 우리의 '전향'은 정확히 '비전향'의 구도를 취하고 있다. 비평과 창작 사이의 낙차 또한 고려해야 한다. 비평은 전향의 논리를 분명히 보여주지만 창작은 그렇지 않은 경우도 많기 때문이다. 특히 김남천과 한설야의 작품은 어떻게 하면 전향 상황을 극복할 것인가에 초점을

---

1) 여기서 '전향'은 공산주의자가 자기의 사상을 포기하는 것을 말한다.

맞추고 있다. 또 한 가지, 전향이 곧 친일로 귀결되는 것도 아니다. 전향이 이미 비전향의 본질적인 계기를 내포하고 있듯이, 친일 또한 천황제에 포섭되지 않는 저항의 지점들을 동시에 보여주기 때문이다. 그리하여 우리의 경우과연 '전향'이란 용어가 성립할 수 있겠느냐는 근본적인 질문을 제기할 수 있다.

임화도 이런 지적에서 예외가 아니다. 카프 해산 이후 임화는 프로문학을 민족문학으로 구체화하며 과학적인 문학사 방법론을 검토한다. 그의 문학사작업과 본격소설론 · 통속소설론 · 세태소설론 · 리얼리즘론은 하나의 이론체계를 구성하고 있다. 다만 이 글은 전향의 문제와 관련하여 그의 문학론을다시 한번 살펴보려 한다. 임화는 일제 말기 친일문학 단체인 <조선문인보국회>(1943)에 가담하여 평의원으로 활동하며 친일문학 강연회, 찬양시 낭독회, 출진학도 격려대회 등을 개최, 황도문학 수립에 부응했다. 하지만 전향을 조직에서의 이탈 여부로 판단할 수 없듯이, 친일 단체에 소속한 여부로 친일여부를 판가름하기는 어렵다. 사실 이 시기 임화의 비평은 전향 · 친일과 거리를 두고 자신의 논리를 심화시키고 있다.

2. 주체화 – 정치와 문화, 그리고 생활

주지하듯 카프 해산 이후 임화는 프로문학을 민족문학으로 심화시킨다. 그는 민족문학을 '민족문학 국민문학'이라거나 '민족 · 국민문학'이라고 했다. 즉 그는 민족문학을 근대자본주의와 민족국가의 형성과 관련하여 사유한다. 물론 '민족국가'에 대해 그는 명시적으로 말하고 있지는 않다. 다만, 그에게 민족문학은 근대자본주의의 발달에 의한 "완전한 과학적 의미의 민족의 형성

=통일" 없이는 성립할 수 없다. 이는 해방 후 더욱 구체화된다. "한 민족을 통일된 민족으로 형성할 민주주의적 개혁과 그것을 토대로 한 근대국가의 건설"[2]이라는 과제가 그것이다. 그리하여 식민지 시기 조선문학은 민족문학의 결여 형태가 된다. 특히 1930년대 후반 임화의 비평은 바로 이 결여 부분을 정확히 진단하고 보완하려는 노력의 산물이다.

그 하나의 노력이 자본주의극복이라는 그의 일관된 문제의식이다. 그는 자본주의극복과 관련하여 사회주의적 전망을 줄곧 내비친다. 사회주의리얼리즘의 도입을 둘러싸고 논의가 한창일 때, 그는 "조선 사람의 사회 생활이 완전히 평등한 자격으로 국제화되고 그 민족적 형식이 폐기될 때"라거나, "내용에 있어는 국제적으로 향하고 형식에 있어 민족적인" 민족문학의 발전을 꾀하고 있다.[3] 물론 그는 이것이 먼 미래에 대한 단순한 이론적 상상임을 말한다. 그리고 이는 특히 본격소설론 등을 거치며 많은 변화를 겪게 된다.

다른 하나의 노력은 리얼리즘에 대한 그의 일관된 인식이다. 그는 휴머니즘 일반론과 '어떤(다른) 휴머니즘'('경향적 사상문화론')을 구분한다. 마찬가지로 리얼리즘일반론과 리얼리즘을 구분한다. 그는 르네상스 휴머니즘은 부흥되어서도 안되며 부흥할 수도 없다고 본다. 그래서 그가 말하는 '어떤(다른) 휴머니즘'은 르네상스 이후의 근대적 정신과 방법을 오히려 자기발전의 질곡이라고 느끼는 특정의 인간군 가운데서 비로소 발생할 수 있다.[4] 이 '다른(진정한) 휴머니즘'은 그에게 리얼리즘이다. 그가 휴머니즘과 구분하는 '휴머니티'[5]가 바로 그것이다.

---

2) 임화, 「조선 민족문학 건설의 기본 과제에 관한 일반보고」, 『건설기의 조선문학』, 조선문학가동맹 중앙위원회서기국 편, 백양당, 1946.6.
3) 임화, 「조선문학의 신정세와 현대적 제상」, 『조선중앙일보』, 1936.1.30.
4) 임화, 「르네상스와 신휴머니즘론」, 『조선문학』, 1937.4.
5) 임화, 「휴머니즘 논쟁의 총결산 – 현대문학과 <휴매니티>의 문제」, 『조광』, 1938.4.

1930년대 후반 임화의 리얼리즘관은 소설평에서 잘 드러난다. 그는 한설야의 「태양」, 「임금(林檎)」, 「후미끼리」 등이 낡은 공식주의의 잔재가 혼합되어 있다고 비판한다. 물론 공식주의를 비판한다고 해서 그가 경향문학까지 부정하는 것은 아니다.[6]

그러므로 리얼리즘이란 결코 주관주의자의 무고(誣告)처럼 사화한 객관주의가 아니라 객관적 인식에서 비롯하여 실천에 있어 자기를 증명하고, 다시 객관적 현실 그것을 개변해 가는 **주체화**의 대규모적 방법을 완성하는 문학적 경향이다.

그러나 이런 리얼리즘은 결코 리얼리즘 일반이 아니다. 마치 19세기에 시민적 리얼리즘이 당시의 구체적 리얼리즘이었던 것처럼 소셜리즘적 리얼리즘, 그것이 금일의 유일한 리얼리즘이다.

왜냐하면 이 리얼리즘만이 금일의 현실에 있어 그 주체성이 객관적 현실의 반영과 모순하지 않고 오히려 그것을 조장하기 때문이다.[7]

인용은 '현실'과 '주체'의 매개로서 '실천'을 설정하고, 그것을 리얼리즘적 실천으로 정리하고 있다. 이는 카프 해산 이후 임화의 주체재건론의 핵심 내용이다. 그는 '경향성' 또는 '문학정신'과 파기해야 마땅할 '상식'을 대비한다. 그가 말하는 '문학정신'이란 "상식의 외피를 찢고 들어가 현실이 만들어내는 근원적인 것을 탐구하는 정신"[8]이다. 여기서 '현실'은 달리 말해 '생활' 또는 '사실'로 해석할 수 있다. 그의 말대로 '현실'이 문학의 것이 되려면 정치에서 사상으로, 다시 사상에서 생활로 내려오지 않으면 안 된다. 문학의 기초인

---

6) 임화, 「문예 이론으로서의 신휴머니즘론 – 문예학의 기초 문제에 비쳐본」, 『문학의 논리, 서음출판사, 1989, 123면.(앞으로 이 책에서의 인용은 면수만 밝힘.)
7) 임화, 「사실주의의 재인식 – 새로운 문학적 탐구에 기하여」, 『문학의 논리』, 65면.
8) 임화, 「중견작가 13인론」, 『문학의 논리』, 198면.

'사상'이란 기실은 '생활'의 정신적 핵심이다.[9] 그리고 이 '생활'은 1940년대 들어 '사실'의 의미로 제기된다. 그런데 이때의 '사실'은 신체제의 수용과는 거리가 멀다. 오히려 임화는 '시련의 정신'을 강조하고 있고, "사실의 탐색 가운데서 진실한 문화의 정신을 발견"하고자 한다. 즉 "기정 사실의 인정은 그 사태를 기초로 하여 자기발전의 확고한 현실적 노선을 발견"하는 것을 말할 따름이다. 요컨대 "무시된 사실은 언제나 정신에 복수한다."[10] 또한 여기서 말하는 '사상'이 반드시 경향문학 시대의 그것은 아니다.[11] 오히려 그 '사상'은 현실에서 길어 올리는 '산 인간' '산 정신'이다. 말하자면 그것은 '객관적 현실의 반영'과 다르지 않다.

이와 관련하여 식민지 자본주의 아래에서의 조선 민족의 특수성, 예컨대 위에서 그가 말한 '정치/생활(문화)'의 관계를 살펴보자.

한 사람의 두뇌 가운데 정치의 의식이 문화의 의식과 용납되지 않고 존재한다는 것은 상상키 어려운 일이다. 오히려 그것이 분열되는 것은 한 사람의 인간에게 있어서보다도 인간의 사회적 관계 가운데서이다.

정치와 문화란 그런 때문에 어떤 구체적 역사 국면에 있어서의 행위의 커다란 분열이다.(중략)

문화와 정치는 그것이 구체적으로 존립하기 위해서는 개성적인 형태로 표현되지 아니할 수 없다. 질에 있어 물론 정치도 문화도 한 가지로 세계적이다. 그러나 **세계적이란 추상적인 경우이고 구체적으로는 언제나 지방적이다. 더 현실적으로는 국가적 혹은 민족이란 것의 육체를 빌어 표현된다.**

행위란 언제나 개성적인 때문이다.

---

9) 임화, 「사실의 재인식」, 『문학의 논리』, 82면.
10) 임화, 「19세기의 청산 – 세계대전과 문학」, 『문학의 논리』, 457면.
11) 임화, 「창작계의 일년」, 『조광』, 1939.12.

그러므로 문화와 정치의 세계적 성질이란 것은 경제와 사회가 그 동력이 되는 기술과 생산력에 있어서 세계적이란 말과 비슷한 것이다.

경제와 사회는 국가에까지 높아져서 정치가 된다. 또한 경제와 사회는 민족에까지 높아져서 문화가 되지 않을까? 정부(正否)는 뒤로 미루고 우리는 우선 정치와 문화가 자기동일적이고 이것들을 매개하는 생산과 경제에 있어 세계적임에도 불구하고, 그것이 개성적으로 표현된다는 일면을 굳게 붙잡을 필요가 있다.[12]

인용은 경제와 사회가 국가에까지 높아져서 정치가 되고 민족에까지 높아져서 문화가 된다는 것, 그리고 정치와 문화가 자기동일적이고 이것들을 매개하는 생산과 경제에 있어 세계적임에도 불구하고 정치와 문화는 항상 개성적으로 다시 말해 국가 혹은 민족이란 것의 육체를 빌어 표현된다는 것이다. 우선 여기서 그는 정치('국가')와 문화('민족')의 발현 양태를 구별하고 있다. 이 '개성적으로 표현되는 문화' 개념은 그의 이식문학론이 말하는 '전통'의 저항적 의미와 연관된다. 그에게는 '정치적 침략'을 제외하고는 문화 교류에 있어 일방적 교섭은 불가능하다. 그 정치적 침략 또한 문명인과 야만인의 사이에서만 수행 가능하다.[13] 그는 '정치와 문화(예술)' '경제와 정신' '제작과 표현(예술)'을 대조하며 그 '제작'의 극단적인 양태가 '정치'라고 말한다.[14] 이는 파시즘 체제를 우회적으로 비판하고 있다. 특히 그가 말하는 '민족'은 일본의 민족주의 또는 독일의 순혈주의와는 무관하다.[15]

파시즘의 정치 양태인 이 민족주의(순혈주의)와 짝을 이루고 있는 것이 과

12) 임화, 「역사·문화·문학─혹은 시대성이란 것에의 일 각서」, 『문학의 논리』, 437면.
13) 임화, 「조선문학연구의 일 과제 ─ 신문학사의 방법론」, 『동아일보』, 1940.1.18.
14) 임화, 「예술의 수단」(2), 『매일신보』, 1940.8.22.
15) 임화, 「전체주의의 문학론」, 『문학의 논리』, 448면.

거 경향문학이 지녔던바 사상 내용의 국제성과 이식성이다. 말하자면 경향문학은 '문화'('민족') 단위에서 주체화·개성화되지 못했다는 것이다. 그리하여 그는 차라리 우리의 신문학 초기에는 "「내슈낼스틱」한 주체성"이 있었다고 말한다. 하지만 경향문학은 이 같은 집단적 주체성조차 포기하고 이식문화 그것을 이식문화라 생각하느니보다 오히려 자기를 외래문화에 동화시키려는 경향까지 있었다는 것이다. 그것은 민족이나 계급은커녕 자유로운 개성의 형성, 예컨대 우리 사회나 문학이 아직 한번도 완전히 시민적이 되지 못했다는 특수성 때문이다. 바로 여기서 그의 본격소설론은 시작된다.

3. 본격소설론의 함의, 그 이중 전략

임화의 본격소설론이 전형론(엥겔스의 발자크론)을 기반으로 하면서도 거기서 이탈하여 '인물과 환경의 조화'라는 작품 내적 논리나 형식논리학상의 유형화로 귀결되었다거나,[16] '현실' 개념이 추상화되었다거나,[17] 사회주의리얼리즘에서 부르주아리얼리즘의 단계로 후퇴했다고 보는 견해[18]가 있는가 하면, 반대로 사회주의리얼리즘이 구체화된 형태로서 민중연대성을 구현하고 있다고 보는 견해[19]도 있다. 즉 앞의 세 견해는 임화의 본격소설론이 실천의

---

16) 이현식, 「1930년대 후반 한국문예비평이론 연구 – 특히 주체 문제와 관련하여」, 연세대 박사, 1995, 135면.
17) 이훈, 「1930년대 임화의 문학론과 근대성」, 『민족문학과 근대성』, 문학과지성사, 1995, 422면.
18) 이상경, 「임화의 소설사론과 그 미학적 근거에 대한 비판적 검토」, 『창작과비평』, 1990.9.
19) 하정일, 「1930년대 후반 사회주의리얼리즘론의 발전과 반파시즘 인민전선」, 『창작과비평』, 1991.3.

계기를 상실하고 있다는 지적이다. 후자에 대해서는 그것이 반파시즘인민전선과의 관련성을 실증하지 못하고 있다는 비판이 제기되었다.

임화의 본격소설론은 전형론('형상론')을 핵심으로 한다. 전형론은 성격과 타입을 구성하는 보편성과 개인성의 상호 관계에 관한 이론이다.[20] 이는 개인성을 보편성의 우위에 두거나, 혹은 낭만주의와 같이 보편성을 필요 이상으로 과장하는 것을 모두 거부한다. 프로문학의 공식주의란 이러한 낭만주의가 범한 오류다. 먼저 잘 알려진 그의 「한설야론」을 살펴보자.

바꾸어 말하면 인간과 환경과의 조화! 그러므로 이 동안의 설야적 혼란은 인물과 환경과의 괴리에 있다. 인간들이 죽어가야 할 환경 가운데서 설야는 인간들을 살려 갈려고 애를 쓰는 것이다.

3부작 「철도교차점」 등 일련의 작품은 이 혼란의 중요한 표본이다.

현실적으로 일찍이 사회운동자이었던 주인공들이 소시민화해 가는 가정, 시민 생활 등을 통하여 작가는 그 인간들의 몰락상을 표현하는 대신, 그들의 재생(시민적인 아닌?)을 그리고 있다.

물론 그러한 속물적 환경 가운데서도 사람에 따라선 강한 반발력과 이지를 가지고 별 인간이 되는 수도 있으며 직업을 갖는다고 인간은 다 범인(凡人)이 되는 법은 아니다.

그러나 문제는 설야도 잘 알 듯 그것이 보편성을 갖느냐 이 시대에서 전형적일 수 있느냐 하는 데 있는 것이다.[21]

'인물과 환경의 조화'라는 그의 명제에 따르면, 작가가 묘사에 치중하여

---

20) 임화, 「문예 이론으로서의 신휴머니즘에 대하여 – 문예학의 기초 문제에 비쳐 본」, 『풍림』, 1937.4.
21) 임화, 「한설야론」, 『문학의 논리』, 334면.

인물이 현실에 수동적으로 구속되어서도 안 되고, 반대로 작가가 관념에 사로잡혀 현실을 낭만적으로 초월해서도 안 된다. 인물과 환경의 조화에서 비로소 '성격'은 창조된다. 그런데 그 성격은 '행동성'의 세계며, 이 '행동성'과 문학을 매개하는 것은 언제나 '사상(성)'이다. 물론 여기서 '사상(성)'은 어떤 선재(先在)하는 것이 아니다. 앞서 말했듯이, 그것은 오히려 '생활' 또는 '사실'에서만 가능하다. 그럼에도 본격소설론에서 임화는 현실의 객관적 반영이라는, 즉 주체와 현실을 매개하는 '실천'의 계기를 구체적으로 언급하지는 않는다. 중일전쟁 이후 급박하게 돌아가는 상황도 물론 작용했을 것이다. 그렇다고 해도, 그가 이처럼 19세기 본격소설을 내세우는 이유는 무엇인가. 그것은 우선 그가 예전 프로문학의 관념성을 경계하고자 했기 때문이다. 그리고 궁극적으로는 우리 사회가 안고 있는 반(半)봉건성의 제약 때문이다.

그런데 한편으로 그는 근대의 극복, 예컨대 '장래의 인간 모색'의 계기를 본격소설에서 마련할 수 있다고 생각한다. 그는 19세기 소설을 거부하는 20세기 소설에서 근대극복의 방향을 찾지는 않는다. 차라리 19세기 본격소설에서 그것의 어떤 계기를 발견하려 한다. 그러기에 펄벅의 『대지』가 발자크에서 졸라에 이르는 19세기 가족사의 전통을 그대로 이어받고 있다고 그는 비판한다.[22] 그 대신, 그는 '정신과 문학'과 '성격과 환경'의 조화를 강조하면서 「과도기」와 그 연장선에서 『고향』과 『청춘기』의 가치를 평가한다. 특히 『청춘기』가 전향지식인의 삶을 사실대로 그리면서도 현실에 굴복하지 않고 '사상'을 견지하려는 자세를 그는 높이 산다. 『제이의 운명』(이태준)과 『황혼』(한설야)을 대비하면서도 『황혼』을 더 높이 평가한다. 요컨대 그는 고전적인(근대적인) 의미의 본격소설을 말하면서도 그것을 넘어서는 '단계'에 대해서도 동시에

---

22) 임화, 「『대지』의 세계성 ― 노벨상 작가 「펄벅」에 대하여」, 『문학의 논리』, 462면.

사유한다. 이렇듯 그의 본격소설론은 분열적이다. 사실 해방 이후에도 그는 '완전히 근대적인 의미의 민족문학'이야말로 "보다 높은 다른 문학"의 생성 발전의 유일한 기초라 말하고 있다.[23]

이 황당한 고난의 와중에서 소설은 유표(有標)한 주제를 피하여 시정(市井)의 묘사로 세태의 표현으로 혹은 연대기적인 기술로 방황하면서 「리얼리즘」의 길을 닦고 있었다.

소설이 주제를 피하고 있었다는 사실로 이 시대의 문학의 고민과 작가의 고충을 추측할 수 있거니와 동시에 우리가 통감한 것은 주제의 회피가 주인공의 결여를 초래한다는 중대한 결함의 발견이었다. 조선문학과 같이 성장기의 문학 또는 조선민족과 같이 수난하는 민족의 문학이 자기의 주인공을 갖지 못한다는 것은 비통한 사실이 아닐 수 없다. 당시의 용어에 의하면 소설에 그려지는 환경과 주인공의 괴리(乖離), 혹은 묘사와 표현의 분리는 작가들로 하여금 이 두 가지의 새로운 통일에 대한 열렬한 원망을 자아내지 아니할 수 없었다.

무엇이 이 통일을 실현하느냐? 그것은 물론 문학 자체로서는 불가능하다는 사실은 체험한 일이요 동시에 명약관화의 일이었다. 결국 새로운 현실의 전개만이 이것의 가능성을 창조해 낼 것이다. 우리는 전쟁 중에 늘 이것을 생각했고 기다렸다.

8월 15일은 드디어 우리에게 새 현실 우리 문학의 유사 이래의 위대한 새 시대를 열어놓았다.

주인공과 환경이, 그려지는 사실과 표(表)할 정신이 통일될 가능성을 제시한 것이다.[24]

---

23) 임화, 「조선문학 건설의 기본 과제에 관한 일반보고」, 『건설기의 조선문학』, 조선문학가동맹 중앙위원회서기국 편, 백양당, 1946.6.
24) 임화, 「조선소설에 관한 보고」, 『건설기의 조선문학』, 조선문학가동맹 중앙위원회서기국 편, 백양당, 1946.6.

그도 말하듯 사실 '인물과 환경의 조화'라는 본격소설의 과제는 통속소설이 아니고는 애초부터 기대할 수 없는 것이었다. 아니, 그 자신이 불가능한 것으로 전제하고 있다.[25] 말하자면 '인물과 환경의 조화'라는 명제는 심리(내성)소설과 세태소설로 분화되어 가는 당대 문학의 현상을 분석하는 하나의 틀로서 제시된 것이다. 요컨대 그는 본격소설론을 말하면서도 그것과 '다른' 것을 동시에 사유하는 이중의 전략을 구사한다. 그는 특히 19세기 본격소설에서 진보적인 시민계급의 역할을 읽어내고자 한다. 그리고 거기서 그는 자신의 '진보적인 사상'을 반추해보려 했다.

> 그러나 이미 19세기의 문화 유물로 돌아가려는 본격소설의 전통은 환경과 작가와의 분열을 다시 회복할 때 문학 정신에 의하여 소생되려고 한 것이다.
> 우리는 경향작가가 기획한 소설의 구조를(**그것이 시민소설과 별개의 방향을 가졌다는 것은 잠깐 문제 외로 두고**) 이러한 것으로 해석할 수가 있다.
> 물론 서해로부터 비롯하여 민촌, 송영, 설야, 남천에 이르는 조선소설의 전통도 역시 이런 것이라 할 수 있다.[26]

인용은 그가 환경과 작가(인물)와의 분열을 극복하기 위해 본격소설을 설정하면서도 그것과 경향소설을 구분하고 있다. 우선 아직 제대로 된 본격소설을 가져보지 못한 우리에게 19세기 본격소설의 과제는 무엇보다 필요한 것이기 때문이다. 그의 지적대로 조선문학은 그 이식성 때문에 내용으로나 구조로나 채 완성되기 전에 새 조류가 들어와 교대하고 상쟁하여 일종의 혼류·병렬·중첩의 모습을 보여왔다. 그리하여 조선소설의 본격소설에의 지향은

---

25) 임화, 「사실의 재인식」, 『문학의 논리』, 80~87면.
26) 임화, 「본격소설론」, 『문학의 논리』, 220면.

그만큼 강할 수밖에 없었다. 그 지향은 궁극적으로 문학에 있어서 근대적인 것의 완성을 도모하고자 한 것이었다.

다만 앞서 말했듯 본격소설이 그가 바라는 궁극적 지점은 아니다. 그는 『제이의 운명』과 『황혼』, 『흙』과 『고향』이 모두 본격소설의 형태를 가지고 있지만 그 둘 각각은 "전혀 상반된 대조라는 것과 질에 있어 도저히 동시에 論키 어려운 성질의 작품"이라고 말한다. 그러므로 임화의 본격소설론이 "계급의식보다는 자기의식을 지닌 주체, 사회주의 대신에 시민사회를 그 지향점으로 설정"27)하고 있다는 견해는 일면적이다. 그러면 이들 두 쌍의 소설이 내용상의 차이에도 불구하고 형태상의 공통성을 가지게 된 이유는 무엇일까. 그것은 이들 소설이 모두 소설의 근대적 전통이 수립되지 않은 조선 사회에서 자기의 문학을 세워가려고 하였기 때문이다. 소설은 개인으로서의 성격과 환경 그리고 그 운명을 그리기 때문에, 그 양식의 완성은 서구적 의미의 완미(完美)한 개성적 인간 또는 그 기초가 되는 사회 생활이 확립되지 않는 한 기대할 수 없다. 따라서 다분히 봉건적인 신문학, 그리고 지나치게 집단적인 경향문학은 결국 조선의 소설 양식을 완성할 수 없었다. 요컨대 경향문학은 아직 '시민적'('시민'이 아닌) 의미의 개성도 형성되지 않은 땅에서 그 '시민적' 개성의 문학을 집단적인 개성으로 여과하여 자기의 독특한 소설을 형성하고자 했는데, 이는 임화의 말대로 '두려운 모험'이었다. 하지만 여기서 중요한 것은 그가 서구의 19세기 본격소설을 지향하면서도 그것과는 다른 조선의 소설 양식을 설정하고 있다는 점이다. 그것은 서구문학을 이식하는 과정에서 '전통'의 요소28)가 작용하기 때문이다.

---

27) 류보선, 「1930년대 후반기 문학비평연구」, 서울대 박사, 1996, 98면.
28) 신승엽, 「이식과 창조의 변증법 – 임화의 '이식문학론'의 정당한 이해를 위하여」, 『창작과비평』, 1991.9.

4. 이식, '전통'의 저항적 공간

앞 절에서 우리는 임화의 본격소설론의 과제가 근대의 완성과 근대의 극복이라는 이중의 과제, 분열의 과제를 제기하고 있음을 살펴보았다. 이는 그의 문학사 작업에서 '전통'의 창조적 계기를 적극 말해주는 것이자 그의 '비전향'의 태도를 말해주는 것이기도 하다. 우선 그의 '생활'(일상성) 개념을 살펴보자.[29] 그가 말하는 '생활'은 "잡다한 탁류 속에서 본질로서의 현실"이자 그 "현실(사상 또는 정신)이 형태를 빌어 표현되는" 것이다. 다시 말해 '생활'은 '현실' 대신 맞이한 부득이한 세계가 아니라, 그 속에서 무슨 새 의의를 찾아보려는 세계다. 요컨대 '새로 발견된 현실'로서의 '생활'인 것이다. 그리고 그 '생활'은 정책이나 사상처럼 일시에 개변되지 아니하는 데 그 특징이 있다. 바로 이것이 '생활'을 무시할 수 없는 이유며, 제대로 된 혁신을 위하여 '생활'이 필요한 이유다. 그가 국책문학의 일종인 '생산소설'을 강조한 것도 그것이 '현실'을 이해하는 하나의 수단이 되기 때문이다.[30] 그가 「전체주의 문학론」에서 오히려 파시즘의 순혈주의를 비판하듯, 「생산소설론」도 자본주의 체제에서 생산과 소비 그리고 이의 통일로서의 '현실'을 객관적으로 이야기하고 있을 따름이다. 즉 '현실'은 생산과 소비의 통일물이라는 것, 따라서 생산과 소비의 통일에서 세계를 볼 때 비로소 전체로서의 '현실'의 자태가 나타난다는 것이다. '현실'이란 바로 인간이 생산하여 소비하는 장소이기 때문이다. 사실 그가 '생활'을 강조하거나, 민족어 · 국가어가 아닌 언어 그 자체에 관심을 가지는 것 자체가 이미 일제의 논리에 포섭되지 않는 '거리'를 보여준다. "언어는 국

---

29) 임화, 「문예시평 – <레아리즘>의 변모 – 혹은 생활의 발견」, 『태양』, 1940.1.
___, 「일상성」, 『매일신보』, 1940.9.20.
30) 임화, 「생산소설론」, 『인문평론』, 1940.4.

경 표지가 아니다"라는 그의 말이 그것이다. 따라서 그는 '국민은 반드시 국어를 써야 한다.'는 내선일체론과는 무관하다.[31]

임화는 조선을 단순히 일본의 한 특수한 지방으로 보지 않는다. 그에 의하면 '지나 사변'으로 하여 조선과 중국은 전혀 신선한 모습을 가지고 일본 앞에 나타났다. 즉 일본은 중국을 침략하기 위해 조선을 반드시 점령해야 할 지역으로 삼았다는 것, 그리하여 궁극적으로는 지나(中國)·만주·조선과 협동하고 그들을 동화시켜나가는 것이 일본의 의도라는 것이다. 일본이 당시 조선문학에 관심을 기울인 것도 바로 이 때문인데, 이를 이제야 조선문학이 진가를 발휘할 때가 왔다고 생각하는 것은 참으로 단견이라고 그는 주장한다. 다시 말해 일본인들이 조선문학을 동경문단에 소개하는 것은 조선에 대한 시국의 관심 못지 않게 깊은 침체에 빠진 일본문학이 그 타개책을 마련하는 것에 다름 아니라는 지적이다.

임화는 일본 비평가(淺見)와 달리 조선문학의 역사적 위치를 정확히 인식한다. 그는 「우수인생」(장혁주)과 「光의 中에」(김사량), 「창랑전기」, 「가을」(유진오) 등을 분석하면서, 이들 작품이 그리고 있는 인간의 애수와 그에 대한 깊은 슬픔의 정을 보는 것이 조선문학을 이해하는 관건이라 말한다. 이것은 단순히 "신경이 아니고 심리이고 의식이고 전통에 속하는 물건"[32]이라 그는 말한다. 요컨대 작품이 그리고 있는 집요한 생활력은 조선인 가운데 숨은 문화와 역사의 전통이 현대 가운데서 창조력을 발휘하는 가장 적실한 표현이라는 것이다.

임화에게 신문학은 엄밀히 말해 '시민'문학이 아닌 '시민적' 문학이다. 그

---

31) 윤대석, 「1940년을 전후한 조선의 언어 상황과 문학자」, 『근대문학연구』, 태학사, 2003, 164~165면.
32) 임화, 「동경문단과 조선문학」, 『인문평론』, 1940.6.

는 자신의 문학사에서 우리 시민문화의 싹을 실학에서 보고 있다. 그리하여 그는 이식과 전통의 긴장 관계에 주목한다. 우리의 신문화 형성에서 기독교는 현해탄을 건너온 개화 일본과 함께 그 역할이 컸다.[33] 그는 기독교가 언어 · 교육 · 언론 · 과학 등 모든 분야에 영향을 미쳤지만 그것이 직접의 목적은 아니었다는 것, 오히려 기독교는 외교기관 · 상인과 같이 들어와서 정치와 상업의 날카로움을 부드럽게 하는 것이 주목적이었다고 지적한다. 그는 일본과 조선을 비롯하여 동양의 현대문화라는 것이 일반으로 이식문화라 말한다.[34] 그 중 공업화되었다고 하는 일본 또한 국가의 주요 산업은 농업이며, 기본 인구는 역시 농민이었기 때문이다. 이러한 사정은 동양에 있어서 공업 생산은 모든 인구의 생활과 사회 기구를 근본적으로 개조할 만큼 고도화되지 못했음을 말한다. 물론 그는 그렇게 된 원인이 서구 열강의 식민지 또는 반(半)식민지적인 지배 때문이었음을 분명히 한다. 말하자면 동양의 농업국은 선진 여러 나라에 원료를 제공하고 그들에게서 가공 상품을 매입하기 때문에, 자연스레 동양 여러 나라는 서구 제국에 대하여 광대한 촌락의 의미를 가지게 되었다고 지적한다.

그럼에도 불구하고 그는 이식을 문화적 창조의 한 전 단계에 불과하다고 본다. 일본과 조선 등 동양의 현대문화가 아직 문화 이식의 단계를 초월하지 못하고 있다면, 그것은 아직 그들이 창조의 시대를 개시하지 못하고 있기 때문이라는 것, 그러나 이식된 문화의 창조는 전통을 토대로 할 수밖에 없다는 것이다. 따라서 조선의 현대문화가 아직 이식성을 벗어나지 못하고 있다는 말은 결국 이식된 문화와 전통문화의 교섭이 정당하게 수행되지 못했다는 의미다. 그리하여 임화는 전통의 창조에 있어 농촌의 역할에 크게 주목한다. 그

33) 임화, 「기독교와 신문화 – 기독교는 어데로」, 『조광』, 1941.1.
34) 임화, 「농촌과 문화」, 『조광』, 1941.4.

는 현대에서 농촌은 문화 전통의 유력한 기반이 된다고 본다. 무엇보다 농촌에는 낡은 생산과 낡은 생활, 그리고 낡은 문화가 있다. 그럼에도 거기에는 궁정문화나 서민문화 가운데서도 이미 소멸되어가고 있는 고유문화의 '본질'("오리지낼리틔")이 함유되어 있다.

> 이러한 상하의 문화적 격절의 회복과 고대문화의 부흥이 근대에 와서 수행될 기회라는 것은 물론 서구의 「르넷상스」에서 볼 수 있듯이 서민문화 – 시민문화의 건설을 통하여 할 것임은 물론이다. 그러나 주지와 같이 조선의 서민문화는 아직 시민문화라고 불러질 수 없을 만치 유소할 때에 맹아채로 발전이 저해되고, 새로운 이식문화의 거대한 파랑 속에 휩쓸린 것이다. 이러한 조건 가운데 문화 전통이라는 것은 민중 가운데, 그 중에도 농촌 가운데 그 잔해를 보존할 수밖에 없는 것은 극히 불가피한 일이 아닐 수 없다.
> 어느 나라의 농민을 물론하고 그들의 신앙과 습속, 설화, 가요 가운데 소박하게나마 고문화의 유물이 남아 있는 것은 사실이나 조선에 있어서 문화 전통과 농촌의 관계라는 것은 예상보다 긴밀한 것이다.
> 따라서 문화 문제의 대상으로서 농촌은 조선에 있어 특히 중요한 과제가 되는 것이다.
> **즉 창조의 기준으로서의 전통의 문제에서 농촌은 일층 중요시되어야 한다.**[35]

인용은 1970, 80년대 제3세계문학론의 연장선에서 논의되었던 농민문학론의 문제의식을 앞서 보여준다. 그에 의하면 여태까지 우리가 이식해온 서구의 근대문화를 우리 전통과 깊이 교섭시켜 주체화하거나, 서구문화가 당면하고 있는 한계를 극복하는 데 농촌은 중요하다. 전자는 우리 문화에만 특수한 문제지만, 후자는 현대문화가 해결해야 하는 공통의 과제다. 요컨대 우리

---

35) 임화, 「농촌과 문화」, 『조광』, 1941.4.

는 이중의 과제를 해결해야 한다는 것이다. 그러면 이 두 가지 과제를 동시에 해결하는 길은 무엇인가. 하나는 전통과의 교섭, 즉 이식문화의 주체화 과정 가운데서 근대문화가 자기의 한계를 극복할 계기를 발견하는 것이고, 다른 하나는 서구문화 스스로가 몰락의 한계를 극복하는 가운데서 전통이 이식문화를 주체화하는 계기를 발견하는 것이다. 요컨대 이식문화의 주체화와 근대문화의 한계 극복은 단일한 계기를 통해서 될 수밖에 없다. 여기서 농촌이 주목되는 것은, 농민은 생산태에 있는 인간으로서 기초적인 생, 생의 원형질에 해당하기 때문이다. 그는 그러나 주체화와 한계 극복의 동시적 해결은 문화의 세계에서보다 더 많이 행위의 세계에 의지한다고 하여, 그가 신체제로부터 결코 자유롭지 못함을 말해준다. 사실 「조선영화론」(1941)에서 그는 조선영화의 전개 과정을 객관적으로 설명하다가 끝에 가서 '국가'에 대한 충성을 내세우는 등 논리의 파탄을 보여주기도 한다.[36] 그럼에도 특히 이식과 전통의 교섭 과정에서 그는 '동양'의 위치를 다음과 같이 지적한다.

그럼으로 서구의 근대문화를 어느 정도로이고 받아들이어 그것을 소화할 수 있는 지방은, 즉 그것을 통하여 자기의 근대문화를 수립해 볼 수 있는 지방은 문화의 일정 정도의 역사와 전통을 가진 지방만이 가능했든 것이다. 아미리가인 도인이나 동양 토인은 그러므로 자기의 근대문화를 갖는 대신 아주 문화적으로 몰락해버리든가 그렇지 아니하면 근대문화를 수입함으로써 서구화해버리든가 양단간의 일자의 길을 걷지 아니할 수밖에 없었든 것이다. 이 사실은 먼저 말한 자기문화의 일정한 축적 없이는 서구의 근대문화를 이식해들일 수 없는 사실과 공통하는 것이다. 그러므로 **동양의 모든 지방이 서구의 근대문화 앞에 압도되어**

---

36) "기업가도 국가 사회도 예술가에게 구하는 것은 항상 성실이라는 것을 잊어서는 아니 된다. 성실을 통해서만 기업엔 이윤을, 국가에는 충성을, 국민에겐 쾌락을 그리고 자기는 성과를 각각 주고 차지하는 것이다."(임화, 「조선영화론」, 『춘추』, 1941.11.)

버리지 아니하고 능히 그것을 이식할 수 있었다는 것은 과거 동양이 상당히 높은 문화국이었음을 의미한다.[37]

인용은 동양이 서구의 근대문화를 이식할 때 이미 전통이 전제될 수밖에 없다는 것, 즉 이식을 가능하게 하는 것이 전통이라는 것으로 요약할 수 있다. 따라서 그가 말하는 '이식'은 일방적인 서구화를 의미하지 않는다. 그의 말대로 반세기 전 동양은 "표면으로 서양을 숭배하고 그것을 모방하려고 급급하였음에도 불구하고, 그 실은 격렬한 투쟁 場裡에 들었었던 것이다."[38] 그리고 여기서 그가 말하는 '동양' 또한 동양체제론과는 무관하다. 마찬가지로 그가 말하는 바 '아시아적 정체성론'을 친일과 연결짓는[39] 것도 단견이다. 예컨대 그는 일본의 어떤 작가의 말을 빌어 조선소설은 서구소설을 받아들인 통로였던 일본소설보다 오히려 더 서구적이라고 지적하는데, 그것은 일본과 다른 조선의 '전통'적 가치가 작용하기 때문이다.

내지의 어떤 작가는 조선소설을 내지의 그것에 비하면 서구적인 데 가깝다고 한 일이 있거니와 영화의 영역에서도 이 점은 통용될 듯하다. 이것은 물론 그 소박한 데 있어 진실하고 치졸함에 있어 독자적이나 이것은 시정해야 할 결함이면서 성육되어야 할 장점이라고 나는 생각한다. 내지영화를 통하여 조선의 영화가 배운 것은 물론 막대한 것이나 그것의 직접의 「이미테」은 아직 현저하지 아니한 것이다. 그것은 마치 문학이 일본문학을 통하여 서구문학을 배운 것처럼, 그것을 통하여 서구영화를 배웠기 때문이다.[40]

37) 임화, 「조선영화론」, 『춘추』, 1941.1.
38) 임화, 「『대지』의 세계성 ─ 노벨상 작가 「펄벅」에 대하여」, 『문학의 논리』, 462면.
39) 이훈, 「1930년대 임화의 문학론 연구」, 서울대 박사, 1993.
40) 임화, 「조선영화론」, 『춘추』, 1941.1.

말하자면 조선소설 또는 영화는 자기의 고유한 전통으로 하여 서구문화를 받아들이는 데 통로 역할을 했던 일본소설 또는 영화보다 더 서구적이라는 지적이다. 인용에서 '시정'되어야 한다는 것은 '서구화'를 경계하는 말이며, '성육'되어야 한다는 것은 우선 일본을 넘어서서 서구문화까지도 우리의 전통이란 거울에 비춰보겠다는 말이다. 사실 그는 일관되게 일본과 조선을 다같이 동양의 한 '지방' 개념으로 파악한다. 이렇듯 이 전통의 거울이라는 개념 또한 그가 신체제와 분명한 거리를 두고 있음을 보여준다.

그렇다면, 그가 바라보는 세계사의 전망은 어떠한가? 그는 구주대전 이후 구라파의 위기에서 두 가지의 인간 – 구라파인과 민족인 – 을 발견했다는 발레리의 이야기를 소개하며 다음과 같이 말한다.

그런데 결정론과 진화론과 그리고 오늘날의 거대한 서구 문명을 창조한 것은 이 구라파인이라 한다. 그것은 과학문화를 창조한 사람이다. 즉 기다한 서구의 민족인이 객관성이란 것을 유일의 기준으로 하여 합일하였다.

그러나 민족인은 주관적이요 분리적이요 「토 – 타리즘」은 민족과 혈통의 고조자이다.

여기서 「제 민족의 기다의 교환을 통하여 형성되고 혹은 개유(改遺)된 정신」이요 이미 습관이요 기능이요 불가결의 것이 된 정신이 해체의 위기에 봉착하게 된 것이다.

이런 정황 가운데 이번 전쟁이 재발하였다. 전쟁은 인간을 더욱 민족적으로 분리하는 대전환의 파괴 행위다. 그러면 문화는 다시 이제 영구히 구하기 어려운 파국에 들어간 셈이다.

그러나 여태까지의 서구문화를 형성했든 기초인 인간적 합일의 양식이 시민적 양식에 불과하였다면 그 (대)신에 전쟁에 결과 **인간적 합일의 다른 양식이 발견된다면 문화는 다시 구출될 수도 있지 않을까?**

허나 그것이 어떠한 양식일지? 그것은 오늘 논하기에 상조한 제제가 아닐까 한다.[41]

여기서 그는 서구의 시민문화, 즉 '객관성'을 단 하나의 기준으로 설정하고 영위해 왔던 서구문화의 한계를 인식하고, 서구의 시민적 양식을 대신할 새로운 양식을 설정하고 있다. 그 새로운 양식은 '객관성'을 토대로 하면서도 그 '객관성'의 한계를 넘어서는 어떤 '계기'를 설정하는 데서 시작될 것이다. 또한 그것은 개별 민족의 정신을 어떻게 '토탈리즘'의 방식이 아닌 다른 방식으로 묶어낼 수 있는가의 문제다. 다만 이 글에서 임화는 개별 민족의 '전통'을 '주관적, 분리적'으로 이해하지 않고 그 속에서 서구 시민문화의 한계를 넘어서는 계기를 발견하고자 한다. 여기서도 '전통'에 대한 새로운 해석이 중요한 것이다.

5. 마무리

지금까지 1930년대 후반 이후 임화의 문학론을 전향·친일 문제와 관련하여 살펴보았다. 카프 해산을 전후한 시기 우리의 전향은 우선 소재가 아니다. 작품에 전향지식인이 나온다고 전향문학은 아니라는 것이다. 여기서 '전향문학'과 '전향작가의 문학'을 구분할 필요가 생긴다. 다시 말해 '전향'을 사상의 회심현상 일반으로서가 아니라 공산주의자가 자신의 사상을 버리는 것으로 파악해야 한다. 이럴 때 우리 문학사에서 전향 문제가 갖는 의미를 보다 분명히 할 수 있다. 사실 우리의 전향은 비전향의 본질적인 계기를 내포하고 있다. '제도'로서 강요된 전향은 이미 그 자체로 저항의 균열을 가질 수밖에 없었다. 이는 이 시기 비평과 소설이 여실히 보여준다. 요컨대 전향이

---

41) 임화, 「시민문화의 종언」, 『매일신보』, 1940.1.6.

곧 친일로 연결되는 것은 아니다. 따라서 그 저항의 지점들을 징후적으로 읽어내야 한다.

카프 해산 이후 임화는 '사상'을 선재(先在)하는 것으로 보지 않고 그것을 '생활'(사실) 속에서 확인, 주체화하고자 한다. 즉 그는 넓게는 '현실', 그리고 좁게는 작품 속에서 자신의 사상을 점검하고 주체화하고자 했다. 그가 문학의 정치화로 인한 공식주의를 비판하며 내세운 전형론도 그 연장선에 있다. 그는 1940년대 들어 그 정치화의 한 양태인 민족주의(순혈주의)를 비판하는데, 이는 그와 짝을 이루는 과거 경향문학의 사상 내용의 국제성과 이식성을 겨냥한 것이었다. 특히 그가 '정치'(국가)와 구별하는 '개성적으로 표현되는 문화'(민족) 개념은 서구의 이식 과정에서 작용하는 '전통'의 저항적 의미와 연관된다.

'인물과 환경의 조화'라는 19세기 본격소설의 과제는 전형론과 연관되어 있다. 그런데 그는 19세기 본격소설의 과제를 내세우면서도 동시에 그것을 넘어서려 한다. 그렇다면 그가 왜 '고전적(근대적) 의미의 본격소설'의 과제를 내세웠을까. 그것은 우리 사회의 반(半)봉건성 때문이다. 우리 사회는 아직 한 번도 완전한 의미의 시민문학, 또는 완미한 개성을 형성해보지 못했다. 그가 우리 신문학을 '시민적'(시민'이 아닌) 문학이라 한 이유도 여기에 있다. 다시 말해 그가 말한 본격소설은 심리소설과 세태소설이 범람하는 문단의 현상을 이해하고 그것을 극복하기 위한 하나의 틀로 제시된 것이다. 그는 거기서 다시 한번 진보적인 시민계급의 정신을 확인하며 자신의 사상을 반추해보고자 했다. 요컨대 그의 본격소설론은 근대를 말하면서 동시에 근대의 극복을 말한다. 이렇듯 그의 본격소설론은 이중적이자 분열적이다. 그는 특히 그와 같은 근대 극복의 과제를 위해 '생활'(사실) 또는 '일상성'의 논리 속에 들어있는 기미를 포착하고자 한다. 말하자면 그는 '새로 발견된 현실'로서의 '생활'(사실)

또는 '일상성'을 통해 사상을 주체화하고자 했다. 이는 그가 무엇보다 전향 상황에 견인되지 않았음을 분명히 보여준다. 특히 중요한 것은 그가 서구의 19세기 본격소설을 지향하면서도 그것과 다른 조선의 소설 양식을 설정한다는 점이다. 그것은 서구문학의 이식 과정에 '전통'의 요소가 작용하기 때문이다.

임화는 미국의 위치를 역사적으로 추적하며 한 국가나 민족에 있어 전통이 갖는 의미를 환기한다.[42] 그는 미국이 혼합된 민족과 전통의 결여로 하여 포우의 등장 이후에도 여전히 구라파의 문화적 식민지였지만, 그러나 금세기 이후 기계 공업의 발달로 구라파 문화의 최후의 존속지가 되었다고 말한다. 그리고 이번 전쟁에서 만약 서구가 19세기를 청산하고 20세기 문화를 형성한다면, 그것은 게르만 문화의 혈족주의가 아닌 민주주의가 승리한다는 것, 하지만 만약 '토탈리즘'이 승리한다면 그러한 민주주의적 가치는 민주주의 정치의 마지막 잔존 영역인 미국으로 옮겨갈 수밖에 없다는 것, 그리하여 미국은 구라파 문화의 마지막 서식지가 될 뿐 아니라 문화의 신대륙이 될 것임을 말한다. 여기서 그는 게르만 문화의 혈족주의와 함께 일본의 '토탈리즘'을 겨냥하고 있다.

임화는 특히 미국과 달리 동양 사회는 우수한 전통을 가지고 있어 서구의 일방적인 이식은 불가능하다고 주장한다. 이식하는 순간 전통의 저항적인 계기가 작용하기 때문이다. 그가 말하는 '동양' 또한 동양체제론과는 거리가 멀다. 그는 오히려 일본과 조선은 각자의 전통이 상이하여 그 문화적 양태 또한 다를 수밖에 없다고 말한다. 바로 이것이 그가 신체제에 포섭되지 않는 저항의 지점이다.

---

42) 임화, 「문화의 신대류 ─ (혹은 최후의 구라파인들)」, 『조선일보』, 1940.6.29.

제 2 부 민족문학론의 역사성

✔ 이론비평과 실제비평의 심화와 확대

        −1970년대 비평문학

✔ 예술성과 운동성의 길항 관계, 그리고 민족문학의 역사성

        −1980년대 비평문학

이론비평과 실제비평의 심화와 확대
-1970년대 비평문학

1. 풍성한 수확의 시기, 1970년대

1970년대는 유신체제에 의해 얼룩진 고난의 연대였다. 군사 독재 정부는 조국 근대화의 기치 아래 전국민동원체제를 강요했다. 그 전국민동원체제는 유신헌법이 탄탄히 뒷받침하고 있었기에 어느 누구도 거부할 수 없었다. 그만큼 1970년대는 경직되어 있었고, 부자유하였다. 이는 유신헌법이 공포되기 직전의 1970년대 초기 상황만 잠깐 살펴봐도 금방 드러난다. 정인숙 여인 피살사건(1970.3.17.), 김지하의 시 「오적」 필화사건(1970.6.2.), 전태일 분신 자살 사건(1970.11.13.), 국가비상사태선언(1971.12.6.), 국가보안법 변칙 통과(1971.12.27.), 유신선포(1972.10.17.) 등이 그것이다.

1970년대는 군사 독재 정부의 억압이 그 극에 이른 시기이자 동시에 그 종말에 이른 시기였다. '개발 독재'라는 말이 암시하듯, 1970년대는 경제 성장을 이유로 민주적인 절차가 무시되었다. 수출 위주의 대외 종속적인 경제 성장 그 이면에는 농촌 공동체가 분해되면서 도시빈민과 노동자 문제가 분출하고 계층간 빈부의 격차가 심화되고 있었다. 따라서 1970년대는 농민 · 노동자 ·

도시빈민 운동이 활발하게 전개되었다. 그리고 이들 '민중'운동은 안으로는 민주화와 밖으로는 외세의 억압으로부터 벗어나 자주·평화 통일을 지향하는 운동과 맞물려 있었다. 물론 그럼에도 불구하고 남북한은 서로를 견제하며 자신의 체제를 더욱 공고히 하는 이른바 분단모순을 강하게 드러낸 것 또한 1970년대의 한 특징이다.

다른 한편, 1970년대는 우리 사회가 근대화와 산업화의 성과를 경험하는 시대였다. 1960년대부터 시작된 경제개발 정책은 1970년대로 넘어오며 그 성과가 축적되기 시작한다. 그에 따라 우리 사회에 자본주의적 기능이 크게 강화되고, 상업적인 요소가 전면에 등장하기 시작한다. 주지하듯, 1970년대는 1960년대에 비해 도시화가 빠르게 진행되면서 외래문화가 급속하게 유입되고 소비문화가 크게 유행한다. 아울러 신문·잡지·TV 등 대중매체가 널리 보급되고 제도 교육이 확대되기에 이른다. 즉 도시화로 인한 도시 인구의 증가는 잠재적인 문화 향유층의 증가와 맞물려 대중문화가 형성될 수 있는 토대를 마련하게 되었던 것이다. 1970년대 대중문화의 한 표본인 『별들의 고향』의 성공은 이와 같은 문화 수요자의 빠른 성장을 정확히 보여준다고 하겠다. 대기업에 육박하는 출판사들이 생겨나고 그에 따라 글만 써서 생계를 꾸려가는 작가군이 형성되는 시기도 1970년대다.

요컨대, 1970년대 우리 사회는 안으로는 빈부 갈등과 억압적인 정치 체제에 의해 고통받고 밖으로는 종속성이 강화되면서 우리의 주체적인 역량이 크게 위축되었다. 그러나 그런 가운데서도 민주화와 자주화를 위한 문단 안팎의 노력이 지속되었던 것 또한 사실이다. 이호철·김우종·정을병·임헌영·장백일 등 문인 61명이 명동성당 앞 한 찻집에서 유신헌법 철폐와 개헌청원 성명을 발표한 것이 계기가 되어 발생한 '문인간첩단사건'(1974), 폭력으로 정부를 전복하기 위해 전국적인 민중 봉기를 획책했다는 혐의로 관련 인사 180

명이 구속·기소된 '전국민주청년학생총연맹사건'(1974), 유신 말기의 시국 사건인 '남조선민족해방전선사건'(1979) 등이 그 대표적인 사건이다.

1970년대 문학의 다채로움은 바로 이러한 문단 안팎의 노력과 무관하지 않다. 이는 시대에 가장 민감하게 반응하는 비평 분야를 살펴보아도 잘 알 수 있다. 리얼리즘론·농민문학론·민족문학론·제3세계문학론·대중문학론 등이 그것이다. 이 가운데 특히 1970년대 비평의 중심에 서 있었던 민족문학론은 우리 사회의 모순을 주체적으로 극복하고자 했다. 앞서 지적했듯, 1970년대 문학은 크게 보아 반공 논리를 비판하며 분단(체제)극복을 위해 노력하였으며, 그와 함께 외세에 대한 인식을 더욱 철저히 했다. 분단(체제)극복과 관련하여 1970년대 문학은 이제 역사적 원근법 아래 6·25와 분단의 원인을 탐색하고 그 상흔을 치유하기 위해 노력했다. 아울러 근대화·산업화와 함께 진행된 농촌 공동체의 붕괴와 도시빈민·노동자 문제를 심각하게 다루었으며, 도시 주변과 도시의 뿌리뽑힌 소시민의 일상 등 산업화가 야기하는 인간소외 문제를 천착하기 시작했다. 특히 1970년대는 우리 사회가 대중사회로 들어서면서 대중문화가 형성되고 다수의 대중소설들이 발표되었다.

1970년대 문학은 1960년대와 1980년대와 비교해 보더라도 풍성한 성과를 거두고 있다. 우리 문학사에서 1950년대의 전후 세대와 1960년대의 '새로운 세대'의 등장은 우리 문단에 큰 활력을 불어넣었다. 1950년대 문학이 주로 전쟁의 상흔을 형상화하였다면, 1960년대 문학은 새로운 감각과 감수성으로 '문학성'에 대한 관심을 새롭게 표명하기 시작했다. 그러나 6·25가 1950년대 문학을 일률적으로 규정할 수 없듯, 마찬가지로 4·19가 1960년대 문학을 일률적으로 규정하는 것도 아니다. 사실 1960년대 문학의 새로운 싹은 이미 1950년대 후반부터 마련되고 있었다. 마찬가지로, 1970년대 문학의 새로운 싹은 더욱 분명하게 1960년대 후반부터 마련되고 있었다. 이 점에서 10월 유신이 1970년대 문학을 일률적으로 규정하는 것은 전혀 아니며, 오히려 1960년대 후반부터 형성되기 시작한 새로운 역사의식의 흐름이 1970년대 들어 심화되는 것이 1970년대 문학의 대체적인 모습이라 하겠다.

따라서 1960년대 후반 『산문시대』와 『창작과비평』의 등장은 1970년대 문학의 전사(前史)로서 중요한 위치를 차지하고 있다. 이들이 각각 제기한 문학의 '자율성'과 '역사성'의 긴장 관계는 어느 시대의 문학이나 요구할 수밖에 없는 본질을 천착한 것이어서 우리 문학의 발전에 아주 생산적인 것이었다. 이 둘의 상생(相生)의 긴장 관계는 1970년대 들어 심화되면서 우리 문학을 더욱 다채롭게 했으며, 지금도 그 저력을 발휘하고 있다. 또한 1970년대 문학은 1980년대 문학과 비교하여서도 그 성과가 주목된다. 1980년대의 민족 · 민중문학론이 급진적으로 이념화하면서 그 문학적 성과 또한 상당히 미미했다. 1980년대 후반, 계급해방과 민족해방을 단선적으로 강조한 변혁 이론을 염두에 둘 때 특히 그러하다. 하지만 1970년대 문학은 우리 현실에 밀착하여 다양한 성과를 거두고 있다.

1970년대 문학의 성과는 결국 지식인과 '민중'의 연대에서 찾을 수 있다. 사실 1970년대 후반의 노동자 수기나 르포를 제외한다면 1970년대 문학은 대부분 지식인의 산물이다. 주지하듯, 이러한 지식인 문학은 1980년대 초반 민중문학론이 제기되면서 '민중' 주도의 문학으로 그 강조점이 옮겨지게 된다. 실제로, 1980년대는 '민중'의 창작에의 참여가 이전보다 훨씬 많아졌다. 하지만 1980년대 내내 문단의 주도권은 여전히 지식인이 쥐고 있었다. 더욱이 1980년대 후반으로 갈수록 지식인의 이념적 지도성은 더욱 강화되었다. 이에 비해 1970년대는 지식인과 '민중'의 연대가 말 그대로 '민중연대성'의 관점에서 가장 온당하게 관철되고 있었다. 1970년대 문학의 성과는 바로 여기서 마련된 것으로 보인다. 1970년대 비평의 중심에 서 있었던 민족문학론의 '예술성'도 바로 그와 같은 '민중연대성'의 관점에서 이해할 수 있다.

2. 전통의 심화와 시각의 다양화

1970년대 시는 1960년대 김수영과 김춘수 시의 자장에서 결코 자유롭지 못하다. 이는 1970년대 시가 현실 지향의 시와 모더니즘 지향의 시라는, 두 가지 방향으로 전개되었음을 말한다. 전자는 도시빈민·노동자·농민의 삶을 형상화한 시, 그리고 분단모순과 시대의 횡포를 비판한 시를 말한다. 후자는 개인의 소외의식을 새로운 언어 탐구로써 형상화한 시를 말한다. 여기에 전통적 서정시 계열과 도시적 감수성을 노래한 시들, 그리고 여성 시인들의 활약과 시 동인지 활동 등이 1970년대 시의 대체적인 흐름이다. 특히 1970년대 시에서 주목되는 것은 시인 자신이 아닌 새로운 화자, 즉 '가면'(탈)을 다양하게 내세워 시화하고 있다는 사실이다.

김준태·신경림·조태일·이성부·김지하·이시영·정희성 등의 민중시는 시대의 아픔을 증언하며 현실의 모순을 넘어서고자 한다.

우선, 정희성은 시집 『저문 강에 삽을 씻고』에서 도시빈민·여공 등 노동자들의 삶을 구체적으로 형상화하고 있다. 자신의 노동력만을 의지할 수밖에 없는 도시빈민·노동자에 대한 형상화는 그의 시적 특질을 가장 잘 보여준다. 어디를 겨냥해야 할 지 모르는 막연한 울분과 모순에 찬 현실에 대한 공포를 보여주는 그의 시는 바로 시대의 횡포를 역설적으로 강하게 환기해준다. 말하자면 그의 시는 억압의 1970년대를 견뎌 나가는 떠돌이 노동자의 의식을 잘 반영하고 있다.

농민들의 삶에 대한 형상화는 김준태를 거쳐 신경림에 와서 보다 구체화된다. 신경림의 농민시는 '민중'의 삶과 정서를 '민중'의 언어로 표현하면서 그 '민중'의 힘을 통해 우리 사회의 모순을 극복하고자 한다. 신경림은 그의 대표 시집 『농무』를 통해 사라져 갈 운명에 처한 농촌과 농민들의 삶에서 비애를 보여주기도 한다. 하지만 그는 그 비애를 견뎌 나가는 농민들의 긍정적인 생활 자세 또한 구체적으로 형상화하고 있다. 특히 그의 시는 우리 전래의 구비문학에서 민중적 감성을 발견, 이를 서정적으로 잘 형상화하고 있다. 요컨대, 그의 시는 우리 전통의 가락인 민요조 서정을 도입, 산업화로 황폐화되어 가는 농촌을 구체적으로 형상화하여 농민들의 끈끈한 삶의 의지를 강하게 느끼게 한다.

이미 1960년대부터 조태일은 분단의식을 시화했다. 1970년대 들어 이성부는 산업화 과정에서 밀려나는 '민중'의 삶을 우리의 분단 현실과 관련지어, 그러한 시대의 모순을 극복할 힘을 꿋꿋하게 다시 일어나는 '민중'에게서 찾고 있다. 그러나 그의 시에 형상화된 '민중'은 그 구체성이 떨어진다. 하지만 김지하에 오면 상황은 달라진다. 김지하는 시집 『황토』, 『타는 목마름으로』, 그리고 민요와 판소리의 가락을 계승한 담시 계열의 「오적」, 「비어」, 「똥바다」 등에서 정치적 억압과 빈부 갈등 등 시대의 횡포와 모순을 풍자하며 그것을 주체적으로 극복할 저력을 '민중'에게서 찾고 있다. 판매금지 당한 양성우의 시집 『겨울공화국』도 그 점에서 예외가 아니다. 특히 고은은 시집 『새벽길』 등에서 통일에 대한 의지를 형상화하고 있다.

1970년대 시의 또 다른 한 축은 이른바 모더니즘 계열의 시인인 황동규·오규원·정현종 등이 맡고 있다. 이들의 시는 한 개인에 가하는 시대의 억압과 공포를 시적으로 훌륭하게 형상화하고 있다. 황동규는 상실된 인간과 사물의 소외의식을 전면화하고 있으며, 오규원은 모순된 시대 상황에서 세상을 지배하는 모든 가치들을 탈신비화하고 그 숨겨진 진실을 드러내고자 한다.

그의 시적 아이러니가 바로 그것이다. 정현종의 시 또한 이들 두 시인과 유사하게 현실에 내재해 있는 억압과 고통을 창조적으로 극복하는 시 형상화 방법을 줄곧 탐색하고 있다.

특히 언어에 대한 이들 세 시인의 관심은 집요하다. 즉 언어의 순수성을 찾고자 하는 것이 이들 시인의 시적 세계라 하겠다. 오규원은 『분명한 사건』 등에서 물신화된 사회 속에서 훼손된 언어를 갱신하고자 노력한다. 그러나 그의 시집 『왕자가 아닌 한 아이에게』에서 형상화된 바와 같이 이러한 그의 시적 언어는 현실의 힘 앞에서는 무력하다. 말하자면 그는 이러한 시의 무력함을 드러냄으로써 역설적으로 시의 존재 의미를 발견하고자 한다. 그의 이러한 시적 경향은 정현종·황동규에게서도 공통적으로 발견된다. 정현종은 특히 그의 시집 『사물의 꿈』에서 현대 사회의 삶의 비극성을 섬세한 언어 구사로 형상화하고 있다. 황동규 또한 세계에 대한 환멸과 부정의 태도를 보여주면서 동시에 현실의 모순을 극복하고자 하는 초월의 욕망을 드러내기도 한다. 즉 이들의 시는 언어가 가진 이미지 또는 상상력을 통해 시적 힘을 다시 한번 확인하고 있다.

전통적 서정시를 지속적으로 창작한 박재삼·박용래·조정권 등도 반드시 기억되어야 한다. 이들은 1970년대 들어 민요와 판소리 그리고 이야기를 도입하여 기존의 서정시를 갱신해 나갔다. 그리고 존재론적이고 미학적인 언어를 줄곧 탐구하고 있는 김춘수의 시 「처용단장」, 「이중섭」 등도 1970년대 시의 중요한 성과로 꼽아야 할 것이다. 요컨대 이들 전통적 서정시나 미학적인 언어 탐구의 시를 통해 1970년대 시는 일상어를 시에 과감하게 수용하여 시의 산문화 경향을 초래하기도 했고, 시의 난해성의 문제를 불러일으키기도 했다.

전통적 서정시 계열과 달리 도시적 감수성을 잘 보여주는 시인으로는 정호승 · 김승희 · 김광규 · 이성복 · 최승호 등을 들 수 있다. 이들은 산업화 과정에서 소외당한 사람들과 고향을 상실하고 도시 변두리에서 떠도는 사람들을 따뜻한 시각으로 시화하고 있다.

고정희 · 강은교 등 여류 시인들의 활약도 두드러진다. 강은교는 『허무집』 등에서 세상의 허무와 그것을 극복하기 위한 삶의 태도를 줄곧 문제삼으면서, 여성의 시각으로 세상을 감싸안으며 용서와 화해의 세계를 형상화하고 있다. 고정희는 한결 나아가 『누가 홀로 술 틀을 밟고 있는가』 등에서 그러한 화해의 세계를 건설하기 위해 현실의 모순과 치열하게 맞서고자 한다. 즉 강은교의 시가 허무의식을 통해 기존 가치관의 부정적인 모습을 보여주고 있다면, 고정희는 현실과의 의식적인 대결을 보여준다. 요컨대 이들 여성 시인은 여성의 눈으로 억압적인 현실의 이면을 들추어낸다.

아울러 동인지 활동 또한 1970년대 시의 성과로 기록될 만하다. 1970년대 초반에 결성된 『70년대』와 1970년대 후반에 등장한 『반시』, 『자유시』 등의 동인지 운동은 매너리즘에 빠져가던 기성 문단에 경종을 울리며 문학의 독자성을 옹호하고 있다. 나아가 『반시』와 『자유시』는 '시의 시대'라 말해지는 1980년대를 매개하고 있다는 점에서도 주목된다. 『자유시』가 사회에서 소외당한 개인의 내면을 주로 형상화하고 있다면, 『반시』는 사회적 실천을 통해 훼손된 가치를 회복하고자 했다.

3. 개인과 시대의 총체화

1970년대 소설은 그 어느 시기보다 다양한 소재와 주제를 가지고 있다. 이는 전적으로 1970년대가 가지고 있는 시대적 특질과 관련되어 있다. 근대화와 산업화가 시작되던 1960년대와 달리, 1970년대는 이제 그것으로 하여 갈등이 더욱 증폭되는 시기이자 그 성과 또한 누리는 시기였다. 그만큼 1970년대는 다양한 문학을 산출할 수 있는 여건을 갖추고 있었다. 노동자 · 농민 · 도시 변두리 문제를 본격적으로 탐구하였으며, 이제 역사적 거리를 두고 6 · 25와 분단의 원인을 탐구하기 시작했다. 그리고 당대의 전사(前史)로서 이전의 특정 역사적 시기나 인물을 다룬 역사소설이 다수 창작되기도 했다. 이러한 흐름과 달리 한 개인의 실존을 통해 시대의 횡포를 문제삼는 소설과, 그리고 섬세한 감각과 여성 특유의 의식을 잘 드러내는 여성소설도 여전히 지속적으로 창작되었다. 아울러 도시화의 산물인 대중소설 또한 1970년대 문학에서 빠뜨릴 수 없다.

1970년대는 근대화와 산업화가 본격적으로 진행되면서 노동자 문제가 크게 부각된다. 이렇듯 1970년대 노동소설은 바로 노동자들의 의식 성장을 정확히 반영하고 있다. 이미 1970년대 초 김정한의 「인간단지」와 이문구의 「장한몽」은 도시 노동자 문제를 제기하였다. 이어 1970년대 노동소설을 대표하는 황석영의 「객지」와 조세희의 『난장이가 쏘아 올린 작은 공』, 윤흥길의 『아홉 켤레의 구두로 남은 사내』 등이 생산된다. 이 가운데 황석영의 「객지」는 노동자들이 아직 뚜렷한 자기인식을 하고 있지는 못하나 그들의 각성과 집단행동에의 의지를 분명히 드러낸다. 이처럼 「객지」가 노동자들이 노동 조건을 개선하기 위해 쟁의에 나서는 과정을 그리고 있다면, 『난장이가 쏘아 올린 작은 공』은 환상적인 수법을 통해 아파트 투기 · 산업 공해 · 노동운동 등 도시와 노동 현장의 여러 모순을 고발한다. 윤흥길의 『아홉 켤레의 구두로 남은 사내』 또한 지식인 작가의 노동소설로서 중산층 소시민 지식인의 자기성찰과 민중연대의 가능성을 제시하고 있다.

아울러 이러한 지식인 작가의 노동소설과 달리 석정남의 『불타는 눈물』

과 유동우의 『어느 돌맹이의 외침』 등 노동자 작가들이 생산 현장에서 만들어낸 체험수기나 르포가 발표되는 것 또한 1970년대 노동소설의 한 특징이다. 이는 1980년대 소장비평가들이 민중문학론을 제기하는 주된 근거가 되기도 한다. 그만큼 1970년대는 노동자들의 자기성숙을 정확히 반영하고 있다.

1970년대는 농민소설 또한 풍성하다. 산업화는 필연적으로 도시화를 불러올 수밖에 없었다. 그에 따라 농촌 공동체의 붕괴와 도시 변두리의 삶을 형상화한 작품이 다수 발표되었다. 이문구의 『관촌수필』과 '우리 동네' 시리즈(9편), 박태순의 「외촌동 사람들」, 「정든 땅 언덕 위」, 「걸신」 등이 그것이다. 이 가운데 『관촌수필』과 '우리 동네' 시리즈는 근대화에 따라 점차 사라져 가는 옛 농촌 공동체의 운명을 날카롭게 형상화하고 있다. 『관촌수필』은 세태 묘사에 치중한 아쉬움은 있지만 이문구 특유의 만연체 문장과 토속적인 구어체 또는 판소리계 소설에 맥이 닿는 익살과 사투리를 효과적으로 구사하여 자본주의적 근대화를 정면으로 비판하고 있다.

당대의 역사적 전사(前史)로서 식민지 시대를 다룬 농민소설도 다수 창작된다. 암태도의 소작쟁의를 그린 송기숙의 『암태도』와 그의 『자랏골의 비가』, 그리고 박연희의 「하촌일가」 등은 1970년대 농촌 현실을 반성적으로 사고하게 한다. 특히 『자랏골의 비가』는 3·1운동에서 4·19까지를 배경으로 하여 속담과 속언 등 고유어와 토착어를 구사하면서 천민 촌락의 비극을 적절하게 묘사하고 있다.

1972년 7·4남북공동성명을 계기로 자주·평화 통일이 정부의 공식 정책으로 선포됨에 따라 통일을 향한 열망이 두드러지게 된다. 그리고 이제 어느 정도 6·25를 객관적으로 성찰할 수 있는 거리를 확보함으로써 다양한 분단소설이 생산된다. 다시 말해 1970년대는 분단체제가 고착되면서 그것을 극복하려는 움직임 또한 강하게 자리잡는다.

김원일의『노을』, 현기영의『순이삼촌』, 그리고 조정래의『황토』와「유형의 땅」 등은 분단의 원인을 해방기의 좌우 대립, 예컨대 우리 사회 내부의 불합리한 신분 제도와 수탈 구조에서 살펴보고 있다. 이병주의『지리산』 등 이른바 지식인 빨치산 소설도 이와 무관하지 않다. 그리고 윤흥길의「장마」, 전상국의「아베의 가족」, 그리고 문순태의「철쭉꽃」 등은 혈연을 통해 이데올로기의 허구를 비판하고 있다. 나아가 황석영의「한씨 연대기」, 박완서의『나목』, 신상웅의『심야의 정담』, 김원일의「어둠의 혼」 등은 일상에 내재되어 있는 분단의 상흔과 질곡을 드러내면서 그것을 극복하고자 하는 의지를 형상화하고 있다.

이 밖에도 조해일의「아메리카」, 천승세의「황구의 비명」, 박영한의「머나먼 쏭바강」 등은 외세에 대한 인식과 제3세계의 자기인식을 잘 드러내고 있다. 그리고 이 시기「월남한 사람들」,「큰 산」 등 이호철의 실향민 소설 또한 주목할 만한 성과를 거두고 있다.

1970년대는 역사소설의 황금기라 해도 과언이 아니다. 1890년대 후반에서 20세기 중반까지를 배경으로 하고 있는 박경리의『토지』, 동학혁명을 배경으로 하고 있는 유주현의『들불』, 이조 후기 숙종조를 배경으로 하여 광대 출신 의적 장길산을 다루고 있는 황석영의『장길산』, 김주영의『객주』 등이 그것이다. 이 가운데 특히『장길산』은 역사를 '민중'의 시각에서 바라보고자 한다. 물론『장길산』은 이념적으로 완결된 인물 형상으로 하여 그 낭만성이 지나친 면은 있다. 하지만 1970년대라는 억압의 시대를 변혁하려는 '민중'의 갈망을 잘 드러내고 있다. 이에 반해『토지』는 역사의 현장을 살아온 '민중'의 삶을 다루면서도 인간의 생명에 대한 경외감을 간결하게 형상화하고 있다. 즉『토지』는 '민중'의 토속적인 한의 세계를 통해 인간의 근본적인 존재의 의미를 탐구하고 있다.

이러한 흐름과 달리 산업화 시대의 소외된 개인의 실존과 내면을 천착한 일련의 흐름이 있었다. 최인호의 「타인의 방」, 이청준의 소설집 『당신들의 천국』과 그의 소설 「소문의 벽」, 「조율사」, 「떠도는 말들」, 「잔인한 도시」, 「살아 있는 늪」 등이 특히 그러하다. 이청준은 주로 정치 사회의 메커니즘이 가하는 횡포와 그에 대립하는 인간 정신의 치열성을 줄곧 문제삼는다. 그는 현실의 억압에 섣불리 저항하지 않는다. 오히려 그 억압의 메커니즘을 분석하며 사회와 우리 자신을 동시에 성찰하게 한다. 그의 이러한 문제의식은 인간 존재의 진정성에 대한 근본적인 질문에 다름 아니다. 특히 그러한 질문을 그는 언어에 대한 탐구로 이어간다. 이들 모더니즘 계열의 소설은 언어의 정련과 문학적 수사학을 통해 1970년대의 문학적 지형도를 보다 풍부하게 하고 있다.

이와 관련하여 오정희 · 서영은 · 박완서 등 여성 작가들의 활약도 주목된다. 오정희와 서영은은 여성의 내면을 자폐적으로 성찰하면서 여성의 닫혀진 삶의 조건들과 여성의 성적 정체성을 탐색하고 있으며, 박완서는 사회적 비판의식과 함께 여성의 이야기를 복원하고자 한다. 오정희의 『불의 강』, 「저녁의 게임」, 「유년의 뜰」, 「중국인 거리」 등과 서영은의 「야만인」, 「틈입자」, 그리고 박완서의 『도시의 흉년』, 『휘청거리는 오후』 등이 그것이다. 우선 오정희는 전통적인 서사 문법을 깨뜨려 마치 수수께끼를 풀 듯 여성의 내면의식을 밀도 있게 드러내고 있다. 나아가 서영은 여성의 자기소멸성을 극대화하여 그로써 가부장적 사회의 부정적 측면을 강하게 부각시킨다. 이들 두 작가와 달리 박완서는 전쟁과 급격한 산업화를 경험하면서 야기된 중산층 여성의 소시민성과 허위의식을 고발하며 여성 이야기의 복원을 꾀하고 있다. 즉 박완서는 『휘청거리는 오후』 등에서 여성들의 속물성과 소시민의 행복이 갖는 허구성을 강하게 비판한다. 오정희의 경우 전쟁은 여성 내면에서 부정적 정체성을 형성하는 요소로 작용한다면, 박완서의 경우 그것은 여성이 살아가는 역사의 현장으로 그려진다.

1970년대는 또한 우리 사회가 대중사회로 들어서면서 다양한 대중소설들이 창작된다. 최인호의 『별들의 고향』, 한수산의 『부초』, 조해일의 『겨울 여자』, 박범신의 『죽음보다 깊은 잠』, 조선작의 『영자의 전성시대』 등 이른바 대중소설 내지 상업주의소설이 그것이다. '본격(고급)/통속(저급)'의 이분법을 깨뜨리는, 이른바 '중간 소설'(고상한 오락소설)에 해당하는 이들 작품은 1970년대의 한 특징으로서 '문학성'과 '상품성'을 동시에 구비하여 많은 독자들의 호응을 얻었다. 바로 이것이 1990년대 이후 오늘의 대중소설과 다른 1970년대 대중소설의 특징이라 할 수 있다.

4. 비평 시각의 확대와 '민중'연대성

1960년대 중반 이후 등장한 『산문시대』와 『창작과비평』(이하 '창비')은 1970년대 문학을 예고하는 징표와도 같다. 우선, 1970년대 비평은 1960년대 초반부터 계속되어온 '순수/참여' 논쟁의 자장에서 결코 자유롭지 못하다. 『산문시대』와 '창비'는 각각 '소시민의식'과 '시민의식'을 내세웠지만, 이들은 궁극적으로 '시민의식' 논의로 귀결되고 있었다. 1970년대 들어서도 이들 두 그룹은 각각 그들의 입장을 분명히 하지만 1960년대 그들의 입장과 크게 다르지 않았다.

1970년대 비평의 중심에는 『문학과지성』(이하 '문지')과 '창비'가 있었다. 사실 1970년대 비평의 세부 항목에 해당하는 문학사회학 · 민족문학론 · 리얼리즘론 · 대중문학론 등은 모두 이들 두 그룹을 중심으로 전개된다. 이 가운데

1970년대 비평의 중심은 민족문학론이었다. 이 논의의 중심 개념에 해당하는 '민중'(의식)은 '창비'와 '문지' 모두에게 '시민·대중'과 다르지 않다. 앞서 지적했듯, 이들의 1970년대 비평이 1960년대 '(소)시민의식' 논의와 크게 다르지 않다고 한 것도 바로 이 때문이었다. 그리고 바로 이것이 이들 두 그룹이 서로의 문학관의 차이에도 불구하고 모두 1980년대 소장비평가들로부터 '(소)시민적'이라는 비판을 받게 되는 주된 근거가 된다. 아울러, '창비'가 민족문학론의 관점에서 제3세계문학론으로 논의를 심화시켜 간 것과 달리, '문지'가 '문학사회학'이라는 다소 포괄적인 논의를 진행시켜 간 것도 1970년대 비평에서 눈여겨볼 사항이다.

'문지'와 '창비'의 입장 차이는 '문학사회학'을 바라보는 시각에서 잘 드러난다. 달리 말해 '문지'가 현실 모순의 배후에 숨어있는 구조를 반성적으로 사유하는 것을 강조한다면, '창비'는 현실 모순에 대한 실천적인 인식을 소중히 한다. 말하자면 '문지'가 문학 이념의 그 어떤 이데올로기화도 거부하며, 현실에 대한 '문학'의 반성적 환기력을 중시하면서 현실을 인식하는 작가 자신까지 반성적으로 사유할 것을 강조한다면, '창비'는 그것과 함께 현실에 대한 작가의 실천적 인식을 소중히 한다. 그러므로 문학과 사회를 구조적으로 이해하는 '문학사회학'의 입장은 '문지'에게 적절한 이론적 토대가 된다. 더욱이 '문학사회학'을 '대중문화사회학'으로 이해한 '문지'에게 1970년대의 대중문화적 현상은 크게 부각된다. '문학사회학'을 둘러싼 '문지'와 '창비'의 이러한 입장 차이는 민족문학론·리얼리즘론 등에서도 일관하여 관철된다.

'문지'와 '창비'는 모두 민족문학이 궁극적으로 시민문학으로 지양되어야 한다고 보고 있다. 즉 1960년대에 『산문시대』와 '창비'가 각각 '소시민의식'과 '시민의식'을 내세웠음에도, 그들이 모두 '시민의식'을 궁극적 과제로 설정했듯이, 1970년대에 그들이 내세운 민족(민중)문학론 또한 궁극적으로 시민문학론으로 귀결되고 있다. 사실 민족문학의 선도적 이론가인 백낙청은 민족문학론의 중심 개념에 해당하는 '민중'을 결코 계급의 실체로 보지 않는다. 노동자·농민이 아닌 '보통사람들'이 바로 그의 '민중' 개념의 실체이다.

나아가 '문지'와 '창비'의 대중문학론의 '대중' 개념에서 우리는 다시 한번 그들이 궁극적으로 설정하고 있는 '시민' 개념의 실체를 확인할 수 있다. 요컨대, 그들에게 '시민·민중·대중'은 다르지 않다. 이것이 그들의 '민중' 개념이 1980년대 소장비평가들이 내세운 민중문학론의 '민중' 개념과 다른 점이다.

1970년대 리얼리즘론·농민문학론·제3세계문학론은 민족문학론의 시각 확대라는 관점에서 주목된다. 리얼리즘에 관해서는, 그것을 찬성하는 쪽이든 반대하는 쪽이든 모두 '상상력'을 인정하면서도 이념에 대한 일부 논자들의 불신 때문에 소모적인 논쟁을 벌이기도 했다. 그러나 작가의 세계관은 고정되어 있지 않고 오히려 작가의 실천 속에서 형성되고 변화하는 것이며, 마찬가지로 발자크의 '리얼리즘의 승리'라는 것도 그것이 작가의 세계관을 무시하는 것은 전혀 아니며, 다만 작가의 세계관을 궁극적으로 규정하는 것은 바로 현실 모순 그 자체라고 염무웅이 지적하면서, 1970년대 리얼리즘론은 일단 정리되는 계기를 마련한다. 아울러, 유종호는 리얼리즘과 모더니즘의 소통 관계, 나아가 독자층의 변화와 그에 따른 공유경험 공간의 변화를 지적하며 리얼리즘의 자기갱신의 과제를 제기함으로써 1970년대 리얼리즘론의 심화에 크게 기여한다. 또한 1970년대 리얼리즘론은 특히 분단(체제)극복과 같은 민족문학론이 처음부터 가졌던 문제의식을 심화하면서 자연스레 제3세계문학론과 분단(체제)극복론 나아가 근대극복론으로 심화되는 계기를 마련한다.

제3세계문학론은 우리 민족문학이 처음부터 가진 문제의식이기는 하나 그것이 보다 구체화된 것은 1970년대 후반을 들어서면서였다. 특히 제3세계문학론은 민족문학이 빠질 수 있는 민족주의적 속성을 적절히 경계하며 제3세계 민족(국가)과 '민중'의 자기해방을 겨냥하였다. 그리고 이 제3세계문학론을 통해 1970년대 리얼리즘론 또한 새로운 문제의식을 가지게 된다. 요컨대 제3세계리얼리즘은 서구의 과학주의와 기술주의 그리고 그와 연관되어 있는 서구의 리얼리즘을 제3세계적 시각에서 새롭게 해석하고자 했다. 말하자면 서구 시민사회의 진보적 전통과 결부된 리얼리즘의 긍정적인 가치, 그리고 서구의 모더니즘과 전위적인 문학의 창조적 · 저항적 가치를 받아들이되 그것을 제3세계 나름의 역사적 상황에서 재해석하고자 했다. 이와 관련하여 김종철은 발자크의 '리얼리즘의 승리'란 식민주의의 모순 그 자체를 생활 속에서 문제삼는 제3세계에서는 애초에 문제가 되지 않는다고 주장함으로써 제3세계리얼리즘의 이론적 입지를 보다 분명히 한다.

민족문학론의 자기갱신과 제3세계문학론으로의 시각 확대에는 농민문학론의 역할도 무시할 수 없다. 사실 식민지 또는 반(半)식민지의 농촌은 그 나라 도시와 식민국 도시로부터 이중으로 피해를 입으면서도 바로 그 때문에 그 둘 모두를 비판할 수 있는 위치에 서게 된다는 점에서, 그것은 제3세계론의 전개에 좋은 토대가 되었다.

특히 1970년대 민족문학론의 제3세계적 시각 확보는 1980년대 이후 경직된 변혁운동 노선을 떠올릴 때 그 의의가 크다. 1980년대 민중문학론자들이 강조한 '운동성'은 1970년대 우리 민족문학론이 피하고자 했던 과학주의에 그 스스로 얽매이는 결과를 초래했다. 우리가 말하는 민족문학론 나아가 제3세계문학론이 '운동'이 아닌 '문학'에 관한 논의인 이상, 그와 같은 '운동성'의 강조는 창조적이고 저항적인 문학 본연의 가치를 소홀히 할 수 있다는 점에서 그 한계가 분명했다.

백낙청은 이미 「새로운 창작과 비평의 자세」(『창작과비평』, 1966.1.)에서 '순수주의'와 '순수성'을 구별하면서 "순수주의를 본격적으로 비판하는 작가 사상가일수록 문학 본연의 가치와 자율성을 강조"한다고 말함으로써 공허한 '순수/참여' 논쟁을 넘어서고 있을 뿐 아니라, 진정한 '예술성'은 역사 현실에 대한 작가의 실천적인 인식과 다르지 않다고 강조한다. 이 '예술성' 개념은 1970년대 이후 특히 1980년대 이후 그의 문학 이론을 지탱하는 중요한 도구가 된다. 그가 '순수주의'와 구별하여 강조하는 문학의 '순수성'이 바로 이 '예술성' 개념이다. 그가 1980년대 들어 계급해방과 민족해방을 내세우는 일부 이론을 비판하며 작품 자체의 진리성과 실천성을 강조한 것도 이러한 '예술성'에 대한 그의 인식 때문이다. 즉 그가 민족문학의 '예술성'을 강조한 것은 바로 특정 계급에 국한되지 않는 광범위한 연합 세력을 포용하기 위해서였다. 앞서 지적했듯, 1980년대와 달리 1970년대 민족문학의 '예술성'은 바로 이와 같은 '민중연대성'의 관점에서 이해할 수 있다.

5. 전대의 이월과 심화로서의 1970년대

우리 비평사에서 1970년대만큼 다양한 논의가 전개된 적도 드물다. 문학사회학 · 리얼리즘론 · 농민문학론 · 민족문학론 · 제3세계문학론 · 대중문학론 등이 그것이다. 그 가운데서도 민족문학에 대한 논의가 가장 활발했다. 특히 이들 논의의 핵심에 해당하는 '민중' · 대중은 오늘에도 여전히 새로운 문제의식을 제공하고 있다. 따라서 오늘의 문학을 점검하고 내일의 방향을 모색하기 위해서도 이들에 대한 논의는 필요하다고 하겠다.

주지하듯, 1960년대 문학이 1950년대 문학과 달리 질적 변모를 겪게 되는 것은 1965년 이후부터라 할 수 있다. 1960년 벽두의 4 · 19와 5 · 16을 겪은 뒤, 어느 정도 안정감을 찾고 현실을 새롭게 인식하려는 움직임이 1965년 이후 본격화되기 때문이다. 이미 「나르시스 시론」(『자유문학』, 1962.3.)으로 등단한 김현을 비롯하여 대부분의 소장비평가들은 1965년을 기점으로 등장하고 있다. 김현은 전후 세대를 '1955년대 작가'로, 그를 포함한 소장비평가를 '1965년대 비평가'로 각각 명명하며 전후 세대와 그의 세대를 분명히 차별화하고자 한다.[1] 전후 세대를 대변하는 이어령 또한 김현 · 박태순 · 박상륭 · 유현종 · 홍성원 · 이청준 · 김승옥 등 30세 미만의 젊은 작가들을 '제3세대 작가'로 명명하며 그의 세대와 차이점을 인정했다. 그러나 정작 젊은 작가들에게는 무엇보다 발표 지면이 부족했다. 그러므로 『산문시대』와 『창작과비평』(이하 '창비')의 등장은 새로운 활로를 기대했던 그 당시 문단의 요구에 적절히 응답했다고 하겠다.

4 · 19가 한국문학의 주체성 확인에 크게 기여한 것은 사실이다. 그럼에도 정작 그 수혜자인 김현 · 백낙청이 모두 전통단절론자라는 사실은 아이러니다.[2] 1960년대 비평에서 '소시민/시민'(의식) 논쟁은 4 · 19를 어떻게 해석하느냐와 관련되어 있다. 『산문시대』의 소시민문학론이 4 · 19의 성과에 회의적이었다면, 『창작과비평』의 시민문학론은 그것에 긍정적이었다. 그리고 전자가 전후 세대와 단절적인 시각을 보였다면, 후자는 전후 세대의 역사감각을 계승하고자 했다.

---

1) 권성우는 이를 '문학사적 인정 투쟁의 욕망'이라 하고 있다(권성우, 「60년대 비평문학의 세대론적 전략과 새로운 목소리」, 『1960년대 문학 연구』, 예하, 1993, 13면).
2) 백낙청은 「시민문학론」(『창작과비평』, 1969.6)에서 이전의 그의 전통부정론이 "자신의 무지와 무심함에서 유래한 하나의 환각"이라 말하고 있다. 이러한 그의 자각은 한용운이 "3 · 1운동의 성과를 최대한 반영한 우리나라 최초의 근대 시인이면서 옛 조선 마지막의 위대한 전통 시인"이라는 그의 지적에서도 확인할 수 있다. 그러나 그렇다고 하더라도 「시민문학론」에서 그가 힘주어 강조하는 '사랑'이라는 것 자체가 추상적인 만큼 우리 사회의 구체적인 역사적 문맥을 사상하고 있다는 한계는 분명해 보인다.

전통에 대한 우리 문학사의 관심은 1970년대를 접어들며 역사학계의 시대 구분론과 관련하여 본격화된다. 그 대표적인 성과가 김현·김윤식의 『한국문학사』(민음사, 1973)다. 이 책은 이식문학사(임화)·이식사조사(백철)·실증주의적 문학사(조연현)를 극복하기 위해 내재적 발전론을 제기, 근대문학의 기점을 이조 후기 영·정조대로 소급한다. 이것은 특히 김현에게는 그가 줄곧 비판해온 '새것 콤플렉스'의 극복이라는 명제와 이어져 있다. 판소리·민요·탈춤·마당극·신소설 등에 대한 조동일의 작업도 그 연장선상에 있다.3)

한국문학에 대한 연구와 비평이 모두 문학사의 체계로 수렴된다고 할 때, 그것은 결국 근대문학의 기점 내지 그것을 규정하는 '근대성'의 문제와 마주치게 된다. 1970년대 당시, 연구자들은 우리 문학사의 단절의 중대한 마디로 판단되었던 봉건시대 말기와 신문학사 초기를 과학적으로 인식하려고 했다. 물론 오늘날에는 1970년대와 달리 한국문학의 연속성, 그리고 거기서 관철되고 있는 근대적인 성격에 대해 상당한 논의가 이루어져 있다.4) 북한의 문학사가 주체사상의 입장에서 병인양요 등 외세를 배격한 사건을 중시하며 1866년 설을 제기한 바 있다. 하지만, 지금까지의 근대문학 기점 논의는 대체로 갑오경장과 동학농민전쟁이 발생한 1894년을 전후한 시기로 모이고 있다. 따라서, 한일합방(1910)을 계기로 이른바 신소설의 창작 방향에 변화가 일어난다

---

3) 『신소설의 문학사적 성격』(서울대학교 출판부, 1973), 『한국소설의 이론』(지식산업사, 1977), 『한국문학사상사시론』(지식산업사, 1978), 『판소리의 이해』(창작과비평사, 1978), 『탈춤의 역사와 원리』(홍성사, 1979), 『서사민요연구』(계명대학교 출판부, 1979) 등이 이 시기 그의 대표적인 업적이다.
4) 근대문학의 기점과 관련한 최근의 논의는 최원식의 「민족문학의 근대적 전환 - 근대문학 기점론을 중심으로」(민족문학사연구소 엮음, 『민족문학사 강좌(하)』, 창작과비평사, 1995)를 참고할 수 있다. 그리고 근대문학의 기점을 소급하려는 데 대한 비판은 기점 논의의 생산성 면에서 기본 전제가 되어야 할 것이다(최원식, 「한국문학의 근대성을 다시 생각한다」, 『민족문학과 근대성』, 문학과지성사, 1995).

고 할 때, 연구 방향은 대략 세 가지로 정리된다. 1894년 이전의 특정 시기에서부터 1894년 사이에 생산된 문학, 1894년에서 1910년 사이의 문학, 그리고 1910년대의 문학에 대한 연구가 그것이다. 다만, 대한제국이 경험한 '서구적인' 근대의 체험이 1894년 이전부터 있어왔다고 하더라도 일종의 '흔적'을 찾아 시기를 소급하는 것은 한계가 있어 보인다. 연구자들이 1894년을 전후한 시기에 관심을 기울인 것도 이러한 소급 논의의 한계를 인식한 결과라 하겠다.5)

아울러, 1970년대는 이제 작가들이 자본의 위력에 몸을 맡길 수밖에 없는 시대이기도 했다. 이미 1960년대부터 『문학춘추』는 작가의 인기에 중점을 두고 편집 방침을 정했다.6) 1970년대의 『주간한국』 또한 대중 잡지로서의 성격을 보다 분명히 한다. 이들 대중 잡지는 1960년대 초부터 진행된 산업화 · 도시화의 성과를 잘 반증하고 있는데, 1970년대의 문학사회학은 바로 그와 같은 대중문화의 가능성을 탐색하고자 했다.

요컨대, 이 글은 1970년대 비평에서 중요한 자리를 차지하고 있는 문학사회학 · 리얼리즘론 · 농민문학론 · 민족문학론 · 제3세계문학론 · 대중문학론 등을 살펴보고자 한다. 특히 이들 논의의 핵심에 해당하는 '민중' · 대중 개념의 내포를 확인하고자 한다. 다시 말해, '민중' · 대중 개념은 1970년대 비평을 일관된 맥락에서 살펴보고자 하는 이 글의 핵심 도구라 할 수 있다. 사실

---

5) 김영민의 『한국근대소설사』(솔, 1997)는 이 점에서 특히 주목된다. 이 글은 조선후기 문학과 근대문학 사이의 전통적 맥락이 끊어진 것이 아니라 이어져 있다는 것을 구체적으로 입증하고 있다. 즉 한국근대문학이 일본문학이나 서양문학의 이식에 의해서가 아니라 우리 문학사의 맥락에서 생성 · 발전해 왔음을 살피고 있다. 한마디로, 이 책은 "한말 이후 존재하는 모든 서사문학 양식들의 형성 과정과 그 생성 요인을 밝히고 그 양식들 사이의 상호 연관성을 찾아내 그 양식들의 발전사를 구성"(7면)하는 야심찬 것이었다.

6) 홍사중, 「한국문학의 새로운 전망」, 『한양』, 1965.2.

1970년대 비평은 '문지'와 '창비'의 두 축을 중심으로 전개된다고 보아 무방하다. 이들 두 그룹은 문학사회학을 바라보는 시각에서 그 차이가 분명하게 드러난다. 특히 문학사회학에 대한 '문지' 그룹의 관심은 1960년대에 그들이 가졌던 이론적 입지를 보다 분명히 하고 있다. 나아가 문학사회학에 대한 이들 두 그룹의 시각 차이는 민족문학론·대중문학론·리얼리즘론 등에서도 일관되게 드러난다.

6. 문학사회학에 대한 '문지'와 '창비'의 거리

1960년대부터 『산문시대』와 '창비'는 사회 현실에 대한 인식 면에서 차이가 있었다. '창비'가 현실의 모순을 인식하고 그 개선을 위한 노력에 초점을 두었다면, 『산문시대』와 '문지'는 현실의 모순에 대한 구조적 인식 나아가 그 인식 주체인 작가 자신까지 성찰하는 사고를 강조하였다. 그러나 1960년대의 『산문시대』와 '창비'는 서로에게 어느 정도 문호를 개방해놓고 있었다. 이러한 상황은 그러나 1970년대 들어 '문지'가 '창비'에 정면으로 도전하면서 바뀌게 된다. 흔히 '창비'와 '문지'를 각각 '민중적 전망/시민적 전망[7], 또는 '현실에의 몸담음/현실에의 반성적 질문[8], 그리고 '민중적 전망주의/분석적 구조주의[9] 등으로 구분하기도 한다. 말하자면, '창비'가 문학의 실천적 과제를 중시한다면, '문지'는 현실에 대한 구조적 인식과 그것의 부정적 드러냄에 초점을 두고 있다고 하겠다. 이들 두 그룹의 차이는 그 당시 문학사회학을 두고

7) 성민엽, 『고통의 언어, 삶의 언어』, 한마당, 1986, 160면.
8) 정과리, 『문학, 존재의 변증법』, 문학과지성사, 1985, 52면.
9) 정희모, 「문학의 자율성과 정신의 자유로움 – 1970년대 『문학과지성』의 이론 전개와 그 의미」, 『1970년대 문학 연구』, 소명출판, 2000, 86면.

벌어진 논쟁에서 가장 분명히 드러난다.

'문지' 창간사는 우리 현실의 후진성과 분단 현실에서 빚어지는 '패배주의'와 '샤머니즘'을 극복하기 위해 문학의 보편적 인식의 역할을 강조한다. 김현은 이른바 '구호' 문학에 대항하여 자유주의 문학을 강조하며, 문학의 도그마화와 '새것 콤플렉스'로 명명되는 사대주의적 발상을 강하게 비판한다. 혹자의 지적처럼 '문지'는 '창비'와 또 다른 측면에서 우수한 작가와 작품을 찾아내어, 그것의 가치를 설득력 있게 해명하는 데 크게 기여한다.[10] 요컨대 김현은 문학의 자율성을 통한 현실의 분석적 인식을 특히 강조하는데, 이것은 갈수록 강화되는 권력의 횡포에 '문화적으로' 맞서는 일이다. 이러한 '문지' 그룹의 문화적인 관점은 그들이 수용하고 있는 바슐라르의 상상력 이론과 아도르노 등 프랑크푸르트 학파의 이론에서도 잘 드러난다. 그들은 1970년대 중반을 넘어서면서 러시아 형식주의·구조주의 시학(토도로프와 쥬네트)·기호학(롤랑 바르트)·욕망이론(르네 지라르)·발생구조주의(골드만) 등의 이론적 토양 아래 문학과 사회의 관계에 많은 관심을 보인다. 특히 문학의 구조를 통해 현실을 분석적으로 인식하려는 그들의 문학관에 비추어 볼 때 이른바 골드만 류의 문학사회학은 그들에게 적절한 이론적 토대를 제공한다. 문학과 사회의 관계와 관련하여 그들은 '순수문학/참여문학'의 대립을 '가짜대립'이라며 이분법적 시각을 분명히 청산하게 된다. 논의의 진전을 위해 김현의 다음 인용을 보자.

> 문학과 사회의 관계를 규명하려는 노력은 흔히 문학에 역점을 두어, 문학을 위한 문학만을 주장하는 경향과, 사회에 역점을 두어 인간·사회를 위한 문학만을 주장하는 경향으로 크게 나뉘어 격렬한 대립을 보이고 있다. 그 전형적인 모

10) 이동하, 「확대와 심화의 드라마」, 『한국현대문학사』, 현대문학, 1989, 402~413면.

습이 19세기의 프랑스 문학이며, 한국에서의 순수문학/참여문학의 가짜대립이다. 순수문학이 문학의 형식적·탈사회적 성격을 강조하면, 참여문학은 문학의 공리적·사회적 성격을 강조한다. 전자가 형식 중심이라면, 후자는 내용 중심이다. 그 대립은 그러나 가짜대립이다. 문학은 그것이 제작되어 판매된다는 점에서 사회적 현상이다. 형태를 가져야 한다는 점에서 표현 기구이기 때문이다. 근대 이후에서부터 문학의 그 이중적 성격은 분리할 수 없는, 이중적이며 단일한 성격이다. 그 이중적이며 단일한 성격을 파괴하지 않으려면 내가 위에서 내건 두 개의 차원으로 문제를 나누는 방법밖에 없다.(역사적으로 따지자면 문학을 – 위한 문학/인간을 – 위한 문학, 순수문학/참여문학의 대립은 근대 이전의 문학적 유산을 지키면서 – 형태의 끈질김! – 새로운 사회적 현상과 싸우려 한 모순된, 그러나 그럴 수밖에 없는 싸움의 구조적 투영이다.) 그 나눔도 결국은 인간의 자유스럽고 질서있는 삶의 건설을 위한 싸움 속에 통합될 터이다.[11]

인용에서 김현은 '문학/사회' '형식/내용' '순수/참여'의 대립을 가짜대립이라며 바람직한 사회를 건설하기 위해서는 그 둘이 통합되어야 한다고 말한다. 그럼에도 그가 문학과 사회를 각각 비현실적 기능과 현실적 기능으로 정의할 때 그 스스로 모순에 빠지게 된다. 문학과 사회에서 각각 문제되는 것이 쾌락원칙과 현실원칙이라는 그의 주장 또한 마찬가지다. 그에게는 "문학은 꿈이며 사회는 제도이다". 문학은 그 꿈에 비추어 어떤 것이 어떻게 결핍되어 있는가 하는 것을 부정적으로 드러낸다. 문학의 자율성이 획득한 최대의 성과는 현실의 부정적 드러냄이다. 문학은 그 부정적 드러냄을 통해서 사회에 어떤 것이 결핍되어 있으며, 어떤 것이 그 사회의 꿈인가를 역으로 인식한다는 것이 그의 생각이다. 말하자면 꿈을 결핍의 형태로 드러내는 것이 문학이 가진 고유한 특징이다. 그리고 당연히 그 결핍의 형태는 문학의 장르·

---

11) 김현, 『문학사회학』, 민음사, 1983, 11∼12면.

문체 · 비유 등 '언어'로부터도 제약을 받는다. 사회와 문학의 관계는 그가 인용하고 있는 코제브의 말처럼 '금반지'(인간의 삶)에 있어서 '금'(사회)과 '반지'(구멍, 문학)의 상호보완적 관계와 같다.

그는 문학사회학에 대한 우리 사회의 관심을 전기에 해당하는 1920~30년대의 마르크시즘과 후기에 해당하는 1970년대의 문학사회학으로 크게 구분하고 있다. 다시 말해 그는 우리의 해방공간과 1950, 60년대 우리 문학사의 전통에 대해 정확하게 인식하지 못하고 있다. 그가 언급하고 있는 비평가는 국내로는, 현실의 전체성을 탐구한 김기진, 전향 후 문학사와 사회사의 관계를 천착한 박영희, 정신사로서의 양식사를 탐구한 임화, 그리고 문학사회학의 사적 개관을 시도하고 있는 이헌구 등이며, 국외로는 텐느-플레하노프/하우젠슈타인-프리체-칼버튼 등이다. 이 가운데서 그는 특히 이헌구와 정통적인 혹은 전통적인 마르크스주의를 추종하지 않거나 혹은 반대하는 외국의 문학사회학자들의 계보를 강조한다. 말하자면 그는 '문학사회학'이라는 용어를 사용하면서 그 당시 사회주의 국가의 선전문학은 물론 마르크스주의 미학 일반에 대한 불신을 강하게 드러낸다. '문지'와 '창비'의 입장은 골드만의 '상동성' 개념에 대한 백낙청의 다음 지적에서 그 차이가 분명히 드러난다.

문학 연구에서 <homologie>의 개념은 수학이나 자연과학에서와 같은 엄밀성을 띨 수가 없고 그 자체가 일종의 비유 내지는 아날로지로 쓰일 수밖에 없는 것 같다. 아니, 골드만의 방법이야말로 자본주의 사회에 대한 다분히 도식화된 이해와 주어진 작품들에 대한 역시 도식화된 이해를 두고 둘 사이의 유추 관계를 지적하면서, 이것이 막연한 유추가 아니라 그 이상의 과학성을 띤 관계임을 힘주어 말하는 것이 아닌가 한다. 결국 다른 유추적인 방법과 구별되는 점은 예의 집단의식이라든가 실천적 의지가 배제된 시대와 그 시대의 작품에 대해서도 종전의 작품에 대해서와 다름없는 사회학적 설명을 가능케 해준다는 것이다. 그러나 이것이야말로 장점이기는커녕 골드만의 <구조발생론적> 방법이 다른 구조주의 비평들과 공유하는 치명적인 문제점이 아닐까 싶다. **역사를 변혁하려는 집단의식이 없다는 사실을 하나의 사회적 결함이자 문학적 결함으로 인식하는 대신, 새로운 〈구조〉의 정확한 〈상동관계〉로 〈설명〉해 주는 것이다.**[12]

김치수에 의하면, 문학사회학이 목표하는 것은, 첫째, 소설이 그리고 있는, 우리가 익히 아는 경험적 현실의 구조 뒤에 숨어 있는, 눈에 보이지 않는 현실의 구조를 밝히는 것, 둘째, 그 보이지 않는 현실의 구조를 밝혀내는 것은 보이는 구조를 가능하게 한 숨은 구조와 그 이데올로기가 갖는 한계를 인식하는 것, 셋째, 소설이 보여주는 가치관의 대립적 요소들을 찾아내어, 소설의 제도화라고 부를 수 있는, 다시 말해 소설 양식의 고착화를 방지하는 것으로 정리된다.[13] 이 가운데 특히 소설의 제도화 다시 말해 어떤 소설 양식이 전제적인 힘을 발휘하는 것을 막기 위해 그가 기대는 것이 플로베르 · 조이스 · 프루스트 · 포크너 · 카프카 등의 작가와 누보로망이다. 이들에 기대어 그는 그 "제도화의 방지가 바로 해체 구성"[14]이라고 말한다. 여기서 이미 그를 포함한 '문지'의 포스트모던한 문학적 입장이 잘 드러난다. 이에 대해 백낙청은 '문지'가 말하는 문학사회학이 문학의 실천적 의지를 약화시키고 있다고 비판한다. 엄밀히 말해 '문지'가 말하는 문학사회학은 '대중문화의 사회학'[15]이다. 실제로 김현은 대중문화론의 관점에서 1970년대 우리 사회의 문학사회학을 이해하고 있다. 문학사회학에 대한 '문지'와 '창비'의 이러한 입장

---

12) 백낙청, 「문학의 사회적 의미와 사회학적 연구」, 『세계의 문학』, 1979.9.
13) 김치수, 『문학사회학을 위하여』, 문학과지성사, 1979, 32면.
14) 위의 책, 33면.
15) 김현, 『문학사회학』, 민음사, 1983, 29면.

차이는 이후 민족문학론 · 대중문학론 · 리얼리즘론 등에 일관하여 관철되고
있다.

7. 민족문학론과 '민중', 그 '시민'문학론과의 친근성

1960년대 『산문시대』 그룹은 '소시민'을 사회 · 경제적 차원에서 엄밀히
규정하지 않고 그것을 '소시민의식'으로 표현했다. 백낙청 또한 서구적 의미
의 '시민'을 우리 현실에서 확인할 수 없었기 때문에 그것을 '시민의식'으로
표현했다. 요컨대, 『산문시대』 그룹은 소시민의식을 "현실과 그 현실을 바라
보는 자기자신까지 반성하는" 일종의 문학하는 '방법론'으로 규정하고 있으
며, 백낙청은 그 시민의식을 하나의 '이념형'에 가까운 것으로 보았다. 그런
데 1970년대 들어 민족문학론이 제기되면서 '민중' 개념이 중요하게 떠오르
게 된다.

'개발 독재'라는 말이 암시하듯, 1970년대는 경제 성장을 이유로 민주적인
절차가 무시되었고, 극도의 반공 논리로 하여 분단모순의 해결 과제는 잠복
되었다. 대외 종속적인 경제 성장의 이면에는 농촌이 분해되고 도시빈민과
노동자 문제가 분출하고 있었으며, 계층간 빈부의 격차가 심화되고 있었다.
다른 한편 외래문화의 급속한 유입과 함께 소비문화가 크게 유행하고 있었
다. 1970년대 비평의 중심에 서 있었던 민족문학론은 이와 같은 우리 사회의
모순을 주체적으로 극복하고자 했다.

민족문학이 근대 민족국가와 시민계급의 형성과 관련되어 있었던 서구와
달리, 우리의 경우 일제 강점기 아래에서 민족문학의 형성은 근원적으로 차
단되어 있었다. 따라서 1970년대 민족문학론은 1930년대 후반과 해방공간의

민족문학론에 맞닿아 있다고 하겠다. 특히 해방공간의 민족문학론은 미완의 과제였던 근대적 민족국가를 형성하기 위해 반(半)봉건 상태를 극복하면서 또 다른 외세를 극복해야 하는 이중의 과제를 감당해야 했다. 이 점에서, <조선문학가동맹>의 노선은 노동자계급의 독자성을 강조한 <조선프롤레타리아예술동맹>과 김동리의 추상적인 민족문학론과는 구별된다. 그러나 1948년 남한의 단독정부 수립, 그리고 6·25전쟁과 분단체제의 고착화는 더 이상 진보적인 논의를 불가능하게 하였고, 그에 따라 순수문학 계열의 추상적인 민족문학론이 우리 문단을 주도하게 된다. 민족문학론은 그러나 1960년대 초반부터 진행된 '순수/참여' 논쟁을 거치면서 복원되기 시작한다. 특히 1968년 말에 염무웅이 "민중의 편에 서야" 할 것을 주장한 것과, 백낙청이 「시민문학론」에서 민중적 전망을 드러내 보인 것은, 1970년대 민족문학론의 중요한 계기가 되었다.

주지하듯, 민족주의 문학과 민족문학은 다르다. 더 정확하게, 민족문학은 특정 민족의 가치를 강조하는 민족주의 문학을 처음부터 거부한다. 1920～1930년대와 해방공간 그리고 1970년대 당시에도 민족주의 문학은 보수 문단이 내세우는 단골 메뉴였다. 그러므로 여기서 말하는 민족문학은 특정 민족의 가치를 절대화하지 않을 뿐 아니라 그 민족을 가능하게 하는 국가의 절대성도 거부한다. 이 점에서 우리의 일제 강점기 때 사용된 '국민문학'은 이중의 질곡이 안고 있다. 그것은 그 용어가 우리 민족(국가)을 부정하며 식민지 종주국인 일본을 인정하는 데서 그치지 않고 그 일본이라는 국가의 가치를 절대화하고 있기 때문이다. 그러므로 민족문학이라고 할 때 우리는 그 '민족'이 지향하는 바 역사성을 먼저 인식해야 한다. 민족문학에 역사성이 있다는 말은 민족문학이 영구 불변의 실체가 아니라 역사적 상황이 바뀌면 그것 또한 바뀔 수 있다는 말이다. 그리고 우리가 민족문학이라는 말을 사용할 때는 민족(국가)의 가치를 폐기 처분할 만큼 오늘의 현실이 그렇지 못하다는 의미도 함축하고 있다. 국토 분단의 현실, 나아가 남북한 모두 '국가' 이데올로기를 강화하고 있는 현실을 고려할 때 '민족'이라는 용어는 그것이 폐쇄적이지 않는 한 현실적으로 전략적인 의미를 지닐 수 있다. 세계는 지금도 허울상의 '세계주의' 그 이면에 민족(국가) 단위의 가치가 엄밀하게 관철되고 있기 때문이다.

이처럼 1970년대 민족문학론은 민족(국가) 단위의 현실적 의의를 인정하면서 동시에 그 폐쇄성을 넘어서고자 했다. 최일수의 비평이 주목되는 것도 바로 이 지점이다. 그는 1950년대 중엽에 이미 민족 문제를 우리 현실의 과제와 관련하여 사유하며 민족문학의 세계문학적 가치를 언급하고 있다.[16] 그는 '민족적 민주주의'라는 과제를 제기하며 안으로는 민주주의, 밖으로는 민족 자주성의 회복을 강조하고 있다. 그러므로 그의 논의는 외세에 대한 인식 면에서 한계를 드러내었던 해방공간의 민족문학론과도 분명히 구별된다. 그리고 그는 그와 같은 민족 자주성의 강조가 자민족중심주의나 국수주의적 발상과는 전혀 무관한 것으로 파악했으며, 오히려 그것을 극복하고자 했다. 즉 그는 민족을 절대화하지 않을 뿐 아니라 그 민족을 규정하는 국가조차 고정 불변하는 것이 아님을 분명히 했다. 이에 비하면, 민족주의에 기초하여 민중문학과 리얼리즘을 문학적 지표로 내세운 1960년대 말의 『상황』 동인은 오히려 그로부터 다소 후퇴하여 배타적인 민족주의의 성향을 일부 드러내기도 했다.[17] 요컨대 우리가 민족(국가)간 차별을 넘어서서 그야말로 인류 보편의 가치를 마련하기 위해서는 '민족', 특히 그것을 규정하는 '국가'에 대한 사유를

---

16) 최일수, 「현대문학의 근본 특질」, 『현대문학』, 1957.1.
17) 졸고, 「1960년대 민족주의론과 「분지」의 위치」, 『한국근대문학연구』, 태학사, 2002, 38~44면.

소홀히 할 수가 없다. 1970년대 이후 우리의 민족문학론은 바로 이 '민족'(국가)의 규정을 둘러싸고 우리 민족이 나아갈 방향을 모색하고 있다.

1970년대 민족문학론은 우선 『월간문학』의 특집 「민족문학 논의」에서부터 '용어' 문제가 쟁점이 되었다. 김동리[18] · 조연현[19] 등이 신화를 통해 "원(元)한민족의 기원"을 언급하며 '국민문학 내지 민족주의 문학'을, 김현[20]이 '한국문학'을, 그리고 염무웅[21] · 임헌영[22] 등이 '민족문학'을 각각 사용하고 있다. 이 가운데 순수문학의 좌장 격인 김동리는, 민족 개념이 형성된 시기가 근대라는 관점에서, "근대문학이 곧 민족문학이다"라는 인식을 보인다. 그러나 그는 우리 현실의 특수성에 대해서는 인식하지 않고 "근대문학은 완전한 의미에서 곧 세계문학이다"라는 추상으로 비약한다. 조연현 또한 민중문학을 대중문학 · 서민문학과 구별하면서 이념에 대한 불신을 강하게 드러낸다.[23]

그런데 김현은 민족문학이 국수주의적 · 복고적 · 폐쇄적 · 교조적 · 권력 지향적 특성을 보일 뿐 아니라, "한국 우위주의라는 가면을 쓴 패배주의자의 문학"에 지나지 않는다고 본다. 그가 보기에, 민족문학은 1960년대 이후 그가 줄곧 비판해 왔던 허무주의적 산물에 다름 아니다. 그가 이데올로기를 내포한 '민족문학' 대신 '한국문학'이라는 용어를 사용하는 이유가 여기에 있다. 물론 거기에는 우리 문학을 '세계문학'과 같은 위치에 올려놓고자 하는 그 자

---

18) 김동리, 「민족문학에 대하여」, 『월간문학』, 1972.10.
19) 조연현, 「민족문학과 민중문학」, 『정경문화』, 1979.8.
20) 김현, 「민족문학, 그 문자와 언어」, 『월간문학』, 1970.10.
21) 염무웅, 「민족문학, 이 어둠 속의 행진」, 『월간중앙』, 1972.3.
22) 임헌영, 「민족문학 명칭에 대하여 – 개념 규정과 용어 정착을 위하여」, 『한국문학』, 1973.11.
23) "민족문학이 1920년대에 있었던 사회주의 문학을 말할 수가 없으니까 사회주의 문학이라고 사상적으로 의심할 테니까 이 점을 조금 피해 가지고 민중문학이라고 이렇게 가고 있는 것이 아닌가 하는 생각이 든다"(조연현, 「민족문학과 민중문학」, 『현대문학』, 1979.8)

신의 욕망이 크게 작용하고 있다. 한국적 허무주의를 불식시키고자 하는 그의 줄기찬 노력은 '한국'문학이라는 수단을 통해 '세계'문학이라는 초월적 가치를 직접 겨냥하고 있다고 하겠다. 그러나 김현의 이 같은 세계문학 강조는 그 당연한 결과로 우리 현실의 특수성에 대한 인식을 흐려놓고 있으며, 또 그가 말하는 세계문학이 과연 어떤 성격의 것이어야 하는지 거기에 대한 성찰도 부족하다. 이처럼 우리 현실에 대한 구체적인 인식의 결여가 그가 민족문학 대신 한국문학이라는 용어를 쓴 원인일 것이다. 그는 '언어'(형식)에 대한 지나친 관심 때문에 우리의 전통에 대한 인식도 구체적이지 못하다.[24] 그가 진정으로 원하는 것은 열린 시각으로 자기 사회와 세계의 모순을 주시하고, 그것을 문자로, 그가 힘주어 말하듯 '한국어'로 표현하는 것이다. 김현의 이 같은 태도를 구중서는 "해방 후 1950년대 후반을 절정으로 하여 외국문학에 경도되었던 체험에서 감염된 세계시민적 관념의 소산"[25]이라 비판한 바 있다.

이들과 구별되는 논자로, 염무웅과 임헌영이 주목된다. 염무웅이 말하는 민족문학은, 중세 카톨릭의 보편주의가 해체되면서 시민계급에 의해 민족국가가 수립되고 그들이 봉건 귀족의 문화 독점과 투쟁하는 가운데 성장한 것으로, 서양의 세계 지배에 따라 세계주의적 보편성을 띠고 비서구 지역에 전달된 것이다. 그러나 이러한 초기의 민족문학은 건전한 시민계급의 역할 면에서 훌륭한 근대문학이지만 그 뒤 제국주의 단계는 그 성격이 변질되는데, 따라서 우리의 경우 근대적 민족국가의 형성이라는 관점에서 반제·반봉건의 과제를 해결해야 한다는 것이 그의 주장이다. 그리하여 그는 근대적 의미의 민족 개념이 민주 및 민중 개념과 결합되어야 할 필요성을 제기한다. 그러나 그는 그 '민중' 개념에 대해서는 구체적으로 언급하지 않고 있다. 그런

---

24) 김현, 「한국문학의 양식화에 대한 고찰 – 종교와의 관련 아래」, 『창작과비평』, 1967.6.
25) 구중서, 「70년대 비평문학의 현황 – 최근의 평론집들을 중심으로」, 『창작과비평』, 1976.9.

데 임헌영은 민족문학을 우리 문학사의 시각에서 체계적으로 정리하며 '민중' 개념을 구체화한다. 우선, 그는 근대 민족주의가 바탕이 된 '민족문학'과 1926년 이후 프로문학에 대립적이었던 '국민문학 또는 민족주의 문학'을 구분한다. 그리고 일제 말 어용문학의 뜻으로 사용된 '국민문학'도 일단 제외한다. 그는, '민족주의 문학'과 '민족문학'이 명확한 구분 없이 다같이 부르주아적 민족주의 문학이란 의미로 쓰였다고 지적하며, '민족=민중'과 '민족 독립운동' 개념에 입각하여 기존의 민족문학 개념을 새롭게 규정한다. 그가 '내셔날'을, 남북 분단의 현실적 정치 체제를 고정시키는 듯한 '국민'이 아니라 통일의 당위성을 내포하고 있는 '민족'으로 번역할 것을 주장하는 것도 이 때문이다. 그리고 그 '민중'을 노동자·농민으로 규정하여 민족문학의 현실적 필요성이 당위의 차원이 아니라 삶의 조건임을 분명히 한다.

그러면, '민중'에 대한 '문지'의 견해는 어떠한가. 김주연26)은 '민중'을 조선조에서는 양반 내지 엘리트 계층에, 오늘날에는 부르주아지에 맞서는 개념으로 파악하며, 이처럼 계층상 제한을 가진 개념이 민족 전체를 포괄할 수는 없다고 지적한다. 민족 개념의 발전은 다른 민족과의 사이에 부당한 지배 관계가 형성될 때, 이러한 관계를 개선하기 위해 투쟁하는 과정에서 획득된 것일 뿐이며, 같은 민족 내에서 계층이나 다른 조건에 의해 분열적으로 특징지을 수 없다는 것이다. 즉 그는 민족문학의 정치적 도그마화를 우려한 결과 민족문학의 대내적 과제(반봉건, 민주화)와 대외적 과제(분단극복)를 정확히 인식하지 못하고 있다. 그럼에도 불구하고 "서구의 과학 문명과 정치 제도 역시 하루아침에 극단적인 방법에 의해 변혁되기 힘들다"는 자신의 주장이 보수 논리가 아니라 "인간 지혜의 방법론"임을 그가 강조한다거나, '우리'의 의식

---

26) 김주연, 「민족문학론의 당위와 한계」, 『문학과지성』, 1979.3.

에 앞서 "개성의식의 발아와 확립"과 같은 역사적 체험이 더 중요하다고 그가 주장할 때, 우리는 거기서 1960년대 중반 이후 '문지'가 견지해온 문학관을 다시 확인할 수 있다.

> 만약 이 같은 사고 자체가 서구적 발상이라고 비난된다면, 그것은 **시민문학으로 고양되어야 할 민족문학**이 그 스스로 변방의 취락주의로 안주하겠다는 모순을 드러내는 것밖에 안 된다. 서구의 이 같은 개성의식이 한 사람 한 사람에게 체질적으로 확산될 때 서구 민주주의의 초석도 다듬어질 수 있을는지 모르겠다. 서구문학의 반성은 역사적 상황의 비교와 모델 추출에 따른 기법상, 방법상의 그것이어야지, 그렇지 않고 제국주의 문화를 거르는 도구의 하나라는 인식의 이해로만 나타난다면, 우리 자신 약소 민족이라는 이름 아래 또 다른 형태의 제국주의 심리를 길러가는 무서운 발톱을 갈고 있는 것은 아닌지 되돌아볼 일이다.[27] (강조 - 인용자 : 이하 같음)

김주연은 우리가 4 · 19의 좌절에서 체험했듯, 미완의 시민혁명을 완수하기 위해서는 기본적으로 '자각된 개인'이 전제되어야 한다고 주장한다. 즉 그는 민족문학의 '민중' 개념이 이데올로기화할 가능성을 우려하면서, 민족문학이 궁극적으로 시민문학으로 고양되어야 한다고 주장한다. 그런데 그의 이러한 인식은 사실상 1960년대 「시민문학론」 이후 1970년대 민족문학론을 주도한 백낙청의 견해와 다르지 않다.

백낙청은 "민족문학 개념을 외면하는 것은 민족의 생존과 존엄에 대한 현실적 도전을 망각하는" 행위라며, 민족문학을 철저히 역사적인 것으로 파악한다.[28] 따라서 민족문학 개념은 그 개념에 내실을 부여하는 역사적 상황

---

27) 김주연, 「민족문학론의 당위와 한계」, 『문학과지성』, 1979.3, 82~83면.
28) 백낙청, 「민족문학 이념의 신전개」, 『월간중앙』, 1974.7, 82~83면.

이 존재하는 한에서 의미 있는 것이고, 상황이 변하는 경우 그 개념은 부정되거나 보다 차원 높은 개념 속에 흡수될 수 있다. 이제 그는 1960년대 말 그가 「시민문학론」에서 언급한 '시민의식'을 '민중의식'으로 구체화한다. 앞서 우리는 그가 내세운바 시민의식은 시민계급의 형성이 미약한 상황에서 하나의 '이념형'으로 제출된 것임을 말했다.

그렇다면, 이 '시민(의식)'과 '민중(의식)'은 어떠한 관계에 있는가. 백낙청은 그가 말하는 '사랑'을 추상적인 휴머니즘과 구별하여 "시민다운 전투적 자세"[29]와 결부시키고 있다. 그러나 "만인과 형제처럼 결합되는" 그러한 상태가 구체적으로 어떤 민중의식인가 하는 것은 여전히 모호하다. 그것은 그가 그 '민중'의 내부 계급구성에 대해 구체적으로 언급하지 않고 있기 때문이다. 사실 그는 결코 그 '민중'을 구체화하지 않는다. 오히려 이것이 그의 특징적인 글쓰기의 전략이기도 하다. 그는 '민중'을 구체화하는 대신 그것을 '민중의식'으로 표현한다.

그가 왜 '민중'을 구체화하고 있지 않은지 그 이유는 「시민문학론」에 부분적으로 암시되어 있다. 그는 시민은 남의 노예도 아니며 또 남을 노예로 삼지도 않는다고 하면서, 마찬가지로 도시인과 촌민 또한 실질적으로 서로 동등한 시민권을 가질 때 비로소 도시인 자신도 진정한 시민이 될 수 있다고 주장한다. 즉 프랑스는 밖으로는 식민지를 소유하고, 안으로는 도시와 농촌의 정치적 유대감을 상실하면서 시민계급이 타락하기 시작했다는 것이다. 따라서 농촌은 단순히 도시의 반역사적 기능에서 면제되었다는 이유뿐 아니라 도시의 직접적 피해자로서 그 해독을 누구보다 정확히 의식할 수 있는 입장에 서게 되는데, 바로 여기서 어느 한 계급에 한정되지 않는 '민중'의 절실한 체

---

29) 백낙청, 「문학적인 것과 인간적인 것」, 『창작과비평』, 1973.6. 이 말은, 그가 김정한의 「인간단지」, 「수라도」, 「축생도」, 「산거족」 등을 분석하며 한 말이다.

험에 근거한 농민문학의 시민문학적 의의가 생긴다는 것이다.[30] 그러기에 그가 말하는 '시민'(의식)은 '민중'(의식)과 다르지 않다. 즉 그가 '사랑'(양심·본마음)으로 표현한 '시민의식'은 이처럼 안으로는 도시와 농촌 간의 차별을 허용하지 않으면서 밖으로도 차별을 강요하는 세력에 저항하는 정신에 다름 아니다. 이 점에서 시민의식은 반(反)봉건·반식민의식이라 할 수 있다.

요컨대, 백낙청이 말하는 '민중'의식은 반봉건과 반식민 의식, 다시 말해 "외세에 항거하는 근대의식"이다. 그는 김주연과 마찬가지로 그와 같은 '민중'의식이 궁극적으로 시민의식으로 지양되어야 할 것으로 파악한다. '민중'에 대한 그의 인식은 다음 인용에서 잘 드러난다.

> 그런데 이들 민중이 구체적으로 어떤 사람들이며 그들의 소외 극복은 어떻게 이루어져야 할 것인가 하는 문제는 아직껏 애매하게밖에 인식되어 있지 않다. 여기서야말로 우리의 과학적인 탐구가 아쉬움을 뼈저리게 느끼거니와, 다만 <민중>의 말뜻 자체가 너무나 애매해서 이런 낱말의 사용은 과학적·학문적 자세에 위배된다는 말은 사태를 더욱 혼란시키는 궤변에 불과하다. 민중이란 정치·사회·문화적으로 특수한 위치에 있지 않는 그야말로 <보통사람들>을 뭉뚱그려서 일컫는 말로서 그 말뜻 자체는 하등 애매할 것이 없다. 다만 특수인이 아닌 사람들을 통칭하는 말이다 보니, 그 사람들이 누구누구며 무얼 하는지는 그 낱말만으로는 밝혀지지 않는 것뿐이다. 그러므로 우리에게 필요한 것은 <민중>이 곧 <노동계급>이라는 말이 아니냐 하는 식의 다그침이 아니라, 주어진 시대와 장소에서 민중으로 총괄되는 사람들 가운데 노동자는 얼마나 되고 어떻게 살고 있는가, 농민이나 그 밖의 사람들은 또 얼마나 되며 어떤 성격을 띠었는가, 그들 각각의 역사적 기능은 무엇인가, 이런 문제들을 과학적으로 풀어나가는 일이다. 민중의 개념이 애매해 보이는 것은 이 작업이 제대로 안되었기 때문이며

---

30) 백낙청, 「한국문학과 시민의식」, 『민족문학과 세계문학 Ⅰ』, 창작과비평사, 1974, 80면.

민중이라는 말 자체에 결코 무슨 흠이 있는 것은 아니다.[31]

인용에서 보듯, 백낙청은 '민중'을 노동자계급과 같이 편협하게 해석하지 않는다. 이는 '민중'을 노동자·농민으로 규정한 임헌영[32]과 다른 측면이다. 때문에, 백낙청은 1980년대 소장비평가들로부터 소시민적이라는 비판을 받기도 했다. 사실 그는 '자각한 민중과 무자각한 대중'이라는 두 개념의 차이를 인정하면서도 그것들의 근본적인 동일성을 부정하지 않는데, 이것이 '보통사람들'로 명명된 그의 '민중' 개념의 실체이다.

그러면, 우리가 '민족'문학이라고 할 때 그 '민족'에 대한 백낙청의 이해는 어떠한가. 우리의 민족문학론은 처음부터 민족(국가)을 절대화하는 사고와는 거리가 멀었다. 거기에는 일단 '민족'을 '국가'와 구별하겠다는 전제가 들어있다. 다시 말해 민족주의가 국가주의로 귀결되어서는 안 되며, 또 그 둘이 혼동되어서도 안 된다는 것이 우리 민족문학론의 기본적인 문제의식이다. 민족문학론은 또한 처음부터 분단극복의 과제를 내세웠다. 거기에는 남북한 각각의 반(半)국적 현실, 나아가 그것의 통합된 형태인 일국적 사고의 한계까지를 근본적으로 문제삼겠다는 전제가 들어있다. 말하자면, 우리의 민족문학론은 처음부터 분단(체제)극복론과 그에 이어지는 근대극복론의 문제의식을 가지고 있었다. 1970년대 이후 사실상 민족문학 논의를 주도한 백낙청의 경우, 그가 1980년대 변혁운동 시절 계급해방과 민족해방을 내세우는 주장에도 흔들리지 않고 줄곧 그의 논의를 심화시켜 온 것은 바로 이와 같은 분단체제 극복에 대한 그의 이론적 거점 때문이었다. 남북한 각각을 반(半)국으로 보든 일국으로 보든간에 국가 단위를 강조하는 한 그것은 분단 현실의 극복과는 거리가

---

31) 백낙청, 「인간 해방과 민족문화운동」, 『창작과비평』, 1978.12, 16~17면.
32) 임헌영, 「전환기의 문학 – 노동자문학의 지평」, 『창작과비평』, 1978.12.

멀다고 보고, 그는 전략적으로 '민족'을 강조하고 있다. 나아가 그 '민족'이 더욱 무리하게 국가주의·국수주의·침략주의에 의존할 수 있음을 또한 경계한다. 이른바 '제3세계주의'가 아닌 제3세계 민족주의가 가져야 할 문제의식이 바로 이것이다. 제3세계 민족주의가 말하는 '민족'은 피압박 민족 자신의 해방을 추구하면서 동시에 이른바 선진 국가들이 소홀히 한 '인간' 해방의 대의에 이바지할 수 있다. 이처럼 그가 말하는 민족은 철저히 역사적인 개념이다. 그것은 민족을 어떤 고정불변의 실체로 간주하는 감상적 국수주의나 정략적 복고주의와는 다르다. 그는 오히려 민족주의 또는 민족의식의 문제를 항상 서구의 민족국가(nationstate)를 기준으로 논해서는 안 되며, 서구의 민족국가 의식의 긍정적인 측면은 받아들이되 그들이 왜곡한 민족국가 의식을 우리 토대에서 재해석해내는 성숙한 의식이 필요하다고 주장한다.

식민지 또는 반식민지적 상황에서 국수주의의 위협을 과도히 경계하는 것 자체가 그릇된 현실 감각의 소산일 수 있다. 엄격한 의미의 국수주의는 「히틀러」의 독일이나 「무솔리니」의 이탈리아 및 군국 일본 등, 스스로가 열강의 틈에 낄 수 있는 정치·경제적 독자성 위에서만 가능한 것이지, 식민지 통치자 또는 이른바 다국적 기업의 이해 관계에 어긋나지 않는 한도 내의 국수주의란 일종의 허장성세에 지나지 않는 것이다. 그것은 복고주의와 더불어 참다운 민족주의·민족문학의 발흥을 저해하는 요소로서 마땅히 경계하고 규탄되어야 하지만, 그 올바른 극복의 길은 오직 참다운 민족주의의 실현뿐이다. 국수주의를 두려워한 나머지 민족주의 자체를 경계하고 민족문화·민족문학의 이념 자체를 부인한다면 이는 본말을 뒤집는 꼴이며, 사이비 민족주의자들에게 그럴 듯한 반론의 구실이나 주어 민중의 정신을 더욱 산란케 하고 민족적 각성을 지연시키는 결과나 가져올 뿐이다. 참다운 민족문학이 선진적인 세계문학이듯이 식민지적 상황에서의 민족주의 역시 그것이 맞서 싸우는 상대의 국제적 성격 때문에라도 국제주의

적 성격을 띨 수밖에 없는 것인데 민족주의냐 세계주의냐 하는 식의 때늦은 탁
상공론은 당면한 민족적 위기의 인식을 흐리게 하기에나 알맞은 것이다.[33]

인용은 식민지 또는 반식민지 상황에서 지배자가 아닌 그 영향 아래 있
는 나라로서는 국수주의의 폐해를 두려워하기보다는 그것의 현재적 의미를
확인하고 또 그것을 참다운 민족문학의 과제와 연결지어야 오히려 지배자의
왜곡된 문화를 비판하며 세계문학에 기여할 수 있다는 것이다. 한용운의 『조
선불교유신론』의 '세계성'을 그가 강조하는 것도 한용운이 '님'(사랑)을 '조국
· 연애 · 부처' 등으로 해석하여 조국의 현실적 가치를 무시하지 않으면서
동시에 국수주의적 편견에서 벗어나 있기 때문이다. 요컨대 우리 민족문학은
자유 · 평등 · 박애와 같은 서구의 이상이 변질된 것을 우리 현실에서 주체적
으로 바로잡아 그로써 이 시대 세계문학에 기여해야 한다는 것이다. 백낙청
이 서구의 현대보다 과거의 계몽기 혹은 저항기를 중시한다거나,[34] 서구 첨
단의 전위문학에 대해서도 그것이 우리 자신의 근대를 창조하는 데 기여하는
측면만을 소중히 여기는 것도 그 때문이다. 특히 우리의 민족문학은 외국에
의한 식민지 통치와 그에 영합한 국내의 매판자본 그리고 일부 지도층의 모
순을 아울러 청산해야 할 과제를 안고 있다. 따라서 그 과제의 해결은 국내
외의 변질된 시민계급이 아닌 '민중'의 몫일 수밖에 없다. 여기에는 또한 이
전 시대 문화의 필요한 요소들을 흡수하고 이월시키는 지식인의 역할이 요구
된다. 바로 이 점에서 그는 '민중'(의식)을 이러한 역사적 사명에 부응하는 '시
민'의식으로 발전시키는 것이 우리 민족문학의 과제라고 주장한다. 요컨대 그
는 한편으로는 '시민'(의식)을 '민중'(의식)으로 구체화하면서도 한편으로는 그

---

33) 백낙청, 「민족문학의 신전개」, 『월간중앙』, 1974.7, 90면.
34) 백낙청, 「서구문학의 영향과 수용 – 그 부작용과 반작용」, 『신동아』, 1967.1.

'민중'의식이 궁극적으로 '시민'의식으로 지양되어야 할 것으로 파악한다. 바로 이 점이 그의 독특한 이론적 거점이다. 사실 「시민문학론」에서 민족문학론으로, 다시 그 발전적 형태인 민중문학론 · 제3세계문학론 · 분단체제론 · 근대극복론으로 논의가 심화되는 과정에서 이러한 「시민문학론」의 문제의식은 줄곧 강조되고 있다. '근대적 민족국가의 완성과 분단극복'이라는 「시민문학론」의 과제는 우리에게 여전히 현재형이기 때문이다.

8. 대중문학론과 '대중', 그 '이념형'으로서의 '시민'의 현실적 의미

1970년대 비평의 중심 개념에 해당하는 '민중'(의식)이, 1970년대 들어 본격화되는 대중사회 · 대중문화론의 중심 개념인 '대중'(의식)과는 어떠한 관계에 있는가, 그리고 이에 대한 '문지'와 '창비'의 견해는 어떠한가. 1960년대 초반부터 시작된 근대화는 1960년대 말에서 1970년대로 넘어오며 그 성과가 축적되기 시작한다. 그에 따라 우리 사회에 자본주의적 기능이 크게 강화되고, 상업적인 요소가 전면에 등장하기 시작한다. 1960년대에 비해 도시화와 산업화가 빠르게 진행되고, 신문 · 잡지 · TV와 같은 대중매체와 제도 교육 또한 질적, 양적으로 성장하게 된다. 특히 도시화로 인한 도시 인구의 증가는 잠재적인 독자층의 증가와 맞물려 대중문화가 형성될 수 있는 토대를 제공한다. 이처럼, 1970년대 대중문학 논의는 대중사회의 출현과 맞물려 있다. 우리 사회를 대중사회로 볼 수 있는지, 그리고 대중문화의 사회적 의미가 무엇인지를 두고 여러 사회학자의 논의가 진행된 것도 1970년대에 들어와서이다.

사실 우리의 대중문학 논의는 새로운 세기를 맞이한 오늘에도 부정적인 견해가 여전히 우세하다. 대중문화와 엘리트문화라는 이분법이 약간의 변화에도 불구하고 여전히 강하게 작용하고 있다고 하겠다. 그러나 소비와 문화 상품의 가치가 전면화되고 있는 오늘날 우리는 올바른 대중문화의 가치를 확보해야 할 당위성에 직면하고 있다. 따라서 문학의 비속화, 지나친 상업성의 추구, 기존 체제에의 순응과 같은 대중문화의 부정적인 요소를 경계하면서 아울러 대중문학이 성공하게 되는 내적 요인과 그 자질을 확인할 필요가 있다.

주지하듯, 1970년대 민족문학론이 내세운 '민중' 개념은 그 내포를 노동자 · 농민으로 볼 수 있느냐의 여부로 모아진다. 사실 1970년대 대중문학론에서도 민족문학론의 '민중' 개념과 일반적인 의미로서의 '대중' 개념에 대한 논의가 공존하고 있다. 그러나 1970년대 후반 이후 대중문학 논의가 본격화될 무렵 군사 독재정부가 들어섬으로써 대중문학 논의를 변질시키게 된다. 말하자면, 군사 정부의 파쇼적 분위기가 대중문학 논의 자체를 통속화로 치부하고 그 대신 독재 정권의 비판에 치중하는 민중문학이 '본격'문학으로 인식하게 하는 결과를 초래하게 된다. 즉 사회적 조건은 대중화 시대에 이르렀지만 정치 상황의 급변에 따라 대중문학 논의는 1990년대까지 유보되는 상황에 이르게 된다.[35]

대중 개념과 관련하여, 오생근[36]은 가장 온당한 시각을 보여준다. 그는 대중문학 그 자체를 인정하는 입장에서 대중문학의 바람직한 방향을 모색하고자 한다. 우선, 그는 대중과 소외 개념에 대한 이해의 폭이 넓어졌다고 지적하며 대중 개념을 노동자 · 농민을 뜻하는 '민중' 개념과는 구분한다. 이는 1970년대 민족문학론이 내세운 '민중' 개념에 대한 비판이자, 마르쿠제[37]를 비롯한 프랑크푸르트학파의 이론과 대중사회의 대중들을 비판한 오르테가 이

---

35) 김춘식, 「대중소설과 통속소설의 사이 : 1960년대 후반~1970년대 대중소설에 대해서」, 『한국문학연구』 제20집, 동국대학교 한국문학연구소, 1998.3, 150~151면.
36) 오생근, 「한국 대중문학의 전개」, 『문학과지성』, 1977.9.
37) H. 마르쿠제, 『미학의 차원』, 문학과사회연구소 역, 청하, 1983, 13~30면.

가세트[38])의 이론에 대한 비판이기도 하다. 그에 의하면, 이들 이론가는 지식인들로 하여금 대중문화의 내용이 주로 범죄 · 폭력 · 성, 그리고 값싼 감상을 유발하여 대중들의 사회적 일탈 행위를 자극하거나, 현실의 핵심적인 문제를 외면하게 하여 대중들의 취향을 천박하게 만드는 것으로 인식하게 했다는 것이다. 그러나 그에 의하면 사회 · 경제적인 지위가 높거나 교육 수준이 높은 사람도 대중매체 앞에서 비슷한 반응을 보이기 때문에 일상적인 삶을 살아가는 모든 사람들이 대중이 된다. 이런 사회에서는 모두 개성이 마멸되어가며 누구나 비슷비슷한 삶을 살 수밖에 없는데, 그렇기 때문에 어떻게 인간적인 개성을 되찾아 진정한 삶의 기쁨을 누릴 수 있는가가 정작 중요하다. 이러한 맥락에서, 순수문학이 점차 대중 독자를 의식하면서 대중화하고 대중문학 또한 순수문학적인 측면을 흡수하여 통속성을 넘어선 단계로 확장되고 있음을 그는 구체적으로 지적하고 있다.

> 지나친 표현일지 모르겠지만, 쉽고 단순한 문학을 통하여서만 대중 독자와 만날 수 있다는 생각은 결국 대중 독자의 안목을 변함 없이 낮은 수준으로 머물게 하겠다는 오만한 발상법이며, 또한 그것은 대중을 위한다고 하면서 실제로는 대중을 음험하게 기만하는 태도라고 말할 수 있을 것이다. 대중문학의 참된 윤리는 결국 모든 작가들의 성실한 창조적 태도에서만 지켜질 수밖에 없는 것이다.[39]

순수문학이 대중문학과 반드시 대립하는 것은 아니기 때문에 순수문학과 대중문학이 메스미디어를 매개로 서로 교섭하면서 발생하는 '제3의 문화'[40])를

---

38) Jose Ortega Y Gasset, *The Revolt of the Masses,* New York. Pelican, 1950.
39) 오생근, 「한국 대중문학의 전개」, 『문학과지성』, 1977.9, 825면.
40) 오생근, 「대중문화와 의식의 변혁」, 『대중문학과 민중문학』, 김주연 편, 민음사, 1980, 83면.

그는 설정하고 있다. 순수문학이 대중 독자를 의식하며 대중화한다고 해서 완전히 저급한 수준으로 전락하는 것이 아니라면, 마찬가지로 대중문학이 순수문학적인 측면을 흡수하여 통속성을 넘어선다고 해서 대중성까지 상실하는 것이 아니라면, 대중문학과 순수문학이 각각 서로를 통해 끊임없이 자기를 갱신하여 대중문학의 미래를 열어갈 수 있다는 것이다. 이를 위해 그는 작가들의 성실한 창조적 태도와 함께 독자 대중의 주체적인 능력을 요구한다. 그가 말한바 '제3의 문화'에 '민주적인 문화'를 설정한 김종철의 견해도 바로 이를 염두에 두고 있다.[41]

어느 시대 어느 작가나 대중을 '위한' 문학보다는 대중에 '대한' 의식을 가지는 것이 중요하다.[42] 사실 오늘의 대중을 단지 수동적이고 동질적인 집단으로 볼 수는 없다. 오늘의 대중은 오히려 능동적이고 각자의 개성을 지닌 개인들인 경우가 많다. 이미 벤야민이 정확하게 간파했듯이, 현대 기술사회에서는 모든 사람이 잠재적인 작가·지식인이며, 또 그렇게 될 수 있다.[43]

요컨대, 1970년대 대중문학론은 '민중'과 대중의 개념을 어떻게 정의하느냐가 쟁점이 되었다. 따라서, 1970년대 대중문학 논의를 마무리하는 책의 제목이 『대중문학과 민중문학』(민음사, 1980)임은 시사하는 바가 많다. 김현과 백낙청은 모두 '문화의 민주화'라는 관점에서 '대중'문화가 곧 '시민'문화라는 공통된 인식을 보여준다. 다만, 김현이 '민중'의 타율성을 강조하며 대중이라는

---

41) 김종철, 「대중문화와 민주적 문화」, 『세계의 문학』, 1978.6.
42) 김현, 「대중문화의 새로운 인식」, 『뿌리깊은 나무』, 1978.4.
  1970년대 대중문학론에서 김현은 유일하게 '언어'에 대한 관심을 표명하는데, 이는 1960년대 이후 그의 비평을 특징짓는 중요한 징표로 보인다. 그는 국한문혼용은 고급문화고 한글 표기는 저급문화라는 인식을 탈피하기 위해서는 한자 교육이 더욱 철저하게 행해짐과 아울러 한글 전용이 보다 철저하게 이루어져야 한다고 주장한다.
43) 발터 벤야민, 『발터 벤야민의 문예이론』, 반성완 편·역, 민음사, 1996, 253~271면, 「생산자로서의 작가」 참조.

용어를 선호하고 있다면, 백낙청은 그 '민중'의 적극성을 강조하며 '민중'이라
는 용어를 사용한다. 김현은 가치 개념으로서의 '민중'의 등장에 줄곧 거부감
을 보인다. 그러나 엄밀히 말해 백낙청 또한 이와 같은 김현의 견해와 크게
다르지 않다. 정확히 말해, 백낙청이 말하는 '민중' 개념은 '시민' 개념에 더
가까운 것으로서 '시민=민중=대중'의 구도를 취하고 있다. 그는 '예술의 민주
화'란 측면에서 민주 시민을 위한 문학이 참다운 대중성을 확보한 대중문학
일 수 있다고 주장한다. 그리고 김현과 백낙청은 모두 '민중'은 대중의 일부
라는 공통된 생각을 가지고 있다. 김주연의 말처럼, 그들 두 사람에게는 대중
을 거부하거나 지식인을 거부하는 '민중'은 허상에 불과하다. 김주연의 다음
발언에서 백낙청의 의도를 동시에 읽을 수 있다.

> 그렇다면 시민의 합의를 전제로 하는 자본주의 사회의 질서에 참여하면서 비
> 판하는 시민들의 의식과 이들 민중의 의식 사이에 대한 관계가 문제된다. 또한
> 전자와 후자의 구체적 실체가 과연 어떻게 다르며, 또 다를 수 있는가 하는 것
> 이 문제되는 것이다. 지금까지 많은 사용 빈도에도 불구하고 <민중>의 개념이
> 명료하게 부각되지 않고 있는 것은, 여기에 그 까닭이 있어 보인다. (중략) 왜냐
> 하면 **시민사회 형성 이후 정치는 물론 사회 · 경제 · 문화의 여러 분야에서 지배**
> **와 피지배의 회로가 다양한 관계로 설치되어 있다고 믿는 사람들에게 있어서는**
> **<민중>이란 이미 소멸된 사어(死語)에 지나지 않는 것으로 보일 수도 있다.**
> 게다가 그 말을 인정하는 경우에 있어서도 그 실체를 지나치게 편협한 것으
> 로 몰고 갈 때, 그것은 이데올로기적인 것과 결부되면서 시민사회의 일반적인
> 방법론의 범주를 벗어날 가능성도 있다. 이런 경우들을 일단 비현실적인 것으로
> 배제할 때, **<민중>이란 필경 좁은 의미의 권력 계층을 제외한 시민 일반의 광범**
> **위한 비판적 의식에 조응하는 그 어떤 것이 될 것이다.**[44]

---

44) 김주연, 「민중과 대중」, 『민중문학과 대중문학』, 김주연 편, 민음사, 1980, 13~14면.

인용을 간단히 요약하면, '비판하는 시민'이 엄연히 존재하고 있는데 군이 모호한 '민중'이라는 용어를 쓸 필요가 있겠느냐는 것이다. 그러나 역사적으로 봉건 시대의 다수 민중들은 소수의 귀족계급에 저항하여 시민으로서의 정치·경제적 자유를 얻게 되지만, 그 자유는 법적·제도적 차원에서 제한적인 것이었다. '법 앞에서의 평등'이란 이상은 허울에 불과했던 것이다. 여기서 민중론자들의 민중적 시각이 여전히 확보되는 것이다.

사실 김주연이 '민중'을 그 발생 단계에 해당하는 농촌사회의 농민 또는 산업사회의 노동자로 한정하지 않고 '대중'으로 파악할 때, 이미 시민사회를 염두에 두고 있다. 그때의 시민도 소수의 엘리트들이 주장하는 바 "그야말로 조야하고 덜된 그런 대중"[45]이 아니라 노동자·농민·중소상인·지식인을 망라한 창조적인 대중을 의미한다. 그럼에도 불구하고 그가 '비판하는 시민'의 존재를 강조하며 대중 일반에서 차지하는 지식인의 역할을 강조할 때 그 또한 엘리트의식에 사로잡혀 있다는 느낌은 지울 수 없다.[46] 요컨대, 시민, 그 가운데서도 소수 지식인에 대한 신뢰, 바로 이것이 김현·김주연·백낙청 이론이 서로 만나는 궁극적인 지점이다.

---

45) 한완상·오도광·박우섭·석정남·김윤수, 「대중문화의 현황과 새 방향」(좌담), 『창작과비평』, 1979.9, 4면.(한완상의 말 참조)
46) 김주연의 다음 말은 지식인의 역할과 '문자'의 문학관과 관련하여 참고할 만하다. "왜냐하면 근로자와 농민이라고 해서 그들의 감수성과 그들의 정신적 역량이 언제나 어떤 낮은 상태에만 머물러 있을 수는 없기 때문이다. 필요한 것은 오히려 그들의 감수성을 개방해줌으로써 그 능력을 상향시키는 일이다, 사회·정치적 조건의 개선을 통한 역사에의 참여는 문화적 역량의 비축을 통해서 역으로 수행되기도 한다."(김주연, 「민중과 대중」, 『대중문학과 민중문학』, 김주연 편, 민음사, 1980, 21면)

9. 리얼리즘론의 자기 정초와 시각의 확대

1970년대 리얼리즘론은 어떤 측면에서 '상상력'을 둘러싼 논쟁이었다고 해도 과언이 아니다. 이 상상력 문제는 구중서·김현·김윤식·임중빈이 참가한 좌담 「4·19와 한국문학」(『사상계』, 1970.4.)에서부터 쟁점이 되었다. 특히 이 좌담에서 팽팽하게 대립했던 구중서47)와 김현48)은 '상상력'의 유무를 놓고 서로 상대를 공격했다. 사실 그 뒤의 논의는 '리얼리티'와 '상상력'의 관계를 두고 전개되었다. 그 점에서 홍기삼의 「리얼리티와 상상력 – 한국문학의 문제점 몇 가지」(『동서문화』, 1970.10.)는 시사하는 바가 많다. 이 글은 우선 '현실'과 '환상'(상상력)은 문학의 대립적 개념이거나 상대적 요소가 아니라 상호 보완의 관계라고 규정한다. 다시 말해 문학의 독자성을 마련하기 위해서라도 그와 같은 환상의 세계 혹은 그 미적 차원을 부정해서는 안 되며, 따라서 그 환상의 추구가 어떻게 현실로 되돌아오는가 하는 것이 정작 중요한 것이라고 그는 주장한다. 그러나 그가 말하는 '현실'은 상당히 협소하다. 그는 사회주의 리얼리즘을 "공산 도배들의 교조주의적 문학 이론"이라 비판하며 이념에 대한 불신을 강하게 드러낼 따름이다. 사실 사회주의 리얼리즘은 문학의 말살과 같다거나,49) '마르크스교도'니 '마르크스도당'이니 하는 원색적인 비판50)이 이 당시 지배적이었다.

용어 문제에 있어서도 일치된 견해는 보이지 않는다. 흔히 영어의 'Realism'을 '사실주의' 또는 '현실주의'로 번역한다. 그 부정적인 어감 때문에 '현실주의'라는 용어를 기피하기도 한다. '사실주의'로 번역할 경우에도 원래 '리얼리

---

47) 구중서, 「한국 리얼리즘 문학의 형성」, 『창작과비평』, 1970.6.
48) 김 현, 「한국소설의 가능성 – 리얼리즘론 별견」, 『문학과지성』, 1970.9.
49) 정창범, 「프롤레타리아 문학의 이론과 비판」, 『월간문학』, 1971.3.
50) 최일운, 「사회주의 리얼리즘」, 『현대문학』, 1971.7, 356면.

즘'이라는 용어가 가지고 있는 어떤 핵심적인 의미가 약화되는 것은 사실이다. '사실주의'라는 용어를 쓸 경우 그것과 '자연주의' 나아가 광의의 '모더니즘'과의 관계가 모호해지기 때문이다. 따라서 우리가 적어도 협의의 '사실주의'가 아니라 '리얼리즘'이라는 용어를 쓸 경우, 거기에는 여전히 '현실' 파악을 위한 작가의 창조적 작업을 크게 고무하고자 하는 의도가 들어있다. 물론 이때도 리얼리즘이 모더니즘이나 기타 전위적인 문학의 창조적인 기능을 배제하는 것은 아니다.

그런데 사실은 1970년대 당시 리얼리즘을 찬성하는 쪽이든 부정하는 쪽이든 논자들은 대부분 리얼리즘이라는 용어를 사용하고 있다. 임헌영은 '기법보다 자세가 중요하다'라는 항목에서 리얼리즘에서는 디테일한 방법만이 아니라 '사실'을 인식하려는 자세가 중요하다고 지적한다. 다만 역사가의 비서일 따름이라고 말한 발자크의 산문 정신이나 전체성의 파악을 위한 괴테의 노력이 모두 리얼리즘이라고 그는 지적한다. 그리고 도스·패소스의 점묘파식 리얼과 카프카의 환상을 모두 리얼리즘이라고 할 때, 그는 현실 묘사로서의 리얼리즘의 고유 기능과 또 상상력의 계기를 최대한 인식하려 하고 있음을 보여준다.

그럼 객관적 인식론에서는 전연 상상력을 무시하느냐는 문제가 나온다. 상상은 객관적 인식론에서 큰 비중을 차지하게 된다. 인간의 오성이 하나 하나의 사물이 갖고 있는 특성을 관찰할 때 상상력이 없으면 이것을 개념의 설정까지 승화시킬 수가 없게 되는 것이다. 여기서 상상력은 객관적 인식에 커다란 도움을 주는 것이다.

리얼리즘이 진리의 객관적 인식에서 출발한다는 것은 이미 밝혀진 사실이다. 마찬가지로 리얼리즘은 보다 객관적인 인식을 하기 위해 상상을 필요로 한다.

셰익스피어의 작품과 고야의 그림에 나오는 마녀들은 상상의 세계에서 나왔지만 많은 풍속화에 그려져 있는 농부나 노동자보다 더 현상적인 것이다. 이는 곧 리얼리즘이 복사나 모방이 아니라 반영과 창조라는 것도 잘 말해주는 것이 된다.[51]

인용에서 그가 '형상적 반영'이라는 리얼리즘 예술이 갖는 고유한 특성을 강조하면서도 "역사는 필연성을 따라 흐른다"라고 할 때, 그는 작품의 형상화의 과정을 너무 단선적으로 해석하거나, 특히 그 형상화의 과정에서 작용하는 실천의 계기를 소홀히 하고 있어 보인다. 그가 말하는 역사적 필연성이란 그가 말하는 바 객관적 진리에 다름 아닌데, 그는 이 객관적 진리가 진리이기 때문에 오히려 도식성을 갖는다고까지 말한다. 다시 말해, 모든 이론은 다 도식성을 갖고 있는데, 다만 그것이 옳은 도식이냐 아니냐가 중요하다는 것이다. 물론 여기서의 옳은 도식이란 그가 말하는바 역사적 필연성, 객관적 진리, 현상의 객관성을 보다 정확하게 볼 수 있는 이론을 뜻한다. 말하자면 그는 리얼리즘이야말로 '실천'의 계기를 통해 오히려 그 도식성을 끊임없이 경계하는 이론임을 정확히 인식하지 못하고 있다.

임헌영의 이 글은 주로 김현의 「한국소설의 가능성 – 리얼리즘론 별견」을 겨냥하고 있다. 그는 김현의 글이 리얼리즘에 대한 이론이라기보다 오히려 자연주의의 불합리성을 논하고 있다고 지적하면서, 리얼리즘에서 가장 중요한 것은 김현이 말하는 '존재론'이 아니라 '인식론'이라는 사실을 분명히 한다. 그러면서 '리얼=사회주의 리얼리즘' 또는 '리얼리즘=혁명=사회주의'라는 단순 도식을 그는 비판한다. 그럼에도 그는 '사회미'가 없는 '예술미'는 있을 수 없다는 전제 아래, 그러한 사회미가 사회주의화하여 그 사회미를 보다 아

---

51) 임헌영, 「한국문학의 과제 – 민족적 리얼리즘에의 길」, 『현대문학』, 1971.3, 331면.

름답게 창조하기 위해 사회주의 리얼리즘은 갈등의 억제를 미학의 기초로 삼는다고 말한다. 즉 그는 (구)소련의 사회주의 리얼리즘을 고정된 이념 체계로 받아들일 뿐 그것을 우리 시각에서 재해석하지는 않는다. 다시 말해 그는 사회주의 리얼리즘이 작가의 세계관을 문제삼으면서도 그것을 고정된 것으로 해석하지 않고 작가의 현실 창조력을 최대한 인정하는 것으로 이해하지 않는다. 사실 그는 예술 창작 과정에서 가능한 '리얼리즘의 승리' 개념에 대해서도 정확히 인식하지 못하고 있다.

> 리얼리즘이 첫 모습을 보인 것은 비판적 리얼이다. 이것은 사회 전체의 리얼한 비판과 함께 작자 자신의 내부적인 정열이 묘하게 조화를 이룬 예술미였다. 이 비판적 리얼리즘은 서구에서 성숙한 자본주의의 사회 체제를 바탕삼아 자라난 예술 미학이었다. 초기 자본주의 사회에서는 이른바 자연주의에 가까운 리얼리즘의 전신(前身)을 볼 수 있다. 중세 봉건주의 사회에서의 리얼리즘은 고전적 리얼리즘이며 이는 헤겔의 표현대로 이데와 형상이 조화를 이룬 것으로 나타난다. 이와 같은 리얼리즘의 발전사를 도해하면, 고전적 리얼리즘→자연주의적 리얼리즘→비판적 리얼리즘이 된다. 비판적 리얼리즘에서 사회미의 세계는 20세기에 접어들게 되고 이에 따라 예술미 역시 몇 갈래로 나눠지게 된다. 즉 한편으로는 사회주의 리얼리즘이 되고 다른 한쪽은 부르주아의 리얼리즘이 된다. 후자의 경우는 관념론적인 추상 예술과 야합하여 리얼리즘 원래의 정신을 망각해 가는 과정에 놓이게 되었다. 아니면 소시민의식이나 센티멘탈리즘으로 전락해가기도 한다.[52]

인용에서 보듯, 임헌영은 20세기 이후를 사회주의 리얼리즘 대 부르주아 리얼리즘의 대립 구도로 파악한다. 그 결과 오늘에도 그 비판적인 섭취가 필

---

52) 임헌영, 「한국문학의 과제 – 민족적 리얼리즘에의 길」, 『현대문학』, 1971.3, 337면.

요한 고전적 리얼리즘 나아가 비판적 리얼리즘의 가치를 제대로 평가하지 못하고 있다. 바로 이런 점 때문에 그가 말하는 '민족적 리얼리즘'이 그가 원래 의도했던바 사회주의 리얼리즘을 전략적으로 희석하기 위해 채용된 용어는 아닌가 하는 비판을 받은 것이다. 사회주의 리얼리즘에 대해 임헌영이 지나치게 자의식을 가지고 있다고 최일수[53]가 비판한 것도 바로 이 때문이다. 최일수는 임헌영이 '민족적 리얼리즘'과 사회주의 리얼리즘의 차이를 강조하다 보니 정작 필요한 '민족적 리얼리즘'의 방법론에 대해서는 구체적이지 못하다고 지적한다. 최일수가 보기에 분단극복에 대한 리얼리즘의 문제의식이 임헌영에게 부족하다는 것이다. 이처럼 최일수가 분단극복을 고려하여 내세운 리얼리즘의 방법론은 백낙청의 분단체제론을 앞서 보여준다. 요컨대 최일수의 비평은 임헌영이 말한 '민족적 리얼리즘'을 사회주의 리얼리즘과 관련하여 "인민재판의 논고문"[54]이라거나, 마찬가지로 그 두 리얼리즘의 관계를 문제 삼은 김우종[55]의 비평과는 그 차원이 다르다.

1970년대 리얼리즘론은 염무웅에 와서 일단 정리된다. 염무웅[56]은 리얼리즘은 각 시대마다 다르게 발전해 오며 다양한 의미를 가지고 있기 때문에 그것을 단 하나의 의미로 고정해서 해석해서는 안 된다고 말한다. 그에 의하면, 리얼리즘이 다양한 의미를 갖는 것은 각 시대마다 그 역사적 현실이 다르기 때문이기도 하고, 무엇보다 문학 예술의 영원한 원천인 인간 경험의 다양성 때문이다. 그럼에도 불구하고 리얼리즘은 인생과 세계에 대한 태도나 그것을 표현하는 방법에 있어서 여러 가지의 아이디얼리즘과 확연히 구별되는 미학적 일관성을 보여왔다고 그는 주장한다. 다시 말해 그는 리얼리즘의

53) 최일수,「민족적 리얼리즘」,『현대문학』, 1971.4.
54) 김양수,「민족적 리얼리즘의 정체는 무엇인가?」,『현대문학』, 1971.4, 381면.
55) 김우종,「71년 문학 쟁점의 행방」,『창조』, 1971.12.
56) 염무웅,「리얼리즘의 역사성과 현실성」,『문학사상』, 1972.10.

두 가지 측면, 예컨대 모든 시대의 문학과 예술에 공통적으로 나타나는 일반적 · 원리적 측면과 각 시대의 예술 장르에 고유하게 강조되어 나타나는 특수한 측면을 올바르게 구별해 볼 것을 요구한다. 리얼리즘은 고정된 개념이 아니라 '살아있는' 개념이며, 따라서 '발전해 나가는' 개념이라는 것이다. 그는 특히 김현의 주장이, 예술가가 반동적인 세계관을 가지면 가질수록, 또 자신의 의사에 반하면 반할수록, 현실을 냉정하게 직시하지 않으면 않을수록, 더욱 훌륭한 리얼리스트가 된다는 것으로 파악할 소지를 주고 있다고 비판하면서 논란이 많았던 '리얼리즘의 승리'를 다음과 같이 명확하게 정리한다.

> 그러면 발자크에 있어서 정치적 반동성과 예술적 진보성 사이의 모순은 어떻게 설명되어야 할까? 그가 보수적 · 반동적 세계관 때문에 위대한 리얼리스트가 된 것은 아니지만 그러한 세계관에도 불구하고 위대한 리얼리스트가 된 것은 사실이다. 그렇다면 작가는 구태여 보수적인 세계관을 가질 필요는 없다 하더라도 또한 마찬가지로 구태여 진보적인 세계관을 가질 필요도 없다는 말인가? 여기서 우리는 이른바 세계관(다른 말로 의식 또는 상상력)이란 것이 어떤 고정불변의 실체가 아님을 상기하는 것이 좋을 것이다. 작가의 세계관은 현실과의 관계 속에서, 즉 그의 사회적 실천 속에서 부단히 변화하면서 발전해 나가는 것이다. 그러므로 발자크에 있어서의 세계관과 예술적 결과 사이의 모순은 세계관과 예술 사이의 「직접적」 모순이 아니다. 모순의 참된 소재는 발자크가 처해있던 당대의 사회적 현실 바로 그것이며, 발자크 문학의 모순은 이러한 현실 모순의 예술적 반영에 지나지 않는다. 그렇기 때문에 우리는 발자크의 소설에 관하여 그 개인의 주관적 편견과 정치적 반동성에 대한 리얼리즘의 「승리」를 말할 수 있는 것이다.[57]

---

57) 염무웅, 「리얼리즘의 역사성과 현실성」, 『문학사상』, 1972.10, 223~224면.

인용에서 주목되는 것은 크게 두 가지다. 하나는 작가의 세계관이 고정되어 있지 않고 현실과의 관계 속에서 즉 작가의 사회적 실천을 통해 계속 변화 발전해 나간다는 것이고, 다른 하나는 발자크의 '리얼리즘의 승리'를 진정 가능하게 한 것은 바로 현실의 모순 그 자체라는 것이다. 그에 의하면, 우리가 말하는 상상력이란 것도 예술가가 현실을 관찰하고 분석하여 그 결과를 형상적으로 재구성하는 감성적 능력에 다름 아니다. 상상력은 결코 현실 초월적인 것이 아니라 그 자체가 현실 규정적인 것이다. 다시 말해 작가는 그 상상력을 통해 객관적 현실의 전체성을 그 발전 경향에 있어서 민감하게 포착하며, 그럴 때 작가는 당대 사회의 역사가일 뿐만 아니라 미래 사회의 예언적 창조자일 수 있다. 따라서 참된 리얼리즘은 시적 환상이나 예언적 비전과 결코 모순되지 않으며, 오히려 특정 시대 상황에서는 오직 환상만이 현실의 참모습과 미래의 발전 경향을 진실하게 반영할 수 있다는 것이 그의 주장이다. 나아가 그는 리얼리즘 이외의 방법론이 가지고 있는 창조적인 기능까지 적극 수용하고자 한다. 요컨대, 작가의 세계관을 중시하면서도 그것조차 규정하는 사회 현실을 강조한다거나, 리얼리즘이 환상과 무관하지 않다는 그의 리얼리즘에 대한 적극적인 해석은, 리얼리즘이 도식적이라는 김현의 비판에 대해 오히려 리얼리즘이야말로 반도식적이라는 주장을 가능하게 한다. 리얼리즘에서 강조되는 작가의 상상력은 객관적 현실과의 긴장 속에서 오히려 기성화된 상투형들을 끊임없이 파괴할 것을 요청하기 때문이다.

그는 또한 리얼리즘이 곧 사회주의 리얼리즘이라거나 리얼리즘을 혁명과 결부시키는 일부의 논리를 비판하며, 1930년대에 제기된 사회주의 리얼리즘은 혁명 초기의 공식주의를 청산하는 과정에서 오히려 유물변증법적 창작방법의 도식성을 비판하면서 예술의 고유성을 인정했다고 온당하게 평가한다. 그리하여 그는 사회주의 리얼리즘을 사회주의적 세계관과 리얼리즘적 방법론의 변증법적 통일을 추구하는 것으로, 즉 사회주의를 건설하기 위해 투쟁하는 단계의 리얼리즘으로 그 역사적인 위치를 부여한다.

이와 같은 사회주의 리얼리즘의 현실은 우리의 현실과는 다르다는 것 또한 그는 분명히 한다. 이와 관련하여, 그는 전형을 '내용과 형식' '현실과 상상력' '예술적 대상으로서의 객체와 대상을 작품화하는 힘으로서의 주체' '역사적으로 제약된 것과 영원히 인간적인 것' '사회적인 것과 개인적인 것' 등을 자기 속에 올바르게 통일하는 예술적 형상으로 해석한다. 이럴 경우, 리얼리즘을 '폭력'으로 규정하거나, 혹은 "그려야 할 사상적 대상이 미리 머리 속에 있고 표현은 다만 그 사상을 얼마만큼 유효하게 나타내느냐에 있다"거나, "문학은 진리나 사상이나 이념 또는 역사관의 표현이 아니라 다만 표현"이라고 주장하는 순수문학 진영의 문학관[58]이 오히려 도식적이라는 비판을 면하기 어렵게 된다.

이처럼 염무웅이 리얼리즘을 명확하게 정리한 바 있지만, 여전히 논의가 공전한 것은 이념에 대한 순수문학 쪽의 과도한 불신 때문이었다. 사실 리얼리즘을 주장하는 쪽에서나 반대하는 쪽에서나 가장 핵심적인 상상력 문제에 있어서는 모두 의견의 일치를 보고 있었다. 염무웅 특히 유종호의 주장이 주목되는 것도 이들이 이러한 논의의 맹점을 정확히 지적하고 있기 때문이다.

유종호는 리얼리즘과 그것의 쇠퇴라는 관점에서 서구의 근대문학을 전체적으로 조망한다. 20세기 들어 현실의 객관적 묘사를 강조하던 리얼리즘은 심리 묘사라는 새로운 방법의 도전을 받게 되었다는 것, 특히 리얼리스트들이 수행하던 기능이 보다 냉철한 사회학자의 손으로 이루어지게 되면서 리얼리즘의 거점이 그 근거를 잃게 되었다는 것, 그 결과 소설 속에서 진정한 객

---

58) 원형갑, 「속 · 반리얼리즘론(완)」, 『시문학』, 1974.4.

관성을 이룰 수 있다는 믿음이 상실되고 그것이 결과적으로 현실 파악이 어렵다는 현실관의 변화를 초래하게 되었다는 것이다. 모더니즘이 바로 현실을 파악할 수 없다는 인식에서 출발하였다고 할 때 이처럼 그가 현실관의 변화를 지적한 것은 적절한 것이었다. 그에 의해 리얼리즘을 모더니즘이라는 거울에 비춰볼 수 있는 계기가 마련되었던 것이다. 특히 리얼리즘의 환경 변화를 독자층의 변화와 관련하여 살펴본 것은 그만의 날카로움이라 할 수 있다. 여기서 우리의 리얼리즘론은 다음과 같은 성숙한 결론에 도달한다.

> 리얼리즘의 쇠퇴가 과연 소설 장르의 자체의 위기를 예고하는 것인지 또는 모더니즘으로의 발전적인 쇠퇴를 의미하는 것인지 하는 것은 사람에 따라 의견이 다를 것이다. 우리가 확인할 수 있는 것은 리얼리즘에서 떨어져나간 소설이 전세기의 걸작에 비해서 반드시 상승 곡선을 그리고 있지 않다는 것, 리얼리즘을 대치한 모더니즘이 대체로 비인간화 경향을 가고 있다는 것이다. 그리고 리얼리즘의 쇠퇴가 - 우리는 이것이 전면적인 추세라고 생각지는 않는다. 리얼리즘에의 동경은 아직 많은 작가들의 활력이 되어 있다 - 문화적 맥락에서 우리의 주목을 끄는 것은 그것이 사람들 사이의 공통 경험의 축소와 공유 경험의 붕괴, 그리고 경험교환 가능성에 대한 믿음의 상실과 연관되어 있다는 점이다. 그리고 같은 시대의 역사를 살아가는 사람들 사이에서 이러한 현상이 빚어진다는 것이 사람들의 행복에도 사회의 건강에도 기여하지 못한다는 점이다.[59)]

결국 리얼리즘의 쇠퇴는 오늘을 사는 우리들이 공통의 경험을 하지 못하고 또 그것을 위한 의지가 약화되고 그에 대한 믿음조차 상실된 데서 연유한다는 것이다. 여기서 이러한 상황을 극복할 수 있는 문학 이론을 새롭게 정립할 필요성이 대두된다.[60)] 이로 보더라도 1970년대 리얼리즘론은 제3세계론

---

59) 유종호, 「근대소설과 리얼리즘」, 『창작과비평』, 1976.3, 239～240면.

또는 제3세계문학론이라는 새로운 공유 경험의 공간을 마련할 필요가 있었다. 따라서 1970년대 후반 우리 문단에 제기된 제3세계문학론은 필연적인 과정으로 보인다. 그리고 제3세계문학론의 문제의식은 1970~80년대만의 문제가 아니고 여전히 오늘날 우리의 문제의식이기도 하다.

사실 1970년대 리얼리즘 논쟁은 참여문학파든 순수문학파든 모두 '상상력'이라는 공통 분모를 강조하였다. 그러나 그 상상력이 다시 돌아오는 지점이 현실이냐 자기 자신이냐 하는 것으로 정리될 수 있을 만큼 그 귀결은 아주 달랐다. 따라서 이와 같은 이론상의 공허한 논쟁은 어떤 식으로든 극복되어야 했는데, 이때 제3세계문학론은 그 시각을 제3세계로 확대하면서 분명한 현실관을 확보하게 되었다고 하겠다. 제3세계문학론이 특히 분단극복에 대한 인식을 보다 분명히 함으로써 그것이 분단체제론으로 심화되는 계기가 되었다는 점에서도 좀 더 거시적인 시각을 얻게 되었다고 할 수 있다.

10. 제3세계문학론과 농민문학론 그리고 리얼리즘의 자기 갱신

1970년대 후반 제3세계문학론은 일단 민족문학론의 심화 과정에서 자연스럽게 제기되었다.[61] 사실 1960년대 백낙청의 「시민문학론」에서부터 우리

---

60) 이와 관련하여, 『민족문학과 세계문학 II』(백낙청, 창작과비평사, 1985)에 실린 「리얼리즘에 관하여」 「모더니즘에 관하여」 「모더니즘 논의에 덧붙여」와, 『현대문학을 보는 시각』(백낙청, 솔, 1991)에 실린 「민족문학론과 리얼리즘론」을 참고할 수 있다. 이들 글은 서구 리얼리즘을 민족문학의 시각에서 재해석하고 있다는 점에서 특히 주목된다.

61) '제3세계'의 개념에 대해서는, 제3세계적 자기 인식의 어떤 속성이 그 문학을 제3세계의 것으로 만들어 주는가 하는 것, 즉 '제3세계성'을 문제삼고 있는 김영무의 글이 주목된다(김영무, 「제3세계의 문학 : 개념의 명료화와 대중화를 위하여」, 『외국문학』,

의 민족문학론은 제3세계의 문제의식을 내포하고 있었다. 특히 1960년대 말부터 논의되기 시작한 농민문학론은 제3세계문학의 이론화에 더없이 좋은 바탕이 되었다. 식민지 또는 반식민지의 농촌은 그 나라의 도시 나아가 식민국 도시의 문화를 비판하는 기능을 할 수 있다는 농민문학론의 문제의식이 그것이다. 제3세계문학론은 이처럼 식민지 또는 신식민지 시대를 살아가는 약소민족의 자기 해방의 의지를 반영하고 있다. 그리고 바로 이 점이야말로 그들의 문학이 식민지 쟁탈로 왜곡된 인간성을 회복할 수 있고 따라서 오히려 세계문학을 선도할 수 있다는 자부심의 근거가 되었다. 서구 사회가 초기의 건전한 시민정신을 상실하고 안으로는 계급 차별을 강화하고 밖으로는 제국주의로 변질된 것은 주지의 사실이다. 서구의 문학은 바로 그 때문에 인간의 자유·평등·박애를 강조한 프랑스혁명의 이상과는 거리가 멀었다. 말하자면 이제 그와 같은 인류의 가치를 생성해낼 몫을 제3세계가 떠맡게 된 것이다. 시민은 남의 노예가 되지 않으면서 남을 노예로 삼지도 않는다는 백낙청의 「시민문학론」은 이미 제3세계의 자기 주장을 분명히 밝혀 놓았던 것이다. 나아가 민족문학이 처음부터 자기 민족을 배타적으로 강조하지 않는다는 점에서, 제3세계문학론의 문제의식은 민족문학론의 정립에 중요한 계기가 되었다. 다시 말해, 제3세계문학론은 민족문학론이 안고 있었던 민족주의적 속성을 적절히 견제하며 민족문학의 이론화에 크게 이바지하였다. 따라서 제3세계문학론은 민족주의적 속성을 또 다른 범주에서 강화하는 '제3세계주의'와는 무관하다.

일반적으로 '제3세계' 하면 라틴아메리카·아프리카·아시아·중동 등을 가리킨다. 물론 '제3세계'라는 말이 등장한 시기에 대해서 일치된 견해는 없

1984.9).

다. 혹자는 1964년 제네바에서 첫 회의를 가진 유엔무역개발회의가 지도부와 위원회에 참석할 대표권을 그룹별로 배정하면서 서방측 그룹·사회주의 국가 그룹·개발도상의 77개국 그룹 등으로 구분한 것을 그 시기로 보기도 한다.[62] 또는 그 뒤 1974년 유럽자원특별총회에서 등소평이 말한 바대로 (구)소련과 같은 '사회제국주의'가 출현하면서 이제 자본주의체제와 사회주의체제라는 체제 대립은 그 의미를 상실했다는 전제 아래, 미국과 (구)소련을 제1세계, 미국을 제외한 자본주의 국가들과 동구 공산주의 국가들을 제2세계, 그 밖의 모든 개발도상국들을 제3세계로 보아야 한다는 주장도 제기되었다.[63] 특히 이 주장은 사회주의체제 또한 또 다른 체제가 아니라 오히려 자본주의 세계체제의 한 구성 요소에 불과하다고 하여 제3세계론의 전개에 중요한 계기가 된다. 물론 이보다 훨씬 이전인 1955년의 반둥회의와 1961년의 베오그라드회의가 이미 아시아와 아프리카의 결속을 강화했고, 그 뒤 1971년의 '리마 선언'에서도 이른바 77개국 그룹이 경제적 선진국들의 신식민주의에 분명히 반대하면서 제3세계 문제가 경제적·정치적 측면에서 쟁점이 되었다. 오늘날에도 제3세계라 하면 그것은 주로 아시아와 아프리카 그리고 라틴아메리카 대륙을 가리킨다. 물론 이제는 이들 간에도 경제적 빈부 차이가 크게 벌어져 있다. 그렇지만 지금도 몇몇 선진국이 오늘의 세계를 주도하고 있다고 할 때 제3세계론의 문제의식은 여전히 소중하다. 오히려 지금이야말로 정치·경제·문화적인 차원에서 제3세계론의 보다 정교한 이론화가 필요하다.

주지하듯, 제3세계론은 자본주의의 발달이 실은 선진 자본주의 국가들 자신의 식민지주의와 제국주의 나아가 신식민지주의로 변질되었다는 문제의식에서 출발하고 있다.[64] 1917년의 러시아혁명 또한 이 점에서 예외가 아니라

---

62) 임헌영, 「제3세계와 라틴아메리카」, 『창조와 변혁』, 형성사, 1979, 40～56면.
63) 하경근, 「제3세계와 세계 정치」, 『제3세계의 이해』, 형성사, 1979, 14면.

는 것이 제3세계론의 문제의식이다. 러시아혁명은 자본주의에 의한 세계통합 시도에 제동을 걸었으나 그곳에서조차 그곳 '민중'의 입장을 대변하지 못했기 때문이다. 즉 제3세계론은 자기 민족을 배타적으로 주장하지 않으면서, 궁극적으로 후진국 및 피압박 민족이 대부분인 제3세계 '민중'의 입장에서 세계를 보고자 한다. 철저히 제3세계 '민중'의 입장에 서 있는 제3세계론은 본질적으로 세계를 하나로 보면서도 후진국 및 피압박 민족의 해방운동과 자기 주장에 우선적인 가치를 부여한다. 하지만 각 민족(국가)의 독립과 자주성은 어디까지나 전 세계의 '민중'이 하나로 되는 과정의 일부이며 그 자체가 목표는 아니다.[65] 우리와 민족문학론은 처음부터 민중문학론의 성격을 가지고 있었는데, 따라서 우리와 제3세계 '민중'과의 연대는 중요한 과제 중 하나였다.

제3세계문학론에서도 백낙청의 '민중' 개념은 시사하는 바가 많다. "원래 '제3세계'는 '민중'만큼이나 포괄적인 개념"이라며, 그는 제3세계 민족주의 혹은 그곳의 '민중'을 배타적으로 강조하지 않는다. 그는 '민중'을 결코 계급 관계로 설정하지 않는다. 물론 여기에는 우리 현실을 읽어내는 그의 현실적 안목이 크게 작용한다. 나아가 그의 불교적 사유도 거기에 영향을 미치고 있다. 그는 과학을 서구적 의미의 합리성만으로 해석하지 않고 오히려 근원적인 진리 구현·중생 제도의 한 방편으로 해석한다. 그에게 과학은 가치중립적인 사실인식 행위가 아니라 사람마다 지닌 부처의 마음에 근거한 실천이다. 물론 이와 같은 불교적 실천이 안고 있는 한계를 그는 정확히 지적하고 있다. 그럼에도 불구하고 그의 '본마음'이라는 말 자체가 이미 불교적 용어이며, 그런 만큼 그와 관련되어 있는 그의 '민중' 개념 또한 그 추상성을 피할 수 없어 보인다. 그가 제3세계적 시각을 적극 수용하는 것은, 초기의 그의 민족문

---

64) 백낙청, 「제3세계와 민중문학」, 『창작과비평』, 1979.9, 50면.
65) 위의 글, 52면.

학론이 민족적 위기의 소산이라는 그의 명제에서 드러나듯 민족주의적 시각에서 그리 자유롭지 못했다고 인식한 때문이기도 하지만, 바로 그와 같은 '민중' 개념의 추상성을 그가 극복하고자 했기 때문이다. 자신이 속한 서구문학의 의의를 적극 인정하면서도 그 한계 또한 전면적으로 비판하는 D.H 로렌스 문학을 그가 지속적으로 점검하는 것도, 민족주의의 한계를 극복하기 위한 그의 제3세계적 전략에 크게 힘입고 있다. 민족주의의 또 다른 확대판이 될 수 있는 편협한 '제3세계주의'가 아닌 제3세계론은 서구의 건전한 문학적 유산을 결코 배제하지 않기 때문이다. 그가 '민중'의 내포를 구체화하지 않고 오히려 '민중(의식)'을 '시민(의식)'으로 지양하고자 한 것도, 바로 이와 같은 서구의 초기 건전한 시민의 역할을 적극 수용하고자 했기 때문이다. 「시민문학론」이 그의 이론의 원점에 놓여 있다고 주장할 수 있는 근거가 바로 여기에 있다. 그러나 그가 제3세계의 민족(국가)을 배타적으로 주장하지 않는다고 해서 민족(국가) 단위의 현실적인 가치를 그가 소홀히 하는 것은 아니다. 오히려 제3세계가 자기 민족(국가)의 가치를 배타적으로 강조하지 않고 그것을 전 세계의 인간 해방을 위한 계기로 삼는다면, 그것이야말로 서구와 달리 제3세계가 '세계성'을 확보할 수 있는 근거라고 그는 말한다. 김종철의 다음 주장에서도 그것은 명확하게 드러난다.

제3세계적 관점은, 만일 그것이 진정한 것이라면, 자기 속에 가지고 있는 민족주의에 대하여 맹목적인 충성을 보이는 것이 아니고 스스로의 민족주의가 뜻하는 바 역사적 의의와 한계를 아울러 의식하는 관점이 되지 않으면 안 된다. 제3세계적 관점은 끊임없이 자기를 되돌아보는 긴장된 의식을 요구하며, 신성불가침한 초역사적인 실체로서의 민족을 인정하지 않는다. 민족이라는 신화적인 실체를 때때로 확인해야 할 필요성 때문에 민족주의가 나오는 것이 아니라, 한 사회 집단으로서 특히 나쁜 운명을 공동으로 겪어온 역사적 체험이 바탕이 되어 그 운명을 타개하기 위한 노력 가운데서 민족주의라는 개념이 불가피하게 도입된다는 것은 제3세계적 관점에서 볼 때 훨씬 쉽게 이해될 수 있다. 제3세계적 관점은 특정 민족 사회에만 국한될 수 없는 시각인 만큼, 무엇보다 자기 객관화를 가능하게 하는 것이다.

그러므로 제3세계 민족주의의 궁극적 목표는 민족주의의 극복에 있는 것이라는 말을 해도 좋은 것이다. 여기서 우리는 민족주의의 극복 자체가 당면한 목적이 되어 현 시점에서 민족주의가 가지는 현실적인 유효성을 부정하는 태도를 생각할 수 있는데, 그러한 태도야말로 매우 관념적인 비역사적 사고의 산물이라고 말하지 않을 수 없다. 중요한 것은 민족주의의 한계를 의식하면서 어째서 오늘의 세계에서 민족주의가 제3세계의 주요한 이념이 될 수밖에 없는가를 보는 리얼리스틱한 역사 감각을 가지는 것일 것이다.[66]

제3세계론이 필요한 것은, 그것이 한 민족(국가)의 해방만을 목적으로 하는 것이 아니라 식민주의에 의해 왜곡된 전 세계와 인간의 자기 갱신을 목적으로 하기 때문이다. 제3세계론의 선구적 이론가 파농이 경계한 것도 바로 식민주의의 극복이 결과적으로 또 다른 형태의 식민주의로 전락하는 것이었다.[67] 특히 제3세계론이 문제삼는 것은 단순히 사회주의와 자본주의 사이에서 어느 하나를 선택하는 문제도 아니다. 오히려 제3세계를 새로운 사회 관계와 새로운 인간의 이념을 독자적으로 발전시키고자 한다.

주지하듯, 리얼리즘은 서구의 근대화와 관련되어 있다. 따라서 서구의 과학 기술의 한계를 문제삼는 제3세계문학론은 당연히 서구의 리얼리즘을 주체

---

66) 김종철, 「제3세계문학과 리얼리즘」, 『한국문학의 현단계 1』, 창작과비평사, 1982, 281~282면.
67) 프란츠 파농, 『검은 피부, 하얀 가면』, 인간사랑, 1998, 제8장 참조.

적으로 재해석하고자 한다. 서구 사회의 과학 정신이 정작 인간을 망각한 과학주의나 기술주의로 축소되면서 문학 또한 '자연주의' 내지 '모더니즘'으로 전환되었다면, 제3세계문학론은 어디까지나 리얼리즘의 관점에 서고자 한다. 물론 이때의 리얼리즘이 서구 리얼리즘의 진보적인 전통까지 무시하는 것은 아니다. 오히려 서구의 모더니즘과 전위적인 문학의 성취까지를 창조적으로 계승하고자 한다. 그리고 서구의 리얼리즘이 소홀히 한 환경, 여성 문제를 새롭게 인식하고자 했다. 무엇보다 비서구 사회가 외부로부터의 위협을 극복하면서 동시에 자기 자신의 비민주적이며 봉건적인 요소를 청산해야 하는 이중의 과제를 안고 있다면, 서구 리얼리즘의 정신과 방법은 훌륭한 수단이 될 수 있다.

김종철은 제3세계리얼리즘의 문제의식을 명확하게 규정하고 있다. 우선, 그는 서구 리얼리즘이 결여한 민주적이며 민중적인 과제를 살리는 것이 제3세계리얼리즘의 역할이라며, 논란이 많았던 발자크의 '리얼리즘의 승리'를 다음과 같이 정리한다.

발자끄적인 현상이 제3세계 문학에서는 일어나기 어려우리라고 생각되는 제일 주된 이유는 제3세계는 서구 시민사회와는 달리 물질적 세력의 맹목적인 자기 전개가 아닌 자신의 세계사적 역할에 대한 투철하게 각성된 의식을 그 발전의 원동력으로 하기 때문이다. 물질적 힘의 확산이 아니라 무엇보다 의식의 결정화가 제3세계의 진정한 발전의 요체가 된다는 것은, 물질적 힘의 빈곤을 애매한 도덕적 다짐으로 대치할 수 있다는 이야기와는 대단히 거리가 멀다. 여기서 말하는 것은 인간 생활에 있어서의 물질적 차원의 중요한 그 자체에 대한 경시가 물론 아니고, 어떤 종류의 비이성적인 물질 생활에 대한 제3세계적 관계이다. 자연과 인간에 대한 무자비한 공격을 수반하고, 물질의 낭비적인 소모를 그 존립의 기초로 해온 서구 산업문명의 공식을 끊임없이 받아들이는 한 제3세계 자신의 운명이 언제까지나 종속적인 위치를 벗어날 수 없을뿐더러 인류 자체의 생존마저 위태롭게 될 수밖에 없다는 객관적인 현실이 제3세계로 하여금 이성적인 삶의 원리를 모색하게 만드는 것이다.[68]

주지하듯, '리얼리즘의 승리'란 작가의 세계관에도 불구하고 현실 모순에 대한 작가의 인식이 작품의 리얼리즘적 성취를 가능하게 하는 것을 말한다. 그런데 이것은 식민주의의 모순 그 자체를 생활 속에서 문제삼는 제3세계에서는 애초에 문제가 되지 않는다고 김종철은 주장한다. 그렇기 때문에 제3세계 작가는 서구 작가와 달리 보다 의식적으로 '민중'에 대한 통찰력 있는 인식이 있어야 한다는 것이다. 이른바 제3세계리얼리즘으로서의 '민중적 리얼리즘'이 그것이다.

김종철의 이러한 주장은 1980년대 채광석에 와서 보다 분명하게 자리잡게 된다. 채광석은 제3세계 민족문학이 참다운 민중문학의 경지에는 이르지 못했다고 비판하며, 제3세계의 리얼리스트들이 '민중'으로의 '존재 전이'를 꾀할 것을 요구하고 있다.[69] 그러나 채광석의 '민중적 민족주의' 그리고 지식인의 '존재 전이' 문제가 오히려 제3세계론이 피하고자 했던 민중주의적, 민족주의적 경향을 드러내고 있는 것은 아이러니라 하겠다. 그가 '운동성'을 지나치게 강조하는 것 또한 민족문학의 자기 갱신으로서의 제3세계문학론의 문제의식과는 거리가 있다. '운동성'의 강조는 서구의 편협한 과학주의와 합리성을 거부하기는커녕 오히려 그것을 강조하는 것이나 마찬가지이기 때문이다. 더욱이 창조적·저항적 에너지의 원천이라 할 수 있는 문학적 가치는 그만

---

68) 김종철, 「제3세계문학과 리얼리즘」, 『한국문학의 현단계 1』, 창작과비평사, 1982, 298 ∼299면.
69) 채광석, 「제3세계 속의 리얼리즘」, 『민중문학론』, 성민엽 편, 문학과지성사, 1984, 140 ∼141면.

큼 소홀히 될 수밖에 없다. 우리가 1970년대 제3세계문학론과 관련하여 농민문학론의 문제의식을 중요하게 보는 이유가 바로 여기에 있다.

농민문학론은 사실 제3세계문학론을 구체화하기 위해서 우선 그 정리가 필요했다. 농촌은 자기 나라에서도 도시의 변두리이자 다른 나라의 중요 도시의 변두리이기도 하다. 농촌이 지닌 이러한 이중의 조건에 대한 인식은 제3세계론의 핵심적인 문제의식이기도 하다. 백낙청의 주장대로, 제국주의 시대 후진국의 농촌은, 자기 나라의 도시는 물론 제국주의적 허위의식의 본거지인 이른바 선진국의 도시들보다 더 선진적이 될 가능성이 있으며, 따라서 제국주의에 의해 왜곡된 개발의식으로부터 민족의 주체성과 삶의 건강성을 지키는 마지막 보루 역할을 떠맡을 수도 있다.

박태순은 특히 언어를 통한 외부로부터의 억압을 문제삼으며 외부에 영합하는 후진국 엘리트 언어와 그에 대립하는 민중 언어의 가능성을 살펴보고 있다.[70] 그리고 염무웅은 "식민지, 반식민지의 처지에서 허덕이던 후진국의 도시는 본질적으로 서구의 세계 지배를 자국의 농촌에 전달하는 매판적 성격을 면하지 못했다"고 지적하며, 이러한 도시의 문제까지를 포괄하는 성숙한 농민문학이 나와야겠다고 전망한다. 이때의 농민문학은 소재로서의 농촌문학이 아니며, 또 농촌은 선하며 도시는 악하다는 식의 단순한 이분법의 산물도 아니다.[71] 사실 1970년대 우리 사회는 '비촌 비도'의 도시 변두리의 문제가 심각하게 부각될 정도로 농촌의 현실은 변화를 겪고 있었다. 따라서 농촌을 소재로서 다루는 것은 그 한계가 분명했다. 물론 1970년대 우리의 농민문학론이 이러한 한계로부터 자유로웠던 것은 아니다.[72] 다만, 그것이 농촌을 제3

---

70) 박태순, 「제3세계 언어 현실과 문화식민주의 극복」, 『오늘의 책』, 1984.9.
71) 김치수, 「상황과 문제 – 농촌소설의 경우」, 『문학과지성』, 1971.3.
72) 김치수, 「농촌소설은 가능한가 – 1970년대의 문학적 상황 1」, 『문학과지성』, 1971.11.

세계의 자기 주장과 관련하여 사고하고자 했던 것은 1930년대와는 다른 우리 민족문학의 하나의 성과라 하겠다. 특히 1980년대의 경직된 문학 논의를 염두에 둘 때 그러하다.

오늘의 자본주의 세계 경제가 근본적으로 계층간, 국가간의 실질적 불평등을 그 발전의 동력으로 삼고 있다는 점에서, 우리가 속한 제3세계의 인식은 보다 철저해질 필요가 있다. 무엇보다 자본주의 세계 경제가 여전히 민족(국가)을 그 주요 수단으로 하고 있는 이상, 민족(국가) 그것이 폐쇄적으로 되는 것을 경계하면서도 그것의 현실적 가치를 슬기롭게 인식하는 지혜가 필요하다. 바로 이것이 제3세계문학론의 문제의식이며, 또 그 점에서 그것은 오늘날 탈식민화의 문제의식이기도 하다. 1970년대 리얼리즘론과 농민문학론 그리고 제3세계문학론의 의의는 바로 여기에 있다.

11. 1970년대 비평의 현재적 의미

1970년대는 군사 독재정부의 억압이 그 극에 이른 시기이자 동시에 그 종말에 이른 시기였다. 다른 한편, 1970년대는 우리 사회가 근대화의 성과를 경험하는 시기이기도 했다. 그런 만큼 그에 반응하는 문학 분야의 움직임도 다채로웠다. 특히 비평 분야가 그러하다. 우선, 1970년대 비평은 1960년대 초반부터 계속되어온 '순수/참여' 논쟁의 자장에서 결코 자유롭지 못하다. 하지만 이제 1970년대 비평은 '순수/참여'의 해묵은 이분법을 청산하고 새로운 활로를 모색하고자 한다. 그리고 그 논의의 중심에 『문학과지성』과 『창작과비평』이 있었다. 이때 이들 두 그룹이 마련한 문학적 자리는 지금도 큰 변화는 없다. 사실 1970년대 비평의 세부 항목에 해당하는 리얼리즘론 · 민족문학론 ·

대중문학론 등은 모두 이들 두 그룹을 중심으로 전개된다. 여기에 1960년대 말부터 시작된 전통 논의와 맞물려 강단 비평가들에 의해 문학사 연구가 활성화되는 것이 1970년대 비평의 대체적인 모습이다. 아울러, '창비'가 민족문학론의 관점에서 제3세계문학론으로 논의를 심화시켜 간 것과 달리, '문지'가 그 대신 '문학사회학'이라는 다소 포괄적인 논의를 진행시켜 간 것도 1970년대 비평에서 눈여겨볼 사항이다.

1960년대 중반 이후 등장한 『산문시대』와 『창작과비평』은 1970년대 문학을 예고하는 징표와도 같다. 이들 두 그룹은 우선 4 · 19의 성과를 바라보는 시각에서 큰 차이가 있었다. 『산문시대』가 4 · 19의 성과에 부정적이었던 반면, 『창작과비평』은 전후 세대의 연장선에 서서 4 · 19의 성과를 적극 수용하고자 했다. 이러한 차이는 그들이 각각 내세운 '소시민'과 '시민' 개념에서 잘 드러난다. 『산문시대』가 '소시민'을 사회 · 경제적 차원에서 엄밀히 규정하지 않고 '소시민의식'으로 표현했다면, 『창작과비평』의 백낙청은 '시민'을 '시민의식'이라는 용어로 표현했다. 즉 『산문시대』가 "현실과 그 현실을 바라보는 자기 자신까지 반성하는" 일종의 문학하는 방법론으로서 '소시민의식'을 설정하고 있다면, 백낙청은 서구적 의미의 '시민'을 우리 현실에서 확인할 수 없었기 때문에 그것을 '시민의식'으로 표현했다. 그러나 이러한 차이에도 불구하고 이들 두 그룹은 모두 '시민의식'을 궁극적인 과제로 설정하고 있다. 이 점에서 1970년대 비평의 중심 개념에 해당하는 '민중'은 그들에게 '시민 · 대중'과 다르지 않다. 바로 이것이 이들 두 그룹이 문학관의 차이에도 불구하고 모두 1980년대 소장비평가들로부터 '(소)시민적'이라는 비판을 받는 주된 근거이다.

'문지'와 '창비'의 입장 차이는 문학사회학을 바라보는 시각에서 잘 드러난다. '문지'가 현실 모순의 배후에 숨어있는 구조를 반성적으로 사유하는 것을 강조한다면, '창비'는 현실 모순에 대한 실천적인 인식을 강조한다. 말하자면 '문지'가 문학 이념의 그 어떤 이데올로기화도 거부하며 현실에 대한 '문학'의 반성적 환기력을 중시하면서 현실을 인식하는 작가 자신까지 반성적으로 사유할 것을 강조한다면, '창비'는 그것과 함께 현실에 대한 작가의 실천적 인식을 강조한다. 그러므로 특히 '문지'에게 문학과 사회를 구조적으로 이해하는 문학사회학의 입장은 적절한 이론적 토대가 된다. 더욱이 문학사회학을 대중문화사회학으로 이해한 '문지'에게 1970년대의 대중문화적 현상은 크게 부각된다. 그리하여 '창비'는 문학과 사회의 구조적 분석에 치중하여 작가의 실천적 인식을 소홀히 하는 '문지'의 문학관에 거리를 둘 수밖에 없었다. 마찬가지로 '문지' 또한 『문학과지성』의 창간사에서 드러나듯 그러한 '창비'의 입장에 분명한 거리를 두었다. 문학사회학을 둘러싼 '문지'와 '창비'의 이러한 입장 차이는 리얼리즘론 · 민족문학론 · 대중문학론 등에서도 일관하여 관철된다.

'문지'와 '창비'는 모두 민족문학이 궁극적으로 시민문학으로 지양되어야 한다고 본다. 즉 1960년대에 『산문시대』와 '창비'가 각각 소시민의식과 시민의식을 내세웠음에도 그들이 모두 시민의식을 궁극적 과제로 설정했듯이, 1970년대 그들이 내세운 민족(민중)문학론 또한 궁극적으로 시민문학론으로 귀결되고 있다. 사실 백낙청은 민족문학론의 중심 개념에 해당하는 '민중'을 결코 계급의 실체로 보지 않는다. 노동자 · 농민이 아닌 '보통사람들'로 명명된 그의 '민중'은 엄밀히 말해 '민중의식'이다. 나아가 대중문학론의 '대중' 개념에서 우리는 다시 한번 '문지'와 '창비'가 궁극적으로 설정하고 있는 '시민' 개념의 실체를 확인할 수 있다. 요컨대, 그들에겐 시민 · 민중 · 대중은 다르지 않다. 이것이 이들의 '민중' 개념이 1980년대 소장비평가들이 내세운 민중문학론의 '민중' 개념과 다른 이유이다. 1990년대 들어 김주연은, 1970년대의 대중문학이 "아직도 실감나지 않는 책상 위의 것"이었다면 오늘날에는 더 이상 고급문화와 대중문화의 구별이 없는 상황에 직면하고 있다는 것, 더불어 민중문학론을 줄기차게 옹호해온 '창비'도 이제 대중과 '민중'을 이분법적으로 나누는 낡은 발상의 문제점을 자기 비판하고 있음을 지적한 바 있다.73) 그러나 지금까지 우리가 확인해 왔듯, '창비'는 이미 1970년대에 '시민=민중=대중'의 구도를 가지고 있었다. 문학사의 시각 확보란 이를 두고 하는 말이다.

1970년대 리얼리즘론 · 농민문학론 · 제3세계문학론은 민족문학론의 시각 확대라는 관점에서 주목된다. 리얼리즘에 관해서는, 그것을 찬성하는 쪽이든 반대하는 쪽이든 모두 '상상력'을 인정하면서도 이념에 대한 일부 논자들의 불신 때문에 소모적인 논쟁을 벌이기도 했다. 그러나 작가의 세계관은 고정되어 있지 않고 오히려 작가의 실천 속에서 형성되고 변화하며, 마찬가지로 발자크의 '리얼리즘의 승리'라는 것도 작가의 세계관을 전혀 무시하지는 않으며, 다만 작가의 세계관을 궁극적으로 규정하는 것은 바로 현실 모순 그 자체라고 염무웅이 지적하면서 1970년대 리얼리즘론은 일단 정리되는 계기를 마련한다. 아울러, 유종호는 리얼리즘과 모더니즘의 소통 관계, 나아가 독자층의 변화와 그에 따른 공유경험 공간의 변화를 지적하며 리얼리즘의 자기 갱신의 과제를 제기하여 1970년대 리얼리즘론의 심화에 크게 기여한다. 또한 1970년대 리얼리즘론은 특히 분단(체제)극복과 같은 민족문학론 애초의 문제의식을 심화하면서 자연스레 제3세계문학론과 분단체제론으로 심화되는 계기를 마련한다.

제3세계문학론은 우리 민족문학이 처음부터 가진 문제의식이었지만 그것이 보다 본격화된 것은 1970년대 후반에 들어서다. 특히 제3세계문학론은 민

---

73) 김주연, 「대중문화 시대의 대중문학」, 『문예중앙』, 1999.3.

족문학이 빠질 수 있는 민족주의적 속성을 적절히 경계하며 제3세계 민족(국가)과 '민중'의 자기 해방을 겨냥하였다. 그리고 이 제3세계문학론을 통해 1970년대 리얼리즘론 또한 새로운 문제의식을 가지게 된다. 다시 말해 제3세계리얼리즘은 서구의 과학주의와 기술주의 그리고 그와 연관되어 있는 서구의 리얼리즘을 제3세계적 시각에서 새롭게 해석하고자 했다. 서구 시민사회의 진보적 전통과 결부된 리얼리즘의 긍정적인 가치는 물론 서구의 모더니즘과 전위적인 문학의 창조적·저항적 가치까지 받아들이되 그것을 제3세계 나름의 역사적 상황에서 창조적으로 해석하고자 했다. 이와 관련하여 김종철은 '리얼리즘의 승리'란 식민주의의 모순 그 자체를 생활 속에서 문제삼는 제3세계에서는 애초에 문제가 되지 않는다고 주장함으로써 제3세계리얼리즘의 이론적 입지를 보다 분명히 한다.

민족문학론의 자기 갱신과 제3세계문학론으로의 시각 확대에는 농민문학론의 역할도 무시할 수 없다. 1970년대 농민문학론은 '농촌은 선, 도시는 악'과 같은 단순 도식을 벗어나 농촌과 도시를 동시에 사유하고자 했다는 점에서 제3세계론의 문제의식을 공유하고 있었다. 사실 식민지 또는 반식민지의 농촌은 그 나라 도시와 식민국 도시로부터 이중으로 피해를 입으면서도 바로 그 때문에 그 둘 모두를 비판할 수 있는 위치에 서게 된다는 점에서, 그것은 제3세계론의 전개에 좋은 토대가 되었다.

특히 1970년대 민족문학론이 제3세계적 시각을 확보한 것은 1980년대 이후 경직된 변혁운동 노선을 떠올릴 때 그 의의가 크다. 1980년대 민중문학론자들이 강조한 '운동성'은 1970년대 우리 민족문학론이 피하고자 했던 과학주의에 그 스스로 얽매이는 결과를 초래했다. 우리가 말하는 민족문학론 나아가 제3세계문학론이 '운동'이 아닌 '문학'에 관한 논의인 이상, '운동성'의 강조는 창조적이고 저항적인 문학적 가치를 소홀히 할 수 있다는 점에서 그 한계가 분명했다.

이 지점에서 우리는 백낙청의 '민중' 개념을 다시 떠올려볼 수 있다. 앞서 말했듯, 그에게 '민중'은 '시민·대중' 개념과 다르지 않다. 그리고 이것은 바로 민족문학의 '예술성'에 대한 그의 강조와 맞물려 있다. 그는 「새로운 창작과 비평의 자세」(『창작과비평』, 1966.1.)에서 문학의 '순수성'을 바르게 지적하며 그릇된 '순수주의'의 서구 추종적 사고에 문제를 제기한 바 있다. 그는 "순수주의를 본격적으로 비판하는 작가 사상가일수록 문학 본연의 가치와 자율성을 강조"한다고 말함으로써 공허한 '순수/참여' 논쟁을 넘어서고 있고 '예술성'은 역사 현실에 대한 작가의 실천적인 인식과 다르지 않다고 강조한다. 이 '예술성' 개념은 1970년대 이후 특히 1980년대 그의 이론을 지탱하는 중요한 도구이다. 그가 '순수주의'와 구별하여 강조하는 '순수성'이 바로 이 '예술성'이다. 따라서 그가 말하는 '순수성'은 서구 부르주아지 시대의 '순수성'과는 다르다. 사실 그는 바로 이 둘의 차이를 인식하면서 동시에 동서양의 '건전한' 문학이 함께 '인간' 해방에 기여할 수 있는 방법을 모색하고 있다.

백낙청은 1980년대 들어 서구 과학기술의 맹목적인 수용을 거부하면서 동시에 서구 과학기술과 밀접한 관련을 맺고 있는 서구 리얼리즘 문학을 새롭게 해석하고자 한다. 1980년대 당시 계급해방과 민족해방을 내세우는 일부 이론에 대해 그가 발자크 리얼리즘의 세계관적 한계를 인정하면서도 그것이야말로 사회주의 리얼리즘이라고 하거나, 서구의 19세기 리얼리즘 문학의 진보적인 가치를 천착하는 것이 그것이다. 그가 말하는 리얼리즘은 "과학적 세계관을 존중하되 사회과학의 알음알이에 대한 예술적 깨달음의 우위성", 다시 말해 작품 자체의 진리성과 실천성을 강조하는 것과 다르지 않다.[74] 1980

---

74) 백낙청, 「민주·민족운동과 불교」, 『실천불교』(제4집), 일월서각, 1987.

년대에 그가 '민중성'이 아닌 '민중지향성'을 여전히 강조하는 것도 이러한 "예술적 깨달음의 우위성", 즉 '예술성'에 대한 그의 인식 때문이다.[75] 그러기에 그가 말하는 민족·민중문학은 "어느 한 계급 또는 두어 계급"의 문학이 아니라 "다양한 계급적·계층적 구성을 지닌 광범위한 연합 세력의 문학"이다.[76] 그가 민족문학의 예술성을 강조하는 것은 바로 이와 같은 광범위한 연합 세력을 포용하기 위해서다. 그의 말대로, 민족문학의 예술성은 우리의 민족문학이 제3세계문학과 그 연대를 강조하고 전 세계의 문학과 주체적으로 교류하기 위해서도 필수적이다. 우리의 민족문학론에 대한 그의 이러한 인식은 그뿐만 아니라 새로운 세기를 맞이한 오늘의 우리 모두의 문제의식이기도 하다.

---

75) 백낙청, 「민족문학의 민중성과 예술성」, 『민족문학의 새 단계』, 창작과비평사, 1990, 61∼62면.
76) 백낙청, 「민중·민족문학의 새 단계」, 『민족문학의 새 단계』, 창작과비평사, 1990, 28면.

예술성과 운동성의 길항 관계, 그리고 민족문학의 역사성
-1980년대 비평문학

1. 1980년대 민족문학론의 형성 배경

1980년의 5 · 18광주민중항쟁은 1980년대를 이해하는 중요한 계기가 된다. 군사 정부의 강력한 통제 아래 발생한 광주민중항쟁은 민중운동을 조직화하는 데 박차를 가했다. 이처럼 1980년대는 그 출발에서부터 민중운동이 강하게 일어날 수밖에 없는 환경에 놓여 있었다. 이러한 환경에서 출발한 1980년대 민족문학론은 무엇보다 1970년대 민족문학론의 문제의식을 이어받되 동시에 그 한계를 넘어서고자 했다.[1) 백낙청이 이끈 1970년대 민족문학론이 '지식인'의 사고에 갇혀 있었다고 비판하며, 채광석 · 김명인 · 백진기 등은 '민중'의 급속한 성장에 따라 그들과의 일치를 더 분명히 의식하게 된다. 사실 1970년대 '민족'문학론은 처음부터 '민중'문학론의 문제의식을 가지고 있

---

1) 1980년대 민족문학론의 전반에 대해서는, 졸고 「문학 · 운동/지식인 · 민중/민족 · 계급 - 1980년대 민족문학」(『한국문학평론』, 한국문학평론가협회, 2002.3.)을 참고할 수 있다.

었다. 그러나 이들 1980년대 소장비평가들은 '민중적' 민족문학론을 내세우며, 이른바 지식인에 의한 민중 '지향적'인 문학이 아닌 민중 '주체적'인 문학을 하고자 했다. 다만, 이들 소장비평가들이 어느 정도 민중 '주체적'이었는지는 구체적인 검토를 요한다. 더욱이 그들이 내세우는 민족문학론이 어디까지나 '문학'에 관한 논의인 이상, 그들은 1970년대 민족문학론이 내세운바, '예술성'(문학성)을 어떻게든 고민하지 않을 수 없었다. 사실 1980년대 민족문학론은 이 '예술성'과 그들이 말하는 '운동성'을 어떤 관계로 설정하느냐에 따라 다양하게 분화된다.

1980년대 민족문학론은 1987년 6월 항쟁과 7, 8월 노동자 대투쟁을 거치면서 더욱 예각화된다. 그리고 그것을 바라보는 각자의 시각에 따라 이른바 민족문학 주체논쟁이 시작된다. 먼저 채광석이 '민중'의 계급적 입장을 강조하며 민중적 민족문학을 제창했다. 여기에 김명인이 보다 분명하게 노동 대중이 창작의 주체가 되어야 한다며 논쟁에 불을 붙였다. 조정환의 초기 민주주의 민족문학론도 이런 김명인의 견해와 크게 다르지 않다. 이런 '민중'의 계급적 관점에 대해 백낙청은 섣부른 판단이라며 경계했다. 홍정선 또한 소시민계급의 몰락은 때가 이르며 노동자계급도 아직 잠재적인 힘이라 전제하고, 우리 사회의 왜곡된 가치관 속에서 노동자의 세계관도 역시 왜곡되지 않았겠느냐며 변혁 주체로서의 노동자계급에 의문을 나타냈다.[2] 특히 조정환은 기존의 민족문학은 '계급성'이 부족하고 민중적 민족문학은 '전선'에 대한 의식이 약하다고 비판하며 문예운동의 '전선'과 조직 문제를 놓고 백진기와 논쟁을 벌였다.[3] 조정환이 말하는 '전선' 개념은 노동자계급을 중심에 두고 다른 계급·계층과 연대를 추구하는 것이었다. 그 뒤 『노동해방문학』의 창간

---

2) 홍정선, 「노동문학과 생산 주체」, 『노동문학』(1), 노동문학사, 1988.1.
3) 정한용 편, 『민족문학 주체논쟁』, 청하, 1989, 363면.

과 더불어 조정환이 노동해방문학론을, 백진기는 민족해방문학론을 각각 내세우게 된다. 결국 민족문학 주체논쟁은 제1세대 비평가 백낙청과 제2세대 채광석 · 김명인 · 백진기 등 소장비평가들간의 논쟁, 김명인 · 백진기 · 조정환 등 소장비평가들간의 논쟁, 그리고 이들 민족문학 진영 비평가들과 홍정선 · 성민엽 · 정과리 등 『문학과사회』(이하 '문사') 그룹간의 논쟁으로 정리할 수 있다. 다시 말해 백낙청과 홍정선 · 성민엽 · 정과리 등의 (소)시민적 민족문학론, 이재현 · 현준만 등의 노동(자)문학론, 채광석 · 김명인 · 백진기(1988년 중반 이전) 등의 민중적 민족문학론, 그리고 노동자계급 당파성을 강조하며 조정환이 내세운 민주주의 민족문학론과 그 발전적 형태인 노동해방문학론, 끝으로 1988년 중반 이후 백진기가 주체사상에 입각하여 내세운 민족해방문학론 등이 그것이다.

민족문학 주체논쟁은 지식인과 '민중'은 어떠한 관계에 있으며, 또 그 '민중'의 내포를 어떻게 설정해야 하는가, 또한 현단계 모순의 성격을 계급모순과 민족모순으로 파악할 때 어느 것을 기본모순으로 보고 어느 것을 주요모순으로 보아야 하는가와 관련되어 있다. 요컨대, 1980년대 민족문학 주체논쟁은 마르크스 - 레닌주의 또는 주체사상에 입각하여 한국 사회의 성격을 밝히려고 한 사회구성체론[4]과 그 주체로서의 계급론 그리고 그 실천으로서의 변혁론과 맞물려 '운동성'을 강하게 띠게 된다.[5] 물론 여기에는 1987년 6월 항쟁과 7, 8월 노동자 대투쟁이 큰 영향을 미쳤다. 현실을 바라보는 그 당시 지식인의 시각이 얼마나 관념적이었던가는 다음 지적에서도 잘 드러난다. 즉

---

4) 1980년대 사회구성체 논쟁은 2단계로 전개되었다. 1단계는 무크지 『창비』(57호)에서 촉발된 국가독점자본주의론(박현채)과 주변부자본주의론(이대근)간의 '토대'에 관한 논쟁이었고, 2단계는 그 뒤 식민지반봉건사회론이 대두하면서 '운동'의 과제 또는 그 성격에 관한 논쟁이었다.

5) 임규찬, 「80년대 민족문학 논쟁」, 『문학사상』, 1995.7.

1987년 7, 8월 노동자 대투쟁 당시 전국 각지의 거의 모든 주요 사업장에서 노동자들이 벌인 격렬한 파업이 사실 운동의 조직과 이념의 차원에서는 거의 고립무원의 지경에서 전개되었고, 노동자들 또한 아직은 노동조합주의로부터 완전히 벗어나지 못했으며, 그 조직체인 전노협에 가입한 총수조차 전체 노조원의 25%를 넘지 못했다는 지적이 그것이다.6) 사실 그 당시 지식인의 관념성은 1930년대 카프운동을 복원하려는 조정환7)의 '투쟁의 미학'8)이 가장 잘 보여준다.

1980년대 민족문학론은 '민중' 주체를 말하면서도 실은 이론적 선도성을 가지고 있다고 생각한 소수의 지식인이 주도했다. 그런 만큼 역으로 '운동성'이 강조될 수밖에 없었고, 또 그럼에도 불구하고 '예술성'(문학성)에 대한 지식인들의 애착 다시 말해 '운동'과 '문학'간의 길항 관계가 1980년대 민족문학론에 자리잡고 있었다. 1980년대 내내 노동자계급의 주도성을 강조하는 것은 관념적인 태도라며 비판한 백낙청의 논의가 돋보이는 것도 바로 이 때문이다. 따라서 여기서는 이 '예술성' 개념을 중심으로 1980년대 민족문학론이 다양하게 분화하는 과정과 이론적 성과를 확인하고자 한다.

무엇보다 우리 민족문학의 '역사성'을 확인하고자 한다. 사실 1970년대 민족문학론은 처음부터 폐쇄적이고 저항적인 민족주의를 넘어서고자 했다. 물론 1970년대 민족문학론이 그러한 민족주의적 사고에서 완전히 벗어나지 못

---

6) 지철경, 「현단계 민족문학 논쟁의 비판적 검토」, 『실천문학』, 1990.9.

7) 『민주주의 민족문학론과 자기 비판』 제4부 '문학사론'에 실린 「1930년대 현실주의 논쟁과 프롤레타리아 문학의 독자성 문제 – 미적 주체성 문제를 중심으로」, 「예술운동의 볼셰비키화에 관한 연구」, 「식민지 시대 프롤레타리아 문학운동의 역사적 추진 과정」 등이 그 대표적인 글들이다.

8) '투쟁의 미학'은 조정환의 노동해방문학론(노동자계급적 리얼리즘)의 미학적 원리이다 (김명인, 「시민문학론에서 민족해방문학론까지 – 1970, 80년대 민족문학 비평사」, 『사상문예운동』, 풀빛사, 1990.3).

했다는 비판이 줄곧 제기돼왔다. 그러나 제3세계문학론 등을 통해 그러한 민족주의적 사고에서 벗어나고자 노력한 것 또한 사실이다. 더욱이, 오늘에도 그 현실적 가치를 인정할 수밖에 없는 민족(국가) 단위를 고려할 때 1970년대 민족문학론의 문제의식은 여전히 현재형이자 미래형이다. 여기서 1970년대 민족문학론이 거둔 성과와 관련하여 1980년대 민족문학론의 '역사성'을 검토하고자 하는 것도 그 때문이다.

2. 민중적 민족문학론과 지식인의 자기 반성

1980년대 초반 민중적 민족문학론자들은 일반 노동 대중의 창작에의 참여에 크게 고무되었다. 시·노동요·마당굿·체험수기·일기·수필·생활글·소설 등 노동자들이 생활 현장에서 생산한 글들은 이미 1970년대 중반 이후부터 다수 발표되었다. 1980년대 들어서는 박노해와 정명자 등 노동자 출신 작가들이 뛰어난 시를 발표하게 되는데, 이는 채광석이 '민중' 주체론을 제기하는 근거로 작용한다. 채광석이 주장한 민중적 민족문학론은 그 뒤 큰 수정 없이 김명인과 백진기 등에 의해 계승되어 하나의 흐름을 이룬다. 이재현이 '민중'을 민중문학의 이념적 주체로서 분명히 설정하여 지식인이 내세우는 민중문학이 아닌 '운동'으로서의 민중문학을 내세운 것도 마찬가지다.[9] 그는 "작가-독자의 시야가 아닌 운동가-민중"의 전망을 강조하며, '문단'이 아닌 '문학 운동권'이라는 의식을 분명히 했다. 즉 그는 문학운동가 없이는 '민중을 위한 문학'은 물론이고 '민중에 의한 문학'과 '민중의 문학'도 가능하

9) 이재현, 「민중문학운동의 과제」, 『오늘의 책』, 1984.12.

지 않다고 하여 '민중' 주체의 문학운동을 강하게 요구하고 있다. 그는 '전문성'과 '민중성' 대신 '선도성'과 '현장성'을 강조한다. 그리고 형식의 해체와 장르의 확산, 다른 예술운동과의 연대적 활동, 지방문학운동의 활성화, 소집단 문학운동의 정착 등, '민중' 노선과 관련된 지식인의 문학운동을 다양하게 제시한다.

채광석은 「민족문학과 민중문학」(『문학의 시대』 2집, 1984.12.)과 「소시민적 민족문학에서 민중적 민족문학으로」(『개방대학신문』, 1986) 등에서 '집단 창작' '공동 창작'을 제기하며 민중적 민족문학론의 선두 주자로 나서게 된다.[10] 그는 민족의 분단을 극복해야 하는 우리의 민족문학은 '민중'에 기초한 민중문학일 수밖에 없다고 말하며, 계급적 측면에서 '민중'의 주도적인 역할을 분명히 제기한다.

> 그 생활상 대외 종속적이고 불균형한 분단의 사회 구조와 외세의 가장 직접적이고 집약적인 피해자로서 그것에 대해 가장 대립적일 수밖에 없고 그런 만큼 가장 민족적인 존재라는 맥락에서 민중이야말로 민족 해방의 주체가 되기 때문이다. 부연하자면 민족 구성원들의 인간다운 삶에의 요구와 이를 저지하는 외세와 파행적 사회 구조간의 대립, 갈등이 민중의 패배로 귀결되면서 가장 직접적·집약적으로 드러나고 있는 민중의 삶의 현실이야말로 오늘의 가장 전형적인 민족적 삶의 현실이며, 그 현실 속에서 인간다운 삶을 속박 내지 박탈당하고 있는 민중들이야말로 오늘의 가장 전형적인 민족적 존재이므로 민족문학은 주어진 사회적 틀 속에서 비인간적 삶을 강요당하는 민중들의 삶의 현장을 토대로 그러한 삶의 한복판에 응어리진 민중들의 고통과 요구를 형상화해내는 민중문학

---

10) 『민족, 민중 그리고 문학』(80년대 대표 평론선 2, 김병걸·채광석 편, 지양사, 1985)에 실려 있는 현준만의 「수기와 르포의 운동 역량을 위한 문제제기」와 이재현의 「민중문학운동의 과제」 또한 '집단 창작과 관련하여 참고할 수 있다.

으로 구체화될 때 참 민족문학으로 설 수 있다는 것이다.[11)

사실 1970년대까지의 민족문학은 민중 '지향적'이었지만 (소)시민적인 한계를 벗어나지 못했다. 그리하여 채광석은 '민중'적 입장에서 삶과 실천을 통일시킬 것을 주장한다. 그가 구중서 · 김종철 · 백낙청에 의해 제기되고 심화되어 온 제3세계문학의 연장선에서 반제 · 반매판을 기본 이념으로 하는 제3세계적인 '민중적 리얼리즘'을 제시한다거나, '구체적 현장성과 실천적 운동성'을 서로 통합하고자 한 것도 그런 맥락에서였다. 다시 말해 구체적 현장성에 매몰되어 소재주의적 보고문학으로 떨어지지 않으려면 실천적 운동성이라는 뼈대가 필요하며, 반대로 구체적 현장성의 매개 없이 관념의 수준에서 실천적 운동성을 앞세워서도 안 된다는 것이다. 여기서 그가 말하고자 하는 바는 1970년대까지 우리의 민족문학론은 구체적 현장성과 실천적 운동성을 제대로 통합하지 못했다는 것인데, 사실 1970년대 민족문학론은 1970년대 후반 새로운 창작 주체로 성장하고 있었던 현장 근로자들의 문학에 대해 정확히 인식하지 못했다. 그는 이 점을 부각시킴으로써 1970년대 민족문학론과 차별화를 시도하고 있다고 하겠다.

그렇다고 해서 그가 지식인 문인들을 배제하는 것은 아니다. 물론 그는 작품의 생산에서 성과의 수취에 이르기까지 '민중'이 주도하는 소집단운동과 '운동'으로서의 문학을 강조하고, 또 노동운동의 입장에서 '노동자문학'[12)]을 민족문학의 가장 중요한 부분으로 설정하고 있다. 하지만 그와 동시에 지식인들을 민중문학의 또 다른 주체로 분명히 설정하고 있다. 이러한 그의 이중

---

11) 채광석, 『민중적 민족문학론』, 풀빛, 1989, 155면.
12) 채광석, 「소시민적 민족문학에서 민중적 민족문학으로」, 『민중적 민족문학론』, 풀빛, 1989, 221면.

적인 입장은 김명인과 조정환의 논의를 거치면서 '민중' 주체로 보다 예각화된다. 사실 채광석은 민족문학의 양식이 전통적 시나 소설 양식에 국한되어 있지 않다며 민족문학의 민중 주체론 · 민중적 형식론 · 민중적 리얼리즘론을 제기하였으나, 엄밀히 말해 창작 주체의 신원 문제로부터 결코 자유롭지 못했다. 예컨대 '민중' 주체의 신원보다 작품을 더 중요한 것으로 문제삼는 태도를 그는 기성의 전문 시인이나 작가들의 소시민적 태도라며 비판한다.

채광석의 이러한 입장을 보다 분명히 하고 있는 것이 김명인의 「지식인 문학의 위기와 새로운 민족문학의 구상」(『문학예술운동 1』, 풀빛, 1987.3.)이다. 우선 이 글은 1970년대와 1980년대 초반까지의 문학의 주 · 객관적 조건을 네 가지 측면에서 분석한다. 첫째, 당대의 가장 혁명적인 계급이 곧 문학의 담당 주체였다는 것이다. 그에 의하면, 1960～70년대 경제개발 계획의 추진으로 독점 자본과 그에 결탁한 세력들이 확고한 지배 세력으로 등장하는 동안, 정치 · 경제 · 사회적으로 가장 큰 박탈감과 위기의식을 느낀 계층은 광범한 소생산자 계급 및 민족 자본의 성격을 지닌 중 · 소자본가계급이었으며, 따라서 1960년대의 민족운동을 주도한 이들 계급과 마찬가지로 1970년대 이후 이 시기까지의 문학 담당 주체 역시 이들과 같은 계급적 기반을 지닌 지식인들이 었다는 것이다. 둘째, 1970년대의 민족운동이 그 주체로서 '민중'을 발견하고 '민중' 주체 민족운동이라는 이념 틀을 마련하게 되면서 비록 다분히 관념적이지만 문화 전반에서 '민중'의 역량에 대한 관심이 크게 늘어났다는 것이다. 셋째, 1970년대를 일관하여 독점 자본의 성공과 표리를 이루며 주요한 사회세력으로 성장해 온 노동자 · 농민 · 도시 빈민 등 이른바 기층 '민중' 세력은 그 엄청난 잠재력에도 불구하고 스스로의 운동과 이념을 만들어내지 못했고, 그 결과 당시의 민중운동은 조직상으로나 이념상으로나 진보적인 지식인 집단에게 많은 것을 의지했다는 사실이다. 마지막으로, 당시의 국내 인문사회과학의 수준이나 운동론의 수준이 아직도 자유주의나 소박한 민족주의의 틀을 완전히 벗어나지 못했고 새로운 과학적 준거 틀은 아직 형성되지 못한 혼돈된 상태였으며, 냉전 이데올로기를 극복하지 못하여 충분히 성숙한 이론적 성과들이 나오기 힘들었다는 것이다. 즉 그는 1980년대 초반까지의 문학을 소시민계급의 박탈감과 위기 의식의 소산으로 파악하고 있다.

그러면 1980년대 중반 이후에 대한 김명인의 인식은 어떠한가. 이 시기에 오면 소시민계급의 몰락이 마무리됨에 따라 소시민계급은 거의 소멸해버린다고 그는 파악한다. 소시민계급은 신중산층 내지 하청 자본가 등으로 상향 분해되거나, 아니면 프롤레타리아로 하향 분해되어갔다는 것이다. 말하자면 소시민계급은 이제 '더 이상 혁명적 추진력을 지닌 계급으로서는 존재하지 않게 되었다'는 것이다. 그런데 정과리[13]의 지적처럼 그는 '존재'와 '힘'(추진력)의 역학 관계를 엄밀하게 인식하지 못하고 있다. '힘'을 잃었다고 해서 '존재' 자체가 없어지는 것은 아니기 때문이다. 이처럼 민중적 민족문학론자들이 '힘'의 부재를 곧 '존재'의 부재로 해석하거나, 반대로 '존재'의 부재를 곧 '힘'의 부재로 해석하는 것을 두고, 정과리는 그들이 현실의 복합성을 단일한 무엇으로 환원시키는 단일주의적 세계관에 연루되어 있다고 지적한다.

> 만일 역사의 자연적 진행에 인간의 삶을 의탁하고자 하지 않는다면, 우리는 문학의 소생산자적 생산 양식이 자본주의적 생산 양식과 갈등하고 맞서고 그것을 해체하는 가운데 어떻게 의미 작용하는가, 즉 그럼으로써 어떤 방식으로 새로운 삶의 형성에 관여하는가를 물어야 한다. 그렇지 않고, 소생산자의 경제적 몰락을 그대로 그들의 역사성의 상실로 직결시키는 것은 결정론적 역사 인식에 민중적 민족문학론자들이 빠져 있다는 것을 보여주는 것일 뿐이다. 그런데 결정

---

13) 정과리, 「민중문학론의 인식 구조」, 『문학과사회』, 1988.3.

론을 극단적으로 밀고 나간다면, 사실상, '주체'는 거론될 자리가 없다. 당연히 이루어질 세계 앞에서, 인간의 의도가, 집단들간의 헤게모니 싸움이 무슨 필요가 있겠는가.[14)]

김명인의 한계에 대한 정과리의 이러한 지적은 김명인이 '소시민계급은 사라지고 소시민의식은 잔존하는' 것이 1980년대의 한 큰 특징이라고 말하더라도 마찬가지로 타당하다. 왜냐하면 이 소시민의식조차 토대의 변화와 함께 궁극적으로 소멸될 것이기 때문이다. 말하자면 '민중' 주체의 절대적 가치를 설정함으로써 그 또한 '민중' 주체의 신원주의를 강조한 채광석과 크게 다르지 않다. 이것은 '민중' 주체에 대한 그들의 지나친 신뢰 때문에 나타난 결과로 보인다. 어쨌든 그들에 의해, 이제 '민중' 세력은 노동·농민·도시 빈민운동 등의 급속한 성장과 더불어 단순히 지식인의 감상적 온정주의나 낭만적 급진주의의 대상이 아니라 민족운동의 주체로서 떠오르게 된다.

요컨대, 채광석과 김명인은 새롭게 대두하는 기층 '민중' 세력과 그들에 의해 창조되는 문학을 정확히 인식하지 못했던 1970년대 민족문학론을 부정하면서 그 의미를 천착하고자 한다. 특히 김명인은 문학주의 이데올로기에 대한 올바른 비판과 극복 문제, 기존의 문학 양식들에 대한 재평가 문제, 그리고 새로운 민중적 문학 양식의 개발 문제와 문학에 있어서의 '운동성'의 전면적 관철 문제를 제기한다. 그가 채광석의 논의를 이어받아 문학의 '운동성'과 '집단 창작'의 가능성을 강조하며 8가지의 창작 모델을 제시한 것이 그것이다. 우선 그는 채광석과 달리 '집단 창작'만을 강조하지 않고 '사적 창작'과 '집단 창작'을 획일적으로 규정해서는 안 된다고 말한다.[15)] 그러나 이 논의는

---

14) 정과리, 「민중문학론의 인식 구조」, 『문학과사회』, 1988.3.
15) 그는 시민문학의 한계를 벗어나기 위해서 시·소설·희곡 등 기존 양식의 유지·변형·해체·통합 등을 시도하거나, 우리 전통 형식인 옛이야기·비나리·유무 등을

결국 지식인 문인들의 존재론적 결단을 적극 요구한다. 이른바 '존재 전이'(存在轉移)가 그것이다.

> 지금 소시민계급의 몰락과 함께 위기에 다다른 지식인 문학인들이 새롭게 선택해야 할 준거 집단은 노동하는 생산 대중이다. 노동하는 생산 대중의 세계관을 받아들여 그 전망 아래 세계 인식의 질서를 재편성해야 한다. **그것은 역사의 주체로 성장하는 생산 대중에 대한 단순한 의존이나 신뢰의 표현과는 본질적으로 성격이 다른, 노동하는 생산 대중의 고통 속에서 획득된 세계관을 비타협적으로 스스로에 내화(內化)시키는 뼈를 깎는 작업이다.** 그리고 이렇게 획득된 노동하는 생산 대중의 세계관에 우리 민족운동의 당면 과제인 반외세 자주화·반파쇼 민주화 투쟁의 전망을 올바로 접맥시키고 이를 일상적인 운동적 실천으로 담보해갈 때, 지식인 문학인들은 이 시대를 주체적으로, 나아가 지도적으로 진전시켜 나가는 전위적 존재로 당당하게 설 수 있게 된다.16)

1980년대 현단계를 예속국가독점자본주의로 파악하고 있는 김명인은 1970년대 민족문학운동을 소시민계급운동이라 비판하며 '민중'의 계급적 시각을 보다 구체화하여 그들 소시민계급이 새롭게 선택해야 할 준거 집단으로 '노동하는 생산 대중'을 말한다. 이처럼 지식인의 존재론적 결단을 요구하는 그의 논의에서 민족문학 주체논쟁은 이미 시작된다고 하겠다. 다만 그는 채광석과 달리 문학의 '운동성'을 기존의 지식인 문학과 새롭게 등장하는 기층 '민중'의 문학을 통일된 응집력으로 만들어주는 유일한 매개로 설정하고 있다.

살리거나, 새로운 실험적 양식들을 함께 만들어낼 것을 주장한다. 그리고 창작 주체 문제(전문 문인 – 비전문 대중), 창작 과정 문제(사적 창작 – 집단 창작), 장르 선택 문제(기존 장르 – 신 장르) 등 세 개의 축을 중심으로 8가지 모델을 제시한다.
16) 김명인, 「지식인 문학의 위기와 새로운 민족문학의 구상」, 『전환기의 민족문학』(『문학예술운동 1』), 풀빛, 1987.8, 98～99면.

김명인은 민족문학 주체논쟁과 관련하여 그 주체가 소시민적 지식인인가, 생산 대중인가, 아니면 잘 조직된 전위 인텔리인가, 라는 문제를 제기한다. 그러면서 그는 (소)시민적 민족문학론, '문사' 그룹의 모더니즘론, 민중적 민족문학론, 민주주의 민족문학론 등을 들고 있다. 그는 우선 자신이 말하는 (소)시민적 민족문학론이 이미 1970년대부터 민중문학론이기도 했다는 사실은 의도적으로 회피하고 있다. 민주주의 민족문학론에 대해서는 그것이 우리 민족문학의 단계를 통일전선 형성기 즉 '통전적' 단계로 파악하고 있다고 보고, 또 문학운동에 있어서 노동계급적 당파성과 정치적 계급의식으로 무장한 이론가들의 지도를 상당히 중요한 것으로 파악하고 있다고 이해한다. 다만 민주주의 민족문학론은 '대중성'과 '지도성'의 관계를 올바르게 설정하지 않고 '지도성'을 지나치게 강조하여 대중과의 실천적 검증을 소홀히 하고 있다고 비판한다. 무엇보다 그 이론을 검증하고 뒷받침해줄 수 있는 창작물이나 창작자들에 대한 노력이 상대적으로 빈곤하여, 그 선명한 이론이 가지는 힘에도 불구하고 대중적 기초를 소홀히 하고 있다고 비판한다. 말하자면 그는 조정환과 달리 우리 문학운동을 민족민주화운동의 한 부문으로 파악하여 이전의 1960~70년대의 성과에 토대를 두고 논의를 전개하고자 한다.

김명인은 민중적 민족문학론을 민중문학론·문학운동론·노동문학론이라는 세 가지 이론적 측면에서 파악하고 있다. 민중문학론은 기층 생산 대중의 문화적 필요성을 강하게 의식하고 당시 민중문화운동의 맥락 속에서 문학을 보고자 했으며, 문학운동론은 그 민중문학론의 구체적 실천 이론으로서 대중 활동을 중시하고 창작론에 있어서 개인 창작의 폐단을 지적하며 공동 창작을 제기했다는 것이다. 그리고 그는 당시의 노동문학론을 노동자주의·기계주의·계급이기주의로 평가하는 것은 그 이론이 가진 선도적인 부분을 고의로 폄하하는 것이며, 또 노동문학론이 문학 자체의 기능을 과소평가한 것도 아니라고 본다. 즉 그는 민중적 민족문학론을 '전선' 개념으로 파악하여 '전선'의 기초로서의 부분운동의 강화, 문학에 있어서 부분문학의 강화, 그리고 그 안에서 계급적 당파성과 노동하는 생산 대중의 세계관이 어떻게 관철되는가 하는 문제를 이론의 주요한 핵심으로 설정하고 있다. 이러한 맥락에서 그는 '대중성'과 '지도성'을 통일시킬 것을 요구한다.[17]

백진기는 김명인의 이 '대중성'과 '지도성' 개념에 대해 각각 '노동자계급 당파성이 지도하는 민중성'과 '주도성', 즉 변혁 주체로서의 여러 '민중'들의 통일전선 내지는 그것을 예비하는 계급적 연합전선의 문제를 보다 선명하게 부각시킨다.[18] 그가 말하는 '노동자계급 당파성이 지도하는 민중성'과 '주도성'은 민족모순과 계급모순이 서로 매개·규정되어 있는 우리 사회의 성격과 여기에 기초한 변혁 과제에 입각하여 변혁 주체의 통일전선을 구축하기 위한 개념이다. 요컨대 그가 말하는 '민중적 민족문학'의 '민중적'이란 통일전선의 문학적 반영으로서 '노동자계급 당파성이 지도하는 민중성'과 '주도성'을 규정하는 개념이며, 따라서 민족·민중문학은 변혁 주체의 통일전선을 궁극적인 목적으로 하여 그것을 예비하는 연합전선을 강화해 나가야 한다는 것이다. 즉 그는 우편향은 물론, 객관적 조건에 대한 인식을 결여한 좌편향과 '이념적 지도'만 하려 드는 정치주의 편향을 아울러 경계한다. 이것이 조정환의 민주주의 민족문학론과의 차이이다. 그가 '현장성 – 주도성 – 기본계급'의 구도를 취한다면, 조정환은 '현실성 – 지도성 – 기본계급의 의식의 한 부분으로 환원시키는 편향성'의 구도를 취하고 있다. '의식'과 관련하여, '주도성'과 '지도성'에 대한 그와 조정환의 견해 차이는 다음에서 잘 드러난다.

---

17) 김명인, 「민족문학은 실천 이론이다」, 『월간중앙』, 1988.6.
18) 백진기, 「문예통일전선과 80년대 후반기 민족문학의 대오」, 『녹두꽃』, 녹두, 1988, 40면.

변증법적 · 사적 유물론이 강조하는 기본계급은 주어진 사회 형태의 주된 생산 양식에서 발생하는 것으로서 정치적 계급의식에 대한 획득 여부와는 무관하게 독립되어 있는 객관적 실재일 따름이다. 요컨대 즉자 · 대자적 계급의식을 획득하지 못했다 할지라도 그 노동자는 그럼에도 불구하고 기본계급이다. 기본계급에 대한 이러한 객관적인 물질적 토대를 그가 '의식'의 차원으로 환원시키는 것은 자본제 사회에서의 물질적 계급 관계와 그 객관적 토대로부터의 선차적 규정성을 완전히 몰각하고 있다는 데에서 연유한다. 이렇듯 '의식' 환원주의라는 조정환의 비유물론적인 태도는 노동자계급의 '주도성'과 '지도성'에 대한 문제의식에서도 고스란히 반추되고 있다. 그는 "민중문학 내에서의 노동문학의 주도성이라는 명제는 민중적 문학운동에 있어서의 노동자계급적 이념의 지도성 명제로 바뀌지 않으면 안 된다"라고 말하는데 이는 주도성과 이념의 지도성에 대한 올바른 연관성을 놓치고 있다는 처사이다. 어느 나라의 변혁운동사를 보아도 **대중운동과 조직운동에 있어서의 주도성은 이념의 지도성으로 기계적 직접성으로 환원되지 않으며 오히려 그 주도성이 이념의 지도성을 강력하게 규정하고 견제하기도 한다**.[19]

조정환은 민중적 민족문학론의 문제의식, 즉 '즉자적 민중의 대자적 주체적 민중'을 문제삼는 것만으로는 안 되고 그것이 결여하고 있는바 '전선적 민중성'을 강조하며 '민중'의 정치의식을 고취하고자 한다.[20] 말하자면 김명인과 백진기가 그 강조점의 차이에도 불구하고 모두 통일전선 내지 그것을 가능하게 하는 계급적 연합전선의 차원에서 '민중'의 '주도성'을 강조하고 있다면, 조정환은 '의식'의 측면에서 기본계급의 '지도성'을 강조한다. 즉 조정환은 노동자계급에게 중요한 것은 민중적 민족문학론자들이 말하는 철저한 민족민주

19) 백진기, 「변혁운동과 그 부문운동에 대한 형상화 – 민중적 민족문학론의 입장에서 본 최근의 소설문학」, 『선비』, 1988.6.
20) 백진기, 「현단계 문학 논쟁의 성격과 문예통일전선의 모색」, 『실천문학』, 1988.9.

의식이 아니라 무엇보다 철저한 계급의식이라고 주장한다. 물론 민족민주의식과 노동자계급의식이 따로 있는 것은 아니지만 궁극적으로 전자는 후자로 발전해야만 한다는 것이다.[21] 그가 백진기의 민중적 민족문학론을 비판하는 이유도 그것이 당면 변혁의 문제를 '계급'을 중심에 놓고 사고하지 않고 '통일전선'을 중심에 놓고 사고하기 때문이다. 조정환이 보기에 통일전선은 노동자계급의 투쟁 방식의 하나에 불과하다. 다시 말해 통일전선 속에서도 노동자계급은 자신의 궁극적인 목표를 잊지 않고 그 독자성을 유지하여야 한다는 것이다. 그는 노동자가 계급의식으로 철저히 무장하는 것은 자주 · 민주 · 통일의 과제를 수행하는 것을 방해하지 않고 더욱 철저하게 수행하게 한다고 주장한다. 이러한 관점에서 그는 백진기가 내세우는 바 노동자 대중이 자발적으로 조직한 노동조합이 아니라 목적의식적인 지도 조직을 강조한다. 노동자계급해방의 관점에서 노동자계급 대중운동을 일관되게 지도하는, 이른바 노동자계급 전위당이 그것이다. 여기서 그의 민주주의 민족문학론 그리고 그 발전적 형태인 노동해방문학론의 문제의식은 이미 드러난다.

3. 민주주의 민족문학론 · 노동해방문학론과 지식인의 자기 기투

김명인과 비슷한 시기에 조정환은 「80년대 문학운동의 새로운 전망 – 민주주의 민족문학론의 제기」(『서강』 제17호, 1987.6.)라는 글을 발표하며 등장했다. 그는 자신의 민주주의 민족문학론을 "문예운동이 노동자계급이 주도하는 민족민주운동의 일환으로 자리잡아야 한다는 사상"으로 분명히 밝히고 있

---

21) 조정환, 「민중문학운동의 목표와 방법 문제에 대하여」, 『민주주의 민족문학론과 자기비판』, 연구사, 1989, 51면.

다.[22] 그는 계급문학을 본격적으로 제기했다고 하겠는데, 따라서 1980년대 중반까지의 문학운동을 '계급적' 관점에서 그 한계를 비판한다. 그러나 자신의 민주주의 민족문학론 또한 앞선 시기의 민중적 민족문학론과 마찬가지로 자신의 사상을 현실에서 실천할 수 있는 방법론과 이를 담당할 조직 구상 둘 다 철저하지 못했다고 비판하면서, 그 가장 큰 원인은 그것이 노동자계급 문예가 발전할 실질적 경로에 대한 사상적·조직적 대안을 확보하지 못했기 때문이라고 그는 파악한다. 즉 민주주의 민족문학론이 사상적으로는 노동자계급 당파성을 선취했지만 실천에 있어서는 그렇지 못했다고 비판하며, 그 뒤 그 둘의 통일물로서 노동해방문학론을 제시하게 된다. 조정환의 이러한 이론 전개는 1987년 7, 8월 노동자 대투쟁에 힘입은 바 크다.[23]

먼저 「80년대 문학운동의 새로운 전망」을 살펴보자. 이 글의 기본 시각은 노동문학의 출현에 의한 민족문학론의 동요와 이 둘 사이의 분열과 대립을 올바르게 지양하여 새로운 문학적 전망을 열겠다는 것이다. 그는 우선 백낙청이 사용하는 바 '민중지향성' 또는 '민중성'이라는 애매한 용어 대신 '민중적 입장'이라는 용어를 사용한다. 물론 1970년대 민족문학론의 견고함을 뒤흔들어놓은 '민중'의 혁명적 진출과 그로 하여 새로운 대안으로 제시된 민중문학론·노동(자)문학론의 가능성을 부정하지 않는다. 하지만 이들 논의가 창작 주체의 신원 혹은 소재의 성격에만 집착했다고 비판하면서, 그는 단순히 민족문학의 노동자·농민문학으로의 전화가 아니라 오히려 노동자계급의 역할을 인식할 때 그 성과가 가능하다고 본다. 노동자계급은 전체 계급의 운

---

22) 조정환, 『민주주의 민족문학론과 자기 비판』, 연구사, 1989, '서문' 참조.
23) 그는 "이 길은 1987년 7, 8월 노동자 대투쟁 이후 전진하는 노동자계급이 열어준 것이다. 저자로서는 뒤늦게나마 이러한 깨달음을 얻게 해준 이 땅의 영웅적인 노동자계급에게 진심으로 감사드린다"라며, 노동자계급과 하나가 되어야 할 과제를 강력히 제시한다.

명을 규정하며, 또 노동자계급만이 현실의 모순을 극복하는 총체적 담당자라는 그의 판단 때문이다. 그는 이재현[24] · 현준만[25] · 백진기[26] 등이 노동자계급을 그 계급의 목적으로부터 분리시켜 그것의 독자성을 강조함으로써 결과적으로 노동자계급을 총체적 · 역사적 · 객관적 사명으로부터 벗어나게 했다고 비판한다. '노동문학은 노동운동의 산물'이라는 점에 집착하여 그것을 노동문학의 고유성이라고 보는 것은 잘못이라는 것이다. 대신 노동문학이 진정으로 '민중' 해방을 위한 민중문학의 전위로서 주도적 역할을 하려면 노동문학 자체가 민중문학 일반에 대하여 이념적으로나 미학적으로 지도적인 위치에 있지 않으면 안 된다고 그는 주장한다. 다만, 그렇다고 해서 그것이 곧바로 민중운동에 있어서의 노동운동이나 민중문학에 있어서의 노동문학의 주도성을 보장해주는 것은 아닌데, 그 이유는 노동자계급의 주도성은 특정 부분운동의 타부분 운동에 대한 우위성을 말하는 것이 아니라 각 부분운동들 내에서의 것이며 따라서 전체 운동의 궁극적 방향 설정에 있어서의 주도성을 의미하기 때문이다. 요컨대, 민중문학 내에서 노동문학의 주도성의 명제는 민중적 문학운동에 있어서 노동자계급적 이념의 지도성의 명제로 바뀌지 않으면 안 된다는 것이다.

그가 보기에, 민중적 민족문학론자들이 내세운 바, '현장성'과 '운동성'은 노동운동과 노동문학 발전에 있어 전기(前期)적 계급성을 경험주의적으로 일반화한 범주에 지나지 않는다. 그리하여 그는 김명인이 하나의 '부분운동'으로서의 노동운동과 그 문학적 성과에 집착하여 '전선'을 유보한다고 지적한다. 하지만 정작 '전선'을 유보하는 김명인의 다음 지적이 훨씬 설득력이 있다.

---

24) 이재현, 「노동, 문학, 그리고 민주주의」, 『일터의 소리 1』, 1984.10.
25) 현준만, 「노동문학의 현재적 의미」, 『한국문학의 현단계 Ⅳ』, 창작과비평사, 1985.6.
26) 백진기, 「노동문학, 그 실천적 가능성을 향하여」, 『시인 1』, 1985.9.

지금의 우리 민족운동은 민중 각 주체간의 각축이나 헤게모니 쟁투가 문제가
아니라 대중적 이해에 뿌리박은, 그리하여 자기 입장을 명확하게 표현하고 그
관철을 위해 집단적으로 움직일 수 있는 부분운동에의 미숙이 오히려 문제라고
할 수 있다. 노동계급은 추상적인 대중에 대해서는 헤게모니를 행사할 수 없다.
분화와 정립이 선행되지 않은 전선은 가능치도 않을뿐더러 형식적으로 그것이
가능하다고 할지라도 필연코 대중적 토대를 상실한 관념적이고 우익적인 '국민
연합'으로 귀결된다는 것은 역사적 경험이 입증하고 있다. 노동계급의 헤게모니
는 주장함으로써 이루어지는 것이 아니고 전선적 실천의 기초를 현실적으로 굳
혀나감으로써 이루어진다.27)

물론 조정환도 부분운동을 강화해야 한다는 김명인의 주장 그 자체는 틀
린 것이 아니라고 말한다. 다만 노동조합의 통일과 노동자계급의 사상·정치
적 통일과 같은 부분운동의 강화는 '전선' 강화의 선행적 전제가 아니라 '전
선' 강화 과정의 일부라고 그는 파악한다. 김명인이 대중적 기초 혹은 부분운
동의 강화와 전 사회적 전선의 강화 이 둘을 기계적으로 분리하여 단계론적
으로 사고하고 있다는 것이다. 그는 오히려 '전선'의 강화가 부분운동을 약화
시키지 않는다고 주장한다. 그가 주요모순으로서의 민족모순을 강조하는 백
낙청을 비판하며 노동계급의 당파성을 내세우는 것도 이 같은 그의 '전선'적
시각 때문이다.
    '전선' 개념과 관련하여 이들의 창작 모델을 살펴보자. '집단 창작'은 앞서
채광석·김명인 등 민중적 민족문학론자들이 내세운 바 있다. 김명인이 '사
적 창작' 모델과 그에 대립하는 '집단 창작' 모델을 함께 제시하였고, 백진기
는 비평과 창작의 상호 조직화 즉 '조직 창작론'28)을 제기하였다. 그러나 조

---

27) 김명인, 「민족문학론은 실천 이론이다」, 『문예중앙』, 1988.6.
28) 백진기, 「변혁운동과 그 부문운동에 대한 형상화 – 민중적 민족문학론의 입장에서 본

정환은 이들의 이러한 문예 창작상의 조직화를 비판한다. 그 이유는 우선 이들이 제시하는 집단 창작론은 전국적이고 모든 계급의 해방을 추구하는 노동자계급의 목적을 충족시키지 못하기 때문이다. 몇 사람이 모여 창작한다고 해서 창작 내용의 소시민성이나 그 성과의 사적 수취의 문제를 풀 수 있는 것은 아니기 때문이다. 무엇보다 계급적 성향에 대한 규정없이 막연한 의미에서의 집단은 엄밀히 말해 좀더 규모가 큰 개인 주체에 지나지 않는다는 것이다. 물론 김명인은 '공동 창작'과 '집단 창작'을 다르게 사용하고 있다. '공동 창작'이 거기에 참여한 개인에게는 아무런 질적 규정도 되돌려주지 않고 단순히 협동하는 성격을 지닌다면, '집단 창작'은 개인의 단순한 집합이 아닌 질적인 규정을 수반하는 개념이다. 그러나 이것은 조정환이 보기에 여전히 한계가 있다. 왜냐하면 오히려 노동자계급이야말로 전 국가적으로 연결되고 조직되기 때문이다. 나아가, 노동자계급은 자신의 계급적 이해를 대변하는 당을 만들어 자본가계급과 싸우는데, 따라서 문예운동에 있어서도 노동자계급은 전국적 · 전 계급적 전망 아래 문예 일꾼들의 조직화를 요구하기 때문이다. 즉 오직 노동자계급의 전위당이 이끌 때 진정한 의미에서의 집단문학이 가능하다는 것이다. 그러나 당장 그러한 조직이 없고, 또 그렇다고 해서 그대로 있을 수 없기 때문에 그는 '노동해방문학가동맹'이라는 조직을 계획하기도 했다.

요컨대 조정환은 민중적 민족문학론이 노동자계급문예의 독자성을 인정하지 않고 그것을 하나의 부분문학에 지나지 않는 것으로 파악하고 있다고 비판하면서, 문학의 주체를 따질 때 그 주체의 사회적 신원보다 그 주체가 어떤 계급의 입장을 대표하는가를 중심으로 볼 것을 주문한다. 그리하여 그

최근의 소설문학」, 『선비』, 1988.6.

는 문예운동의 과제를 자주·민주·통일의 문제에 국한하지 말고 인간에 의한 인간의 착취 체제 전체에 대한 폭로까지 적극 수용해 나가야 한다고 주장한다. 말하자면 '노동문학은 민중문학의 일부이다'라는 소극적 자세에서 벗어나 어떻게 하면 노동문학이 진정으로 민중문학의 중심으로서 자신의 역할을 해나갈 수 있을 것인가를 고민해야 한다는 것이다.

주지하듯, 1980년대 사회구성체 논쟁은 2단계에 걸쳐 진행되었다. 1단계는 무크지 『창비』(57호)에서 촉발된 박현채의 국가독점자본주의론(이하 '국독자론')과 이대근의 주변부자본주의론(이하 '주자론')29)간의 논쟁으로 '토대'에 대한 논쟁의 성격이 강했다. 1단계는 주자론이 한국 사회의 종속성과 그로 인한 사회 내적 특수성을 파악해내는 데 기여했다. 그러나 그것이 기대고 있는 종속이론이 정통 정치경제학적 방법론에서 이탈된 소시민적 이론이라는 비판이 일면서, 국독자론이 종속성을 자신의 틀 안으로 수용하는 식으로 논의가 정리된다. 즉 종속 이론을 포함한 제3세계 이론을 원용하고자 한 주자론이 제3세계의 특수성을 강조했다면, 국독자론은 오히려 세계적 발전 과정의 보편성을 강조하였다. 주자론은 국독자론이 한 나라 내의 계급모순만을 강조하고 있다고 비판하였다면, 국독자론은 주자론이 한 사회 내의 계급모순을 간과하고 대외적인 종속성만을 강조하여, 변혁적 세계관의 약화 그리고 계급적 당파성이 모호한 포퓰리즘의 아류에 불과하다고 비판하였다. 사실 국독자론은 그 당시 사회운동과 그 주체들의 변혁적 성격을 강조하는 분위기와 맞물려 있었다.

---

29) 주자론은, 제3세계 사회가 선진 자본주의 사회들을 중심부로 하는 세계자본주의체제에 주변부적 위치로 종속되어 있어 그 산업화 과정이 선진 자본주의 사회들의 고전적 자본주의화 과정과 다를 수밖에 없고, 또 선진 사회들과 다른 여러 기형성과 특수성을 드러내게 되므로, 마르크스주의까지 포함하여 고전적 분석 틀의 도식적 적용만으로 제3세계 사회를 해명할 수 없고 별도의 이론화가 필요하다고 주장하였다.

그 뒤 식민지반(半)봉건사회론(이하 '식반론')이 대두하면서 논쟁은 2단계로 들어서게 된다. 2단계는 1단계와 달리 '운동'의 과제 또는 그 성격에 관한 논쟁이었다. 우선 1단계 논쟁을 종합하는 시도로서 신식민지국가독점자본주의론(이하 '신식민지국독자론')이 먼저 제기되었다. 따라서 2단계에서는 정치·경제·군사를 포함한 사회 제반의 종속성, 그리고 남한 사회 즉 반국적 시각이 아니라 민족 전체 즉 일국적 시각을 강조하는 신식민지국독자론과, 한국 사회의 반봉건적 성격을 강조하는 식반론이 경쟁하는 양상을 띠었다. 물론 이 밖에도 식민지자본주의론이 식반론에 이의를 제기하기도 했다. 그러나 2단계 논쟁에서는 국가 또는 국가 권력의 문제가 중요하게 부각되었다. 이는 '운동'의 과제나 그 성격과 관련하여 당연히 제기될 수밖에 없었다.

어쨌든 이 두 단계의 논쟁을 통해 한국 사회의 계급모순과 민족모순은 동시에 고려되어야 했다. 계급모순만을 강조한 국독자론과 민족모순만을 강조한 주자론의 논쟁은 그 한계가 분명했다. 사실 근대화론의 비판 체계로서의 박현채의 민족경제론은 그 당시 계급모순만을 편향적으로 강조한 국독자론이 아니라 신식민지국독자론이나 예속적국독자론에 가까우며, 실제 그는 계급모순을 기본모순으로 민족모순을 주요모순으로 설정하고 있다.[30]

조정환은 신식민지국독자론에 입각하여 주요모순으로서의 제국주의 및 신식민지 파쇼(독점 부르주아의 정치 권력)와 민중간의 모순을 설정하여, 이 모순을 풀지 못하면 기본모순의 해결 역시 불가능하다고 보았다. 즉 우리 사회의 기본모순은 적어도 당면 변혁 단계에 있어서는 그것이 주요모순에 미치는 영향력에도 불구하고 부차적인 모순 이상의 것일 수 없다는 것이다. 이것이 계급모순과 민족모순을 동시에 극복하고자 하는 백낙청의 분단모순과의 차이이

---

30) 백낙청·정윤형·윤소영·조희연(좌담), 「현단계 한국 사회의 성격과 민족운동의 과제」, 『창비 1987』, 창작사, 1987, 14면.

다. 이것과 관련하여 전선문학에 관한 조정환과 백낙청의 차이점은 다음 인용에서 잘 드러난다.

전 사회적 전선은 그 사회의 주요모순을 둘러싸고 형성된다. 물론 전 사회적 전선은 주요모순이 그렇듯 여타 모순들의 영향으로부터 자유롭지 못하다. 그 중에 특히 기본모순의 영향은 막대한 것이다. 이런 의미에서 주요모순과 기본모순을 통일적으로 파악하는 작품에 대한 백낙청의 기대와 요구는 기본적으로 옳은 것이다.

그러나 현단계에 있어서 부차모순의 위치에 처해 있는 '분단(남북)모순'을 주요모순으로 인식함으로써 — 그리고 남북모순의 내용을 그 구체적 차별성과 통일성 속에서 추구하지 못함으로써 — 그의 문학적 정세관은 민족주의적 편향을 면치 못하게 되었고 그 결과 우리 시대 전선 — **그것은 분단 극복을 당면 과제로 하는 민족전선이 아니라 반제와 반파쇼를 당면 과제로 하는 민족민주전선이고 따라서 전선문학도 민족문학이 아니라 민주주의 민족문학이다** — 에 대한 감각을 만족할 만큼 가졌다고 보기 어려운 김향숙의 「부르는 소리」를 지나치게 고평하는가 하면 그 결점을 평가함에 있어서도 "기본모순을 명확히 의식하는 눈"의 부재에서 찾는 일면성에 빠지고 있다.[31]

인용에서 조정환은 반제 · 반파쇼를 당면 과제로 하여 그 해결을 가능하게 하는 노동자계급의 역할을 강조한다. 그는 '전선'적 입장에서 '어떻게 노동자계급이 다른 계급을 묶어 세워 민중을 승리로 이끄는가' 하는 문제의식을 강조하는데, 이것이 노동자계급의 입장에서 '전선'적 입장을 강조하는 민주주의 민족문학론의 골자이다. 그는 이러한 민주주의 민족문학론의 한계까지 비

---

31) 조정환, 「민주주의 민족문학의 현단계와 문학적 현실주의의 전망」, 『창작과비평』, 1988.9.

판하며 보다 철저하게 노동자계급의 당파성을 강조하는 노동해방문학론으로 나아간다.

　조정환은 「민주주의 민족문학론에 대한 자기 비판과 노동해방문학론의 제창」에서 이념적 · 실천적 · 조직적으로 관철되어야 할 '노동계급의 당파성' 대신에 '노동계급적 이념의 지도성'을 확보하고자 한다. 그는 백낙청의 민족문학론이 "민중성에 철저하지 않아도 분단 문제, 통일 문제에 충실한 한 그 나름대로의 의의를 갖는다는 식의 윤리적 호도를 꾀하고 있다"고 비판하는데, 즉 오직 계급 문제를 해결해야만 분단 극복과 민족 통일도 가능하다는 것이다. 이러한 그의 이론적 단선성을 염두에 두더라도 백낙청의 민족문학론은 단연 돋보이는 점이 있다. 백낙청은 분단 극복을 위해 민족모순과 계급모순의 해결을 동시적 과제로 설정하고 있기 때문이다. 사실 조정환은 "다수에 대한 소수의 지배인가 소수에 대한 다수의 지배인가" 하는 것이 지금 문제가 된다고 하며 계급 해방의 급진성에서 결코 자유롭지 못하다. 무엇보다 1987년 7, 8월 노동자 대투쟁에 힘입어 이전의 자신의 논리를 비판하면서 노동자계급의 지도성을 이론에서뿐 아니라 실천적으로 견인하고자 한다. 즉 자신의 민주주의 민족문학론이 민족민주전선의 강화와 노동자계급의 지도권 확보를 노동자계급의 입장에서 통일적으로 파악하지 못했다고 비판하며, 그 이유를 그 또한 소시민적 절충주의를 완전히 떨쳐버리지 못했으며, 무엇보다 그 자신이 노동자계급운동과 실천적 · 조직적으로 유리되어 '부분적인' 이론 구축에 치중했기 때문이라고 파악한다. 이런 그에게 박노해는 그의 한계를 극복하는 데 크게 기여한다. 즉 그는 박노해가 『노동의 새벽』으로 제1회 노동문학상을 수상하며 발표한 소감문을 이론적으로 체계화하여 노동해방문학을 제창하게 된다.

　「민족문학 주체논쟁의 종식과 노동해방문학의 출발점」은 조정환의 종착지라 하겠다. 이 글에서 그는 "오직 노동자계급의 이해 관계를 철두철미 대변하려는 당파적 입장에 의해서만" 민족문학운동은 재정비될 수 있다며, 그 자신 노동자계급문학 건설의 독자적 노선을 일관되게 견지하지 못했다고 자기비판한다. 그 또한 민족문학론과 크게 다르지 않은 민주주의 민족문학론으로 민족문학론을 대체하고자 했다는 것이다. 물론 그는 민족문학론이 문예운동의 주체를 그 내부의 질적 차별성에 대한 이해 없이 막연히 '민중'이라고 규정한 데 그 한계가 있다고 보고, 노동자계급의 당파적 입장을 줄곧 역설해 왔다. 그러나 그의 말처럼 그것이 문예운동의 이념적 · 조직적 노선에 있어서 노동자계급문학의 독자성을 확보하지 못한다면 민족문학론에 대한 비판은 불철저한 것일 수밖에 없다. 그가 보기에, 이처럼 애매한 척도로 '노동자계급 당파성'이 제시된다면 이 또한 백낙청이 말하는 바 '각성된 노동자의 눈'이라는 미학 기준과 뚜렷이 구별되기는 어렵다. 따라서 그는 새롭게 정립한 노동해방문학론을 통해 그러한 한계를 극복하고자 했다.

조정환은 앞서 백낙청의 분단모순에 대해 그 문제의식은 인정하면서도 분단모순을 주요모순으로 볼 수 없고 오히려 주요모순은 제국주의와 신식민지 파쇼 대 '민중'간의 모순이라는 입장을 밝힌 바 있다. 그는 백낙청의 분단모순이 제국주의와 신식민지 파쇼 대 '민중'간의 모순, 그리고 남북간에 내재화된 체제모순을 두루 포함하는 것으로 해석하면서, 굳이 분단모순이라는 말을 쓸 수 있다면 그 둘 가운데 후자를 뜻하는 것으로 사용하는 것이 옳다고 말한다. 그럼에도 백낙청은 남북한 '민중'이 변혁해야 할 대상을 '분단체제'라고 하여 대적 개념을 신비화하고 있다고 그는 비판한다. 즉 백낙청이 자본가계급과 노동자계급의 모순, 제국주의와 신식민지 파쇼 대 '민중'의 모순, 남북간에 내재화된 체제모순 등의 상호 연관을 이해하지 못하여, 결과적으로 이 각각의 모순들이 지양되어 가는 구체적 경로를 제시할 수 없었으며, 변혁 주체의 설정 역시 추상적이고 관념적이라고 그는 지적한다. 요컨대 남한의 '민중' 대신 '남북한 민중'을 설정한다고 해서 총체성이 보장되지는 않는다는 것, 남한 '민중'과 북한 '민중'은 엄연한 차이가 있으며 그 각각이 봉착하고 있는 역사적 과제도 다르다는 것, 이렇게 질적으로 다른 존재를 평면적으로 나열하는 것은 남북한 '민중'의 구체적 연대와 동맹의 방법을 흐리게 할 뿐이라는 것이다. 즉 백낙청의 분단모순이 다른 두 개의 사회인 남한과 북한을 하나의 단위로 설정한 뒤 다시 구체에로 내려오지 않음으로써 통일의 성격과 방향을 제시할 수 없었고, 그 때문에 백낙청이 제시하는 통일민족국가의 계급적 성격은 애매할 수밖에 없었으며, 또 변혁 주체를 관념론적으로 설정하여 남한 '민중' 가운데서 노동자계급과 여타 '민중'이 변혁 과정에서 어떤 역할 차이를 갖는가 하는 것을 분명히 할 수 없었다고 그는 비판한다. 다시 말해 그는 막연한 '민중'이 아닌 노동자계급의 입장에서 분단 문제를 바라볼 것을 요구한다. 아울러 분단체제와 남북한 '민중'간의 모순이라는 추상적 규정에 머무르지 말고 우리 사회를 구성하는 온갖 부분들의 상호 관계에 대해서도 과학적 분석이 필요하다고 강조한다.

그런데 노동해방문학론이 민중적 민족문학론을 경험주의나 대중추수주의라고 비판하고, 반대로 민중적 민족문학론은 노동해방문학론을 소아병적 전위주의라고 비판하는데, 여기서 이들 모두의 한계가 분명히 드러난다. 더욱이 백낙청이 분단 극복을 위해 계급모순과 민족모순을 동시적 과제로 설정하고 있다거나, 또 그의 민중·민족문학론이 '민중지향성'의 구도를 취하며 '예술성'을 강조하고 있으며, 바로 이것이 그의 '민중' 개념의 핵심임을 우리가 알아차린다면, 조정환은 계급모순을 강조하는 그 이론적 선도성으로 하여 오히려 현실을 왜곡한 전형적인 사례로 치부되는데, 이는 그만큼 현실을 바라보는 지식인의 균형잡힌 시각이 중요하다는 사실을 반증해준다.

4. 민족해방문학론과 이념에의 헌신

1987년 6월 항쟁과 7, 8월 노동자 대투쟁을 거치며 '민중'의 정치적 진출은 기정 사실화되었고, 한국 사회의 변혁운동에서 노동자계급 당파성에 기초한 노동자계급운동의 지도성과 주도성은 실천적으로 검증된다. 사실 1980년 대 문예운동에서 가히 혁명적이었던 것은 바로 노동문학의 진출이었다. 백진기는 이미 노동문학의 진출은 민족문학운동의 지도성과 주도성이 노동문학에 있음을 실천적으로 입증하였다고 보았다. 『노동의 새벽』(박노해)·『만국의 노동자여』(백무산)·「쇳물처럼」(정화진)·「내딛는 첫발은」(방현석) 등의 성과가 그것을 크게 뒷받침했다. 다만 그는 그 '민중'의 정치적 진출이 어떤 내용의 것이냐, 그리고 그 노동자계급 당파성에 기초한 노동자계급운동의 지도성과 주도성이 어떤 성격의 것이냐가 중요하다고 본다. 여기에 근거하여 그는 이전의 자신의 민중적 민족문학론을 부정하고 주체 미학에 근거한 민족해방문학론을 주장하게 된다. 우선 조정환의 노동해방문학론과 그의 민족해방문학론이 분기되는 지점을 확인해 보자.

노동문학이 한국 사회의 계급모순을 형상화하는 것은 너무도 당연한 임무이 겠으나 '제국주의의 규정성에 따른 한국 사회의 성격' 속에서의 계급모순의 성격 을 정확히 살필 필요가 있다는 뜻이다. 이런 점에서 본다면, 현재 생산되고 있는 노동문학의 정치적·문학적 안목이 매우 편향적으로 제한되어 있다는 뜻이고, 노동자계급 당파성이 한국 사회의 성격과 한국 사회 변혁운동의 본질에 조응하 지 못하고 오히려 상호모순 관계에 있다는 뚜렷한 반증이라 할 수 있겠다.
당위성, 가능성만으로 노동자계급운동이 전체 민족민주운동을 지도하고 주도 할 수 없듯이, 민족문학운동 내의 노동문학 역시 마찬가지이다. 지도성과 주도성

을 가진다는 것은 그에 상응하는 주체 역량을 준비해야 한다는 뜻이다. '객관적'
으로 그렇게 돼야 한다고, 그것이 역사 발전의 합법칙성이라고 '주장'한다고 해
도 '주체 역량의 준비'가 이루어지지 않으면, 전선을 사수하고 전진시킬 수 있는
그 어떤 책임도 질 수 없다. 노동문학의 현단계에서는 전체 민족문학운동의 전
선을 지도하고 주도할 만한 역량 준비 정도는 여러 모로 부족하다. 우리는 교조
주의 · 종파주의 · 사대주의 잡사상이 아닌 진정으로 올바른 지도사상에 기초한
노동문학을 성장 · 강화시켜야 할 막중한 임무를 짊어지고 있는 것이다. 민족문
학운동에서 노동문학이 차지하는 지위와 역할이 바로 이와 같기에, 현재 노동문
학 내부에서 갈수록 가속화되고 있는 일정한 편향들은 하루 빨리 불식돼야 할
것이다.[32)]

인용에서 백진기는 노동문학 내부의 일부 편향, 즉 조정환의 노동해방문
학론을 극복하고자 한다. 백진기는 한국 사회를 식민지반자본주의사회로 파
악하며, 한국 사회의 변혁 또한 그 본질에 있어서 민족해방문학이라고 말한
다. 따라서 현단계 노동문학에서 관철돼야 할 당파성이 옳고 그른지의 여부는
자주 · 민주 · 통일운동의 정치 사상성이 올바로 구현되어 있는가 그렇지 못
한가에 따라 결정된다고 본다. 한국 사회의 자주 · 민주 · 통일운동은 그에게
한국 사회 변혁의 전략적 목표인 민족자주정권을 수립하기 위한 총체적인 민
주 변혁운동임과 동시에 근본 변혁을 위한 물적 토대를 마련하면서 곧바로
근본 변혁으로 이행하는 연속적 · 과정적인 변혁운동이다. 그리고 그 변혁운
동을 주도하는 노동자계급의 지도 사상은 세 가치 원칙을 그 내용으로 한다
고 말한다. 우선 물질 경제적 조건을 우선 규정하는 객관적 요인보다는 사회
변혁을 지배 · 개조하는 주체, 즉 주체적 입장을 정세 분석의 원칙으로 한다

---

32) 백진기, 「민족해방문학의 성격과 임무」, 『녹두꽃』(2집), 1989.11.

는 것, 둘째 한국 사회의 모순 구조가 민족적 · 계급적 내용으로 구성되어 있는 식민지반자본주의사회임을 직시하고 그에 따라 한국 사회 변혁운동의 본질은 민족해방운동('주요 공격 방향'은 '외세', '전략적 목표'는 '민족자주정권')이라는 입장을 정세 분석의 원칙으로 한다는 것, 셋째, 한국 사회의 변혁운동은 그 조건상 장기성 · 복잡성 · 간고성 때문에 '준비기'와 '결정적 시기'라는 상호 연관된 두 개의 단계로 구분하여 매개의 소시기 · 국면 · 단계로 구체화시키는 입장을 정세 분석의 원칙으로 한다는 것 등이 그것이다. 그런데 그는 "지도 사상이 기초하고 있는 철학적 세계관은 모든 것을 인간을 중심으로 사고하고 모든 것은 인간을 위해 복무할 것을 요구하는 데에서부터 출발하는 것"이라 하고 있는데, 여기서도 그는 환경 문제까지 사유하는 1970년대 제3세계문학론의 문제의식에 훨씬 미치지 못하고 있다. 즉 그는 조정환과 마찬가지로 노동자계급을 비롯한 근로 대중을 그 중심에 놓고 사유하고 있다. 다만 그는 노동자계급의 범주에 드는 변혁운동이라고 해서 모두가 변혁적 문예 전통은 아니라며, 무엇보다 노동자계급이 지도사상 · 지도이론 · 지도방법을 이끌어 변혁을 승리로 이끈 운동만이 변혁적 문예전통에 해당한다고 본다.

백진기가 파악하는 한국 사회의 성격은 제국주의 침략 세력의 군사적 강점과 신식민주의적 통치 아래 있는 식민지이며, 그 내부에 매판성과 전근대성이 짙게 남아 있는 식민지반자본주의라고 말할 수 있다. 이런 인식 아래 그의 민족해방문학은 한국의 변혁운동이 그 어떤 특정한 계급과 계층의 요구를 해결하기 위한 '계급적' 차원의 투쟁이 아니라 나라와 민족의 자주성을 실현하기 위해 각계 각층을 포괄하는 전 민족적 차원의 운동임을 분명히 한다. 민족해방문학은 이를 대중들에게 인식시키고 대중들을 조직하는 역할을 그 정치 사상으로 하면서 변혁적 문예 작품을 생산하고 변혁적 대중 문예운동을 수행하는 과학적 문예운동이다. 즉 민족해방문학의 전략적 목표는 바로 '자주적 민주 정부'(민족자주정권)의 수립에 있다. 그는 민족해방운동과 그것의 문예적 구현인 민족해방문학의 주요 공격 방향을 외세로 본다. 그는 지난날 우리의 민족민주운동과 문예운동이 군사 파쇼 정권에 반대하는 반파쇼 민주화운동에 집착하며 외세를 공격하는 데로 투쟁의 예봉을 돌리지 못하였다고 비판한다. 물론 그가 말하는 민족해방운동은 노동자계급의 지도 사상에 기초하고 있는 변혁운동이므로 변혁운동의 계급적 성격은 노동자계급의 범주에 해당된다. 또 노동자계급과 근로 대중의 자주성을 실현하기 위한 모든 변혁운동에서 일반적으로 그러하듯, 민족해방운동에서도 정권 문제, 국가 주권의 문제는 언제나 변혁의 근본 문제로 된다. 그러므로 정권과 국가 주권의 민족적·계급적 본질은 어떤 세력, 어떤 계급이 정권의 실질적인 주인이냐 하는 점에서 그 성격이 규정된다. 이렇게 봤을 때, 그가 말하는 민족자주정권은 노동자계급이 지도하는 광범위한 '통전'에 기초하고 있는 정권이다. 즉 그가 말하는 문예통일전선은 반제민족통일전선이다. 따라서 그가 보기에 한국 사회 변혁의 본질이 민족해방운동이라는 사실을 이해하지 못하고 반제·반독점에 기초한 노동자계급 당파성을 주장하는 것은 편협한 계급환원론적 계급이기주의에 다름 아니다. 그는 이와 같은 계급이기주의가 '변혁의 소비에트 이행'에 그 근거를 두고 있다고 비판한다.

요컨대, 백진기는 민족해방운동에 종속되지 않는 노동자계급 당파성과 그에 기초한 문예 정책과 노선은 식민지반자본주의사회인 한국 사회의 성격상 용납될 수 없다고 주장한다. 그가 이른바 전위적 정치 조직과 문예 조직의 결합 문제, 즉 '당조직과 당문학'의 또 다른 편향을 비판하는 것도 그것이 맑스–레닌주의의 문예 이론을 우리 사회에 교조적으로 적용하려 하기 때문이다. 그는 당조직과 당문학의 관계를 '당파성을 매개로 한 이데올로기적 결합'의 측면으로만 이해해서는 안 되며, 오히려 노동자계급 당파성을 현실운동에 관철시키는 최대·최고의 조직은 노동자계급의 당, 즉 노동자계급의 전위적 정치 조직이라고 주장한다. 그는 정치 조직과 문예 조직이 결합한 형태로서 '조직 창작'을 제기했는데, 그 이유는 우리 사회가 식민지 종속국으로서 그 전위적 정치 조직이 합법성을 쟁취하지 못했을 때, '조직 창작'은 전위적 정치 조직의 노선과 정책을 민족해방운동의 문예적 구현인 민족해방문학에 조직적으로 반영하고 실천하기 위한 효과적인 방법이기 때문이다. 그가 말하는 '조직 창작'과 민중적 민족문학론이 내세운바 '집단 창작'은 그 성격에서 완전히 다르다고 하겠다. 사실 그 또한 이 점을 표나게 강조하고 있다. 결국 '민족 자주의식'을 강조하는 그의 민족해방문학론은 계급모순만을 강조하는 노동해방문학론 못지 않게 편협하다.

5. 중도적 민족문학론과 민중주의적 사고

1970년대부터 『문학과지성』(이하 '문지')을 이끌어온 김병익은 '민중에 의한' 문학을 용인하면서도 어디까지나 '민중을 위한' 지식인 중심의 가치를 강조한다. 그는 이것을 '피라미트형의 문화적 가치 서열 체계'[33]라는 말로 명확하게 드러낸 바 있다. 나아가 "역사적 인식에서는 민중을 사용하되 현재적 지향에서는 시민이란 용어의 사용이 적절할지도 모르겠다"고 그는 말하는데, 이 점에서 그와 백낙청은 다르지 않다. 사실 이 때문에 그들 모두는 1980년대 소장비평가들로부터 (소)시민적 민족문학론자라는 비판을 받는다.[34]

---

33) 김병익, 「민중문학의 실천적 과제」, 『민중, 노동 그리고 문학』(80년대 대표평론선 3), 김병걸·채광석 편, 지양사, 1985, 135면.
34) 김병익, 「80년대 문학의 천착」, 『역사, 현실 그리고 문학』(80년대 대표평론선 1), 김병걸·채광석 편, 지양사, 1985, 282~283면.

1980년대 들어 잡지 이름을 바꾼 '문사'는 이른바 '문지' 2세대를 중심으로 더욱 활발하게 움직인다. 우선 성민엽은 「민중문학의 논리」에서 민중문학은 주체적 실천에 의해 형성되어 왔고 또 형성되어가고 있는 전략적·상대적 개념이지, 일의적으로 미리 주어지는 고정불변의 선험적·절대적 개념은 아니라고 말한다.[35] 이 말 속에 민중문학의 이데올로기적 성격에 대한 그의 불신이 드러나 있다. 사실 그는 1970년대 민족(중)문학론의 선도적 논문인 백낙청의 「시민문학론」(1969)에서 드러난 바, 그 이데올로기적 성격을 추출하고 그것을 자신의 비판의 전제로 내세우고 있다. 물론 백낙청에 대한 그의 비판을 그대로 수긍하기는 어렵다. 그의 비판과 달리, 백낙청은 '민중'의 이념성을 강조하기보다 오히려 '시민=민중=보통사람들=대중'이라는 시각에서 항상 '지식인'을 중심에 두고 민중 '지향적'인 사고를 보인다. 백낙청은 전략적으로 자신이 사용하는 용어의 개념을 절대화하지 않는다. 이런 전략적인 글쓰기랄까 문학의 '예술성'과 '운동성'을 동시에 사유하고자 한다는 점에서 백낙청과 성민엽은 의견이 일치하면서도 미세한 차이를 보여준다.

여기서 80년대의 새로운 민중문학론에 대한 심각한 이의가 제기된다. 물론 필자는 아지·프로의 의미와 중요성을 부인하지 않는다. 부인하기는커녕 적극적으로 옹호한다. 그러나 그럼에도 불구하고, 아니 그렇기 때문에, 아지·프로에의 문학의 종속을 거절하는 입장을 <문학주의>라는 이름으로(엄격히 말하면, <문학주의>라는 말의 용도는 문학과 현실의 상관 관계 자체를 부정하는 태도를 지칭하는 것으로 제한해야 할 것이다) 배격해버리는 태도에 대해 동조할 수 없는 것이다. 필요한 것은 아마도 양자간의 바람직한 상호 관계(예컨대 긴밀한 유대 관계, 상호보완 관계, 변증법적 교호 관계 등)의 확립일 것이다. 물론 여기서, 양

---

35) 성민엽 편, 『민중문학론』, 문학과지성사, 1984, 145~146면.

자의 탁월한 의미에서의 일치·통일이 주장될 수 있을지도 모른다. 그러나 말이 쉬워 일치·통일이지 과연 그것이 가능한지, 가능하다면 어떻게 가능할 수 있을지는 참으로 지난한 문제인 것이며, 이 문제가 아지·프로와 문학의 혼동(일종의 범주 착오)으로 호도되어서는 안 될 것이다. 설혹 그 일치·통일이 이상적인 것으로 인정된다 하더라도, 필자에게 분명해 보이는 것은, 그 경우 일치·통일의 문제는 아지·프로와 문학이라는 명백히 다른 범주간의 문제가 아니라 두 범주 모두에 걸친 운동성과 문학성의 통일 문제로 조정되어야 할 것 같다는 점이다. 다시 말하자면, 아지·프로와 문학간의 바람직한 상호 관계의 확립이 이루어짐으로써 운동성과 문학성의 통일이 가능해질 수 있을 것이라는 생각이다. 이렇게 문제를 조정해 놓고 보면 아지·프로에의 문학의 종속이란 어느 한 범주의 포기일 뿐이고, 그런 경우 진정한 의미에서의 운동성과 문학성의 통일은 오히려 불가능의 영역으로 남을 뿐이다.36)

인용에서 성민엽은 (민족)문학의 '운동성'과 '문학성'(예술성)의 통일이라는 과제를 제기한다. 문학과 현실에 대한 균형잡힌 인식은 '문지'(『산문시대』)가 1960년대부터 가져온 입장이지만, '운동성'과 '문학성'(예술성)의 통일은 1980년대 '문사'의 문학적 입장을 잘 보여준다. 마찬가지로 백낙청 또한 '예술성' 개념을 시종 자신의 논의의 중심에 두면서 그것이야말로 진정한 '운동성'의 방향에 다름 아니라고 말한다. 그러면서도 이들 '문사'와 백낙청은 미세한 차이를 보여준다. 즉 '문사'가 어디까지나 '예술성' 차원에서 '운동성'과의 통일을 모색하며 문학의 그 어떤 이데올로기화도 거부한다면, 백낙청은 그 '예술성' 자체가 제대로 된 것이라면 '운동성'과 별개의 것이 아님을 강조한다. 말하자면 백낙청은 문학이 '운동성'을 마련하기 위해서라도 우선 '예술성'을 확보해야 한다고 본다.

---

36) 성민엽 편, 위의 책, 175~176면.

'문사'는 1980년대 들어 백낙청을 비롯하여 1980년대 소장비평가들의 비평 전반에 대해 비판의 매스를 가한다. 그 대표적인 글이 정과리의 「민중문학론의 인식 구조」이다. 이 글은 우선 민중문학론자들 모두는 크고 작은 입장 차이에도 불구하고 "그 하나가 있다는" 동일한 인식 구조를 보인다고 전제하며 그들 각각의 논의를 살피고 있다. 그는 민중문학론자들이 근거하는 현실 그 자체가 아니라 그들이 그 현실을 재구성하는 방식을 문제삼는다. 그는 민중문학론이 그 인식 구조상 폐쇄적인 '내부 고수주의'를 추구하고 있다고 비판한다. 나아가 민중문학이 내세우는 '민중'을 '상징 개념'으로 보지 않고 "상징이면서 실체인 모순 개념"으로 파악한다. 말하자면 '민중'이 현실에서 그 어떤 것으로 실체화되는 것을 그는 경계하며 그것을 "필설로 다할 수 없는" 상징 체계의 하나로 파악하고자 한다.

　또한, 정과리는 백낙청과 마찬가지로 기본모순이라 할 수 있는 계급모순보다 주요모순이라 할 수 있는 민족모순과 그 밖의 여러 모순을 균형 있게 바라보아야 한다고 주장한다. 나아가 현대 한국 사회의 심층구조가 '자본/노동'의 분리에 의해 결정되지만, 그것은 다양한 갈래의 표층구조로 변형된다는 사실 또한 중요하다고 지적한다. 그 표층구조는 심층구조의 직접적 반영으로서 계급모순으로 드러날 수도 있지만, 변형되어 민족모순으로, 혹은 국가를 정점으로 한 제도 관리의 모순으로 드러날 수도 있다는 것이다. 특히 문학에서는 표층구조의 다양한 모습을 심층구조의 단일한 핵자로 환원하지 않고, 또는 표층구조의 한 측면만을 개별화하지 않고, 심층구조가 표층구조로 변형되는 과정과 그 표층구조들이 서로 맺고 있는 관계 그 자체에 주목해야 한다고 주장한다. 다만 여기서 그의 말을 인정한다 하더라도, 다양한 표층구조들이 심층구조와 맺고 있는 관계를 더욱 날카롭게 이해해야 할 것이다.

　정과리는 1980년대 당시 한국의 체제 비판적 문화 공간은 상당 부분 소생산자적 존재 양식에 의해 꾸려지고 있다고 진단한다. 따라서 민중문학론자의 문학 행위도 크게는 자본주의적 문화 제도와 시장에 둘러싸여 있기 때문에 그들이 노동계급의 해방을 위해 복무하더라도 거기에는 소생산자적 세계관이 개입해 들어가지 않을 수 없으며, 결과적으로 두 세계관은 만나지 않을 수 없다고 말한다. 그러므로 이 경우, 어느 하나의 다른 하나에의 종속은 성립될 수 없다. 즉 그에게는 각자의 존재 양식과 세계관의 상호 통화와 그 확대가 중요하다.

이러한 그의 주장의 배경에는 1960년대 이후 특히 1980년대 들어 성장하기 시작한 이른바 '신중간계급'에 대한 그의 신뢰가 가로놓여 있다. 그가 말하는 신중간계급은 기업 사무직, 행정·금융 담당자, 교육자, 기술자 등등 지식·기술 관료들을 중심으로 한다. 김명인과 달리, 그는 소시민계급 안에 포괄되는 이들 신중간계급이 역사성을 상실했다는 지적에 의문을 제기하며, 이들 계급은 과학의 발달에 의한 단순 노동의 기계화와 더불어 오히려 더욱 확대되고 있다고 강조한다. 물론 자본주의 사회가 자신의 체제를 유지시키고 계급 갈등을 효과적으로 통제하기 위해 이들 계급을 그 수단으로 이용할 가능성을 그는 전혀 배제하지는 않는다. 그러나 이들 계급이 지배 이데올로기의 기호-교환체계 속에 매몰되지 않고 '노동-세계의 일치'에 대한 열망을 버리지 않는다면, 그들은 혁명적 추진력도 가질 수 있다고 그는 주장한다. 따라서 이들 신중간계급을 민중적 세계관에 입각한 당파성에 의해 견인되어야할 대상으로만 파악한다면 그것은 이들 계급 나름의 사회적 존재 양식을 이해하지 못하는 것이며, 노동계급과 이들 계급 사이의 상호 통화는 불가능하게 되어, 결국 노동계급이 고립되고 전체적으로 혁명의 가능성까지 감퇴할 수 있다고 주장한다. 즉 백낙청과 마찬가지로 그 또한 노동계급을 인정하되 어디까지나 지식인 혹은 여러 계급의 상호 관계를 중심에 두고 사고하고 있다. 요컨대 그는 '지배/피지배' '주체/대상'이라는 노동의 선명한 이분법을 벗어나고자 한다.

> 소유 개념의 폐지는 철학의 차원에서는 주체 개념의 폐지와 관련된다. 소유/비소유의 관계는 곧 주체/대상의 작용/피작용의 관계를 말하는 바, 그것의 폐지는 곧 주체/대상이라는 도식 자체의 폐지, 즉 주체 개념의 폐지를 지향해야 한다. 계급모순의 극복이라는 것도 궁극적으로 계급 개념의 해체를 지향하는 것이지, 특정한 계급의 주도를 의미하는 것이 아니지 않은가. 물론, 현재의 사회적 단계에서 그것은 소외된 집단의 자기 동일성의 회복의 문제와 함께 이루어져야 한다. 그러나, 그 자기 동일성의 회복의 문제가 자기 동일성의 집착으로 전환되어서는 안 된다. "주체가 되어야 한다"는 주장은 "아무도 주체가 아니다"라는 명제와 병행해서 이해되어야 한다. 이 두 가지 상반된 명제의 동시적 포착과 매개화 없이, 일방적으로 주체됨에만 집착한다면, 그것은 지배 체제의 상징적 위계 질서를 그대로 둔 채, 그 정점만 자신으로 대체하겠다는 욕망, 정신분석의 용어를 빌자면, 사생아적 욕망에 다름 아니다.
> 이 두 가지 상반된 명제의 매개화는 내가 보기에는 집단들간의 이타적 상호 관련에서 찾아야 한다.[37]

요컨대 정과리가 바라는 것은 지금 우리의 현실적 조건에서는 민족모순의 극한적 양상을 체현하고 있는 농민과, 계급모순의 극한적 양상을 체현하고 있는 노동자, 그리고 제도 관리의 모순을 체현하고 있는 신중간계급이 각각의 주체성을 회복하고 이들 상호간의 평등을 모색하는 것이다. 특히 이 과제는 자본주의 사회가 자신의 알리바이로 두고 있는 자유·평등·우애, 즉 소생산자적 세계관의 실현과 관계되어 있으며, 따라서 그 과제의 해결은 자

---

37) 정과리, 「민중문학론의 인식 구조」, 『문학과사회』, 1988.3.

본주의 사회 자체의 폐기와 새로운 사회의 건설과는 아직 거리가 있다고 그는 지적한다. 민중문학론자들이 헤겔의 광의의 소외 개념을 노동자의 소외로 축소하고 있다고 그가 비판하는 것도 그 때문이다. 그는 그들의 그러한 인식의 밑바닥에는 오히려 기존 질서에 대한 인정, 혹은 기존 질서가 알리바이로 내세우는 삶의 이상에 대한 인정이 암묵적으로 전제되어 있다고 비판한다. 그리고 우리가 진정 세계를 변혁하고자 한다면 자기 동일성의 확립 즉 소외의 극복을 넘어서서, 오히려 소외되고 있는 자신의 삶이 지배 체제가 강요하는 삶의 형식에 환원되지 않는 부분이 있다는 것을 보여주어야 한다고 주장한다.

여기서 특히 '보여주는' 것에 대한 그의 애착이 주목된다. 물론 지배 질서에 환원되지 않는 부분을 '보여주는' 것으로 만족할 수는 없다. 다만 그와 같은 그의 인식이 '언어'에 대한 그의 인식과 관련되어 있다는 점은 특이하다. 그는 민중적 민족문학론자들과는 달리 기존 언어의 어휘나 문법 체계의 해체 또는 재구성 없이 새로운 세계의 기획은 불가능하다고 주장한다. 당파성을 강조하는 조정환과 달리 그가 여러 분파의 제휴나 연대 그리고 그들간의 상호 작용을 중시하는 것도 그 때문이다. 민중문학론 전반에 대한 그의 생각은 다음에서 가장 잘 드러난다.

아무튼, 민중적 민족문학론이건, 민주주의 민족문학론이건, 그들은 모두, 크게 두 가지의 이데올로기를 은닉하고 있다. 첫째, 자신의 지식에 대한 절대적 신앙. 그들에게서 지식 전반, 그리고 그 지식을 담론 체계화하는 언어 전반에 새겨져 있는 지배 이데올로기를 해체하는 일은 기대할 수 없다. 그 지식·언어는 늘 그들의 유효한 무기일 뿐이다. 둘째, 민중의 주체성의 회복의 문제에 그들을 가둠으로써, 노동자·농민·도시 빈민·화이트칼라 등등의 다양한 집단들이 자신들의 존재 양식이 기획·개발해 낼 수 있는 세계관에 대한 접근의 봉쇄. 이 두 가지는 서로의 원인이며 결과가 되어 악순환한다. 지식에 대한 지배를 확립하기 위해, 민중들을 자기 동일성의 회복에 대한 열망의 차원에 묶어놓는다. 결국 그 것은 노동계급의 헤게모니라는 명분 하에, 그 노동운동 내에서 자신들의 헤게모 니를, 의도하지 않았다 하더라도 무의식적으로, 기도하게 된다. 또한 민중의 주 체성의 회복에 대한 열망을 선전·선동함으로써 자신들의 지식의 영역을 지속 적으로 무류의 성역으로 만든다. 그 성역화는 그들 자신을 그들이 갖고 있는 관 념의 숭배자로 만든다. 그 관념은 그들의 신화가 된다. 그런 점에서 그들은 그 누구처럼 물구나무서기로 걷고 있다.[38]

정과리에게 민중문학론은 일종의 유토피아적 전망으로서의 '민중'을 정점 으로 상징적 세계를 구성하여 그것을 현실화시키려는 것으로 정리할 수 있 다. 어떤 '고정화'도 거부하는 그의 논리에 의하면, 그의 궁극적 관심은 그러 한 민중문학 옆에는 "문자의 구조적 존재 양식이 요구하는 또 다른 문학이 함께 있어야 한다"는 것에 잘 응축되어 있다. 앞서 지적했듯, 여기서 '또 다른 문학' 또한 우리 자신이 현실에 환원되지 않는 부분이 있다는 것을 '보여주는' 것에 다시 만족하고 있다고 비판할 수 있다. 나아가 그 또한 그가 비판하는 바, 지배체제가 구축하는 상징적 질서와 마찬가지로 또 다른 측면에서 상징 적 질서를 구축하고 있다고 의심하지 않을 수 없다. 무엇보다 지배체제가 구 축하는 상징적 질서에 우리 민족문학이 균열을 일으키고 있다는 사실을 그가 의도적으로 회피하기 때문이다. 즉 지배체제의 상징적 지배를 가능하게 하는 '언어' 그 자체의 모순만을 문제시하지 않고 모순을 근본적으로 가능하게 하 는 왜곡된 지배체제 또한 눈여겨보아야 한다. 무엇보다 민중(족)문학론에 대

---

38) 정과리. 「민중문학론의 인식 구조」, 『문학과사회』, 1988.3.

한 그의 비판이 모든 민중(족)문학론자에게 해당하는 것은 아니다. 백낙청을 언급할 수밖에 없는 이유가 여기에 있다.

6. 민족문학론의 원점으로서의 의미

1980년대 민족문학론의 한 축을 혼자서 감당한 사람이 있다면, 그는 백낙청이라 할 수 있다. 소장비평가들의 공세 속에서도 그는 시종일관 1970년대 자신의 민족문학론의 연장선에서 논의를 심화시켜 나간다. 1970년대 그의 민족문학론은 우선 "민족의 존엄성과 생존 그 자체가 위협받는 절박한 위기"에 근거하고 있다. 즉 민족적 위기의식이야말로 그의 민족문학 개념의 현실적 근거이자 그 존재 가치다.[39] 그러나 그의 말대로 이러한 민족문학 개념은 엄밀한 학문적 정의라기보다 우리 문학의 올바른 자기 이해와 역사의식을 위한 하나의 지침에 불과하다.[40] 주지하듯, 우리의 민족문학은 처음부터 철저히 역사적인 개념이며 고정불변의 실체는 아니다. 즉 그것은 역사적 사명이 주어지는 한에서 의미 있는 것이며, 따라서 상황이 바뀔 경우 그 개념 또한 바뀔 수 있다. 우리의 민족문학론은 또한 처음부터 민중문학론이었다.

1980년 벽두에 발표된 「민족문학론의 새로운 과제」[41]는 1980년대를 바라보는 백낙청의 시각을 잘 보여준다. 1980년대 그의 민족문학론은 1970년대 그의 문제의식을 보다 심화하여 분단체제와 관련, 민족의 과제인 통일을 보

---

39) 백낙청, 「민족문학의 현단계」, 『민족문학과 세계문학 Ⅱ』, 창작과비평사, 1985, 12면.
40) 백낙청, 위의 책, 12면.
41) 이 글은 원래 『실천문학』(창간호, 1980.3)에 발표되었다. 그의 평론집 『민족문학과 세계문학 Ⅱ』(창작과비평사, 1985)에서는 「80년대 민족문학론의 방향」이라는 제목으로 실려 있다.

다 구체적으로 인식하고자 한다. 1970년대 그의 민족문학론에서 분단극복의 과제는 치밀하게 제기되지 않았던 게 사실이다. 아울러, 1980년대에 이르기까지 우리의 민족문학론은 민족운동의 주도 세력으로서의 '민중'을 구체적으로 인식하지 못했고, 따라서 운동의 이론이나 조직 또는 작품 생산에 있어서 '민중'의 주도성을 제대로 반영하지 못했으며, 그 결과 노동 현장에서 제기된 여러 가지 중요한 발언들을 제대로 평가하지 못했다고 그는 비판한다.42) 즉 1980년대 민중문학론은 1970년대 민족문학론과는 질적으로 차이가 있다는 것인데, 여기에는 그의 '분단체제론'으로서의 민족문학론이 크게 작용하고 있다.

그런데 1980년대 민중문학론은 "민족문학론 자체의 논리가 관철되는 과정의 일환"이며, 그것이 민족문학론을 폐기할 만큼 새로운 단계는 아니라는 입장을 백낙청은 1980년대 내내 가지고 있었다.

그런데 문학에 관한 본질적인 물음을 회피하는 일은 어떻게 보면 참여문학론이나 민중문학론 내부에도 상당히 있지 않은가 싶습니다. 그렇다고 한다면 그러한 참여문학론이나 민중문학론 역시 문학의 본질을 형이상학적으로 설정하는 태도를 본의 아니게 답습하고 있다고 보겠습니다. (중략)
그런데 오늘의 민중문학론이 이러한 맡겨진 역사적 사명을 다하기 위해서는 끊임없는 자기 점검과 가차없는 자기 비판이 필요하다고 생각합니다. 예컨대 순수주의나 문학주의에 대한 비판이 일방적인 독단으로 흐르면 오히려 70년대에 공들여 쟁취했던 변증법적 인식을 포기하는 결과가 되고 따라서 순수주의자들의 문학 무용론에 오히려 가까워질 위험이 있음을 지적…43)

앞서 지적했듯, 백낙청은 1980년대 민중문학론을 1970년대 민족문학론의

---

42) 백낙청, 「민족문학과 민중문학」, 『민족문학』(2), 1985.3, 340면.
43) 위의 글, 339면.

심화 과정으로 이해하고 있다. '민중성' 대신 '민중지향성'을 그가 줄곧 내세우는 것도 그 때문이다. 다만 1970년대와 달리 1980년대 들어서 그는 '민중·민족'문학이라는 용어를 사용한다.[44] 그럼에도 불구하고 그가 말하는 '민중'은 여전히 모호하다. 이를 두고 '모호성의 수사학'[45]이라 비판한 것도 따라서 무리는 아니다. 그러나 백낙청의 '민중' 개념은 오히려 그의 의도적인 글쓰기의 전략으로 보인다. 민족문학은 그에게 민중문학·제3세계문학과 다른 것이 아니다.[46] 1980년대 들어 그가 '노동계급적 당파성' 대신 '민중적 당파성'을 내세우며 '민족문학'을 '민중적 민족문학'(민중·민족문학)이라고 한 것은, 분단극복이라는 '민족적' 과제와 다수 국민의 인간해방이라는 '민중적' 과제를 예전과는 다른 차원에서 추구하겠다는 그의 문제의식에서 나온 것이다. 외세의 문제와 민족 내부의 모순을 통합하여 '분단모순'을 설정한 것이다.[47] 그가 보기에, 분단이 민족 문제임은 분명하나, 그것이 외적 모순인 민족모순의 내용에만 해당한다고 하면 단선적인 민족해방론으로 귀착될 수밖에 없다. 그래서 그는 민족모순과 계급모순, 자주화와 민주화 과제를 동시에 제기한다. 마찬가지로, 남한체제와 북한체제·남북한체제·분단체제·세계자본주의체제를 염두에 둔다면, '민중'을 노동계급적 차원에서 일면적으로 이해하는 것은 한계가 있을 수밖에 없다. 그에게 민중문학론은 분단 사회의 민중문학론이며 분단 시대를 끝장내려는 민족문학이기도 하다. 그리하여 그는 분단체제가 개입하지 않은 사회나 사회 이론을 표준으로 노동계급의 주도성 문제를 가늠하는 것은 관념적인 태도라며 비판한다.[48] 대중적 기반을 지닌 전위당도 없는 현

---

44) 백낙청, 「민중·민족문학의 새 단계」, 『창작과비평』(57, 복간 1호), 1985.10.

45) 정과리, 「민중문학론의 인식 구조」, 『문학과사회』, 1988.3.

46) 백낙청, 「제3세계와 민중문학」, 『인간해방의 논리를 찾아서』, 시인사, 1979, 184~185면.

47) 백낙청, 「오늘의 민족운동과 통일운동」, 『창작과비평』, 1988.3.

48) 백낙청, 「통일운동과 문학」, 『창작과비평』, 1989.3.

실에서 '당조직'을 말하며 '당의 문학'을 요구하는 것도 관념적이기는 마찬가지다. 그래서 그는 '노동자계급문예'라는 말 대신에 '노동문학'이라는 용어를 쓰고자 한다. '노동문학'이라는 용어는 이념적 지향뿐 아니라 작품 소재의 기준까지 내포하고 있어 그 독자성에 대한 요구도 수용하면서 또 그것을 경계할 수 있기 때문이다. 그가 보기에, 이러한 태도는 노동자계급의 정치적·문화적 진출이 불충분할수록 특히 필요하며, 더군다나 노동자계급의 각성과 진출을 서두르기 위해서라도 필요하다. 사정이 그러한데도, 전체 '민중'을 주도하기에 미흡한 문학을 배타적으로 강조한다면 그것은 문학의 빈곤과 운동의 고립을 자초할 수 있다는 것이 그의 생각이다.[49]

어쨌든 민중문학론에서는 민중 구성의 과학적 인식과 민중 소외의 실상에 대한 계층별·계급별 검토를 빼놓을 수 없다. 이는 민중문학이 어느 한 계급 또는 두어 계급의 문학이어서가 아니라 바로 다양한 계급적·계층적 구성을 지닌 광범위한 연합 세력의 문학이며 그들의 인간해방을 목표로 하는 문학이기 때문이다. 우리 역사의 현시점에서 이 연합체의 존재는 민족 통일의 대의와 직결되어 있음은 더 말할 나위 없지만, 통일의 대의 자체는 또 각 계급 및 계층의 개별화된 생활상의 이해 관계를 통해서만 제대로 현실적인 힘을 발휘하는 것이다. 그러면 오늘날 이러한 힘을 최대한으로 결집시키고 더욱더 키워 나갈 생활상의 논리를 우리는 어디서 찾아낼 것인가?

80년대의 민중·민족문학론에서 크게 고조된 노동운동 및 노동문학에의 관심도 이런 각도에서 추구되어야 옳다. 즉, 민중 구성의 일부분인 노동자계급을 민중의 전체인 양 절대시하는 계급주의적 독단을 피해야 함은 물론이러니와, 그렇다고 우리 국민이 이만큼 잘 살게 되었는데 노동자들도 좀 살림이 펴도록 해 줘야 할 것 아니냐는 인도주의 내지 (노동자들 쪽에서의) 조합주의여서는 큰 의

---

49) 백낙청, 「지혜의 시대를 위하여」, 『창작과비평』, 1990.3.

미가 없다. 어디까지나 전체 민중의 인간해방 · 민족해방을 위해 노동자들의 자기 인식과 계급적 자기 주장이 얼마만큼 기여할 수 있느냐는 차원에서 접근할 문제인 것이다.[50]

백낙청은 '민중'문학을 어느 특정 계급이 아닌 다양한 계급적 · 계층적 구성을 지닌 광범위한 연합 세력의 문학으로 본다. 그가 말하는 '운동성'도 무엇보다 '민중'의 생활 현실을 드러내는 '예술의 민중성'에서 비롯하며, 운동체의 지향성이 '민중' 예술을 고취 · 인도하는 일은 오히려 부차적이다. 정확하게, 1986년의 시점에서 그는 민족문학에서 민중문학으로 옮겨가고 있는데, 그러나 그의 논의는 어디까지나 문학 자체의 '예술성'에 입각하여 있다. 사실 1970년대부터 그는 '민중성'과 '예술성'을 동시에 추구했다.[51] 1980년대 들어 그가 사용하는 '민중적 당파성'이라는 것도 1970년대 그의 '민중' 개념과 크게 다르지 않다. 그가 전략적으로 '당파성'이라는 용어를 사용하지만, 그러나 사실 1970년대 민족문학론 또한 처음부터 민중문학론이었다고 그는 강조한다.

7. 1980년대 민족문학론의 현재적 의미

1980년대까지 우리의 민족문학론은 백낙청의 논의에서 하나의 귀결을 마련한다. 1980년대 들어 그는 분단극복과 우리 내부의 민주화 과제에 지속적으로 관심을 보인다. 그리하여 시종일관 '민족'문학론의 시각에서 '민중'문학론을 이해한다. 더욱이 남북의 분단처럼 민족 문제가 '민중'에게 이중의 소외

---

50) 백낙청, 「민중 · 민족문학의 새 단계」, 『창작과비평』(57, 복간 1호), 1985.10.
51) 백낙청, 「민족문학의 민중성과 예술성」, 『민족문학의 새 단계』, 창작과비평사, 1990, 54~55면.

를 강요하는 현실에서는 "먼저 깨닫고 남다른 일솜씨를 지닌 소수의, 가장 바람직한 의미로 보수적이자 전위적인"52) 지식인의 활약이 무엇보다 필요하다는 것이 그의 생각이다. 그에게는 분단과 무관한 내부의 모순은 없으며 따라서 내부 모순의 극복과 무관한 분단극복도 없다. 그가 1980년대 급진운동의 흐름들, 예컨대 NL(민족해방)과 PD(민중민주) 그리고 그 둘을 통일하고자 했던 NDR(민족민주혁명)53)과 거리를 둔 것도 '자주화'와 '민주화' 그리고 '민족모순'과 '계급모순' 이 둘을 모두 고려하겠다는 것이었다. 그것은 '문학'과 '운동' 그리고 '지식인'과 '민중'의 시각을 동시에 고려하겠다는 것이었다. 그는 NDR도 분파적 성격이 강했다고 비판하며, NL과 PD에다 자유주의 노선의 중도적 민족문학론의 장점까지 아우르는 광범위한 연합 세력의 문학으로서 민족문학을 설정한다.54) 여기서 소수의 지혜로운 지식인의 역할이 절실히 요구된다는 것이다. 그가 민족문학의 '예술성'을 강조하는 것도, 분단극복이라는 우리 민족문학의 과제가 고도의 '예술성'을 요구할 만큼 복잡하기 때문이다. 물론 그때 그가 말하는 '예술성' 또한 '민중성'과 본질적으로 일치하며 현실적으로도 그것과 끊임없이 주고받는 관계에 놓여 있다.55)

마찬가지로 임헌영 또한 민중문학의 '예술성'을 강조하며,56) 1980년대를 민중문학의 전성기가 아닌 맹아기로 파악한다. 그는 노동 개념의 확장과 그에 따른 노동자계급의 확산을 도외시한 채 '공장 노동자 – 조직화 – 의식과 변혁의 주체'로만 보는 이른바 육체 노동자 중심의 노조, 그 가운데서도 공장

---

52) 백낙청, 「민족문학의 민중성과 예술성」, 『민족문학의 새 단계』, 창작과비평사, 1990, 64면.
53) 이정로, 「"노동해방"의 전망에 선 '통일운동'의 진로」, 『노동해방문학』, 1989.10.
54) 백낙청, 『흔들리는 분단체제』, 창작과비평사, 1998, 24면.
55) 백낙청, 「민족문학의 민중성과 예술성」, 『민족문학의 새 단계』, 1990, 62면.
56) 임헌영, 「민주주의와 민중미학을 위하여」, 『문학과사회』, 1990.3.

노동자 중심의 시각은 수정되어야 한다고 주장한다. 이것은 노동을 경제학적으로만 평가하는 시각에서 벗어나 철학적으로 이해하는 것이며, 생존 조건만의 문제가 아닌 인간다움에 대한 근원적인 문제이며, 또 사회 제도나 체제의 문제가 아니라 가치관 그 자체의 문제라고 주장한다. 바로 이런 복합적인 노동(자)문학을 획득하기 위해 그는 노동자의 개념을 육체 노동자만이 아닌 정신 노동자까지, 그리고 공장 노동자만이 아닌 부랑·일고용자·빈민층 내지 중소 상인·봉급 생활자까지 모두 포함하여 이해할 것을 요구한다. 즉 노동자를 프롤레타리아의 전위라고만 생각하여 혁명 의식화에 치중할 때 문학은 도리어 공감력을 잃고 혁명 역량에도 손실을 가져올 수 있다는 것이다.[57] 아울러, 민족문학의 형식 문제를 '살림살이'의 문제로 파악하는 김지하의 시각 또한 돋보인다.[58] 그는 '신명의 문학'을 내세우며 '작가와 민중' '일과 놀이' '대중화와 의식화' '예술과 운동' 등이 구분되지 않으며, 따라서 이러한 상황에 1980년대 문학이 훨씬 미치지 못했다고 비판한다.

이렇듯, 민족문학의 '예술성'은 줄곧 강조되어 왔다. 사실 백낙청은 「새로운 창작과 비평의 자세」(『창작과비평』, 1966.1.)에서 이미 문학의 '순수성'을 바르게 지적하며 그릇된 '순수주의'의 서구 추종적 사고에 문제를 제기한 바 있다. 그는 "순수주의를 본격적으로 비판하는 작가 사상가일수록 문학 본연의 가치와 자율성을 강조"한다고 하여 공허한 '순수/참여' 논쟁을 넘어서고 있을 뿐 아니라, '예술성'은 역사 현실에 대한 작가의 실천적인 인식과 다르지 않다고 강조한다. 앞서 지적했듯, 이 '예술성' 개념은 1960년대 이후 특히 1980년대에도 그의 이론을 지탱하는 중요한 도구이다. '순수주의'와 구별하여 그가 강조

---

57) 임헌영, 「노동문학의 새 방향」, 『민족, 민중 그리고 문학』(80년대 대표 평론선 2), 김병걸·채광석 편, 지양사, 1985, 179~180면.
58) 김지하, 「민중문학의 형식 문제」, 『민족문학』(2), 1985.5.

하는 문학의 '순수성'이 바로 이 '예술성'이다. 그가 '민중성' 대신 '민중 지향성'을 줄곧 강조하는 것도 '예술성'에 대한 그의 인식 때문이었다.[59] 우리 민족문학의 '역사성'을 확보해야 할 이유가 바로 여기에 있다.

---

59) 백낙청, 「민족문학의 민중성과 예술성」, 『민족문학의 새 단계』, 창작과비평사, 1990, 61~62면.

제 3 부 **민족문학론의 과제**

✔ 근대문학 '여명'기의 희망과 또 하나의 과제
✔ 민족 담론의 '역사성'을 확보하기 위하여
✔ 현실과 길항하는 소설의 생명력

근대문학 '여명'기의 희망과 또 하나의 과제

1. 근대문학의 기점 논의와 관련하여

한국문학에 대한 모든 연구와 비평이 궁극적으로 문학사의 체계로 수렴된다고 할 때, 자각적이든 자각적이지 않든 모든 연구자는 결국 근대문학의 기점 내지 그것을 내적으로 규정하는 '근대성'의 문제와 마주치게 된다. 오늘날의 입장에서는 아주 '상투적'(?)이기까지 한 한국문학의 연속성, 그리고 그 과정에서 관철되고 있는 한국문학의 '근대적인 성격'에 대해서는 상당한 논의가 이루어져 있다.[1] 북한의 문학사가 주체사상의 입장에서 병인양요 등 외세를 배격한 사건을 중시하면서 1866년 설을 제기한 바 있지만, 지금까지의 근대문학 기점 논의는 대체로 갑오경장과 동학농민전쟁이 발생한 1894년을 전후한 시기로 모이고 있다. 따라서, 1910년 한일합방을 계기로 이른바 신소설의 창작 방향에 변화가 일어난다고 할 때, 연구 방향은 대략 세 가지로 정리

---

1) 근대문학의 기점과 관련한 논의는 최원식의 「민족문학의 근대적 전환 – 근대문학 기점론을 중심으로」(민족문학사연구소 엮음, 『민족문학사 강좌 <하>』, 창작과비평사, 1995)를 참고할 수 있다.

할 수 있다. 우선, 1894년 이전의 문학 즉 1894년 이전의 특정 시기에서부터 1894년에 이르는 과정에서 생산된 문학과, 1894년에서 1910년 사이의 문학, 그리고 1910년대의 문학에 대한 연구가 그것이다. 다만, 대한제국의 '자생적인' 근대의 체험이 1894년 이전부터 있어왔다고 하더라도 일종의 '흔적'을 찾아 시기를 소급하는 것은 한계가 있다.[2] 연구자들이 1894년을 전후한 시기에 관심을 기울인 것은 이런 한계를 인식한 데서 나온 결과인 것이다. 따라서, 1894년을 전후한 시기로부터 1910년을 전후한 문학, 더 정확하게 말한다면 이인직의 「혈의누」(1906) 이전까지의 문학을 더욱 치밀하게 연구하는 작업과, 그 이후의 문학을 더욱 정밀하게 연구하는 방향이 제시될 수 있을 것이다.

한국문학의 연속성 문제는 결국 근대문학의 기점 논의와 맞물려 있어 간단히 해결될 수 있는 성질의 것은 아니다. 하지만, 그런 가운데서도 '서사적 논설'과 '논설적 서사'라는 개념으로 한말에서 1910년대 말에 이르는 시기의 문학을 집중적으로 연구한 『한국근대소설사』(김영민, 솔, 1997)는 한국문학의 연속성 문제를 포함하여 1894년 이후 신문과 잡지에 발표된 다양한 형태의 글쓰기 양식을 총체적으로 검토함으로써 근대문학의 출발 지점을 매우 풍부하게 해주었다. 『한국근대소설사』는 조선 후기 문학과 근대문학 사이의 전통적 맥락이 끊어진 것이 아니라 이어져 있다는 시각을 구체적으로 입증하고 있는데, 다시 말해 한국 근대문학이 일본문학이나 서양문학의 이식에 의해서가 아니라 우리 문학사의 맥락에서 생성되고 발전해 왔음을 살피고 있다. 한마디로 말해, 이 책의 야심찬 기획은 "한말 이후 존재하는 모든 서사 문학 양식들의 형성 과정과 그 생성 요인을 밝히고 그 양식들 사이의 상호 연관성을

---

2) 근대문학의 기점을 소급하려는 데 대한 비판이 제기되었는데, 이런 비판은 '적어도' 기점 논의의 생산성 면에서 기본 전제가 되어야 할 것이다(최원식, 「한국문학의 근대성을 다시 생각한다」, 『민족문학과 근대성』, 문학과지성사, 1995).

찾아내 그 양식들의 발전사를 구성"[3]하는 것이었다. 이런 시각은 문학사의 실상이 자기만의 전통을 고수하는 것이 아니며 또 외래적인 것의 일방적인 수용에 그치는 것이 아니라 어느 시기 어느 공간에서나 전통적인 것이 외래적인 것과의 교섭 속에서 자기를 세워나가는 것이라는 점에서 올바른 방향이기는 하다. 그러나 그것으로 '근대'문학의 '근대적인 성격'을 온전하게 해명할 수 있는 것은 아니다. 그 이유는 두 가지이다. 먼저, 앞에서 언급한 대로 한국문학의 연속성 문제와 근대문학의 기점 논의는 서로 맞물려 있는 문제이면서 또 별개의 문제로 볼 수 있는 한국 근대사의 특수성 때문이다. 즉, 김영민의 "양식들의 발전사를 구성"한다는 말에서 표명된바 여러 양식들에 대한 형식상의 해명만으로는 포괄되지 않는 서구적인 근대의 충격과 식민지화라는 특수성을 배제할 수 없기 때문이다. 또 하나는 '근대성'을 규정하는 요소를 서구적인 잣대로 판단할 것인가, 아니면 서구적인 것을 지양하는바 동양적인 '어떤' 것으로 판단할 것인가 하는 관점에 따라 논의가 달라질 수 있다는 사실이다. 물론 이런 논의 범주의 설정은 신중함이 요구되는 작업이긴 하지만, 기실 근대성의 충격이란 서구적인 근대의 충격이었다는 사실은 무시할 수 없다. 따라서, 형식상의 유사성으로 한국문학의 연속성 내지 그 연속성의 편린은 확인할 수 있을지라도, 그러나 그것은 근대문학을 규정하는 자질(근대성)을 규명하는 것과는 별개의 문제이다. 중요한 것은 정상적인 상황에서라면 자생적으로 발전할 수 있었던 근대성의 체험이란 것이 어떻게 '왜곡된' 형태로나마 전개되고 있으며, 또 그것이 새로운 세기를 맞이한 오늘날에도 어느 정도 의미 있는 생산 단위인가가 우선적으로 검토되어야 한다는 사실이다.

이러한 문제의식과 관련하여 볼 때, 김영민의 『한국근대소설사』 이전에

---

3) 김영민, 『한국근대소설사』, 솔, 1997, 7면. (이후는 저자명과 인용 면수만 기재함)

우리 근대소설의 출발과 성장기의 모습에 대한 체계적인 연구가 없는 것은 아니다. 김윤규의 『개화기 단형 서사문학의 이해』(국학자료원, 2000)가 그것이다. 이 책은 원래 저자의 박사학위 논문인 「개화기 단형 서사문학 연구」(경북대 대학원, 1993)를 부분적으로 보완한 것이다. 『한국근대소설사』가 개화기 단형 서사문학에서부터 이광수의 『무정』에 이르기까지 한국 근대소설사의 흐름을 일관된 맥락에서 검토하고 있다면, 『개화기 단형 서사문학의 이해』는 1894년에서 이인직의 「혈의누」가 발표되기 이전의 모든 문학 양식들을 집중적으로 조명하고 있다. 그런 만큼 이 두 저서는 상호 보완적으로 읽혀질 필요가 있다. 따라서, 이 글은 이런 의도 아래 『개화기 단형 서사문학의 이해』가 지니고 있는 미덕에 대해서 몇 가지 지적함으로써 앞으로의 연구 방향을 가늠해보고자 한다.

우선, 『한국근대소설사』와 『개화기 단형 서사문학의 이해』의 '머리말'을 각각 살펴보자.

> 여기서 다루는 <서사적 논설>이라는 문학 양식은 지금까지 학계에서 전혀 연구된 바 없을 뿐만 아니라, 그러한 자료들의 실체에 대해서조차 거론된 바 없다.
> <서사적 논설>은 우리의 전통적 이야기 문학 양식인 야담이나 한문 단편 등이 근대적 문화 매체인 신문의 논설과 합하여 생긴 서사문학 양식이다.
> ─ 김영민, 위의 책, 7~8면, '머리말'

그러니 이인직 이전의 작품들은 그보다 훨씬 저급할 것이라는 생각은, 자연스런 것이었다. 그런데, 조선 말기의 한문 단편들을 읽고 난 뒤에는 또 다른 혼란에 휩싸일 수밖에 없었다. 왜냐하면 조선 말기의 한문으로 된 단편 작품들은 발랄하고 참신한 문학 세계를 생동감 있게 보여주고 있었기 때문이었다. 거기에는 시대를 고민하는 지식인들의 땀이 서려 있고, 새로운 가치관을 세워 가는 서민들의 살아가는 삶이 담겨 있었다.

그렇다면 이건 도대체 뭘까. 조선 후기 또는 말기 작품들과 신소설 사이의 이 현격한 단층은 무엇인가. 그걸 어떻게 메꿀 수 있을 것인가 하는 것이 중요한 궁금증이 되었다. 메꿔질 수 없을 것이라고는 생각하지 않았다. 문학사의 어떤 시기든 이유 없는 단층이 나타날 리는 없다고 배웠기 때문이다. 그렇다면 이 단층에 우리가 모르는 계단이 있을 것이고, 그것을 찾아 밝히는 것이 중요한 임무라고 생각되었기 때문이다.

이 글에서는 조선 말기 문학과 신소설 사이의 단층이 19세기 말 신문 소재 단형 서사문학에 의해 메꿔질 수도 있다는 생각을 정리했다. 창작된 시기와 문학사적 위치가 그 시기 단형 사사문학으로 하여금 그러한 역할을 자임하게 했던 것이다.

- 김윤규, 위의 책, 3~4면, '머리말'

위의 두 인용문만 보더라도 이들 논의의 선도성과 정밀성을 확인할 수 있다. 아울러, 앞에서 언급한 대로 『개화기 단형 서사문학의 이해』가 『한국 근대소설사』와 상호 보완적으로 읽혀지기를 밝힌 것도 이해할 수 있을 것이다. 특히, 『개화기 단형 서사문학의 이해』는 1894년을 전후한 시기에서 「혈의누」 이전까지의 논의를 살펴볼 때 자료의 포괄성 측면에서뿐 아니라 논리의 치밀성에서 훌륭한 미덕을 지니고 있다.

2. 개화기 단형 서사문학의 문학사적 위치

『개화기 단형 서사문학의 이해』(이하, '단형'으로 약칭함)는 고전문학과 신소설의 사이, 구체적으로는 대한제국 시기의 문학 현상에 대한 검토를 통해 문학사적 복원을 시도한다. 저자는 『독립신문』이 창간된 1896년에서부터 1906년 이전에 생산된 문학을 '창작 단형 서사문학'이라고 명명하고 있는데, 이러한 명명에서 이른바 신소설이라고 불리는 장형의 완결된 서사 양식이 구소설과 비교해볼 때 많은 유사점에도 불구하고 현저히 구별되는 상이점을 가지고 있으며, 따라서 그것이 한순간에 완성된 형태가 아닐 것이라는 저자의 문제의식을 확인할 수 있다.

이 책이 안고 있는 장점은 우선 많은 자료를 검토하고 있다는 데 있다. 많은 자료가 연구사적 의의를 그대로 보장해주는 것은 아니라 하더라도, 이 책은 거의 불모지에 가까웠던 이 시기의 모든 글쓰기 양식을 포괄적으로 다루고 있다는 점에서 자료 정리와 같은 단순한 미덕을 훨씬 넘어서고 있다. 말하자면, 이 책은 통칭하여 개화기의 신문에 게재된 단형 서사문학을 검토해야 할 필요성이 제기[4]된 이래 단형 서사문학의 독자성을 인식하면서 그것의 실상을 살펴보려 한 첫 번째 성과이다. 이런 점에서, 이 이후의 작업은 이 책에 상당 부분 빚을 지고 있다. 저자가 주장하는 바 논지를 따라가며 살펴보자.

앞에서 언급한 대로, 개화기 단형 서사문학은 『독립신문』이 창간된 1896년 이후에서 1906년 사이에 집중적으로 생산된 문학 양식이다. 이들은 신문의 <논설>, <잡보>, <기서> 등의 난에 게재되기도 하고, 일부는 일정한 난을 가지지 않고 독자적인 제목을 가지고 실리기도 하였다. 이들은 당시에 있었던 사실을 재구성하여 보여주거나, 과거의 일이나 외국의 사실을 인용하여 지은이의 교훈적인 의도를 드러내기도 하고, 전통적으로 애용되어 왔던 몽유

---

4) 이재선, 『한국개화기소설연구』, 일조각, 1972.

나 의인의 방법을 차용하여 현실 문제를 교훈적으로 다루기도 했다.

> 형식은 초기에 서술 형식의 서사에 지은이의 의도가 직접 결부되던 것으로부
> 터 시기가 지날수록 다양한 시도를 보여 대화체의 생산적인 발전이 이루어지고
> 몽유나 의인 방법이 사용되기도 하며 지은이의 개입은 전혀 없이 서사의 내용만
> 이 제시되기도 하였다. (중략)
> 개화기 단형 서사문학 작품 중에서 일부는 당시의 구체적 사실을 지은이가
> 재편성하여 서술한 것도 있으며 일부는 사실이 아닌 것이면서 사실인 것으로 믿
> 게 하려는 여러 장치를 사용하기도 하였다. 이 경우도 지은이가 자신의 의도를
> 효과적으로 전달하려는 목적을 가졌기 때문일 뿐 사실 자체의 전달에만 목적을
> 둔 보고적 양식이나 의도만 전달하는 논설적 양식과 구별되는 특징이 있다.[5]

인용문에서 우리는 개화기 단형 서사문학이 그 당시 일어난 사실을 단순
히 보고하는 것이거나 지은이의 의도만을 전달하는 논설적인 양식과 달리
'논설'과 '서사'가 결합된 복합적인 양식임을 알 수 있다. 이것을 '단형'은 '정
론적 서사'라는 말로 표현하고 있다. 말하자면, '정론적 서사'라는 항목 안에,
서사보다 정론적 성격이 강한 <논설> 양식과 정론적 성격보다 서사의 성격
이 강한 <비논설> 양식을 따로 설정하고 있다. 그리고 <논설> 양식도 '의도
를 직접 드러내는 <논설>'과 '의도를 직접 드러내지 않는 <논설>'로 나누고,
<비논설> 양식도 '의도를 드러내는 <비논설>'과 '의도를 직접 드러내지 않는
<비논설>'로 나누고 있다. 다시 말해, '의도를 직접 드러내는 <논설>'과 '의
도를 직접 드러내지 않는 <비논설>' 사이에 '의도를 직접 드러내지 않는 <논
설>'과 '의도를 드러내는 <비논설>'이라는 중간 형태를 설정하고 있는 것이

---

5) 김윤규,『개화기 단형 서사문학의 이해』, 국학자료원, 2000, 19면.

다. 이 네 가지 형태 중에서 문제적인 것은 물론 중간 형태의 양식일 것이다.

먼저, '의도를 직접 드러내지 않는 <논설>'은 특이한 명명(구완식/신진학)이나 대화체 그리고 몽유록 형식이나 의인 방법의 사용 등 여러 창작 방법을 동원하고 있는데, 특히 <논설>란에 실린 서사에서조차 논설의 직접적 기능이 쇠퇴하고 제거되어 가는 과정에 있다는 지적은 서사 자체의 의미에 대한 새로운 인식을 보여주고 있다는 점에서 주목된다. 이 시기에는 이러한 인식이 진전되어 특히 <비논설> 양식의 경우 지은이의 의도가 배제되어 서사 양식에 가까운 글들이 많이 발견되기도 한다. 이른바 <비논설> 양식의 글들은 신문의 편집자나 논설의 필자처럼 신문의 이름을 걸고 말하는 형식이 아니므로 내용이 비교적 자유로울 수 있었고, 실제로 교훈을 직접 드러내지 않는 경우도 많았다. 특히 이런 양식의 글은 서사라 하더라도 반드시 지은이의 의도를 전달하는 도구로서의 서사만이 아니라 흥미와 쾌락을 기도하는 이야기를 전달하는 기능까지 담당하게 되는데, 이는 18세기까지 구소설이 이룬 성과에서 발현된 것이라는 점에서 그 의의를 찾을 수 있다.[6]

물론, 지은이가 직접 개입하여 교훈을 전달하지 않고 이야기만으로 암시하는 경우에도 지은이가 자신의 의도를 드러내는 목적 자체를 포기한 것은 아니므로, 지은이가 자신의 의도를 직접 말하지 않고도 효과적으로 전달하는 방법을 모색할 필요가 있었는데, 그와 같은 관점에서 대화체, 의인문학의 기

---

6) 이런 유형에 해당하는 작품에는 「코기리와 원숭이의 니야기」(『그리스도신문』, 1897. 5.7.), 「적에 괴생이라 ᄒᆞ는」(『독립신문』, 1898.2.5.), 「됴와문답」(『죠션크리스도인회보』, 1897.5.26.), 「부ᄌ문답」(『대한크리스도인회보』, 1898.3.30.), 「시ᄉ문답」(『독립신문』, 1898.10.28.~29.), 「어리석은 사름들의 문답」(『뎨국신문』, 1898. 11.26.), 「상목재문답」(『독립신문』, 1898.12.1.), 「외국인 됴롱ᄒ 말이라」(『뎨국신문』, 1899.3.6.), 「붉은 거울을 보시오」(『대한크리스도인회보』, 1899.10.25.), 「효ᄌ행」(『대한크리스도인회보』, 1900. 6.13.), 「호랑이꿈」(『대한크리스도인회보』, 1900.6.27.), 「무듸션생」(『그리스도신문』, 1901.5.16.) 등이 있다.

법, 몽유록 형식 등 다양한 형식적 시도가 나타나게 되었다. 그리고 이런 유형의 글들도 초기의 글에는 서술자가 서사의 앞뒤에 인용자나 몽유자의 모습으로 나타나지만 후기의 글에는 인용자나 서술자가 서사의 앞 또는 뒤 중 어느 한 곳에 있거나 아예 없어지는 변화를 보이기도 한다.

이처럼, '단형'은 이 시기 글에서 보이는 다양한 양식적 특징을 구체적으로 살펴보고 있는데, '대화체의 고안과 정제,' 그리고 '전환서사 방식의 활용' 항목에서 몽유록과 의인문학 형식을 살펴보는 것이 그것이다. 이 부분에서 저자는 고전문학과의 연속성에 대한 고찰뿐만 아니라 그동안 주로 내용 차원에서 논의되던 이 시기 단형 서사문학을 그 형식적 특질 면에서 더욱 깊이 고찰하고 있다.

> 이처럼 전 시기 의인문학의 형식을 계승하여 이룬 개화기 단형 의인문학은 이전처럼 사관의 발언을 사용하지 않고도 지은이의 의도를 드러내는 형식적 진전을 이루었으며, 사물을 의인하여 가전 형식으로 꾸미는 것보다 인간의 행동을 동물에 의탁하여 의인하는 경우가 많이 나타나면서 후에 이어질 의인류 작품의 형식적 계기를 이루고 발상 방법의 전범으로 기능하게 된다. 이 다음 시기에 이어지는 의인문학이 인간의 행위를 동물이 풍자적으로 대신하는 경우(「금수회의록」, 「경세종」, 「만국대회록」 등)만이 아니라 신체적으로나 성격적으로 일정한 한계를 지닌 인간이 대신하는 경우(「병인간친회록」 등)가 나타나게 되는 것도 이 시기 의인문학의 형식적, 발상 방법적 축적의 결과라 할 것이다.7)

의인문학에 대한 이 같은 체계적인 인식과 더불어 개화기 몽유록에 대한 연구 또한 주목할 만하다. 개화기에도 몽유록은 생산적으로 계승되고 계속

---

7) 김윤규, 앞의 책, 84면.

창작되었는데, 이 시기 몽유록에 대한 기존의 연구는 「금수회의록」(1908), 「몽 견제갈량」(1908), 「몽배금태조」(1911), 「꿈하늘」(1916) 등에 치중하여 이런 작품 들이 나타나게 된 선행 형태로서의 개화기 단형 몽유록에 대한 검토가 부족 했던 게 사실이다. 그러나, 오히려 이 시기 단형 몽유록은 작품의 수에 있어 서나 짜임새와 그 의도에 있어서 주목할 만한 것이다.

특히 이 시기 단형 서사문학이 중심 갈등의 해소 뒤에 후일담을 서술해 야 한다는 부담에서 벗어남으로써 상상력의 광범한 확대를 가능하게 했으며, 긴장이 유지된 상태에서 깨끗하게 마무리하는 결말은 사실적 사건 제시를 가 능하게 하여, 이어지는 문학에서 단편소설의 사건제시 태도를 발전시키게 된 다. 이것은 이 시기 단형 서사문학이 이전 시기의 한문단편이 이룩한 문학적 성과를 발전시켜 후대의 단편소설에 전해준 것으로, 단형 서사문학의 문학사 적 의미는 여기에 있다고 하겠다.

그러나, '단형'은 이런 긍정적인 측면에도 불구하고 몇 가지 아쉬운 점이 있다. 그 중에서 가장 눈에 띄는 것은 서술 방식상 내용이 중복되고 있다는 점이다. 예를 들어 특히 제3장과 제4장에서 서술된 내용이 그러한데, 이것은 형식적인 측면에 대한 분석에 치우쳐 형식적인 측면과 내용적인 측면을 단선 적으로 분리하여 사고한 데서 나타난 현상으로 보인다.

그리고, 다음 인용 부분은 개화기 문학의 실상과 부합하지 않는 지적으로 보인다.

개화기의 문학은 조선조 후기에 왜곡되었던 왕조 지배 질서를 이상적인 상태 로 돌려놓으려는 의도를 강하게 드러내고 있었으며 그 방법으로 구 질서의 이상 적 보수이든 신 사고에 의한 자강이든지의 내용을 포괄하게 되었다.[8]

---

8) 김윤규, 앞의 책, 201면.

이런 지적은 자주 강조되고 있는데, 점진적 개화파와 급진적 개화파의 사고, 그리고 일정한 한계에도 불구하고 중세 봉건사회의 가치 질서를 근본적으로 의문시하고 새로운 가치를 강조한 동학농민전쟁의 역사적 의미를 지나치게 협소한 것으로 평가 절하하고 있다. 잘 알다시피, 중세적 가치를 고수하고자 한 위정척사파, 그리고 낡은 질서를 무너뜨리고 새로운 질서를 구축하고자 한 급진개화파 모두 한계가 있었다. 그럼에도 불구하고 이미 '개화'라는 명제가 외세에 의해 타율적으로 강요되는 상황에서 반외세와 반봉건의 두 가지 과제를 균형잡힌 시각으로 해결하고자 한 동학농민전쟁의 역사적 의의는 결코 과소 평가할 수 없다.

따라서, 이 책이 지니고 있는 훌륭한 미덕, 예컨대 "이 시기의 많은 화소가 다음 시기의 비교적 장형화되고 완결된 서사문학에 채용되고 이 시기에 이룬 표현 기법의 수련이 다음 시기의 문학에 원용되는 경우가 많았다."[9]는 온당한 지적에도 불구하고 주어진 연구 대상에 구속되어 자료를 통어할 만한 방법론적 시각이 날카롭게 정비되지 못했다는 한계를 지울 수 없다. 다시 말해, '단형'이 일차적인 자료 정리에 치중하여 이 시기 문학이 지닌 문제의식의 발랄함과 역사적 '현재성'을 소홀히 하고 있다는 것이다. 그 한 예로, 이 시기 문학담당계층의 성격을 살펴보면서 신분 질서의 붕괴는 전반적인 평민화 · 보편화를 의미하는 것이 아니라 의식의 측면에서 보면 전반적인 상층 지향, 선진 지향적인 것이었으며, 이 같은 왕조적 가치에 대한 전래적인 긍정이 이들의 행동을 규제하여 개화 지향적인 가치관으로의 이행을 느리게 하였다고 보고 「면츙가」(『대한매일신보』, 1905.12.5)를 예로 들고 있는데, 하지만 이처럼 충절 행동을 통해 신분의 상승을 소망하는 경우는 이 시기 문학담당계

9) 김윤규, 앞의 책, 202면.

층의 일반적인 성격으로 볼 수 없다는 것이다. 더욱이 이런 시각 자체가 근대 전환기에 위치하고 있는 이 시대의 특성상 낡은 질서를 파괴하고 새로운 질서를 생성하려는 적극적인 측면을 무시하고 애써 가꾸어놓은 작품의 실상을 왜곡할 수 있다는 점을 경계해야 할 것이다.

3. 문학사의 연속성과 자생성, 그리고 그 현재성

한국문학의 연속성 문제가 단순히 형식상의 문제가 아닌 만큼 그것의 정신적, 시대적인 내포가 엄밀히 규정되어야 함은 주지의 사실이다. 따라서, '단형'이 문학사의 연속성 차원에서 많은 부분을 밝혀주고 있지만, 저자의 말처럼 문학사의 연속성과 자생성에 대한 의문과 탐색은 앞으로도 계속되어야 하며, 또 모든 연구자가 문학사적 연계에 대한 의문에서 놓여나 더욱 정밀하고 본질적인 문학 연구에 나아가야 할 것이다. 그러기 위해서는 "고전문학의 아랫자락"에 대한 보다 정밀한 연구가 진행되어야 할 것이며, 나아가 적어도 '단형'이 대상으로 하고 있는 시기의 문제의식이 오늘날 문학이 안고 있는 문제의식과 별반 다르지 않으며, 오히려 더 치열한 문제의식을 지니고 있다는 사실을 인식하는 일이 중요하다. 이런 점에서 결국 우리 앞에 여전히 놓여 있는 과제는 다름 아닌 근대문학의 기점 논의와 관련한 근대성의 내포를 더욱 정밀하게 가다듬는 일임을 새삼 확인할 수 있다. 따라서, 객관적이고 과학적인 문학사 연구를 위해 우리 근대문학을 일관되게 바라보는 시각이 더욱 절실히 요구된다고 하겠다.

이런 문제의식과 관련하여 볼 때 최근의 연구 풍토는 반성의 여지가 있어 보인다. 다 알다시피, 최근 우리 사회는 모든 분야에 신속함이 요구되고 있는데, 이런 신속함은 정보기술 분야에 특히 요구되고 있지만 문학연구 분야도 예외가 아닌 것 같다. 정보기술 분야의 경우 새로운 기술이 아니고서는 지속적인 경쟁력을 확보할 수 없기 때문이기도 하지만, 학문 또한 우리의 일반 생활과 무관한 것이 아닌 이상 이런 전반적인 흐름을 외면할 수는 없을 것이다. 기초과학의 붕괴니, 순수학문의 위축이니, 인문학의 위기니 하는 말들은 이미 우리의 귀에 익숙하여 큰 실감으로 다가오지 않는다. 그러나 기초과학의 붕괴는 결국 오늘날 미덕으로 강조되는 실용과학의 붕괴로까지 이어질 수 있는데, 그것은 기초과학이 실용과학의 토대가 된다는 점 때문이다. 마찬가지로, 인문학이란 이 모두를 제어하고 가치 평가하는 학문이라는 점에서, 인문학의 위기라는 말은 '위기'라는 말 자체가 함유하고 있는 의미만큼이나 우리 사회의 정신적인 풍모를 가장 단적으로 드러내주고 있다.

그러면 이런 위기의식은 어디에서 비롯된 것일까. 그 한 가지 단서로 연구 풍토를 언급하지 않을 수 없다. 학문 세계에서 연구사 검토는 가장 기본적인 요소임은 부정할 수 없을 것이다. 그러나 유감스럽게도 최근에 수없이 생산되는 논문이 과연 충실한 연구사 검토 아래 쓰여지고 있는지는 의문이다. 그리고, 더 심각한 것은 이러한 연구 풍토가 관습화될 때 학문의 위축은 물론 우리의 정신 세계 전체가 왜곡될 우려가 있다는 사실이다. 이런 상황에서 우리는 아이러니컬하게도 인문학의 위기를 촉진시키고 있는 정보사회에서 하나의 해답의 단서를 찾을 수 있을 것이다. 얼마 전 미국의 모 대학에서 한국학 관련 연구 목록을 담은 시디롬을 출간하였고, 우리나라에서 최근 한국학의 진흥과 연구풍토 개선을 위해 사설 및 공공 기관에서 여러 모로 노력하고 있다. 그러나 이런 작업도 '발품'과 '손품'이 들어가는 연구사 정리와 같은 기본 인프라가 구축되지 않는 한 생산적인 논의에 별 도움이 되지 않을 것이다. 이처럼 토대가 허약한 상황에서 생산되는 논문들이 과연 어떤 의미가 있는가, 그리고 그런 상황에서 쓰여지는 논문을 토대로 확대 재생산될 수 있는 '논문의 빈약성'은 또 어떻게 할 것인가를 고민해보지 않을 수 없다.

연구자로서의 양심을 가지고 있다면, 읽어보지 않을 수도 없고 또 읽어봐도 이전 성과와 별 차이가 없는 글, 이런 글을 막상 읽고 났을 때의 아쉬움과 허전함, '학문의 허무주의'가 생기는 것은 바로 이 때문이다. 이런 점에서 본다면 인문학의 위기란 정작 이런 데서 출발한 것은 아닌가 하는 생각도 억측만은 아닐 것이다. 어찌 되었든, 포괄적이고 체계적인 연구사 정리를 소홀히 하는 것은 일종의 직무 유기일 수 있다. 우리 모두가 알고 있는바 척박한 연구 풍토 아래에서 연구자의 자존심을 찾는 길은 학문에 대한 순수한 열정, 무엇인가 밝혀보고자 하는 진리에의 탐구 정신이라는 학문의 본질을 되새겨보는 일밖에 없다. 그리고 이런 자각은 학문 세계에만 해당하는 것이 아니라 우리 사회 전반에 필요한 정신이기 때문에 더욱 소중한 것이다.

이런 점에서 보더라도 '단형'의 문제의식과 대상을 파고드는 성실한 작업은 시사하는 바가 많다고 하겠다. 가벼운 글쓰기가 유행하는 상황에서는 결코 넘볼 수 없는 작업이기 때문에 더욱 그러하다.

민족 담론의 '역사성'을 확보하기 위하여

1. 새로운 연대의 실마리를 찾아

『민족 이야기를 넘어서』(신형기, 삼인, 2003)는 최근 자주 논의되는 민족주의 담론을 살펴보고 있다. 우선 이 책은 학문적 논의에 해당하는 무거운 주제를 일반 독자들도 쉽게 이해할 수 있도록 하고 있다. 이는 오랫동안 북한문학을 연구해 온 저자의 식견에 크게 힘입고 있다. 제목처럼 이 책은 '민족'을 '이야기(서사)' 차원에서 접근하고 있다. 말하자면, 정치적 지배에 앞서 이야기의 지배가 먼저 이루어졌다는 것, 또는 하나의 이야기가 유일한 이야기가 되어 모두를 그 안에 가두는 서사적 구속이 이루어졌다는 것 등이 이 책의 기본적인 문제의식이다. 그리고 당연히 그와 같은 서사적 구속을 저자는 '넘어서'고자 한다. 물론 그와 같은 서사적 구속을 넘어서는 새로운 대안이 제시되어 있는 것은 아니다. 저자는 오히려 서사적 구속 그 자체의 양상을 충실히 드러내고자 한다. 이와 같은 구도 아래 이 책은 모두 3부로 나뉘어 있다. 제1부는 방법론에 해당하는 글들을 싣고 있고, 제2부는 서사적 구속의 양상을 남북한 문학에서 각각 살펴보고 있고, 제3부는 북한문학과 민족 이야기의 상관 관계를 살펴보고 있다. 이처럼 이 책은 민족(주의) 담론을 서사적 구속이라는 측면에서 일관되게 살펴보고 있다.

주제가 일관된 만큼, 내용이 자주 반복되는 것은 흠이랄 수 있다. 그러나 이것은 큰 흠이 아니다. 문제는 오히려 이야기의 군림이 정치적 지배의 조건이라는 선언적인 명제에 있다. 즉 저자의 주장대로 이야기의 군림이 정치적 지배를 지속 가능한 것으로 만든다 하더라도, 그 이야기가 군림하도록 만든 정치·사회적 지배 구조 그리고 그것의 역사적 위치를 정확히 인식하는 것이 더 중요하지 않을까 하는 것이다. 남북한 모두 민족 이야기 또는 민족이라는 '저항의 주어'가 내부를 각각 공고히 하여 억압 기제로 작용했다는 저자의 주장은 물론 인정한다. 그런데 우리가 남한체제와 북한체제, 남북한체제, 분단체제 나아가 세계자본주의체제라는 단위를 설정한다면, 이 책은 상대적으로 남북한체제라는 관점에서 민족 이야기가 남한체제와 북한체제를 각각 어떻게 억압하고 있는가에 분석의 초점을 모으고 있다. 그 결과 그처럼 왜곡된 남북한 체제를 규정하는 분단체제와 세계자본주의체제에 대해서, 그리고 그것을 극복하기 위한 우리 문학사의 노력에 대해서는 그 인식이 부족하다. 다시 말해 민족 이야기가 정치적 지배에 앞서는 측면에 대해 인식하는 것은 마땅하다. 하지만 그것조차 궁극적으로 규정하는 분단체제 나아가 세계자본주의체제에 대해서도 보다 분명히 인식해야 한다는 것이다. 이 점을 분명히 하지 않는다면, 여전히 오늘에도 '민족'(국가) 단위가 갖는 현실적 가치를 무시할 수 있다. 사실 민족 이야기의 왜곡된 형태, 예컨대 '구획과 배제의 원리' 또는 '도덕화 현상' 등은 남북한 사회를 내부적으로 억압하는 기제로 작용한 것은 분명하다. 하지만, 그러한 구획과 배제의 원리를 더 광범위한 영역에서 관철시키는 세계 질서 그 자체를 정확히 인식하는 것 또한 중요하다.

이와 관련하여, 이 책은 특히 1970년대 이후 우리 민족문학론의 자기 갱신의 노력, 예컨대 제3세계문학론과 농민문학론 등의 긍정적인 역할까지 전혀 무가치한 것으로 파악하게 할 소지를 안고 있다. 이런 상황에서는 저자가 강조하는 바 "상호 이해를 바탕으로 한 연대"(9면)는 불가능해 보인다. 그리고 무엇보다 저자가 강조하는 바 '<나>의 성찰을 토대로 한 <우리>의 연대'는 이미 1960년대 후반 특히 1970년대 우리 민족문학의 논의 과정에서 줄곧 강조되어온 바이기도 하다. 이런 문학사의 시각을 확보할 때 저자가 말하는 바 "새로운 연대의 실마리"도 마련될 수 있을 것이다. 이런 관점에서 몇 가지 사실을 이야기해 보고자 한다.

2. 기원의 서사를 넘어

우선, 이 책은 민족 이야기를 다루는 데 있어 기원의 서사에 치중하여 결과적으로 그것을 극복하고자 한 노력에 대해서는 정확히 인식하지 못하고 있다. 저자의 주장대로, "민족사 쓰기와 문화적 구성"이 민족을 존재하게 하는 데 큰 역할을 한 것은 분명하다. 그러나 그럼에도 불구하고 우리 문학사의 체계를 "이야기의 서술은 세계를 규정하는 것이다."(20면)라고 간단히 정리할 수 있을까는 여전히 의문이다. 물론 이 책도 민족 서사를 가능하게 한 것이 "'비도덕적인' 약육 강식의 시대"(20면)라고 하고 있다.

주지하듯 '민족'(국가)이란 근대의 산물이다. 그리고 그것은 외부의 강제적인 힘에 부딪칠 때 자발적으로 이루어지는 것이다. 그러기에 그것은 밖으로는 저항적 · 배타적 민족주의로, 안으로는 내부 구성원들을 억압하는 기제로 작용하기도 했다. 그러나 여기에 저항하는 움직임이 없었던 것은 전혀 아니다. 특히 우리의 1970년대 민족문학론은 민족주의의 폐쇄성을 인식하고 그 한계를 극복하고자 했다. 물론 1970년대 우리 민족 담론이 민족주의에 견인된 측면은 부정할 수 없다. 다만 문학사의 실상을 제대로 파악하는 것이 중요하다는 것이다. 그러나 사실 저자는 서술의 구조가 상상의 범위를 제한하는 측면을 분석하는 데 치중하여, 정작 그것에 균열을 일으키는 작품들, 예컨대 「만세전」(염상섭)과 같은 성과들은 아주 간단하게 처리하고 만다. 즉 저자는 민족적 예지의 주장을 "원한에 찬 모방"으로만 파악하여, 그것의 한계까지 비판했던 우리 문학사의 또 한편의 성과는 상당 부분 희석되고 만다. 앞서 1970년대 우리 민족 담론의 한계를 인정하면서도 그 성과 내지 현재적 의미를 성실하게 파악할 것을 말한 것도 바로 이 때문이다.

다음, 저자의 주장처럼 북한과 남한이 서로의 체제를 공고히 하기 위해 내부를 억압하고, 그리하여 "따뜻한 안"이 왜곡된 것은 사실이다. 그러나 북한과 남한은 각각 그 체제의 정착 과정에서 엄연히 그 성격이 다른 것이 있는데 그 차이까지 무시해서는 안 된다. 민족적 품성 논의가 특히 그러하다. 생활 속의 영웅 또는 일상성에 대해 관심을 보이기 시작하는 1990년대 이후의 북한문학과 달리, 남한문학에서는 이미 1960년대 말부터 민족적 품성 논의의 폐쇄성을 극복하려는 움직임이 줄곧 있어 왔다. 신동엽의 경우, 시인의 '인민주의적' 상상력이 민족을 절대시하여 안의 다양성을 놓치고 그것이 결국 억압의 기제로 작용했다는 저자의 견해에 동의한다. 사실 남정현의 「분지」조차 작가의 의도와는 달리 박정희가 주도한 '국가민족주의'의 자장에서 결코 자유롭지 못했다. 그러나 이것이 우리 민족 담론의 모두는 아니다.

1969년에 창간된 『상황』은 민족주의에 기초를 두고 민중문학과 리얼리즘을 내세웠다. 신동엽은 이 『상황』이 가장 높이 평가한 작가다. 요컨대 『상황』과 신동엽은 저항적이고 폐쇄적인 민족주의에 상당 부분 포획되고 있었다. 이들이 말하는 전통은 상당히 과거 지향적이었고, 심지어 그들은 그 전통이 외부와의 전쟁을 통해 성립된다는 주장까지 하고 있었다. 그에 반해 김수영을 평가한 『창작과비평』은 그들과는 거리를 두고 있었다. 그런데 이 책은 김수영에 대해서도 앞의 염상섭과 마찬가지로 간단하게 언급하고 지나쳐버린다. 사실 1970년대 들어 본격화되는 우리의 민족(문학) 담론은 처음부터 폐쇄적인 민족주의를 넘어서고자 했다. 민족(문학)은 어디까지나 역사적인 개념이며 따라서 고정 불변하는 실체도 아니었다. 앞서 언급했듯, 우리의 민족 담론이 저항적 민족주의로부터 완전히 자유로웠던 것은 아니다. 그러나 그러한 한계를 극복하기 위한 노력 또한 계속되어 왔다. 1970년대 중반 이후 농민문학론과 제3세계문학론의 문제의식이 그것이다.

이와 관련하여 저자가 말하는 '민중' 개념을 살펴보자. 먼저, 저자는 "제3세계에서 민중 개념의 바탕이 되는 '농민성'은 민중, 나아가 민족을 자연적 산물로 보는 근원주의와 관계한다"고 본다. 그러나 1970년대 우리의 농민문학론에서 '농민'은 '자연적' 개념이기는커녕 안으로는 도시와의 관계, 밖으로는 선진국 도시와의 관계를 동시에 사고하여 이른바 '민중' 개념의 '노동자주의'적 획일성을 경계하며 민족 담론의 내실을 다지는 데 도움이 되었다. 이는 농민문학론이 제3세계문학론의 이론적 토대가 되었다는 점에서도 분명히 확인된다. 저자의 주장대로, 1980년대 우리의 민족문학론에서 '민중'이 절대적인 명제로 추구된 측면은 분명 존재한다. 그리고 그 때문에 1990년대 들어 의식 없는 소비적 대중의 확산을 불러왔다는 저자의 주장 또한 수긍할 수 있다. 다만, 앞서 지적했듯 우리의 '민중' 논의가 그러한 측면만 있었던 것은 전혀 아니다. 사실 특정 논자를 거명하지 않더라도 1970년대 우리 민족(민중)문학론에서 '민중'은 '시민=민중=보통사람들=대중'으로 이야기될 수 있을 정도로 그 진폭이 크다. 또한, 1980년대에도 일부 논자가 '민중성'이 아니라 '민중지향성'을 내세운 것도 바로 그와 같은 민중의 폐쇄성을 염두에 둔 것이었다.

요컨대 1970년대 이후 우리의 민족 담론에서 '민중'은 저자도 강조하는 바, 자각된 <나>의 바탕에서 <우리>의 연대를 추구하고자 했다. 그 연대는 반공 이데올로기에 포획된 김동리 등의 '순수주의'와 달리 「시민문학론」(1969)에서 강조된 '순수성'의 개념에서부터 1980년대 민족문학의 '예술성' 논의에 이르기까지 줄곧 강조되어 온 바다. 그러므로 무엇보다 우리 문학사의 실상에 대한 체계적인 인식이 중요하다.

저자는 이산 가족의 만남을 두고 "그들의 만남이 왜 민족 전체의 결합이 되어야 하는가"라고 반문한다. 저자도 말하듯, "민족 이야기가 자본에 의한 통합과 배제를 숨기는 형식으로 작동하는" 것은 경계해야 한다. 그러나 우리 자신이 그리고 그들 이산 가족이 각기 다른 민족(국가)의 구성원이 아닌 이상 그들 이산 가족의 입장에서 우리 자신을 생각하는 자세는 오히려 마땅하다. 오늘의 자본주의 세계는 여전히 민족(국가) 단위를 경계로 하여 운영되고 있다. 따라서 민족 이야기가 자본에 의한 통합과 배제를 숨길 수 있다고 지적할 게 아니라, 바로 그 때문에 세계자본주의체제에 대한 시각을 더욱 날카롭게 해야 한다. 사정이 그러하기에, "'민족'의 통일이 아니라 다른 의미의 통일"(45면)을 막연히 말할 것이 아니라, 그 '다른 의미의 통일'을 '제대로 된' 통일로 만들기 위해 여전히 그 현실적 가치를 인정할 수밖에 없는 '민족'(국가) 단위의 역사성을 먼저 인식해야 한다. 이때, 민족(국가)이란 폐쇄적인 자민족 중심주의와는 거리가 멀다.

따라서 저항적 민족주의나 '제3세계주의'가 아닌 바람직한 민족 담론은 '민중' 개념을 '제대로' 살리는 데서 시작될 수도 있다. '민중' 개념이 폐쇄적이지 않다면, 오히려 전략적인 의미를 지닐 수도 있다. 이러한 문제의식은 이미 우리의 1970년대 제3세계문학론을 통해서도 부분적으로 성취된 바 있다. 따라서 그러한 성과를 오늘의 입장에서 바르게 이해하고, 민족(국가) 단위를 넘어서는 동아시아적 시각, 나아가 세계체제 차원의 시각을 더욱 날카롭게 정비해야 한다. 이 점에서 저자가 기대고 있는 바, 네그리의 '민중' 개념에 대해서는 회의적이다. 사실 네그리의 '민중' 개념은 '연대' 그 자체를 불가능한 것으로 여긴다는 점에서 현실적인 대안이 되기는 어렵다. 더군다나 그것이 참으로 전복적인 만큼 저자가 강조하는 바 구체적인 삶의 현장에서 '연대'를 이루어내지는 못할 것이다.

3. 근대 극복의 과제를 향해

다시, 과연 저자의 주장처럼 우리가 '민족'과 '민중'을 단순히 '소비'만 해온 것일까. 또 그것이 '불온한' 주어이기만 할까. 사실 우리가 말해온 '민중'은 저자의 주장처럼 "자각 없는 덩어리"로서가 아니라 오히려 <나>와 <우리>의 상호 관계를 통해 <나>를 찾는 것이기도 했다. <나>의 자각 없이 <우리>의 바람직한 연대는 불가능하기 때문이다. 그러한 맥락에서 1970년대 이후 우리의 민족 담론은 <나>에 근거한 남북한 각각의 '민주화'와, <우리>에 근거한 '자주화'를 단계적 과제로서가 아니라 동시적 과제로 설정했다. 이러한 이유로, 우리의 민족 담론이 저자가 강조하는 바와 같이 '분열의 필연성' 내지 '혼종의 필연성'에 의한 모더니즘의 부분적인 성취까지 배제하는 것은 전혀 아니다. 다만, 그것의 부분적인 성취를 전부인 것처럼 여겨서는 안 된다는 것이다. 따라서 이효석이 말하는 향토가 오래된 터전으로서가 아니라 '분리의 시선' 혹은 '혼종의 필연성'을 통해 '발견'된 측면도 봐야 하지만, 그렇게 해서 '발견'된 향토가 궁극적으로 도달한 지점도 아울러 성찰해야 한다. 식민지인도 아니고 그렇다고 세계인일 수도 없는 그야말로 '혼종성'에 의한 이효석의 자기 인식이 과연 어떤 의미를 지니는가에 대해서 회의적이다. 단순히 '민족'에 의해 획일화되지 않는 '분리의 시선' 그 자체만으로 대상의 전모를 파악하기는 어렵기 때문이다. 무엇보다 이 책은 철저히 역사적 개념인 우리 민족 담론의 긍정적인 측면은 무시하고 부정적인 의미를 부각시키고 있다. 이것이야말로 '분리의 시선'의 정확한 사례라 하겠다.

'민중'을 부정적으로 바라봄으로써 '발견'된 것이 바로 "정처 없는 떠돌이"(127면)라는 사실도 지적할 필요가 있다. 요컨대 분열의 기억이 지워진 결과가 그야말로 '떠돌이'에 불과하다면, 그것이 지워질 것만을 두려워하는 것은 성실한 대안이랄 수 없다. 다시 말해 발견된 향토 나아가 발견된 역사로서의 식민지적 근대의 경험 그것을 제대로 포착하기 위해서는 그것을 보다 넓은 역사의 그물망, 즉 "오래된 역사적 터전" 속에 놓고 그 의미를 반추해 보아야 한다. 이때, 「메밀꽃 필 무렵」이 여전히 한국소설의 대표작으로 읽히는 현실, 그리고 그 작품이 정신적 통합의 시대의 기제로 전유되는 현실을 제대로 극복할 수 있을 것이다. 이것은 달리 말해 문학사적 시각을 확보하는 일이다. 그러므로 정신주의가 식민주의자의 이데올로기에 포섭되었다고만 할 것이 아니라, 그 혼종성(분열의 시각) 또한 그로부터 결코 자유롭지 못했다는 사실도 아울러 인식해야 한다.

이런 관점에서 저자가 식민주의자의 근대에 포섭된 것으로 파악하는 프롤레타리아 계급문예도 어느 정도 거기에 포섭되지 않은 부분도 있다고 본다. 1930년 후반 사회주의리얼리즘을 자기화하면서 전개된 주체 논의, 그리고 그 과정에서 제기된 '비전향'의 의미가 그것이다. 물론 저자는 이것도 결국엔 민족(국가)주의에 포섭된 저항적 정신주의의 소산이라며 거부할 것이다. 그러나 분열의 시각과 관련한 모더니즘과 비교하여 1930년대 후반의 프로문학은 식민주의자의 근대에 덜 포섭된 것이라고 생각한다. 민족 담론의 '역사성'을 바르게 이해해야 하는 이유도 여기에 있다.

그러므로 '분열의 시각'을 근대적 역동성의 하나로 보되 그것만을 절대화하는 태도는 경계해야 한다. 더욱이, 오늘의 세계가 통합과 동시에 '분열의 시각'을 끊임없이 조장하고 있다면 오히려 한 발 물러서서 그와 같은 '분열의 시각'을 성찰해보는 것이 더 마땅한 자세가 아닐까. 마찬가지 이유로, '현실'을 다만 '수사적'이라 하거나, "이태준이 이 문법을 선택한 것이라기보다 문법이 이태준을 선택한 것이다"(261면)라고만 할 것이 아니라, 이태준으로 하여금 그러한 문법을 선택할 수밖에 없도록 만든 왜곡된 정치 체제에 대한 사유 또한 필요하다. 사실 저자 또한 『황혼』(한설야)을 분석하면서 다음과 같이 말하고 있기도 하다. "화자의 권위는 교육 계몽의 긴급성에 연유하는 것이기에 앞서 식민 주체의 권력적 지위에서 비롯되고 있는 것이었다."(212면)라고. 여기서도 이야기 문법이 고정된 원인은 이야기를 만드는 의미론적 단위들 나아가 문법적 잠재력이 다양하지 못했다는 저자의 주장은 경청할 만하다. 다만, 그것을 야기한 정치적 통제 또한 고려해야 할 것이다.

요컨대, 저자와 마찬가지로 오늘날 민족의 경계를 자명하고 굳건한 것으로는 보지 않는다. 다만 전지구적으로 이루어지는 생산과 유통이 민족(국가)의 법적이고 정치적인 경계를 "무효화"한다고 선언적으로 주장하기 이전에 그것의 현실적 가치를 냉철하게 바라봐야 한다는 것이다. 앞에서 민족 담론의 '역사성'을 강조한 것도 그 때문이었다. 우리가 민족 담론의 역사성을 정확히 인식할 때, 저자가 주장하는 바, 민족의 결속이 아닌 '또 다른 대안'을 막연히 언급하지 않게 될 것이다. 그리고 이것은 저자가 말한 대로 <나>와 <우리>의 끊임없는 주고받음을 통해 비로소 가능할 것이다. 바로 이 대목에서도 1970년대 이후 우리의 민족 담론은 <우리>의 건실한 연대를 지속 가능하게 하는 <나> 또한 줄곧 모색해왔으며, 그것을 궁극적으로 근대극복의 과제와 연결시켜 사고해 왔다. 이 책이 민족 담론에 대한 우리 문학사의 논의 과정을 더욱 세밀하게 천착해야 한다고 말한 것도 따라서 기우만은 아니다.

현실과 길항하는 소설의 생명력

1. 삶의 거처, 자본의 논리

새만금 간척사업에 대한 논란은 지금도 계속되고 있다. 법원의 공사 잠정 유보 판결은 쌀 시장 개방으로 애초의 사업 목적을 달성하기 어렵다는 판단도 작용했을 것이다. 앞으로 이 문제가 어떻게 마무리될지는 속단하기 어렵다.

어떤 이는 천문학적인 국민의 혈세가 투입된 국책 사업이라 말한다. 하지만 거기에는 이윤을 극대화하려는 자본의 논리가 개입되어 있다. 자본의 논리는 세계적 규모에서 관철되고 있다. 새만금은 국가간 이익이 충돌하는 자본주의 세계경제의 한 첨예한 현장이다. 자본의 논리는 지금 이 순간에도 국가와 국가간을 차별화하면서 한 국가 안에서 지역간, 구성원들간의 차별을 조장하고 있다.

작가 조헌용의 첫 소설집 『파도는 잠들지 않는다』(창비, 2003)는 부제 '새만금 사람들 이야기'가 말해주듯, 새만금에서 벌어지고 있는 차별과 배제의 논리를 잘 그려내고 있다. "바다가 보이는 끝집 포장마차"는 생존의 극한에까지 내몰린 갯마을 사람들의 마지막 거처다. 새만금 끝자락에서 성장기를 보낸 작가답게, 조헌용은 그곳, 새만금의 세태 변화를 날카롭게 포착한다. 이번 소설집은 1998년 『동아일보』 신춘문예 등단작인 중편 「새만금 간척 사업에 대한 소고」(「바다에 길을 묻다」로 개제) 등 모두 8편의 중·단편을 싣고 있다. 소설집 제목처럼 이들 작품은 숱한 어려움 속에서도 꿋꿋하게 살아가는 사람들의 삶의 기미를 잡아낸다. 다루는 제재만큼이나 그 문제의식도 치열하다.

조헌용은 '작가의 말'에서 다음과 같이 말한다. "현실이라면 결코 이길 수 없는 토끼를 그러나 이야기 속에서나마 이길 수 있었던 거북이의 걸음걸이로 이 땅과 이 땅을 살아가는 사람들의 이야기를 쓰겠노라고."(7면) 이것은 문학만이 지닌 미학적 가능성을 염두에 두고 있다. 그리고 무엇보다 현실에 임하는 그의 작가적 태도를 잘 보여준다. 현실과의 치열한 교섭을 통해 가능한 최대치의 것을 드러내려는 자세가 그것이다. '새만금'은 그에게 소재가 아니다. 새만금을 통해 오늘 우리 사회를, 세계를 성찰하고자 한다. '환경'이냐, '개발'이냐, 는 중요하지 않다. 중요한 것은 그 모두를 둘러싸고 움직이는 자본의 논리다. 그 속에서 '환경'을 바라보고, '개발'을 이해하고, 대안을 마련해야 한다. 바다는 가깝게는 한창훈 소설에서 우리가 익히 보아왔다. 하지만 이번 조헌용의 소설집은 바다 밑뿌리를 파헤쳐 건져 올린 이야기여서 예전과 차이가 있다. 오늘의 작가가 어떤 자세를 가져야 할지 반추케 한다.

2. 근대 수난의 축도, 그리고 낭만성

작가의 말대로 『파도는 잠들지 않는다』는 '환경'과 '개발'이라는 거대 담론이 포착하지 못하는 새만금을 다루고 있다. 주지하듯 우루과이라운드 이후

각 나라의 농업 정책은 세계 차원에서 기획, 운영되고 있다. 그러하기에, 미래의 식량 문제에 대비하기 위해서라는 새만금의 개발 논리가 일관되리라 기대할 수는 없다. 우리의 농업 정책이 세계 시장의 변화에 따라 얼마든지 바뀔 수 있기 때문이다. 따라서 "풍년 몇 년에 쌀 남아돈다고 쌀 정책을 포기허는 나라"와 "새만금은 왜 계속헌다고 그 지랄들을 떨어쌌는지…"라는 비판이 계속 충돌하지 않으려면 성숙한 시각이 요구된다.

「어머니는 어느 강을 흐르고 있을까」의 화자 <나>의 새만금에 대한 기억은 상당히 부정적이다. 그곳은 배다른 형제들과의 갈등이 있었던 곳이며, 따라서 그곳은 어디까지나 죽은 어머니의 고향이자 피안의 세계일 뿐, <나>의 고향은 아니다. 이렇듯 <나>의 고향과의 거리 두기는 소설집에 수록된 여러 작품에서 반복되어 나타난다. 예전에는 누구도 제약하지 않는 넓은 바다가 있었다. 그러나 삼십여 년이 더 지난 지금, 사정은 달라졌다. 간척 사업이 시작되면서 바다는 이제 신비의 탈을 벗고, 마을은 자본의 활력이 느껴진다. 마을 입구에는 전에 없던 주유소가 들어서 있고, 예전의 구멍 가게는 '슈퍼'가 되어 있다. 어느 갯마을에서나 들을 수 있는 시끌벅적한 소리도 들리지 않았다. 소리를 잃은 마을은 쓸쓸했다. 대신 보상금을 노린 은행과 보험회사, 증권사 직원들이 드나들고, 인심은 갈수록 척박해갔다. 피해보상 소식을 듣고 다시 나타난 사람들로 마을은 한편으로 부산하다. 그러나 보상도 적었지만, 어업 규제는 한결 심해졌다. 마을은 "말짱에 걸린 고래"와 다르지 않다. 그리하여 오직 더 많은 이윤을 얻기 위한 자리다툼과 선착순의 논리가 그들을 규정한다. 「고래가 올 때」의 한 인물이 밟는 '가속 페달'처럼 속도전이 그것이다.

간척 사업이 시작되는 소설집의 무대는 근대화의 시초부터 수난의 현장이었다. 마찬가지로 이제도 전지구적 자본은 육지의 끝, 새만금을 내버려두지 않는다. 보상금을 둘러싸고 작동하는 자본의 논리는 사기와 도박, 욕설과 갖은 술수를 동반하며 마을 사람들 사이에 차별과 배제의 논리를 관철시킨다. 마을이 생긴 이후 그 어떤 태풍도 이렇게 모질고 거칠지는 않았다. 태풍은 오히려 바다 밑바닥을 뒤집어 "씨알 굵은 조개"를 선사했다. 태풍의 크기만큼이나 희망도 커지는 것이었다. 이것이 바다의 생리에 순응하는 갯마을 사람들의 생활 논리다. 그래서 바다에서 죽은 사람을 위한 넋것이굿이 있고, 기독교와 무속의 대립이 있다. 하지만 그들은 이제 모두 자본의 논리에 둘러싸여 있다. 새로 만든 방파제 위에도 장사꾼은 어김없이 나타난다. 그곳의 소유권을 놓고 단속 공무원들이 서로 싸운다. 바다는 결코 주인(국가) 없는 땅이 아닌 것이다.

「오늘의 날씨」에 나오는 '끝집 포장마차'는 아주 상징적이다. 그곳은 우선 세상 끝이다. 그 집주인은 계속 바다 가까운 쪽에다 '끝집 포장마차'를 다시 세우려 한다. 그곳을 앞서 차지하여 상품의 가치를 극대화하기 위해서다. 자본의 논리가 '땅 끝'에까지 작동하고 있다. 이윤을 추구하는 자본의 생리상, 당연히 사람들간의 경쟁이 유발된다. 이렇듯 '끝집 포장마차'는 생존의 극한에 내몰린 사람들이 간신히 목숨을 부지하고 있는 공간이다. 사실 '끝집 포장마차'는 우리 모두가 처해 있는 생활 현장이다. 그곳은 당연히 육지의 끝이자 새로 바다가 시작되는 곳이어야 했다. 하지만 바다로의 삶은 이제 완전히 차단되었다.

여기서 벗어나는 길은 없을까. 『파도는 잠들지 않는다』는 이 문제에 있어서 구체적이지 않다. 아니, 낭만적이라 해야 할 것이다. 이는 우선 바다의 모습에서 확인된다. 「바다에 길을 묻다」에는 '해화호'라는 배가 나온다. '해화'(海花)라는 이름을 딴 것이다. 사람과 배가 구분되지 않는 것이다. 배 이름이 먼저 지어지고 그것이 사람의 이름이 되기도 한다. '해화호'는 이제 소각되어야 하는 폐선이다. 하지만 결코 폐선은 아니다. '해화호'와 '폐선'은 아주 대조적이다. 그만큼 '해화호'는 신비화되어 있다.

그렇다면 그 '해화호'가 떠다녔던 바다는 어떤 곳인가. 바다는, 사람이 자연의 순리대로만 살아간다면 누구에게나 일한 만큼 갖게 한다. 바다의 자연 생산적 속성 때문이다. 하지만 이 때문에 『바다는 잠들지 않는다』는 우리 시대 개발의 한 현장을 다소 환상적으로 처리하고 만다. 개발자는 땅을 얻는 만큼 바다를 잃는다는 것을 모르는 사람일 따름이다. 성난 파도에 맞서 욕심만 부리지 않으면, 바다는 얼마든지 살아갈 수 있는 공간이다. 마을 사람들에게 바다는 여전히 "삶의 젖줄이면서 동시에 죽음의 그림자"이다.

배를 떠난 사람이 가꾸는 텃밭도 마찬가지다. 새만금 개발은 농토를 확보하기 위해서였다. 그러나 개발된 농토는 『파도는 잠들지 않는다』에서처럼 단순히 바다의 연장은 아니다. 각 나라의 농업 정책이 첨예하게 부딪치는 현장인 것이다. 이 점에 대한 인식 부족이 '별'에 대한 단상을 낳는다.

1) 싸움은 땅에서만 있은 건 아닌 모양이다. 뱀과 땅꾼이 뒤엉켜 싸우고 있었다. 나는 북두칠성 국자 안에 있다는 자미성이 보고 싶어졌다. 싸움도 없고 서로 미워하는 일도 없는 별, 눈에는 보이지 않더니 참말이지 천체망원경으로 보기에도 작은 별 하나가 북두칠성 국자 안에서 흐릿하게 보였다.

－「바다에 길을 묻다」, 96면

2) 경찰 아저씨들은 할머니랑 아줌마들을 뿌리치고 아빠랑 동네 아저씨들을 데리고 갔다. 비겁하게도 삼촌은 그저 사진만 열심히 찍고 있었다. 삼촌이 말한 참 좋은 땅은 저렇게 잡혀가고 싸우는 사람들이 사는 곳일까? 아무리 봐도 저건 사랑이 아니다. 참 좋은 땅이 있기는 있을까? 자미성을 옮겨다놓고만 싶다.

－「바다에 길을 묻다」, 98면

이곳 새만금에 와서 주인공은 비로소 서울에서는 별들이 다 죽어 없어졌다고 생각한다. 이처럼 새만금에서의 '별'은 아주 환상적이다. 1)은 주인공의 조카가 천체망원경으로 자미성을 발견하고 하는 말이다. 2) 또한 조카가 주인공이 말한 '사랑'을 의문시하며 한 말이다. 주인공은 "우리가 사는 세상이 아름다운 건 사람들 가슴 가슴에 저마다 사랑이라는 열매가 있기 때문"이라는 것, 그래서 "이 땅도, 더럽고 썩은 냄새가 나지만 참 좋은 땅"이라고 말한다. 하지만 이에 대한 조카의 반응은 차갑다. '사랑'은 잡혀가는 마을 사람들에게 아무런 도움도 줄 수 없었기 때문이다. 마을 사람들은 오작교("미군 부대에서 흘러나오는 똥강 위에 만들어진 다리")를 사이에 두고 관청과 맞서 있다. 그렇다면 견우와 직녀, 관청과 그들, 수많은 오늘의 '나/너'가 그 다리를 건너 '사랑'을 성취하는 길은 무엇인가. 자신들의 몸을 잇대어 다리를 놓는 까막까치는 과연 없는 것인가. 아니, 그 까막까치는 지금 누구인가.

3. 과거에의 긴박과 현실과의 상징적 거리 두기

『파도는 잠들지 않는다』를 읽으면 대상과 거리를 두고 있는 화자의 모습을 자주 발견하게 된다. 「어머니는 어느 강을 흐르고 있을까」의 화자 <나>가 보여주듯, 과거의 상처 때문일까. 이처럼 현실과의 거리 두기는 '바다'와 '별'의 상징적 성격과 무관하지 않다. 물론 이때의 바다는 강과 소통하는 이상적인 공간이다. 바다에 뿌려진 유분은 물고기가 되어 바다를 거슬러 "강 건너 피안"에 이르는 것이다. 그러나 이제 그것은 불가능했다. 강은 말라 있었고, 바람과 갈대만이 가득했다. 상처의 기억을 안고 있는 <나>로서는 더욱 감당하기 어려운 현실이었다. 때문에 상처를 기억하지 않아도 되는 공간에 대한 <나>의 그리움은 강렬하다. 바로 여기서 현실과의 거리 두기가 시작된다. 이는 작가 조헌영이 미래보다는 과거에 긴박되어 있음을 말해준다.

> 제가 바닷길이라 이름지은 길은 옥도 훼리호가 바다를 가르며 앞으로 나아갈 때, 배 뒤로 바다가 갈라지며 생기는 갈기를 말합니다. **길은 앞으로 나아가는 것이 아니고 뒤를 돌아보는 것이라고 말하는 것처럼 바닷길은 꼭 배의 넓이만큼만 배가 지나간 자리를 따라서 만들어집니다.**
>
> — 「바다에 길을 묻다」, 66면

그 거리 두기는 또한 정확히 카메라의 시선과 닮아 있다. 카메라는 대상을 찍는 순간 그것을 과거로 만든다. 현재로 전화되는 힘이 그만큼 줄어드는 것이다. 「바다에 길을 묻다」의 주인공이 카메라에 담는 현실이란 것도 마찬가지다. 그는 폐선만을 찍는다. 자신이 어릴 때 겪은 상처 때문이다. 낡은 사진 속의 '해화호'와 그의 어릴 때 모습인 갓난아기는 동질적인 존재다. '해화호'는 이처럼 복합적이다.

하지만 낡은 사진은 어디까지나 폐선에 불과하다. 거기서 꿈을 길어 올린다 하더라도 그 꿈은 과거에 고착되어 있기 때문이다. 주인공은 폐선을 소각하는 곳으로 가다 토끼를 발견한다. 그리고 토끼를 뒤좇다 길을 잃고 자신이 남긴 발자국만 사진에 담아 내려온다. 이것 또한 과거의 흔적일 따름이다. 사실 그가 찍은 사진은 과거를 증언하는 데 있다. "이제는 쓰러진 모습으로만 바다를 꿈꾸는 배들은 제 사진 속에서 잠드는 것"이라 생각하면서. 정확하게 말하면, 그는 폐선의 존재 자체를 확인하려 하지 않는다. 두렵기 때문이다.

> 가려고 하면 할수록 더욱 멀어지는 것이 있음을. 가야 하지만 갈 수 없는 곳

이 있음을 이곳에 와서야 어렴풋이 깨닫습니다. 어떻게 갈 수가 있을까요 다른 곳으로 팔려갔다면 그래도 나으련만 아직 해화라는 이름을 달고 저 죽을 날을 기다리는 모습을 어떻게 볼 수가 있을까요 다시 지어지는 새 배가 있는 것도 아니고 그저 바다가 뭍이 되는 까닭으로 쓸쓸히 쓰러지고 있을, 아버지에게는 한 삶 든든한 꿈이었고 저에게는 고향 같은 그런 배를. 저와 같은 이름을 달고 있는 배가 그렇게 쓰러지는 것을 어떻게 제 사진 속에 담을 생각을 했는지······ 이제는 다시는 폐선들을 사진 속에 담을 수 없을 것만 같습니다.

— 「바다에 길을 묻다」, 78면

하지만 과거에 대한 성찰 없이 미래란 없는 법이다. 폐선은 무엇보다 박제가 아니다. 어제와 오늘 우리의 모습일 수 있기 때문이다. 그에 비하면 차라리 '내일'의 우리말인 '하제' 마을에 사는 조카의 시각이 다소 올곧다. 물론 그 또한 추상적이기는 마찬가지다. "싸움도 없고 서로 미워하는 일도 없는" '별'에 대한 그의 애착이 그러하다. 그렇다면 장기판에서 주고받는 다음 말은 어떤가.

그 가운데서도 쫄장기 잘 두는 사람이 개중 무섭다고 안허든가벼. 뒤로는 절대로 못 가고 앞허고 옆으로만 댕기는 것이 우리네 삶허고 또 그렇게 같을 수가 없고, 혼자서는 별라 힘이 없웅께 여럿이 함께 이웃허는 모습이 또 우리네 삶이다, 이 말씀이여. 우리가 바로 쫄이고 쫄이 바로 우리랑께. 근디 그런 쫄이 자존심 상혀? 그럼 관둬야지, 암, 관두고말고

— 「무화과가 있는 풍경」, 215면

이렇듯 '쫄'의 함께 하는 힘은 중요하다. 그 힘으로 그들은 권력의 횡포에 맞서 한동안 마을을 지켰다. 하지만 그것은 오래가지 않았다. 실은 그들 자신

도 그것이 궁극적인 해결 방법인지는 확신하지 못하고 있다. 무엇보다 그들의 사태 인식이 소박하다. 새로운 길은 오늘의 자본주의 세계를 보다 철저히 인식하는 데서만 가능하다. 거기서만 "다시 지어지는 새 배가 있는 것도 아니고"가 아니라 스스로 배를 만들 수 있을 것이다. 힘들면 옆으로 가겠지만, 끝내 앞으로 나아갈 것이다.

제 4 부 **민족문학사의 자장**

✔ 일제 강점기 항일문학에 나타난 '지속'과 '계승'의 의미

✔ 판매금지 작품과 사회 상황

✔ 김말봉의 『찔레꽃』론

✔ 해학과 비수(匕首)의 미학 김유정의 「봄·봄」

✔ 분단극복과 인간 보편의 가치 탐구－최인훈의 『광장』

✔ 유종호의 비평 세계－1950~1960년대 비평을 중심으로

일제 강점기 항일문학에 나타난
'지속'과 '계승'의 의미

1. 항일문학의 위상

일제 강점기 한국문학은 '국가 상실'이라는 문제를 도외시할 수 없었다. 이 시기 한국문학은 크게 민족주의 문학과 계급주의 문학, 그리고 동반자문학 계열로 나눌 수 있다. 그러나 어느 계열에서나 의식적이든 심정적이든간에 그들의 궁극적인 목표는 나라를 회복하는 일이었다. 특히 계급문학운동을 표방하던 카프가 과격한 운동 논리에 빠져든 것도 나라를 다시 찾아야 한다는 생각이 앞선 결과였다. 계급주의 문학이 식민지 국가와 피식민지 국가간의 모순을 민족간의 모순에서 나아가 계급간의 모순으로 파악한 것은, 그 당시 한국 사회를 형성한 주요 담당층인 농민, 노동자, 지식인, 학생 등을 염두에 둘 때 결코 근거 없는 바는 아니었다. 민족주의 문학 또한 심정적인 측면에서 볼 때 나라를 회복해야 한다는 당위적 과제에서 결코 자유로울 수 없었다.

일찍이 염상섭은 3·1운동 이전의 국내 상황을 구더기가 들끓는 '무덤'으로 표현한 바 있다. 그는 작품의 원래 제목이었던 「묘지」를 3 · 1운동 이후 「만세전」으로 개제하였다. 3 · 1운동은 이조 후기에서부터 줄기차게 전개된 의병 활동의 뒤를 이어 한국 사회에 미친 성과는 지대한 것이었다. 우리 민족은 3 · 1운동으로 하여 국권의 중요성을 다시 한번 자각하게 되었다. 그러므로 나라를 찾기 위한 민족 지사들의 피나는 노력은 국경을 초월하여 전개되었다. 멀리 하와이나 미국 본토에서는 외교적인 노력을 기울였고, 간도, 아라사 지역에서는 무장항일혁명운동을 전개하며 꺼져 가는 민족혼을 불태웠다. 만주 항일 유격지에서 창작된 수많은 항일 가요나 항일 연극이 이를 여실히 증명해 주고 있다. 특히 상해 지역을 거점으로 삼고 망명 생활을 하며 활동했던 애국 지사들의 노력은 국내에서 전개되는 민족운동에 큰 힘이 되었다. 1920, 30년대 문학에 상해를 배경으로 활약하는 애국 지사들의 활동상이 생생하게 묘사되고 있는 것은 결코 우연은 아니다. 그러나 국내에서 창작된 작품들도 고도의 상징 수법을 통해 민족의 수난을 극복할 방향을 제시하고 있다. 이들 작품은 보안법, 신문지법, 출판법 등 일제의 엄격한 검열 제도를 염두에 둘 때 그 중요성을 간과하기 어려울 것이다. 그러므로 이 글은 1920, 30년대 작품 중에서 항일 독립투쟁 의식을 형상화하고 있는 대표적인 작품을 중심으로 그 의미를 살펴보고자 한다.

2. 무덤과 상황 인식

홍사용의 「봉화(烽火)가 켜질 때에」(『개벽』, 1925.7.)의 작품 배경은 부산이다. 작품에 묘사된 그 당시 부산의 모습은 "아무러한 빛도 없고, 아무러한 생명도 없이, 다만 산 송장들이 꿈틀거리는 쓸쓸한 무덤"과 같다. 주인공 귀영은 폐결핵으로 각혈을 하고 있는 환자이다. 그녀는 상해를 향해 떠나면서 다시는 고국에 발을 들여놓지 않으리라고 굳게 다짐하였지만 고국이 그리워 얼마 있지 않아 다시 돌아왔다. 그녀는 자신이 백정의 딸이라는 신분적 한계 때문에 고민하기도 하지만, 3·1운동 때 감옥에 갇히기도 했다. 그녀가 출옥 후 감옥에서 사귄 남자 동지와 결혼식도 하지 않은 채 신혼 생활을 시작한 것도 기존의 형식에 얽매이지 않으려는 생각에서였으며, 상해로 간 것도 신분의 차이를 떠나서 인간다운 삶을 누려보기 위해서였다. 그녀는 상해에서 '열사단'에 가담하여 활발하게 활동했지만 폐병이 점점 악화되어 고국에 돌아온 것이다. 그러나 이제 그녀는 단순히 자신의 신분문제를 떠나 자신이 고국에서 해야 할 막중한 임무를 같이 수행해 나갈 동지가 없음을 안타까워하고 있다. 왜냐하면 옛 동지였던 남편조차 자신이 백정의 딸이라는 사실을 알고 이미 떠나버렸기 때문이다. 그러므로 이 작품은 일제 강점기 한국문학이 안고 있었던바, 반제, 반봉건이라는 두 가지 과제를 동시에 해결해야 했던 한 여인의 고민을 문제삼고 있다.

최학송의 「해돋이」(『신민』, 1926.3.)는 간도에서 항일 독립투쟁을 하고 있는 아들을 둔 한 어머니의 삶의 역정을 통해 그 당시 항일운동의 실상을 구체적으로 보여준다. 만수의 어머니 김소사는 철창에 갇힌 아들 만수를 생각하며 현실에 비판의 화살을 돌린다. 일찍 과부가 된 김소사는 간도에서 아들을 감옥에 보내고 며느리조차 개가하여 떠난 뒤 생활난에 견디다 못해 고국으로 돌아온다. 이 점에서 홍사용의 「봉화(烽火)가 켜질 때에」와 유사한 구도를 가지고 있다. 이 당시 한국인의 삶이란 국내나 간도를 막론하고 어렵기는 마찬가지였다. 국내에는 자신이 자란 정겨운 고향이 있지만 일제의 가혹한 수탈로 인해 맘 둘 곳이 없으며, 간도 또한 일제와 중국인의 이중 학대 속에서 어려운 삶을 영위해 가야만 했다.

만수도 3·1운동 이후 함흥 감옥에서 일년 동안 보낸 바 있다. 만수는 전 인류를 위한다는 각오를 굳게 하며 만주로 향한다. 이 당시의 상황은 매우 긴박하게 전개되고 있다.

이때 만주 시베리아 상해 등지에는 ***(독립군 : 필자 주, 이하 동일)이 벌떼 같이 일어나서 그 경계선을 앞뒤에 벌였다.
내지로서 은밀히 강을 건너와서 ***에 몸을 던지는 청년들이 많았다. 산골짜기에서 나무를 베는 초부며 밭을 갈던 농군도 호미와 낫을 버리고 ***에 뛰어드는 이가 많았다. 남의 빚에 졸려서 ***에 뛰어든 이도 있었다. 자식을 ***에 보내고 밤낮 가슴을 치면서 세상을 원망하는 늙은이들도 있었다.
***의 세력은 컸다. 이역의 눈비에 신음하고 살아오던 농민들은 한 푼 두 푼 모은 돈을 ***에 바치고 곡식과 의복까지 형과 아우와 아들까지 바쳤다. 백성의 소리는 컸다. 그 무슨 소리였던 것은 여기 쓸 수 없다.

독립군은 전세가 불리하면 각각 흩어져서 시베리아 등지로도 가고, 산골에서 사냥도 하고, 어린애들에게 천자를 가르치기도 한다. 그런데 이 작품은 특히 독립운동 단체 내에서 첩자와 변절자로 인한 고통, 그리고 해외에서 활동하고 있는 운동가들에 대한 국내인의 무관심을 문제삼고 있다. 만수는 독립군의 전세가 불리해지자 잠시 집으로 돌아와 사립학교 교사 생활을 하였다. 이때 옛날 동지였던 자가 자기를 체포하려고 계략을 꾸미며, 결국 만수는 감옥에 갇히게 된 것이다. 만수의 어머니 김소사 또한 어려운 생활을 견디다 못해 다시 고향에 돌아왔지만, 고향 사람들이 자신과 아들의 불운한 처지를 동정은커녕 조소하는 것을 목격하면서 이중의 고통에 시달린다. 그러나 이처럼 어려운 국내 사정에도 불구하고 만수 못지 않게 활발하게 활동하고 있는 친구 경석의 다짐은 '해돋이'의 상징적 의미와 함께 독립에의 의지를 한층 부각시키고 있다.

3. 이념과 생활, 그리고 가정

　최독견의 「황혼」(『신민』, 1927.8.)은 독립운동가를 남편으로 둔 아내의 고민
을 상세하게 묘사하고 있다. 이 작품은 마지막 14행이 검열로 삭제되어 있는
데, 주인공 박진은 기미년 만세사건에 참가한 뒤 방랑의 길을 떠났다. 물론
박진은 자신의 활동과 가정 사이에서 일어나는 갈등을 단호하게 떨쳐 버리지
만, 고국에서 온 아내의 편지 속에 담겨 있는 다음과 같은 내용은 그 당시 모
든 운동가의 괴로움을 잘 암시하고 있다.

　　당신도 불평이라는 병이 중하여 방랑이라는 증세가 심하기 전에 어서 내지로
　들어가요. 먼저 당신 자신의 안정된 생활을 도모하고 그럼으로써 당신만을 믿는
　약한 처자를 구해주는 것도 적은 일이나마 되지 않을 큰 일을 위하여 일생을 희
　생하는 것보다 값이 있는 일이 아니겠어요. 조선 사람 모두가 다 당신의 생각과
　같이 시베리아 만주 뜰로 달아 나온다 칩시다. 그러면 결국 좋다구나 하고 와
　살 이들은 누구겠어요. 좁은 땅에도 비비대고 들이끼이는 판에 실컷 살아라 하
　고 내어주면 누가 마다하겠어요. 그러니 다른 것으로 싸울 힘이 없는 우리는 만
　가지 고초를 참아가며 생활의 본능만을 가지고라도 끝까지 어깨를 비비대는 것
　이 득책이겠지요.

　아내는 '생활의 본능'을 이야기하며 자신을 합리화하고 있다. 남편이 활동
하는 원인을 단순히 '불평'이라고 단정하는 데서도 아내의 현실 인식의 정도
를 이해할 수 있다. 나라의 독립에 못지 않게 중요한 것이 가정의 행복이라

는 인식은 여성의 본능적인 욕구가 작용한 것이기도 하지만 역설적이게도 이 당시 운동가들이 직면한 고민거리이기도 하다. 이 점을 염두에 둘 때 최학송의 「해돋이」에 나오는 경석의 단호한 태도는 그가 혈혈단신이라는 점 때문에 더욱 힘이 있어 보인다. 그는 처자도 없고 부모도 없고 집도 없다. 그는 다만 "감옥에 가면 공부하고 나오면 주의 선전한다"는 생각밖에 없다.

최승일의 「봉희」(『개벽』, 1926.4.) 또한 운동선상에서 떨어져 나간 과거의 여성 운동자 봉희의 삶을 구체적으로 보여준다. 봉희의 아버지는 만주에서 독립운동을 하는 단체의 단장이며, 그녀의 오빠도 만주에서 활동하다 죽은 애국 청년이다. <나>는 봉희의 간청에 따라 그녀를 여러 방면으로 지도하였다. 그러나 그녀는 죽음을 앞에 둔 아버지와 생활의 터전이 없는 어머니를 위해 공부를 포기한 뒤 가정교사 생활을 하게 되면서부터 타락하기 시작한다. 봉희는 자신이 지닌 나약함과 감상성을 여성 모두가 가지고 있다고 생각하며 자신을 합리화한다. 현실은 그녀가 견디기에는 너무나 험난한 것이다. 그녀는 주인집 남자에게 농락을 당한 뒤에도, "나에게 죽기까지 필요한 것이 다만 생활"이라고 생각한다.

이기영의 「고난을 뚫고」(『동아일보』, 1928.1.15.~2.24.)도 이념과 생활, 또는 가족 사이에서 갈등하는 인물을 형상화하고 있다. 이 작품의 주인공 김종은 모든 일을 단호한 의지로 해 가려고 하지만 때때로 떠오르는 가족들의 생계 문제 때문에 고민한다. 특히 김종은 가족과 자신까지 희생하였지만 자신에게 남은 것은 '무명한 운동자'밖에 없다고 생각하는데, 바로 이 생각은 독립운동에 헌신한 일부 지식 청년의 급진성에서 초래된 '영웅 심리'를 잘 보여준다.

이주홍의 「여운」(『조선문학』, 1936.9.)은 야학을 하며 활동했던 옛 동지인 정군이 감옥에 있을 때 그를 모함하면서까지 그의 애인과 결혼하게 된 주인공 <나>의 고민을 형상화하고 있다. <나>는 이제 옛날의 뜨겁던 정열은 사라지고 오직 두 가지 기쁨밖에 없다. 그 하나는 날마다 장사하는 중간에 틈틈히 집에 들어가서 어린 것을 얼러주는 것이요, 다른 하나는 밤에 문을 잠그고 나서 그 날의 매상을 계산하는 것이다. <나>는 친구 정군이 찾아왔을 때에도 혹시 자기에게 화가 미치지나 않을까 먼저 두려워한다. <나>는 정군과 달리 유치장 경험을 한 뒤로 자신의 나약함을 뼈저리게 느끼면서 자신의 이전 행동이 일종의 영웅 심리에서 나온 것이라고 후회한다.

그러나 정군이 가고난 뒤 한 달이 못 되어 즉 정군이 검거되던 같은 때, 적막 대신에 내게 다가온 것은 큰 불덩이였다. 나는 생후 처음으로 구들없는 방구경을 했다. **처음에는 들뜬 마음에 그게 차라리 무슨 왕좌인 것이나처럼 영웅을 느꼈다.**
그러나 영웅은 쉬 잠들었다. 나는 약했다. (세상은 그걸 약하다고 이름한다.) 나는 내 생의 짧은 기록이 헛되었다는 것을 알았다. 결국 나는 거짓으로 내 자신의 못된 영웅에 속아왔다는 것을 발견했다. 나는 정군이란 그 조그만 사나이가 그처럼 무서운(양심으로는 존경하는) 인간인 줄 몰랐고, 그때는 모르고 따라다녔으나, 그처럼 큰 물결 속에 잠겨 있는 줄은 몰랐다.

그 뒤 <나>는 "양은 털에 묻은 진흙"을 깨끗이 씻듯이 출옥하는 날부터 자기 손으로 직접 야학의 삿자리를 치워버리고, 오직 정군의 애인이자 자신도 마음속으로 연모해 왔던 봉희를 집으로 데려오는 일에 몰두한다. <나>는 지금 귀여운 딸을 두고 있으며, 발전 가능성이 많은 잡화상의 주인이다. 그러나 <나>는 정군을 생각할 때나 읽다 남은 헌 책이 눈에 띄게 될 때 말못할 불안과 공포를 느낀다. 자기를 찾아온 정군이 안절부절못하는 자기와 달리 오히려 과거의 일에 대해 아무런 내색도 하지 않고 "사람집으로 가오"라는 한마디 말을 남기고 유유히 사라지자, <나>는 전율감을 느낀다. 사실 정군은 봉회 때문에 온 것이 아니라 다시 의기를 합하여 함께 일하여 보자고 온 것이었다. 이런 <나>에게 며칠 뒤 신문지상에 실린 정군의 피검 소식은 너무나 충격적이었다. 그러므로 이 작품은 시종일관 한 길을 걸어가는 운동가와 현실과 타협한 <나>를 대조하며 역설적으로 운동가 정군의 의기 당당함을 부각시키고 있다. <나>의 표현에 의하면, 정군은 "악령같은 무서운 인간"이다.

4. 죽음을 불사한 투쟁 의지와 일제 허구의 폭로

전무길의 「어떤 사형수」(『조선일보』, 1931.7.25.~7.31.)는 죽음을 눈앞에 두고서도 굽히지 않는 민족 지사의 삶을 잘 보여준다. 방규와 허식이라는 두 인물은 각기 독립운동을 하다 서대문형무소에 수감되어 있다. 방규는 한일합방 뒤 만주로 건너가 동지를 규합, 요인을 암살하기 위해 폭탄을 던진 죄목으로 잡혀 왔다. 허식도 만주에서 활동하다 국내로 들어와 군자금을 모집하다 발각되어 형을 살고 있다. 방규의 죄목은 '폭발물취체벌칙위반살인(爆發物取締罰則違反殺人)'이고, 허식의 죄목은 '제령위반강도(制令違反强盜)'이다. 독립을 위해 모금한 사람이 강도로 인식되고 있는 것이다. 그러나 사실 그들의 모습은 그 무서운 죄명과는 도무지 어울리지 않는다. 이미 60에 가까운 방규를 작가는 감옥 사람들 모두 오히려 '선생님'으로 호칭한다는 사실을 강조한다. 방규의 굳센 의지는 젊은 허식도 끌어당기는 힘이 있다.

> 「나는 그렇게 죽는 사람을 벌써 다섯이나 보았소 언제나 내가 와석종신을 할 생각은 하지 않았으니까 그것이 내 물의겠지요 음 – 이제 남은 날이 멀지 않았으니 내가 이 땅에서 활동할 시간은 충분히 이용한 셈이오만 하나도 해 놓은

것이 없이 가게 되었으니 해골이 땅속에 묻히기에도 식은 땀이 날 지경이오…
헤헴.…」

　방규는 이렇게 지사(志士)다운 말을 하였다. 허식은 이 말에 감격되어서 거의
울듯 싶어졌다. 그리고 자기 같은 젊은이가 이 늙은이의 꿋꿋한 의지(意志)를
따르지 못함을 부끄러히 여겼다.

　방규는 마지막 주는 음식을 마다하며 "내가 그리워하는 것은 자유다! 내
목숨은 빼앗아도 나의 사상의 자유만은 빼앗을 수 없을" 것이라고 독백한다.
형장의 이슬로 사라지기 직전 순간까지 떳떳한 방규는 혈기 왕성한 청년을
사로잡기에 충분하다.

　유진오의 「마적」(『조선지광』, 1930.6.)은 만주에서 활동하고 있는 무장 항일
투사들을 '마적'이라 선전하며 자신의 체제를 유지하려는 일제의 계략을 반어
적 수법으로 폭로하고 있다. 일제는 압록강을 건너는 항일투사들을 감시하기
위해 영하 50도가 오르내리는 날씨에도 정찰 비행을 하며, 계속해서 경비대
를 파견한다. 이 작품은 일본의 위풍당당함을 오히려 자랑스럽게 여기는 것
같이 묘사하지만 반어적 수법을 통해 작품의 마지막 부분에서 그 정체가 폭
로된다. 즉 처음에 마을 주민들은 일제의 국경수비대가 마적으로부터 자신들
의 생명을 지켜주는 것처럼 느끼지만, 나중에는 오히려 자신들을 착취하며
자신의 이익만을 챙기는 민족 반역자 김주사를 마적이 살해한 사건을 계기로
각성한다. 김주사는 면소에 다니는 아들 경수에게 마적의 흉포함을 선전하게
하며, 토벌이 끝난 뒤에도 아들을 통역으로 삼아 일본 경비대원을 위해 잔치
를 배설하기까지 했다.

　주인공 명환은 열심히 농사를 지어도 김주사의 곳간을 붙게 할 뿐 별다
른 성과가 없자 채목공사의 초부로 나가 있다. 어느 날 그가 산 속에서 우연

히 만난 마적은 무서운 적이 아니라 몸이 약하고 마음도 퍽 양순한 사람이었다. 그러나 그 마적은 겉으로 보기에 약해 보였지만 억센 힘을 가지고 있다. 명환은 먹을 것을 요구하는 그 마적에게서 오히려 고통받고 학대받는 사람들이 서로 나누어 가질 수 있는 정을 느낀다. 마적이 자기에게 한번도 이익을 끼쳐준 일은 없지만, 명환은 공연히 그 마적이야말로 자기들을 위해 무슨 믿음직한 일을 해 줄 사람으로 생각한다. 그 사람은 마적이 아니라 "하늘에서 떨어진 별똥"처럼 김주사를 처단하고 사라진 신출 귀몰한 항일투사였던 것이다. 작품 마지막 부분에서 마을 사람들이 마적과 김주사의 정체를 정확하게 확인하는 대목은 감동적이다.

> 김주사의 장사는 일 주일 후에 거행되었다. 김주사라면 그만한 수단꾼으로 그만한 어진 사람으로 여태껏 동네 사람들의 존경을 받아오던 사람이건만 이번 사건을 기회로 동네 사람의 그에 대한 **는 **하였다.
> ****
> 마적
> 그런 것을 비교해 생각할 때에는 동네 사람의 마음은 얕은 곳으로 물이 고이듯이 어느 한곳으로 몰리는 것이었다. 장사에 모인 사람들은 주책없이 막걸리를 막 들이켜고 공연히 고함을 쳤다. 그것이 그들이 마음의 고인 것을 토하는 유일한 방법인 것이다.

5. 항일 독립투쟁의 계승과 지속

1920, 30년대 작품 중에서 항일 독립투쟁의 지속적인 계승을 문제삼고 있는 작품이 상당수 있다. 특히 항일의식을 고취하는 작품이 20년대보다 상대

적으로 어려웠던 30년대에 집중적으로 창작되고 있다는 사실은 주목할 만하다. 이 같은 계승의 의미는 이성간, 남매간, 부자간의 관계에 걸쳐 전개되고 있다.

김광주의 「상해(上海)와 그 여자」는 이성간의 사랑을 굳은 동지애로 승화시키고 있는 작품이다. 주인공 <나>는 은순이라는 여자를 알게 된다. 은순의 오빠는 상해의 조선 사람 사회에서는 가장 부유한 사람으로 고려의원을 경영하고 있다. 그러나 그녀의 오빠는 중독기가 사라지면 아내도 자식도 민족도 아무것도 눈앞에 보이지 않는 무서운 아편 중독자이다. 그에게 쏟아지는 조선 사람들의 비난과 욕설은 대단하다. 아편이 어떤 것인지 알 만한 의사의 몸으로 아편을 빨며 세월을 허송하면서도 오히려 한때 자신도 지사요 망명객이었다고 자처하며 민족의 장래는 도외시한다는 것 때문이다. 그러나 작가는 비켜가는 투로 그런 의사에게 돈 때문에 굽실거리는 망명객들도 문제삼고 있다. 은순은 상해로 오라는 오빠의 편지를 받고 공부를 계속해 보려 하지만, 오빠는 오히려 간호부로 부려먹겠다는 야심으로 초청한 것이다. 작가는 특히 은순의 입을 통해 그 당시 상해의 이면을 아주 구체적으로 묘사하고 있다.

박 선생님! 상해란 참말 못 살 곳이야요 야심가, 위선자(僞善者)들만 살 곳이지 어디 정말 사람이 살 곳입니까? 글쎄 저의 오라버니만 하더라도 그렇지요 밤이나 낮이나 아편 연기에 도취하여 넋을 잃고 지내면서도 그래도 자기 딴에는 가장 무슨 지사연 하는 꼴이란 **! **? 그것이 무슨 **입니까 글쎄……? 남을 지배해 보겠다는 정치적 야심에 지나지 못하는 것이지…… 민중이 무엇을 찾고 있는지도 모르고 상해라면 **이 하늘에서 저절로 떨어지는 곳인 줄 알고 있지만 자기네들의 영웅적 야심을 채우는 심심풀이라면 모르거니와 무슨 놈의 **이 그렇게 않아서 팥떡 먹듯이 됩니까? 야심! 야심! 사람을 영 망하게 하고야 마는 그

야심!

이런 상해의 이면과 달리 은순은 참된 정의를 위해서 죽음도 두려워하지 않는 열혈 청년과 사귀게 된다. 그녀가 아기를 출산할 즈음 남편은 감옥에 갇히는 신세가 되었지만, 그녀는 헛된 명예욕에 사로잡혀 날뛰기보다 자신에 충실하려고 노력한다. 그녀에게는 이미 첫사랑의 단꿈은 사라진 지 오래되었고, 오직 남편의 출옥을 기대하고 온갖 괴로움과 싸우려고 한다. 그것은 사랑하는 남편을 위해서라기보다 죽음을 같이 할 동지로서 굳게 결합하기 위해서다.

조벽암의 「불멸(不滅)의 노래」(『조선일보』, 1934.10.24.~11.3.)도 김광주의 작품과 유사하다. 주인공 범웅이는 차방(茶房) <양림>에 소제부로 있으면서 조직 활동을 하는 망명객이다. 그는 차방에서 우연히 알게 된 한숙이라는 여성과 서로의 애정을 확인하고 '일과 사랑' 사이에서 고민을 하지만, 결국에는 두 사람 모두 굳은 의지로 결합한다.

한숙은 고향을 그리워하며 다소 감상적이었지만 범웅의 억센 의지에 호감을 갖게 된 뒤 심경의 변화를 겪게 된다. 그러나 범웅은 혹시 그녀가 스파이가 아닌지 의심하여 자신의 정체를 절대로 노출시키지 않는다. 사실 한숙이 기대하는 바는 범웅과 단둘이 고국에 돌아가 편안히 사는 것이다. 그러나 범웅은 이 문제에 대해서만은 단호하다. 범웅은 고국의 모습을 어릴 적 기억에 의존하여 환상적으로 파악히고 있는 한숙과 달리, 고통받고 힘거운 곳이라고 말한다. 즉 범웅은 자신을 "깃 잃은 산새"에 비유하며 조선에 돌아가고 싶지만 돌아갈 수 없다고 생각한다. 특히 이 작품의 묘미는 갈등과 번민에 싸여 있던 한숙이가 범웅의 체포 소식을 접하고 자신의 이전 행동을 반성하며 투철한 의지로 범웅의 뒤를 따르겠다고 다짐하는 부분에 있다. "범웅이가 그리우면 범웅이를 따라가야 한다. 그를 따라가려면 그의 가는 길을 같이 걸어가야 한다"는 것이 그것이다.

이런 관점에서 그 동안 잘 알려지지 않은 한설야의 「마음의 향촌(鄕村)」도 문제적이다. 이 작품은 1930년대 후반 힘겨운 현실을 견뎌 내려는 작가의 내적 자존심을 주인공 초향의 입을 통해 강하게 드러내고 있다. 그것은 "제왕인 듯 스스로 거룩하다. 누가 나를 깔보랴. 허공에 뜬 별과 같이 하계(下界)의 못난이들을 비웃을 특권을 누가 내게서 빼앗으랴."라는 초향의 말에서 분명히 드러난다. 초향은 전문학교까지 나온 지식인으로 기생이라는 직업을 스스로 선택한다. 그런데 그녀에게는 17살 위인 오빠가 하나 있지만 자취를 감춘 지 이미 10년이 되었다. 초향은 어떤 어려움에도 불구하고 자기에게도 남부럽지 않는 오빠가 있고, 또 그 오빠는 어디서든 살아 있으리라 굳게 믿고 있다. 오빠 권상기는 상해에서 활동하고 있는 지식 청년으로 나타난다. 그러나 오빠의 존재는 작품의 표면에 전혀 나타나지 않고 작품 배후에서만 움직인다. 초향의 유일한 희망은 이 오빠를 찾는 데 있다.

초향은 원래 이름이 수향(水香)이었고, 어릴 때 이름은 선영(鮮英)이었지만 좀 더 적극적인 의미를 부여하기 위해 초향이라 고쳤다. 톨스토이가 일찍이 고가색 지방에서 발에 밟혀도 발만 떨어지면 곧 머리를 들고 살아나는 이름 없는 풀을 보고 유명한 역사소설 「하지무라드」를 쓴 데 착안한 것이다. 여기에 작가의 창작 의도가 암시되어 있다. 즉 초향은 자신의 이름이 "이를 악물고 어름같이 차갑게 세상을 살아가는" 의지의 일면을 말해준다고 자부한다.

다양한 부류의 사람들이 술집에 드나들지만 초향은 그들에게 별로 흥미가 없다. 초향은 비록 기생이 되었지만 거친 생활을 남보다 보기 좋게 버텨보겠다는 오기도 가지고 있다. 세상 사람들은 지금 세상에서 그들이 보고 듣는 그것만을 가장 아름답고 바르고 좋은 것이라고 생각하기 때문이다. 그들

은 반복되는 매일의 삶을 그저 살아갈 뿐 명일을 모른다. 초향은 혼탁한 세
상 속에서 자신만이 생각하는 진실한 인간을 간절히 그리워하며 찾고 있다.
그런 그녀에게 "시골뜨기 야인(野人)의 풍모"를 가졌으며, "정력적으로 생기
고 마치로 두들겨도 꼼짝 안 할 것 같이 다부지게" 보이는 권이라는 청년이
나타난다. 이 작품에서 권이라는 청년은 초향의 오빠 상기의 유일한 벗일 뿐
아니라 오빠의 부탁을 받고 초향을 데리려 온 것이다. 권이 초향에게 순간순
간 암시는 주었지만 막상 오빠의 소식과 주소를 적어 놓고 먼저 상해로 떠나
간 뒤 초향이 느낀 바는 황홀감에 다름 아니다.

> 그는 언제든지 권이 말할 때가 있으리라 믿었고, 말할 때까지 꿈쩍 기다리고
> 있으리라 생각하였다. 그만치 권을 믿었고 또 인제 권과 자기의 몸을 갈라져 있
> 을 존재로 도저히 생각할 수 없었기 때문이다. 그러니만치 권이 아는 것은 제
> 아는 것이요, 권의 머리에 있는 기억이 곧 제 기억이나 질배 없다 싶었던 것이
> 다. 그는 그렇게 굳게 닫혔던 권의 가슴속을 비로소 한 구석 드려다보는 듯 형
> 언할 수 없는 생각으로 다시 그 쪽지를 드려다 보았다.
> 「아! 오빠의 주소……」 그는 오빠와 권을 한자리에서 만나는 듯 이름할 수
> 없는 감격에 차라리 떨고 있었다. 그것은 십년나마 두고두고 알려든 사뭇친 소
> 원이다.
> 그러나 이 순간에 그는 기쁨보다도 놀람보다도 차라리 경건한 맘에 머리가
> 숙어졌다. 정말 이때처럼 인간을 존경한다는 높은 감정을 가져본 일은 일즉 없
> 다.

우리는 여기에서 단순히 혈육간의 상봉을 넘어서서 당대의 모순을 극복
하고자 하는 초향의 의지를 접할 수 있다. 그것은 "사람을 미워하고 세상을
비웃는 맘이 도리어 생명을 타오르게 하는 기름이 될 수 있다"는 초향의 말

에서 잘 드러난다.

항일 독립투쟁을 형상화하고 있는 작품 중에서 특이한 것은 독립에 대한 의지가 자라나는 세대에 대한 희망으로까지 확대되고 있다는 점이다. 일사의 「어머니」(『동광』, 1932.5.), 강경애의 「모자」(『개벽』 속간, 1935.1.) 등이 그것이다.

「어머니」의 주인공 성희는 남편 진팔과 서로를 이해하는 동지로서 굳게 결합하였다. 명수의 소원은 아내에게 단 한 가지, 즉 아들 명수를 훌륭한 일꾼으로 키워달라는 것뿐이다. 진팔은 결혼 후 아내에게 여러 자기 지식으로 조언을 한 바 있다. 그러나 성희는 남편이 없을 때 자신의 미모를 탐내어 남편의 동지들조차 자기에게 추파를 보내는 데 대해 괴로워한다. 성희는 남편이 국내로 이송된 뒤 폐결핵 때문에 다시 병보석으로 풀려난 뒤에도 아들 명수를 부탁하며 곧 다시 망명의 길을 떠나자 오직 명수의 장래를 위해 최선을 다하고자 각오한다. 그녀는 남편이 다시 체포되어 살해되었다는 소식을 접한 뒤 더욱 강인한 여성으로 다시 탄생한다. 그녀의 꿈은 오직 "장래의 사회를 지배할 어린 생명을 훈도하는 한 힘 있는 보모"가 되는 것이다.

강경애의 「모자(母子)」 역시 2대에 걸친 독립투쟁의 의지를 형상화하고 있다. 이 점에서는 일사의 「어머니」와 별 차이가 없다. 그런데 「모자」는 만주에서 활동하는 독립 운동가를 바라보는 가족들의 태도가 아주 기회주의적이라는 사실을 암암리에 드러내고 있다. 즉 만주사변 전에는 친척들이 자신과 남편의 생활비를 마련해 줄 정도로 호의를 보이지만 막상 만주사변이 터지고 전세가 불리해지자 남편과 자신의 활동을 무시하고 조롱한다. 일제하 우리 민족 역량의 분산과 이기적인 처세의 한 단면을 보는 듯하다. 1930년대 초 만주사변으로 시작되는 암담한 시대적 분위기는 국내에서도 엄청난 탄압을 불러들였지만, 이에 굴하지 않고 목숨을 바친 수많은 애국 지사들이 또한 있었다는 사실도 잊어서는 안 될 것이다. 성희는 남편의 죽음을 오히려 좋아하는 친척들이지만 목숨을 이어가기 위해 시형의 집을 찾아간다. 작품의 마지막은 시형 집에서 쫓겨 나온 성희가 아들로 하여금 아버지가 못다 한 사업을 완성하게 하려는 다짐으로 끝나고 있다.

주요섭의 「북소리 두둥둥」(『조선문학』, 1937.3.)은 망명길에 죽은 남편이 아들을 운동선상으로 이끄는 소리를 북소리로 상징함으로써 끊임없는 투쟁 의지를 고취하고 있다.

> 한 사람, 한 사람을 끄는 북소리! 지금 멋도 모르고 북을 두드리며 안방을 헤매는 저 네 살 난 내 아들놈, 저 놈이 또한 자라나서 한 사람이 될 때에는 한 사람을 부르는 그 북소리를 따라서 나와 제 어미를 내버리고 가 버리지 않겠다고 누가 담보하겠는가? 내 머리는 차차 이 북소리에 정복되어 이 북소리 이외에는 다른 모-든 존재는 그 존재 가치를 잃어버린 듯해졌다. 내 머리, 내 전신, 온 집안, 마침내는 온 우주가, 이 박자 없는 북소리로 가득 차서 울리고 흔들리고……
> 두둥둥둥, 두둥둥둥!
> 두둥둥둥, 두둥둥둥!

작가들은 일제의 엄격한 검열을 통과하기 위해 여러 가지 상징적인 기법을 동원해야 했다. 특히 이 작품처럼 '북소리'의 울림이라는 고도의 상징성을 통해 전민족에 확산되는 투쟁 의지를 잘 형상화하고 있다. 더욱이 이 작품이 일제의 전시체제가 공고화되어 가는 시점에서 창작되었다는 점에서, 그 가치는 마땅히 평가되어야 한다.

판매금지 작품과 사회 상황

1. 문학과 정치와의 긴장 관계

문학은 문화, 예술 분야 중에서 사회의 변천에 가장 예민한 촉수를 갖고 있어야만 한다. 모든 예술 갈래 중에서도 특히 문학은 작품의 생산 배경이 되는 당대의 모습에서 결코 자유로울 수 없기 때문이다. 그리고 문학은 언어를 표현 수단으로 하기 때문에 본질적으로 사상성을 내포할 수밖에 없다. 그만큼 문학이 언어를 통해 독자에게 미치는 영향은 크다고 할 수 있다. 오늘날 정보화로 하여 시청각 예술이 문학을 압도하고 있는 것처럼 보이지만, 이는 피상적인 관찰일 수 있다. 인간은 눈으로 보고 귀로 듣는 것 못지 않게 독서하면서 사색하고 따져보는 논리적 사고 작용을 도외시할 수 없다. 이를 증명이라도 하듯, 90년대 중반에 들어선 오늘날에도 판매금지되는 작품은 여전히 존재한다. 여기에는 판금되는 작품이 독자들에게 널리 읽혀지든 그렇지 않든 간에 그 작품이 독자들에게 미치는 영향력이 전제되어 있다.

'판매금지'라는 용어는 문학과 정치와의 긴장 관계를 아주 첨예하게 드러낸다. '분서갱유' 사건이 그 단적인 예다. 배창섭의 서지 연구(「조선시대 금서의 서지적 연구」, 경북대 도서관학 석사학위논문, 1993.6.)에 의하면, 국내에서 조선시대 이전에 판금된 서적 수가 최치원의 『예언서』와 김부식의 『삼국사기』를 포함한 8종, 조선시대 전기가 김종직의 『김종직문집』을 위시한 26종, 조선시대 후기가 박세당의 『사서사변록』을 위시하여 도합 71종으로 나타난다. 여기에서 우리는 혼란스럽고 변화가 많은 시대일수록 금서가 많다는 사실을 알 수 있다. 그 내용을 보면, 지리·도참 및 예언의 내용을 담은 것, 집권층에 반대되는 정치 사상의 내용을 담은 것, 언문으로 기록한 것으로 양반의 한자 문화에 반하는 것, 유교 이외의 종교나 이단에 관한 것, 문화 정책의 일환인 '문체반정'에 위반되는 것, 기타 사회의 기강을 문란케 하는 위조된 내용을 담은 것(위조 족보의 경우) 등이 대표적이다. 즉 금서는 집권층의 정책과 사상, 종교적 측면에 정면으로 배치된다.

그러나 정치가 문학을 압도해서도 안 되지만, 그렇다고 문학이 정치 상황을 완전히 벗어날 수도 없는 일이다. 당대의 정치 상황이 모순될 때 문학은 오직 작가의 상상력을 통해 모순된 현실을 넘어설 수 있을 뿐이다. 그러나 비판의 강도가 강할 때는 예외가 존재하지 않는다. 그런데 어떤 시대에는 문학이 정치의 몫을 감당하기도 한다. 우리의 일제 강점기 프로문학이 그러하다. 수없이 삭제된 문장들과 복자(覆字)들, 1931년 동북사변 이후 치안유지법의 강화와 함께 일어난 신간회의 해체와 프로문학에 대한 2차례에 걸친 검거 선풍 등이 그 당시의 상황을 잘 말해준다. 일제의 탄압과 엄격한 검열체제 아래 작가의 상상력은 위축될 수밖에 없었지만 그 저항의 강도는 엄청난 것이었다. 그러므로 해방 이전의 상황을 범박하게 '나라 찾기'에 초점을 둔다면, 민족주의 문학 계열과 계급주의 문학 계열은 모두 넓은 의미의 '저항문학'에 속한다고 할 수 있다.

2. 월북 작가, 작품들

1987년 10월 19일 조치의 결과를 담은 1988년 한국 출판연감에 의하면, 해금 도서 431종, 유보 도서 38종, 미해금 도서 181종으로 되어 있다. 정치, 사회, 경제 분야는 대부분 이념 서적이 주류를 이루고 있다. 해금 도서 중 문학, 예술 분야 서적은 김지하의 시집 『타는 목마름으로』(창작사, 1982)와 『오적』(동광출판사, 1985), 님웨일즈의 『아리랑』(동녘, 1984), 김학동의 『정지용 연구』(민음사, 1985)가 눈에 띈다. 그런데 유보 도서는 넓은 의미에서 미해금 도서로 볼 수 있기 때문에 월북 작가의 작품 중 유보된 도서가 주목된다. 홍벽초의 『임꺽정』(9권), 김남천의 『맥』과 『대하』, 정지용의 『백록담』과 『정지용시집』, 김기림의 『기상도』, 임화의 『현해탄』, 이용악의 『오랑캐꽃』과 『분수령』, 안회남의 『불』, 오장환의 『헌사』와 『성벽』, 이용악의 『낡은 집』과 『분수령』, 이기영의 『고향』(상, 하), 한설야의 『탑』, 이찬의 『분향』, 이태준의 『화관』, 박태원의 『천변풍경』, 『금은탑』, 『소설가 구보 씨의 일일』 등이다.

월북 또는 재북 작가에 대한 논의가 시작된 것은 1978년 3월 13일 국토통일원이 국회에 자료를 제출한 시기와 맞물려 있다. 그러나 이 자료에 의하면 월북 문인과 그들 작품에 대한 언급은 민족사적 전통성을 확립하는 데 기여할 수 있어야 한다는 전제가 있었기 때문에 상당히 제한적인 것이었다. 즉 논의 대상이 되는 작품은 해당 문인의 월북 이전의 사상성(계급사상)이 없으면서 근대 문학사에 뚜렷이 기여한 바가 있어야 하며, 문학사 연구의 목적에 국한하되 그 내용이 반공법 또는 국가보안법, 사회안정법에 저촉되지 않아야한다. 특히 문학사 연구에 한정한다는 언급과 함께, 월북 또는 재북 작가라도 지금은 생존하지 않는 작가여야 한다는 사실이 강조되고 있다. 물론 연구 성과물을 상품으로 판매할 수도 없다.

이후 1987년 10월 19일 조치는 '6·29 항복선언'이라는 표현에서 드러나듯 우리 국민의 역사의식의 성숙과 맞물려 있다. 그리고 이미 대학을 중심으로 월북 작가와 작품에 대한 논의가 상당히 진행되고 있었다는 사실도 무시할 수 없는 형편이었다. 그 결과 총 650종의 금서 중 431종이 해금되고 38종이 유보되었다. 이를 통해 볼 때 10월 19일 조치는 월북, 재북 문인에 대한 논의의 전면적인 해금이었고, 연구 성과물의 발표와 판매를 허용한 것이기도 하였다. 그 첫 케이스가 김학동의 『정지용 연구』였다.

그 뒤 1988년 3월 31일 조치에서는 1987년 10월 19일 조치에서 유보된 정지용, 김기림의 작품이 해금된다. 이는 해방기 두 작가의 활동을 좌우합작 노선으로 수용한 것이라 할 수 있다. 그러나 1988년 7월 19일 조치에 오면 이기영, 한설야 등 5명을 제외한 월북, 재북 문인에 대한 전면적인 해금이 이루어진다. 이 조치는 월북 후 북한 체제에 적극 동조한 작가가 아닌 이상, 그들의 해방 전의 모든 활동을 '나라 찾기'라는 저항문학의 범주 속에서 수용한다는 의미를 내포하고 있다. 이런 점에서 해당 작가들이 '북한문학사에서 어떻게 다루어지고 있는가'가 해금의 한 가지 중요한 근거가 되었다는 사실도 염두에 둘 필요가 있다. 그러나 이기영, 한설야의 작품이 해금된 작가의 작품 성격과 큰 차이가 없다는 점에서 볼 때, 미해금의 주된 근거는 해당 작가의 월북 후의 행적이라 할 수 있다. 이기영은 북한 문단의 원로로 문학예술총동맹 위원장, 조소친선협회 위원장의 직책을 맡았으며, 한설야 또한 문학예술총동맹 위원장을 지냈다. 이에 반해 해금된 김남천은 남로당의 숙청과 관련하여 임화와 함께 처형당하였다. 이를 염두에 두고, 김남천의 『대하』와 한설야의 『탑』을 비교 분석해 보자.

김남천의 『대하』는 '가족사 소설'이라는 작가 자신의 이론적인 작업의 산물이다. 김남천은 자신의 작품 『대하』가 단순히 "작가 자신의 기억을 이용한다는 편의적인 생각과 작가 자신을 되돌아보는 회고 정신"이 아니라 연대의 정신임을 강조한다. 즉 작가는 과거를 현재의 관심사와의 관련성에서 검토하고 있다. 『대하』는 박리균, 성균네의 몰락과, 치부를 통해 성장하는 박성권의 대조를 통해 근대화되어 가는 농촌 현실을 형상화하고 있다. 성권은 아전의 후손인 중인계급의 후손으로 돈의 위력을 누구보다도 확신하고 있으며, 언젠가는 문벌이나 가문이 자기의 돈 앞에 굴복할 것을 믿고 있다. 그러나 그는 돈 때문에 <박참봉>이라는 직함을 얻고 만족하는 것을 볼 때, 아직도 봉건사상에 젖어 있다. 특히 그는 맏아들 결혼식 날 동학도인 처남 최관술이 금테로 만든 개화경(안경), 목이 긴 구두, 개화장(지팡이)을 지닌 모습을 보고 갓 대신 신식 모자인 국자보시를 썼다고 못마땅해 한다.

『대하』는 성권의 인물 형상화에 못지 않게 주인공 형걸의 의식 성장과정에 많은 분량을 할애하고 있다. 바로 여기에 작가의 의도가 깔려 있다고 하겠다. 형걸은 형인 형준이가 점점 타락해 가는 것과 대조적으로 어른 못지 않게 성숙미를 보이며 적극적인 인물로 형상화되고 있다. 형준은 스스로 선택한 서당에서 한문과 집안을 잘 다스려 나가는 데 꼭 필요한 것들만 배운다. 그러나 특별히 하는 일 없이 결국에는 삼십육계, 두박, 투전, 잡기에 빠지고 만다. 반면 형걸은 성질도 거칠고 짓궂으며, 키도 형제 중에서 제일 크다. 그런데 형걸이 서자라는 사실은 그의 의식 형성과정과 깊은 관련이 있으며, 작가의 의도가 개입되어 있다. 김남천은 일제 강점기 전 기간 동안 뿌리 깊이 잠재해 있는 봉건성의 폐해를 극복해야 하는 과제가 당대 작가들에게 주어져 있다는 사실을 인식하고 있었다. 그러므로 김남천은 뿌리 깊은 봉건성에 대한 천착에서 반봉건의 과제인 근대성을 문제삼고 있으며, 따라서 근대성에 대한 천착도 없이 섣불리 근대를 넘어서는 사회체제에 대해서는 주저하고 있다. 이 점은 형걸을 서자로 설정한 이유에서 잘 나타난다. 즉 김남천이 형걸을 서자로 설정한 이유는 작가가 자신의 이념을 등장인물에게 직접 투사하지 않고, 등장 인물에게 가해지는 봉건성의 폐해를 등장 인물이 스스로 극복해 나가는 자각적인 측면을 형상화하고자 했기 때문이다.

아울러 『대하』는 다양한 등장 인물들을 통해 근대화되어 가는 시대의 변화상을 잘 형상화하고 있다. 칠성네의 식료품 가게, 일본인 나까니시네의 잡화상, 김용구네의 과자점, 기타 몇 개의 포목점을 비롯하여 측량기수가 드나들 정도로 마을은 변해간다. 특히 칠성이 사온 자전거와 나까니시네가 사온 각종 진기한 물건들을 둘러싸고 전개되는 이야기는 개화기의 풍속도를 여실히 보여준다. 마을 사람들은 마을 중앙으로 난 신작로를 통해 원산이나 평양 방면으로 왕래하며 활발한 경제 활동을 하고 있고, 마을에도 상당수의 평양 외지의 사람들이 들어와 살고 있다.

특히 평원도로로 상징되는 근대화의 방향성은 형걸이 장차 나아갈 방향에 상징적인 의미를 부여하고 있다. 형걸이 문우성 교사로부터 배운 내용은 신분이나 적서차별 철폐, 비복 해방, 미신 타파, 조혼사상 폐지, 생활습속 개량 등이다. 그러나 '문우성 – 형걸'간의 관계에서 드러나듯, 『대하』는 흔히 말하는 카프문학의 도식성을 완전히 벗어나지는 못하고 있다.

한설야의 『탑』은 김남천의 『대하』와 여러 모로 대비된다. 이 작품은 작가가 카프 해산 이후인 1930년대 후반의 시점에서도 이전에 지녔던 이념을 일관되게 유지하고 있음을 잘 보여준다. 이 점에서 볼 때 『탑』은 『대하』와 아주 유사한 구조를 지니고 있다. 『탑』은 일로전쟁 직후를 시간 배경으로 한 작가의 자전적인 작품으로, 큰 뜻을 품고 가출한 청년의 서울 생활을 다루고 있다. 주인공 우길은 계집종인 게섬의 불행한 죽음을 목도하고 나서부터 집에서 마음이 떠났음을 고백하고 있다. 그 뒤 우길은 여동생 이순의 혼인 문제를 둘러싸고 아버지와 결정적으로 대립한다. 우길의 아버지 박진사는 몰락하는 봉건 지배층을 대변하는 인물로, 새로운 시대 분위기를 타고 개간지 사업과 철광 사업에 손을 대어 보지만 점점 가운이 기울어간다. 이에 반해 송병교는 신흥 부르조아로 성장해 간다.

이 작품도 『대하』의 형걸처럼 작가는 우길의 형상화에 많은 배려를 하고 있다. 형 수길이가 글 공부가 느는 데 비례해 자꾸만 생기가 꺾여 가는 데 반해, 우길은 어려서부터 고집이 세고, 어린 나이지만 야바우판에서 개화의 의미를 읽고 있기도 하다. 우길의 직접적인 가출 이유는, 아버지가 개간지 공사 자금을 마련하기 위해 여동생 이순을 무식하고 돈만 아는 송병교의 아들과 결혼시키려고 하기 때문이다. 즉 작가는 우길의 행동을 통해 정략 결혼에 대한 거부와 자유연애 사상을 이야기하고 있다. 우길은 혼사를 준비하는 모든 사람들이 여동생 이순을 물어가려는 이리로 느끼는데, 자신을 구출해 달라는 여동생의 편지를 받고 마침내 동생을 서울로 데려고 가서 독립된 생활을 시작한다. 바로 여기에서 '우길 – 이순'의 도식이 형성된다. 이 도식은 『대하』에서 '문우성 – 형걸'의 도식과 같다.

3. 반미, 용공과 「분지(糞地)」 사건

1960년대로 접어들면서 우리 문학은 질적인 도약을 이룬다고 볼 수 있다. 물론 이런 내적인 발전 경로를 50년대와의 관련성에서 깊이 있게 천착하는 것은 앞으로의 과제이다. 그러나 60년대에 등장한 일군의 신인 작가들은 50년대와는 달리 미국이라는 외세에 대한 인식을 뚜렷이 보여주기도 한다. 그 대표적인 작품이 남정현의 「분지」이다. 특히 "일본 대신 들어앉은 미국"이라는 표현에서 드러나듯, 미국이 해방군이 아니라는 인식은 해방공간의 작품과

비평에서도 보이지만, 이 작품처럼 전면적인 것은 아니었다. 60년대를 특징짓는 4·19가 금기시되었던 이데올로기에 대한 비판을 가능케 했다는 점에서 이런 작품의 출현은 예견된 바 있다. 60년대 초 최인훈의 『광장』을 시작으로 분단현실에 대한 비판과 냉전 이데올로기를 본격적으로 문제삼게 된 것이다. 특히 외세에 대한 인식 문제는 80년대 광주항쟁을 통해 미국의 실체에 대한 의문이 제기되고 변혁운동이 거세게 일어날 때 중요한 대상으로 자리잡게 된다. 우선 작품의 경개를 살펴보자.

「분지」는 1965년 3월 『현대문학』에 발표되었는데, 홍길동의 10대손인 주인공 홍만수가 죽은 어머니에게 자신이 죽음의 위기에 처한 처지를 하소연하는 구조로 되어 있다. 홍만수의 처지는 '풍전등화'격이며, '독 안에 든 쥐' '오물'로 묘사된다. 미군이 홍만수 하나를 잡기 위해 대한민국의 1년 예산에 상당하는 금액을 소비하는 상황의 묘사는 이전 작품에서는 볼 수 없는 것이었다.

> 지금 제가 숨어 있는 이 향미산(向美山)의 둘레에는 무려 일만여를 헤아리는 각종 포문과 미사일, 그리고 전미군(全美軍) 중에서도 가장 민첩하고 정확한 기동력을 자랑하는 미 제엑스사단(師團)의 그 늠름한 장병들이 신(神)이라도 나포할 기세로 저를 향하여 영롱하게 눈동자를 빛내고 있는 것입니다.

대한민국 국민은 향미산을 중심으로 직경 수천 마일 이내에 거주하는 것으로 암시되는데, 그들은 인간이 아닌 두더지와 같이 미군에 의해 곤경을 겪고 있다. 만수의 죄목은 누이와 동거하고 있는 스피드 상사의 아내의 순결을 빼앗은 것이다. 작품 속에서 만수가 저지른 일은 "미국을 위시한 자유민 전체의 평화와 안전에 대한 범죄적인 중대한 도전 행위"이며, 이를 저지하는 미군은 "성스러운 사명감"을 지니고 있다고 묘사되고 있다. 그러나 미군의 입장과 달리 만수의 행위에는 필연성이 있다. 만수 어머니는 해방된 날 항일 독립운동가인 아버지를 맞이하러 만세 대열에 참가하였다가 새로 진주한 미군에게 강간당한 뒤 분노와 죄책감을 견디다 못해 발광하여 죽었다. 더욱이 만수는 군 입대 후 헤어진 동생 분이를 제대한 뒤에 다시 만나지만, 분이가 스피드 상사로부터 심한 성적 학대(분이의 육체를 미국에 있는 본처의 육체와 비교하면서 나무라는 것)와 구타를 당하고 있다는 사실을 알고 복수를 결심하게 된다. 그 뒤 때마침 스피드 상사의 부인이 남편을 찾아 한국에 오자 그녀를 향미산으로 유인하여 겁탈한 것이다.

「분지」는 외세에 대한 저항 외에도, 표현의 자유마저 박탈하는 권력의 횡포, 대다수 민중의 가난, 반공과 친미, 그리고 주지육림 속에서 헤게모니 쟁탈전에만 부심하는 정치권의 부패와 민족 주체성의 상실, 정치 자금을 사이에 둔 재벌과 정권과의 결탁 등을 문제삼고 있다. 창조하는 역사의 대열에 자신도 서게 해 달라는 주인공 만수의 호소는 처절하게 울려온다.

남정현은 작품 발표 뒤인 1965년 7월 9일 중앙정보부에 의해 반공법 저촉으로 구속된다. 그 뒤 7월 14일 서울지방경찰청으로 사건이 송치되고 7월 23일 구속 적부심사 끝에 석방되지만, 이후 1년 미결기를 거쳐 66년 7월 23일 서울형사지방법원에 불구속 구소되어 징역 6월 자격정지 6월의 선고유예라는 유죄 판결을 받게 된다. 그에게 적용된 법 조항은 반공법 제4조 1항이다("반국가 단체나 그 구성원 또는 국외의 공산 계열의 활동을 찬양 고무 또는 동조하거나 기타의 방법으로 반국가 단체를 이롭게 하는 행위를 한 자는 7년 이하의 징역 및 자격 정지에 처한다."). 즉 「분지」는 계급의식과 반정부의식을 고취하고 반미 감정을 조성함으로써 북괴의 대남 전략에 동조했다는 것이다.

「분지」 필화사건이 일어난 65년은 박정희 정권이 등장한 이후 가장 엄혹한 시기로 중대한 사건들이 많이 일어나고 있었다. 한일협정을 둘러싼 대일

굴욕외교 반대투쟁, 월남 파병, 군 내부의 반정부 쿠데타 음모, 위수령 발동 등이 그것이다. 특히 「분지」가 65년 5월 8일자 『통일전선』이라는 북한 노동당 기관지에 전재된 것이 큰 문제가 되었고, 바로 이 점이 이 작품을 용공으로 문제삼는 빌미를 제공하였다. 당시 검찰은 「분지」가 "남한의 현실을 왜곡 허위선전하여 빈민 대중에게 계급 및 반정부 의식을 부식 조장하고 반미 감정을 조성시켜 반미 사상을 고취할 요소가 있는 단편소설"이라고 규정하였다. 그러나 65년에 간첩으로 남파되었다가 체포되어 복역 중이던 어느 증인의 발언 속에서 「분지」 사건의 이면이 드러난다.

> 검　사 : <분지>를 읽은 소감은?
> 최　　 : 그 내용이 남한에 대한 북괴의 악선전을 대변하고 있다.
> 변호인 : 이 소설을 읽고 대한민국은 자유스럽다고 느꼈는가, 반미적인 소설
> 　　　　 이라고 분개하였는가.
> 최　　 : 이런 소설이 허용된다면 자유스럽다고 생각했다. 이북에서는 상상
> 　　　　 도 못한다.

　　대화에서 증인의 발언은 검찰과 변호인 측 주장 모두를 옹호하는 양면성을 드러내고 있다. 당시 죄수라는 증인의 신분을 고려한다면 그의 두 번째 발언이 더욱 의미 있게 들려온다. 말하자면 「분지」는 작가의 입장에서 보면 전혀 문제가 되지 않을 수도 있다는 것이다. 문인들과 양심적인 지식인들이 창작이 위축될 것을 우려하여 선처를 요구했지만 정치 논리가 냉정하게 관철되었다. '반공'이 군사 정권을 떠받치는 버팀목 역할을 하고 있었기에, 자유를 맘껏 외친 「분지」는 여지없이 좌절되고 말았다. 요컨대 「분지」는 우리에게 아직도 미완의 과제로 남아 있는 '근대성'의 과제를 심각하게 고민하게 했다.

작품은 그것을 수용하는 독자들의 의식 수준과 무관하지 않기 때문이다.

4. 유신체제 비판과 『겨울공화국』(1974~1977)

1970년대는 유신체제의 확립과 그에 대한 민주 세력의 피나는 투쟁으로 점철된 시대이다. 유신체제는 근대화를 조속히 실현시키려는 의도가 작용하고 있지만, 체제 수호를 위해 독재를 강화하였다. 그리고 경제 정책이 재벌 중심으로 이루어진 결과 민중의 고통은 가중되었다. 1974년 '자유실천문인협의회'가 결성된 것은 바로 이 같은 시대적 질곡을 넘어서기 위한 문인들의 의지의 표명이었다.

양성우는 75년 2월 15일 '민청학련' 사건 관련자들의 석방 환영회를 겸한 광주 YWCA 구국기도회에서 『겨울공화국』을 낭독하였다. 그는 이 일로 교직에서 파면되었다. 또한 일본에서 발행되는 『세계』라는 잡지에 그의 시 「노예수첩」이 게재되어 그는 '국가 모독' 및 '긴급조치 9호' 위반 등의 혐으로 수배되기도 했다. 『겨울공화국』은 작가가 수감되어 있는 동안 조태일, 고은, 김정남 등에 의해 간행되었는데, 시집 발간 혐의로 고은과 조태일이 체포, 투옥되기도 했다. 국제 펜클럽을 중심으로 국내·외 문학인과 지식인 그리고 종교인들이 작가의 석방을 위해 서명운동을 전개하였다. 시집 『겨울공화국』은 84년 화다출판사에서 다시 출간하려 하였으나 재차 판매금지 당하였다. 이 작품 외에, 그가 감옥에서 유서를 쓰듯이 쓴 제4시집 『북치는 앉은뱅이』(1977~1980)도 창작과비평사에서 간행된 뒤 즉시 판매금지 당하였다.

『겨울공화국』의 서문에서 작가는 다음과 같이 말하고 있다.

이 시들을 버릴 수 있지만 나는 이 땅을 버릴 수 없다.

이 시들을 버릴 수 있지만 나는 이웃들과 이웃들의 살결, 이웃들의 언어와 사랑과 한숨, 그리고 눈물을 버릴 수 없다.

이 시들을 버릴지라도 우리들이 빼앗긴 자유는 되찾아야 한다.

목숨 따위야 잡초처럼 살아날 수 있지만 자유는 귀한 것, 이 시들을 버릴지라도 자유는 버릴 수 없다.

표제시인 「겨울공화국」은 모두 8연으로 되어 있다. 작가는 우선 "삼천리는 여전히 살기 좋은가?"라고 반문하면서 허위와 위선에 귀기울이며 스스로를 잊고 사는 세태를 강하게 비판한다. 대다수 민중을 의미하는 <우리들>은 불의에 한마디도 하지 못하고 변명만 하는 노예, 머슴, 허수아비로 묘사되기도 한다. 나아가 작가는 허위와 위선을 방송하는 라디오, TV, 신문, 잡지를 '바보'로, 담벼락에 붙어 있는 벽보를 '농담거리'로 비하하면서 "돌아가야 할 것은 돌아가야 할 것"이라고 절규한다. 특히 작가는 군사정권 아래에서 황량함을 말해주는 "화약 냄새 풍기는 겨울 벌판"에 잡초라도 한줌씩 돋아나길 바란다.

여보게
우리들이 만일 게으르기 때문에
우리들의 낙인을 지우지 못한다면
차라리 과녁으로 나란히 서서
사나운 자의 총 끝에 쓰러지거나
쓰러지며 쓰러지며 부르짖어야 할 걸세.(7연 후반부)

그래서 시인은 사랑하는 모국어로 부르짖으며, 묶인 팔다리로 봄을 기다리며 한사코 온몸을 버둥거려야 한다고 말한다. 이것이 「앉은뱅이 연가 2」에 오면 "날선 비수 입에 물고 천리를 왔거늘, 그 어찌 이 어둠을 두려워하랴"로 표현된다.

5. 누적된 특권층의 부정 부패에 대한 비판과 『오적(五賊)』

1970년대는 유신체제가 확립되면서 군사정권의 폐해가 극에 달했다. 70년대를 이은 80년대는 70년대 말 부마항쟁으로 촉발된 군사정권의 쇠퇴 조짐과 대통령 암살로 인한 급격한 혼돈, 뒤이은 광주항쟁, 6월 항쟁 등이 연이어 일어났다. 80년대는 한마디로 변혁운동의 시대로 70년대 문학에서 제기된 문제들을 보다 구체적으로 천착한다. 분단극복과 통일을 지향하는 문학, 그리고 노동자계급의 이념에 기초한 문학이 그것이다. 80년대 문학에서 나타난 과도한 도식주의는 비판받아 마땅하지만, 당시 상황에서는 그 역시 역사적인 산물이었다.

「오적」은 80년대 변혁운동에서 줄곧 다루어지는 계급간의 갈등을 70년대적 상황에서 구체적으로 형상화하고 있다. 김지하의 장편 담시 「밀어(蜜語)」가 북괴의 선전 활동에 동조했다는 이유로, 이 작품을 게재한 가톨릭계 월간 종합잡지인 『창조』가 판매금지 당한 것도 1972년이었다.

「오적」은 군부 독재세력과 이와 결탁한 특권층의 비리를 신랄하게 풍자한 장편 담시이다. 그러나 이 작품은 강렬한 풍자로 하여 대상의 본질을 파악하기보다 대상의 희화화로 치우쳐 있지만, 민중의식의 성장과 더불어 전통적인 판소리와 탈춤의 비판적 풍자 정신을 잇고 있다. 「오적」은 『사상계』 (1970.5.)에 발표되었는데, 군사정권은 이 시가 북괴의 선전 활동에 동조하였다고 하여 반공법 위반의 이유를 붙여 작가 김지하와 『사상계』의 편집인, 그리고 시 「오적」을 전문 전재한 신민당 기관지 『민주전선』의 발행인과 편집인 등을 체포하고, 『사상계』는 판매금지시키고, 『민주전선』을 압수하였다. 이후 창작과비평사에서 간행한 『대설 「남」』과 시선집 『타는 목마름으로』가 판매금지 당하였다가, 각각 84년과 85년에 해금되었다.

「오적」의 화자는 "붓끝이 험한 죄"로 고초를 당하는데, '태평 성대'라는 반어적 표현으로 시대적 모순을 질타하고 있다. 오적은 재벌, 국회의원, 고급 공무원, 장성, 장·차관 등을 말한다. 오적은 뱃속이 오장육보가 아니라 "큰 황소불알만한 도둑보"가 하나 더 있는 오장칠보라는 말에서, 정경 유착으로 인한 부정 부패, 부동산 투기, 부실 공사(<천원 공사 오원에 쏙싹>) 등의 문제가 신랄하게 비판된다. 한 국가의 총수가 도둑질의 원조라는 사실과, 오적이 "盜 짜 한자 크게 써 걸어 놓고 도둑 시합"하는 장면의 묘사, 장성이 '짐승'으로 표현되는 것, 그리고 귀신들도 장·차관의 권모 술수와 파렴치한 위선을 두려워 하여 도망치는 모양의 형상화는 「오적」의 공격성을 단적으로 말해 준다. 또한 이 작품은 근대화로 인한 이농 현상(<重農이닷, 貧農은 離農으로!>)과 5·16 혁명 의 허구성(<혁명이닷, 舊惡은 新惡으로>)을 비판하고 있다. 그런데 정작 농사로 호 구하지 못해 서울로 올라온 <전라도 갯땅쇠 꾀수>(작자의 분신)가 오히려 오적 으로 몰려 무고죄로 체포되는 데서 이 작품의 공격성은 극에 달한다. 심지어 오적을 체포하러 간 포도대장은 오히려 오적의 청에 따라 그들의 집을 지키는 하수인으로 만족한다. 그러나 작품의 마지막은 선이 승리하고 악이 패배한다. 하지만 불의한 세력이 기지개를 켜다 갑자기 친 벼락에 죽는 것으로 처리할 수밖에 없었다.

6. 문민 정부의 도덕성과 『즐거운 사라』

1990년대는 동구권의 붕괴와 소련의 몰락으로 하여 이념을 앞세우던 기존의 문학 풍토에 근본적인 변화가 초래되었다. 이와 함께 부의 증가 등으로 소비 행태가 변화하고 대중문화가 꽃피기 시작했다. 특히 문민정부의 탄생으로 정치적 민주화는 이전과는 사뭇 다른 양상을 보여 주었다. 4·19혁명과 광주항쟁의 역사적인 의미 규정, 구조선총독부 건물 철거, 구군사정권의 단죄, 정경 유착의 고리 끊기 등 외적으로 큰 파장을 던져 주었다. 그러나 이같은 '역사 바로 세우기' 작업에 수반한 자유화의 물결은 적어도 『즐거운 사라』의 저자 마광수에게는 거리가 멀다. 마광수는 1992년 10월 29일 전격 구속되었으며, 같은 해 12월 28일에 열린 1심 선고공판에서 징역 8월에 집행유예 2년의 선고를 받았다. 재판부가 이런 결정을 내린 데는 교수에게 바라는 일반인의 기대감도 작용했다. 그러나 어찌 되었든 그의 말대로 <앞서 가는> 사람이 <피를 보게> 되었다. 특히 '성'의 자유로운 묘사가 정치적 민주화와 경제적 재분배를 통해 평등한 사회를 추구하는 것과 동시적이라고 생각하는 작가에게 더욱 그렇다.

문민 정부가 이전의 군사정권과 변별성을 마련하기 위한 근거가 바로 '도덕성'이었다. 이전에는 상상도 할 수 없었던 공직자의 재산까지 공개되었다. 이런 상황에서 문민 정부의 '도덕성'에 정면으로 도전한 '성'의 강조는 작가 마광수의 대담성인 동시에 무모함이기도 하다. 문학과 정치와의 관련성에서 볼 때 그렇다는 말이다. 문학이 정치를 넘어설 수 있는 길은 오직 고도의 상상력의 작용을 통해서이지만, 이것조차 현실적 규범을 내세우며 여지없이 묵살할 수 있는 것 또한 정치 논리이다.

유부녀와 유부남의 불륜 관계를 다룬 『채털리 부인의 사랑』을 예로 들지 않더라도, 우리 문학사에서도 '성'의 묘사는 줄곧 있어 왔다. 죽음을 초월한 남녀간의 사랑을 다룬『운영전』외에도, 혼전 성관계를 다룬 이조 후기의 대표적인 판소리계소설『춘향전』도 예외일 수 없다. 또한 남성보다 더욱 적극적으로 애정 행각을 주도하는 김동인의『감자』의 주인공 복례, '성'의 관점에서 자연물을 묘사한 이효석의 문학도 마찬가지다. 그러면 작품 속에서 '성'을 어떤 각도에서, 그리고 어느 정도로 다루어야 할까.

『즐거운 사라』사건은 우선 한 작가의 표현의 자유를 제한하였고, 또 모든 작가의 창작 의욕을 위축시킬 수 있다는 점에서 불행한 일이었다. 특히 남정현의「분지」사건을 맡은 변호사 한승헌 씨가 다시 이 사건 담당 변호사로 선임된 것이 우리의 주목을 끈다. 형량으로 보면『즐거운 사라』의 작가가 남정현보다 더 엄한 제제를 받은 셈이다. 어쨌든『즐거운 사라』는 '성'을 다룬 기존의 문학 풍토를 근본에서 흔들어 놓았다는 점에서 큰 파문을 불러일으켰다. 더욱이『즐거운 사라』는 평론가를 겸한 작가의 치밀한 논리의 뒷받침을 받고 있기 때문에 섣부른 판단을 주저하게 한다. 더욱이『즐거운 사라』사건에는 문학만의 문제가 아니라, 표현의 자유와 인권 문제, 교권과 수업권의 문제 등이 관련되어 있어 더욱 복잡한 양상을 띠고 있었다.

작가는 구강 성교 묘사 등 '성'의 노골적인 표현을 통해 그것에 알레르기 증상을 보이는 기존 '도덕주의자'의 위선을 벗기고, 오히려 본능의 욕구를 억제함으로써 파생된 부조화와 병리 현상을 정화하려는 의도까지 갖고 있었다. 검찰이 청소년에게 미치는 피해를 지적할 때도 작가는 오히려 청소년에 대한 성교육의 미비를 지적하며 마찬가지 이유를 들고 있다. 이 같은 정화는 작가의 논리를 따르면 정신주의, 교훈주의, 이광수주의를 거부하고 육체주의, 실용적 쾌락주의, 마광수주의, 문화의 자율권에 대한 옹호, 그리고 그의 표현대로 <인공적인 꿈>을 잉태하는 상상력의 무제한적인 자유를 옹호함으로써만 가능하다. 그러므로 작가에게 상상력의 자유는 정치적 억압에 대한 도전 못지않게 중요하며, '성' 문제는 그와 같은 상상력의 자유를 몸소 실천하기 위한 한 가지 방편이다.

작가는 신세대 문화가 유행에 지나치게 의존하는 점을 비판하고 있지만, 그가 신세대 문화에 주목하는 것에 비하면 그 비판의 강도는 약하다. 이는 주인공 사라의 행위에서도 잘 드러난다. 주인공 사라는 외설적인 대중문화의 유통과 '성' 개방 풍조, 그리고 기존 가치관 사이에서 갈등하는 90년대 젊은 이들을 상징하는 인물이라 할 수 있다. 하지만 사라는 자신의 성적 방황에 대해 조금도 뉘우치지 않는다. 바로 이 점이 노골적인 '성' 묘사와 함께 '도덕성'을 치명적으로 강타한 대목으로 보인다. '벗는 영화와 연극'과 함께, 누드모델 공개 모집에 스스럼없이 많은 젊은이들이 모이는 것이 90년대의 현실이다.

작가는 자신의 에세이집 『사라를 위한 변명』에서 '다원주의에 바탕한 문화적 혼혈주의'를 내세운 바 있다. 이와 관련하여 '수구적 국수주의'를 과거 지향적이고 퇴영적인 '폐쇄적 향토주의'에 입각해 있다고 비판하면서, 그는 '한국적인 것이 세계적이다'라는 명제는 '세계적인 것이 한국적인 것이다'라는 명제로 수정되어야 한다고 보는데, 여기서 작가의 서구 지향적 사고의 한계가 드러난다. 세계성이란 본질적으로 추상적일 뿐만 아니라, 다원성 또한 개별 문화의 구체적인 특성을 전제하고 있기 때문이다. 세계성을 강조한다고 해서 개별 문화의 특수성이 무시되어서도 안 되고, 또 무시될 수도 없다.

이런 한계에도 불구하고 그가 문단에 던진 파문은 결코 단순한 것이 아니었다. 이 인용문이 작가가 자신을 합리화하는 것으로 본다고 하더라도 마찬가지이다.

내가 이른바 얼굴이 팔리게 된 것은 1989년에 출간한 『나는 야한 여자가 좋다』 때부터인데, 그 때는 아직 소련이나 동구권이 자유화되기 이전이라서 그랬는지 많은 문학인들이 나의 생각을 '부르주아적 퇴폐'라고 매도하였다. 그러나 소련이 자유화된 지금 나를 욕하던 문학인들 중 상당수는 '이제부터 문학이 추구해야 하는 것은 이데올로기가 아니라 욕망이다'라고 말하며 성 문제나 쾌락의 문제에 접근해 가고 있다.

김말봉의 『찔레꽃』론

    김말봉(金末峰, 1901～1962)의 본명은 말봉(末鳳)이다. 그녀는 부산에서 출생, 일신여학교(日新女學校)를 3년 수료한 뒤, 서울로 올라와 1918년 정신여학교(貞信女學校)를 졸업하였다. 그 뒤 황해도 재령의 명신학교(明信學校) 교원으로 근무하다가, 1920년 일본으로 건너갔다. 1924년 동경에 있는 송영고등여학교에서 다시 고등학교 과정을 마치고, 1927년 경도의 동지사대학(同志社大學) 영문과를 졸업하였다. 그 해 귀국하여, 1929년 『중외일보』 기자로 근무하면서 전상범(소尙範)과 결혼하였다. 이 무렵까지 문학에 대하여 특별한 관심을 가지고 있지 않으나 기자로서 쓴 탐방기나 수필이 주위의 호평을 받자, 1932년 '김보옥(金步玉)'이라는 필명으로 단편소설 「망명녀(亡命女)」(『중앙일보』, 1932.1.1.～1.10.)를 신춘문예에 응모, 현상 1등으로 당선되어 문단에 등단한다. 이때부터 창작 활동을 본격적으로 시작하여 「고행」, 「편지」 등 단편 100여 편과 『찔레꽃』 등 장편소설 30여 편을 창작한다. 1935년 우리나라 최초의 대중 장편소설 『밀림』을 『동아일보』(1935.9.26.～1938.12.25.)에, 1937년 그의 대표작 『찔레꽃』을 『조선일보』(1937.3.31.～1937. 10.3.)에 각각 연재하여 일약 통속 소설가로서 자리를 굳히게 된다. 그러나 전상범과 사별한 뒤, 이종하(李鍾河)와 재혼,

부산에 살면서 광복 때까지 작품 활동을 중단한다.

광복 후 서울로 올라와 작품 활동을 다시 시작한다. 특히 그는 사회개선 운동 방면으로 진출하여 공창폐지운동(公娼廢止運動)을 벌이고 '박애원(博愛院)'을 경영하기도 했다. 1949년 하와이 시찰을 다녀왔으며, 6·25 때는 부산에서 피난 생활을 하던 문인들에게 많은 도움을 주기도 했다. 1952년 베니스에서 열린 세계예술가대회에 한국 대표로 참가하였고, 1955년에는 미 국무성 초청으로 미국을 방문하기도 했다. 1957년에는 대한민국 예술원 회원으로 당선되었다.

간단한 이력에서도 알 수 있듯이, 김말봉은 왕성한 작품 활동 못지 않게 사회 활동에도 많은 관심을 기울였다. **그는 처음부터 흥미 중심의 통속소설, 즉 애욕의 갈등 속에서도 건전하고 정의가 이기는 모랄을 지닌 소설, 그리고 재미있게 읽을 수 있는 소설을 쓰겠다는 신조를 가지고 있었다.** 심지어 그는 순수문학에만 집착하는 문단을 향하여 "순수 귀신을 버리라"고 갈파하기도 했다. 이런 그의 태도에서 알 수 있듯이, 그는 문학이 무엇보다 대중과의 소통 속에서 그 존재 의미를 확보할 수 있다고 보았다. 그에 따라 그는 줄곧 대중 통속소설만을 창작하며 자신의 정체성을 확보하였다.

주지하듯, 1930년대 중반 카프 해산을 계기로 우리 문단에서는 다양한 문학의 흐름이 분출하게 된다. 김말봉의 대중 통속소설도 그 하나의 흐름을 차지한다. 카프 해산을 전후하여 기존의 신문소설의 전통에 힘입고 본격적인 대중 통속소설이 출현하게 된다. 방인근의 『방랑의 가인』(1933), 김말봉의 『찔레꽃』(1937), 박계주의 『순애보』(1939), 김내성의 『마인』(1939) 등이 그것이다. 그 동안 본격 장편문학의 유일한 출구 역할을 했던 신문소설이 이 시기에 오면 그 매체의 특성상 상업성을 표나게 내세우게 된다. 해방 이전 대표적인 프로문학비평가였던 임화는 우리 소설사에서 김말봉이 처음부터 대중 통속소설에 대한 분명한 자각을 가지고 등장했을 뿐 아니라 그 길에 철저한 작가로 자리매김하고 있다. 그때까지 대중 통속소설이라고 매도당한 작품들의 의미를 온당하게 평가하고 정확하게 자리매김하는 일이 그 당시 시급한 과제였다.

대중소설을 이야기할 때, 부정적으로 다루어지는 통속성의 5가지 요소, 즉 웃음의 해학성, 성의 관능성, 폭력의 선정성, 몽상의 환상성, 눈물의 감상성 등이 지나치지 않는다면, '재미'를 조장하는 요소는 부정할 수도 없고 또 부정해서도 안 될 것이다. 이런 점에서 대중 통속소설의 의미를 구체적으로 밝히고 있는 김말봉의 『찔레꽃』을 통해 대중 통속소설이 나아갈 올바른 방향을 모색해보자.

『찔레꽃』(『조선일보』, 1937.3.31.～10.3.)은 신문연재소설로 137회에 걸쳐 연재되었다. 각 회는 200자 원고지 기준으로 12매 내외의 분량이며, 모두 11개의 소제목으로 구분되어 있다. 이후 1938년 인문사(人文社)에서 '장편 연애소설'이라는 수식어를 붙여 단행본으로 출간되면서 독자들의 열렬한 환영을 받았다. 작품의 창작 의도는 다음의 '작가의 말'(『조선일보』, 1937.3.31.)에 잘 나타나 있다.

사람은 모든 대가(代價)를 다 바쳤음에도 불구하고 손에 쥔 것은 왕왕이 쓸쓸한 빈 가지뿐일 때가 많음에라! 참으로 꺾기 어려운 찔레꽃! 소설 찔레꽃에 나오는 주인공들은 꽃과 같이 향기롭고 달콤한 사랑의 길을 걷고 있습니다. 그러나 그들은 괴로운 가시 때문에 울지 않으면 안 되는 「사람의 아들」들입니다.

인간은 빵으로 산다. 그러나 사랑으로 산다. 어느 말이 참이겠습니까? 작자는 독자 여러분을 향하여 평범한 이 한마디의 설문(設問)을 드리고 싶습니다.

'찔레꽃'을 작품 전체를 관류하는 하나의 상징 체계로 삼아 한 여성의 애정사를 형상화하고자 한 것은, 대중 통속소설의 한 전형적인 예라 하겠다. 꽃과 여성, 그리고 그 꽃을 꺾으려고 하는 뭇 남성들이 서로 부딪치며 얽어내는 작품 구조는 독자에게 강한 흥미를 불러일으킨다.

『찔레꽃』은 모든 등장인물들이 삼각 구도의 갈등을 보인다. 작품의 기본 도식은 '민수 – 정순 – 경구', 그리고 '정순 – 민수 – 경애'가 벌이는 갈등이다. 이 네 인물들의 오해로 사건이 꼬이다가, 결국 민수와 경애가 결혼하면서 모든 문제가 해결된다. 이러한 결말은 정순의 희생적이고 단호한 태도 때문에 가능했다. 그만큼 정순의 영혼의 순결성이 강조되고 있는데, 이것은 작품의 제목 '찔레꽃'의 속성과도 관련된다. 남이 알아주지 않아도, 보아주지 않아도, 홀로 향기를 내뿜는 '찔레꽃'이 그것이다. 특히 정순의 다음과 같은 자각은 오늘날 입장에서 보더라도 현실성이 있다.

「생활은 전쟁이다. 그리고 직업은 전쟁의 제일선(第一線)이다. 더욱이 여자에게 있어서」 중얼거리며 마후라로 목을 감고 복도로 나오는 정순은, <살아야 되겠다.>는 의식이 탄환처럼 가슴 한복판을 꿰뚫고 지나가는 것을 감각하였다.
<연애라는 것은 인생에게 값 높은 예술이다. 그러나…… 전쟁에 나선 이상 생명은 예술보다 귀하다.>

그밖에도, 작품에는 숱한 삼각 구도가 나타난다. '경구 – 정순 – 경구 아버지 조만호' '민수 – 경애 – 영환' '최근호 – 옥란 – 조만호' 등의 삼각 구도가 그것이다. 그러나 이 작품은 돈이냐 사랑이냐는 양자 택일의 단순한 도식을 통해 전개된다. 시대 현실에 대한 인식은 따라서 상당히 피상적이다. 지주의 횡포가 보인다거나, 미국을 비롯한 강대국의 인종차별을 비판하고 있다거나, 부유한 가정의 부패상을 고발하는 것 등은 부차적일 따름이다. 민수는 학비

가 떨어지자 차라리 시골에 내려가 야학이나 할까 하고 생각할 뿐이며, 부잣집 청년 경구는 농민을 추상화할 뿐 아니라 지주의 의식 개혁을 추구하는 소박한 계몽 차원에 머무르고 있다. 사실 경구와 경애는 자기보다 가난한 사람을 사랑하는 것을 무슨 큰 일이나 하는 것으로 여길 정도로 소박하다. 이들 두 사람의 이런 태도를 '장난'으로 치부하는 민수의 말을 정순은 전혀 이해하지 못한다. 이처럼 소박한 현실 인식을 염두에 둘 때, 민수와 경애가 결혼하는 것으로 이야기가 마무리될 수밖에 없었을 것이다.

다만, 『찔레꽃』은 '찔레꽃'의 속성을 우리가 말하는 '사랑'의 의미해석과 관련지어 강한 메시지를 던져주고 있다. 가시덤불 속에 피어있어 접근하기도 힘들지만, 어렵게 그 꽃을 꺾었다 하더라도 그 꺾는 과정에서 꽃잎이 다 떨어져버리는 그 '찔레꽃'의 속성을 통해, 『찔레꽃』은 '사랑'이 무엇인지 다시 한번 생각하게 한다. 다시 말해, 『찔레꽃』은 남녀간의 육체적인 사랑을 넘어서서 보다 차원 높은 '사랑'을 추구하기 위해서 무엇이 필요한지를 되새겨보게 한다.

해학과 비수(匕首)의 미학

- 김유정의「봄·봄」

1. 토속적인 것과 근대적인 것, 그 중간 지점

　김유정(金裕貞, 1908~1937)은 지금의 춘천 실레마을에서 아버지 김춘식의
2남 6녀 가운데 일곱째로 태어났다. 그는 어릴 때 부모를 모두 여의었다. 그
뒤 형의 방탕한 생활로 재산이 탕진되기 시작하면서 그는 경제적 어려움을
겪게 된다. 12살 때 서울 재동공립보통학교에 입학, 21살 때 휘문고보를 졸업
한다. 이때부터 명창 박녹주에게 열렬히 구애하나 끝내 거절당한다. 22세 때
연희전문학교 문과에 입학하지만 학칙에 저촉되어 제적된다. 그 뒤 춘천으로
내려와 들병이들과 어울리며 무절제하게 생활하기도 한다. 한편으론 야학당
(이후 '금병의숙'으로 개칭)을 개설하여 아동들을 가르쳤다. 1935년 폐결핵이 발병
하자 치료를 위해 서울 누이 집에 머무르며 창작에 전념한다. 이 즈음 발표
한 소설이「소낙비」,「금 따는 콩밭」,「만무방」,「봄봄」,「동백꽃」등이다.
그리고 1935년 구인회에 후기 동인으로 가입, 많은 작품을 쓰다, 1937년 29세
의 젊은 나이로 죽고 만다. 1968년 김유정기념사업회가 발족한 이래 지금까
지 문학기념관을 비롯하여 각종 문학비와 동상 건립, 전집 발간 등 여러 가

지 사업을 펼치고 있다.

김유정 소설은 1930년대 우리의 가난한 농민과 도시 서민의 생활을 실감나게 그리고 있다. 물론 그의 소설이 1930년대 우리 사회의 구조적 모순까지 파헤치지는 못하고 있다. 그러나 그의 소설의 주인공들은 대부분 생존의 벼랑 끝까지 내몰려 있다. 그러면서도 그들은 대부분 순박하거나 우직하기까지 하다. 바로 그렇기 때문에 그들은 오히려 현실의 모순과 시대의 횡포를 더욱 두드러지게 한다. 그때 그의 해학적인 문체는 크게 기여한다. 그의 해학적인 문체는 대상을 직접 공격하지 않고 우회적으로 비판함으로써 오히려 당대의 현실을 정직하게 드러낸다. 그 특유의 문체를 통해 김유정은 당대의 그 어떤 작품보다 살아있는 농민을 창조하고 있다.

김유정은 작품활동 기간이 불과 3년(1935~1937)밖에 되지 않는다. 그러나 이 짧은 기간 동안 그는 우수한 작품을 여럿 남기고 있다. 그는 1935년 구인회의 후기 동인으로 참가했으며, 이태준과 박태원 특히 이상(李箱)과의 교분이 두터웠다. 김유정과 이상은 다같이 폐결핵으로 고통받으며 불우한 환경에서 창작을 했다. 한때 이상은 김유정에게 같이 자살할 것을 제안하기도 했다.

김유정 문학을 평가하는 데는 특히 신중함이 요구된다. 그의 문학을 원형적 · 토속적인 것으로 볼 것인가, 또는 근대적인 것으로 볼 것인가, 아니면 이 둘을 지양 극복한 어떤 것으로 볼 것인가. 물론 이 문제는 그의 문학을 보는 시각에 따라 달라질 것이다. 우선 그의 문학을 원형적 · 토속적인 것으로 볼 때는 당연히 그 한계로 시대적인 문제의식의 약화가 지적된다. 원형적 · 토속적인 세계란 그것이 시대의 변화와는 무관한 어떤 전통의 근원적인 요소랄까 적어도 그런 것을 상정할 때 가능한 것이기 때문이다. 물론 그는 어떤 시대의식과도 무관하게 우직하고 토속적인 무지렁이들의 삶을 주로 다룬다. 그러나 그의 문학을 이렇게만 보는 데는 문제가 있다. 그는 그 시대를 바라보는 작가 나름의 시각에서 당대 농민과 도시 서민의 생활상을 구체적으로 형상화하고 있기 때문이다.

그렇다면, 근대적인 것으로 볼 수 있는가. 이 물음에도 쉽게 그렇다고 답하기는 어렵다. 우리가 '근대적'이라고 할 때 그 핵심 개념에 해당하는바 자본주의적 근대와 근대국민국가(일제에 대한 인식과 독립국가 건설)에 대한 사고에 있어 그는 철저하지 못하기 때문이다.

그렇다면, 원형적·토속적인 것과 근대적인 것, 이 둘을 지양 극복한 어떤 것으로 볼 수 있는가. 그렇게 보기에는 앞서 언급한 두 가지 이유 때문에 여전히 아쉬움이 남는다. 요컨대, 김유정 문학은 바로 그 둘의 중간 지점에서 크게 나아가지는 못하고 있다. 즉, 그는 작품을 가능하게 하는 당대의 현실을 보다 철저히 대상화하고 어떤 식으로든 그것을 작품 속에서 평가하지는 못하고 있다.

정리하자면, 김유정 문학을 '토속의 리리씨즘'(김우종)이라는 잣대만으로 평가할 수는 없다. 마찬가지로 '근대적'인 측면에서 긍정적으로 평가하기도 어렵다. 앞서 언급했듯, 그의 문학은 이 둘의 중간 지점에 있다. 요컨대, 그의 문학의 원형적·토속적인 가치는 오히려 현실의 모순과 그 부정적인 모습을 더욱 두드러지게 한다. 사실 김유정은 토속적인 것을 다루되 그것의 가치를 분명히 의식하고 언어를 구사하고 있다. 이것은 그가 모더니즘 운동의 선봉에 섰던 구인회 멤버였다는 사실과 무관하지 않다. 물론 이와 같은 언어 구사만으로 현실의 모순과 그 부정적인 모습을 구체적으로 드러내기는 어렵다. 하지만 당장의 생계조차 막막한 무지렁이들, 그럼에도 불구하고 무지하고 순박한 무지렁이들, 바로 그렇기 때문에 그들은 자신들을 기만하는 현실의 모순을 더욱 더 두드러지게 한다. 김유정의 문학적 의도는 바로 여기에 있어 보인다. 김유정은 그만큼 "우리 정서에 맞는 우리 정조(情調)를 찾아" 작품을 쓰고자 했다. 그는 당대의 현실적인 삶을 형상화하되 그것을 우리의 정조 내지 전통적인 것과 혈맥이 닿아있는 것으로 그리고자 했다.

김유정은 특히 그 당시 프로문학의 도식성이나 이념의 과잉에서 벗어나 우리의 일상 생활을 살아가는 농민이나 도시 서민의 삶을 구체적으로 형상화하고자 했다. 그는 지나친 기교나 심리 위주의 문학 또한 거부했다. 애초부터 이른바 '예술을 위한 예술'을 거부했다. 현실의 시진기적 모사(模寫) 또한 불가능한 것으로 간주했다. 그는 현실의 형상적 반영이라는 방법에 시종 충실하고자 했다. 이러한 그의 창작 의도를 가장 잘 보여주는 작품이 「봄봄」이다.

김유정은 「땡볕」, 「따라지」, 「정조」 등 도시를 배경으로 한 작품도 다수 발표했다. 하지만 그의 문학적 특질은 농촌을 배경으로 한 작품에서 더 잘 드러난다. 배경이 도시건 농촌이건, 그는 주로 가난하고 소외당한 사람들을 다루었다. 소작농, 머슴, 들병이, 소작조차 얻지 못하고 떠도는 건달, 도시서민 등이 그들이다.

2. 비화해적 결말 처리와 현실 모순의 강고함

김유정 소설 중에서도 「봄봄」은 일제 강점기 우리 농민의 소작농화에 따른 계층적 갈등을 훌륭하게 형상화하고 있다. 「봄봄」의 데릴사위 <나>, 장인, 점순은 작가의 고향 실레마을에 살았던 실제 인물을 모델로 하고 있다. 다만, 작품에서 <나>는 점순과 결혼을 하지 못하지만 실제 인물은 결혼을 했다고 한다.

「봄봄」의 주인공 <나>는 순박하고 우직한 26세의 시골 청년이다. 그는 엄밀히 말해 소작인은 아니다. 어디까지나 마름 집의 데릴사위인 것이다. 그러나 정작 그의 처지는 소작인보다 더 비참하다. 머슴보다도 더 열악한 조건에 있다. 머슴은 마땅히 사경이라도 받지만, 그는 데릴사위이기 때문에 사경조차 요구할 수 없다. 말하자면 장인은 결혼을 미끼로 <나>의 노동력을 철저하게 착취한다. 사실 장인은 <나>를 사위로 인정하지도 않는다. 이 점에서 장인은 지주보다 더 악질적인 마름의 전형이라 할 수 있다. 「봄봄」을 단순히 해학적인 관점에서만 볼 수 없는 이유가 바로 여기에 있다. 해학 그 이면에 지배와 복종의 대립 구도가 완강하게 버티고 있기 때문이다.

<나>의 우직함은 그의 처지를 더욱 어렵게 한다. <나>는 오직 점순과 결혼하기 위해 3년 7개월 동안 돈 한 푼 받지 않고 일을 했다. 때가 되면 장인이 알아서 해주리라 믿고 아무 말도 하지 않았다. 가끔 용기를 내어 성례를 시켜달라고 말하기도 했다. 그러나 그때마다 장인은 점순의 키가 더 자라야 한다며 대답을 회피한다. 오히려 지레 시치미를 떼거나 그런 소리가 아예 나오지 못하도록 도리어 야단이다. 게다가, 점순의 키는 자라기는커녕 "붙박이 키에 모로만 벌어지는" 것이다. 점순의 키와 대조적으로 그가 논에 심은 벼는 무럭무럭 자란다. <나>는 애초에 계약이 잘못된 것을 알고 뉘우치기도 하다. 스스로를 '숙맥'이라고 생각도 하다, 그럴수록 일을 하기가 싫다. 일을 하다말고 아프다는 핑계로 슬며시 풀밭에 드러눕기도 한다. 그럴 때면, 장인은 약이 올라 욕설을 하거나 <나>의 뺨을 때리기도 한다. 장인에 대한 <나>의 평가를 보자.

우리 장인님은 약이 오르면 이렇게 손버릇이 아주 못됐다. 또 사위에게 이자식 저자식 하는 이놈의 장인님은 어디 있느냐. 오죽해야 우리 동리에서 누굴 물론하고 그에게 욕을 안 먹는 사람은 명이 짜르다 한다. 조그만 아이들까지도 그를 돌아 세놓고 욕필이(본 이름이 봉필이니까), 욕필이, 하고 손가락질을 할 만

치 두루 인심을 잃었다. 하나 인심을 정말 잃었다면 욕보다 읍의 배참봉 댁 마름으로 더 잃었다. 번이 마름이란 욕 잘 하고 사람 잘 치고, 그리고 생김 생기길 호박개 같애야 쓰는 거지만 장인님은 외양이 똑 됐다. 장인에게 닭마리나 좀 보내지 않는다든가 애벌논 때 품을 좀 안 준다든가 하면 그 해 가을에는 영락없이 땅이 뚝뚝 떨어진다. 그러면 미리부터 돈도 먹고 술도 먹고 안달재신으로 돌아치던 놈이 그 땅을 슬쩍 돌라 안는다. 이 바람에 장인님 집 외양간에는 눈깔 커다란 황소 한 놈이 절로 엉금엉금 기어들고, 동리 사람들은 그 욕을 다 먹어가면서도 그래도 굽신굽신 하는 게 아닌가.

그러나 내겐 장인님이 감히 큰 소리할 계제가 못된다. 뒷생각은 못 하고 뺨 한 개를 딱 때려 놓고는 장인님은 무색해서 덤덤히 쓴 침만 삼킨다. 난 그 속을 퍽 잘 안다. 조금 있으면 갈도 꺾어야 하고 모도 내야 하고, 한창 바쁜 때인데 나 일 안 하고 우리 집으로 그냥 가면 고만이니까.

일제 강점기 마름의 횡포는 프로농민소설의 주된 소재가 되었다. 그러나 김유정은 농촌을 '지주(마름) 대 소작농'의 계급투쟁의 시각에서 그리지 않는다. 그러면서도 그의 소설은 그 어떤 프로농민소설보다 정겹게 다가온다. 그의 소설에 그려진 농민들은 그야말로 삶의 극한까지 내몰려 있다. 그의 소설은 지주(마름)의 횡포를 구체적으로 형상화하고는 있지 않지만, 바로 이 점 때문에 그 어떤 프로농민소설보다 시대의 모순을 우리에게 환기해준다. 이것은 「봄봄」의 경우 특히 <나>의 인물과 상황 설정에 크게 힘입고 있다. 요컨대, 「봄봄」은 '마름과 소작농'과의 관계를 '마름과 데릴사위'라는 관계로 변화시켜 겉으로는 자유로운 <나>의 위치를 내세우면서 결국엔 더 철저하게 착취당하는 모순을 고발하고 있다.

상황이 그렇다고 해서, <나>는 고향으로 돌아갈 처지도 아니다. 무엇보다 결혼도 하지 못하고 쫓겨왔다고 손가락질은 받기 싫기 때문이다. 마침내

용기를 내어 사정을 쳐 달라고 해도, 장인은 "너 사위로 왔지 어디 머슴 살러 왔니?"라고 할 뿐이다. 그래 한번은 아프다는 핑계로 일을 하지 않았다. 이 일로 <나>와 장인은 서로 싸우다가 동네 구장을 찾아가 담판을 짓고자 한다. 그러나 구장은 농사가 한창 바쁠 때 일을 하지 않는다면 손해 죄로 징역을 간다는 것, 사정을 받기 위해 관청에 소장(訴狀)을 제출하려다가 오히려 죄를 쓰고 감옥에 들어갈 일이 생길 수 있다는 것, 그리고 법률상 결혼은 성년의 나이인 스물 하나가 돼야 할 수 있다는 것을 내세우며 얼버무린다. 그러면서 구장은 올 가을에는 장인이 꼭 성례를 시켜 줄 것이라고 했다며 다시 한번 다짐한다. <나>는 구장의 이 말을 듣고 다시 일을 시작하는데, 그가 구장의 말을 듣고 무서워했다거나 믿어서가 아니다. 장인의 속셈을 전혀 몰라서도 아니다. <나>의 희망은 오직 점순과 결혼하는 것이기 때문이다. 장인의 속셈은 교활하기까지 하다.

우리 장인님 딸이 셋이 있는데 맏딸은 재작년 가을에 시집을 갔다. 정말은 시집을 간 것이 아니라 그 딸도 데릴사위를 해 가지고 있다가 내보냈다. 그런데 딸이 열 살 때부터 열아홉 즉 십 년 동안에 데릴사위를 갈아들이기를, 동리에선 사위 부자라고 이름이 났지마는 열 놈이란 참 너무 많다.

장인님이 아들은 없고 딸만 있는 고로 그 담 딸을 데릴사위를 해 올 때까지는 부려먹지 않으면 안 된다. 물론 머슴을 두면 좋지만 그건 돈이 드니까, 일 잘하는 놈을 고르느라고 연방 바꿔 들였다. 또 한편 놈들이 욕만 줄창 퍼붓고 심히도 부려먹으니까 밸이 상해서 달아나기도 했겠지. 점순이는 둘째딸인데 내가 일테면 세 번째 데릴사위로 들어온 셈이다. 내 담으로 네 번째 놈이 들어올 것을 내가 일도 참 잘하고, 그리고 사람이 좀 어수룩하니까 장인님이 잔뜩 붙들고 놓질 않는다. 셋째 딸이 인제 여섯 살, 적어도 열 살은 돼야 데릴사위를 할 때므로 그 동안은 죽도록 부려먹어야 된다.

장인은 첫째 딸이 열 살 때부터 열아홉 살이 될 때가지 데릴사위 열 사람을 갈아치웠다. <나>의 친구 뭉태는 이제 "속 좀 차리구 장가를 들여 달라구 떼를 쓰고 나자빠져라"고 충고한다. 그러나 <나>는 이 말을 곧이 듣지 않는다. 만약 장인이 정말 그런 의도를 가지고 있었다면, 그는 <나>를 속인 것은 물론 자신의 딸까지 속인 것이기 때문이다. 여기서 장인의 횡포는 여지없이 폭로된다. 사실 점순조차 "쉑을 잡아채지 그냥 둬, 이 바보야!"라고 하며 <나>를 나무란다. <나>는 다른 사람은 몰라도 장차 아내가 될 점순이 그를 '바보'라고 하는 것은 참을 수 없다. 그래서 한번은 마당 공석에 드러누워 버렸다. 그러자 장인은 <나>를 막대기로 찌르고 때리고 야단이다. <나>는 뺨을 맞고 나서야 지켜보는 점순을 의식해 장인의 수염을 잡아챈다. 장인 입에서 '할아버지' 소리가 나도록 심하게 싸웠다. 견디다 못해 장인은 아내와 딸 점순을 불렀다. 그런데 여기서 상황은 역전된다. 장모는 그렇다 치더라도 점순이 도리어 <나>를 나무라는 것이다. "이 자식! 장인 입에서 할아버지 소리가 나오도록 해?" 하는 것이다. 자기 아버지에게 너무 심하게 했다는 나무람인 것이다. 바로 여기서 <나>의 처지는 극도로 위축된다.

이처럼 「봄봄」은 김유정의 다른 대부분의 작품들처럼 어떤 해결도 없이 끝난다. 다시 말해 「봄봄」은 마지막까지 전혀 사태가 진전되지 않고 문제제기의 차원에서 끝나고 있다. 그런데 이러한 결말 처리는 「봄봄」의 경우 오히려 작가의 창작 의도를 십분 발휘하고 있어 보인다. <나>의 처지를 극도로 어렵게 함으로써 그만큼 시대의 횡포를 뚜렷하게 환기하고 있는 것이다. 그리고 바로 여기서 그의 해학적 창작 방법은 그 효과를 유감 없이 발휘한다.

3. 해학적 문체와 그 환기력

김유정 소설에는 평범한 인물들이 주로 등장한다. 그리고 그의 소설은 대부분 큰 줄기를 이루는 사건이나 인물들 간의 갈등을 통한 성격의 발전과는 무관해 보인다. 사실 대부분 짧은 단편 분량의 그의 소설에서 인물들의 복잡다단한 갈등 양상을 형상화한다는 것도 어려운 문제이다. 그런데 자세히 보면 그러한 평범한 인물들은 결코 '평범'하지만은 않다. 「봄봄」의 <나>는 소작농들이 다른 소작농의 논을 떼어 자기에게 달라고 마름에게 갖은 아첨을 하는 것을 넌지시 비판하고 있는데, 이는 <나>가 그 당시 농촌 현실을 예리하게 보고 있음을 말해준다. <나>는 결코 순박하거나 무지하지만은 않다. 앞서 언급했듯이, <나>의 순박한 듯한 행동은 오히려 마름 또는 시대의 횡포를 더욱 두드러지게 한다.

「봄봄」을 비롯하여 김유정 소설을 여성주의적 시각에서 분석한 글은 드물다. 「동백꽃」과 마찬가지로 「봄봄」은 점순의 발랄한 행동이 작품을 재미있게 읽히게 한다. 점순은 순진한 <나>에게 적극적으로 구애하기도 한다. 그러나 이 두 작품 모두 <나>와 점순은 결코 화해에 이르지 못한다. 점순 나아가 그녀의 가족은 오히려 <나>의 고통을 배가할 따름이다. 그 과정에서 골계(滑稽)가 큰 역할을 한다.

풍자와 해학은 골계의 하위 개념이다. 풍자와 해학은 사회의 모순을 비판하고 개선하고자 하는 점에서는 같다. 그러나 풍자가 대상에 대하여 공격적인 데 반해, 해학은 대상의 모순이나 부조리를 비판하면서도 그 대상을 감싸 안는다. 즉, 대상에 대한 공격에 있어 풍자가 직접적이라면 해학은 간접적인 방식이라고 할 수 있다. 「봄봄」의 <나>는 마름의 횡포에 직접 맞서 싸우지는 않는다. 오히려 <나>는 마름인 장인을 이해하려는 여유를 보이기까지 한다. 장인과 다투고 나서, <나>는 "그러나 내 사실 참 장인님이 미워서 그런 것은 아니다"라고 말하는 것이다. 이처럼 김유정이 비참한 현실을 그리되 그 것을 어둡지 않고 밝게 그려내는 데는 그가 판소리의 골계에서 주로 해학을 계승하고 있기 때문이라는 지적도 있다.

「봄봄」의 해학은 우선 어조와 인물의 희화화에서 찾아볼 수 있다. 다음 은 <나>와 장인이 서로 싸우다가 동네 구장을 찾아가 담판을 요구하는 장면 이다.

> "그럼 봉필 씨! 얼른 성례를 시켜 주구려, 그렇게까지 제가 하구 싶다는 걸……"
> 하고 내 짐작대로 말했다. 그러나 이 말에 장인님은 삿대질로 눈을 부라리고,
> "아 성례구 뭐구 계집애년이 미처 자라야 할 게 아닌가?"
> 하니까 고만 멀쑥해서 입맛만 쩍쩍 다실 뿐이 아닌가.
> "그것도 그래!"
> "그래, 거진 사 년 동안에도 안 자랐다니 그 킨 은제 자라지유? 다 그만두구 사경 내슈……"
> "글세, 이 자식아! 내가 크질 말라구 그랬니, 왜 날 보구 떼냐?"
> "빙모님은 참새만한 것이 그럼 어떻게 앨 낳지유?(사실 장모님은 점순이보다 도 귓배기가 작다.)"
> 장인님은 이 말을 듣고 껄껄 웃더니(그러나 암만해두 돌 씹은 상이다) 코를 푸는 척하고 날 은근히 곯리려고 팔꿈치로 옆 갈비께를 퍽 치는 것이다. 더럽다. 나두 종아리의 파리를 쫓는 척하고 허리를 구부리며 그 궁둥이를 콱 떼밀었다. 장인님은 앞으로 우찔근하고 싸리문께로 쓰러질 듯하다 몸을 바로 고치더니 눈 총을 몹시 쏘았다. 이런 쌍년의 자식! 하곤 싶으나 남의 앞이라니 차마 못 하고 섰는 그 꼴이 보기에 퍽 쟁그러웠다.

나이 어린 사위와 장인의 상식에 어긋나면서도 정겨운 한 판의 싸움 장면이다. 특히 김유정은 강원도 지방의 토속어뿐만 아니라 사투리와 관용어, 그리고 그 당시 농민들이 일상적으로 사용한 곁말 등을 거침없이 구사하고 있다. 수부룩하게, 우찔근하고, 멀쑤룩해서, 거불지는, 깨빡, 당조심, 논지면, 혹닥이었다, 까셀라부다 등등의 어휘가 그것이다. 그는 또한 비어·속어·속담 등을 자유롭게 구사하고 있으며, 그 중에서 비속어는 해학을 유발하는 데 크게 기여하고 있다. 그는 표준어까지도 소리나는 대로 적음으로써 구어 구사의 효과를 십분 발휘하고 있다.

이처럼 김유정 소설은 우리말에 대한 탁월한 감각과 구사력 때문에 그 문학적 감동을 배가하고 있다. 그는 특히 대상을 회화화하면서도 그 대상에 대한 공격을 결코 약화시키지 않는다. "사위에게 이자식 저자식 하는 이놈의 장인님은 어디 있느냐" "이 녀석의 장인님" "장인님도 눈깔이 커다랗게 놀랐다" 등의 표현이 그것이다. 이것은 채만식의 풍자적 문체와 함께 그만의 독특한 문체적 전략이라 할 수 있다. 무엇보다 이러한 그의 해학적인 문체는 그 어떤 직설적인 비판보다 강한 호소력을 가지고 있다. 대상을 우회적으로 회화화하면서도 그 대상을 더 강하게 비판하는 것, 바로 이것이 그의 문체적 특질이자 그의 문학이 지닌 환기력이라 하겠다.

4. 웃음과 칼날, 김유정의 문학사적 위치

김유정 소설은 1930년대 우리의 가난한 농민과 도시 서민의 생활을 실감나게 그리고 있다. 자작농에서 소작농으로, 그리고 빚에 쫓겨 도시 빈민으로 전락하는 당대의 세태를 그는 그 누구보다 치밀하게 형상화하고 있다. 그의 농민소설은 농민을 계몽의 대상으로 보지 않으며, 또 섣불리 계급혁명의 주체로 설정하지도 않는다. 그의 농민소설은 『무정』(이광수)이나 『상록수』(심훈)와 같은 지식인의 계몽적 시각에서 벗어나 있으며, 또한 이념에 치중되어 있었던 프로농민소설과도 분명한 차이가 있다. 즉, 그는 농촌 또는 도시 서민의 삶을 그야말로 그들의 입장에서 형상화하고 있다. 물론 그의 농민소설이 1930년대 우리 농촌의 붕괴와 농민의 몰락의 구조적 원인까지 파헤치지는 못하고 있다. 사실 그의 소설은 식민지 사회의 구조적 모순을 직접적으로 드러내지는 않는다. 하지만 그의 소설은 당대의 그 어떤 작품보다 소작농이나 도시 서민의 비참한 생활을 구체적으로 형상화하고 있다. 그들은 대부분 생존의 벼랑 끝까지 내몰려 있다. 그들은 또한 대부분 순박하거나 우직하기까지 하다. 그러나 바로 그렇기 때문에 그들은 오히려 현실의 모순과 시대의 횡포를 더욱 두드러지게 한다. 즉, 「봄봄」에서 <나>의 순박함과 바보스러움은 오히려 마름인 장인의 횡포를 더욱 적나라하게 고발한다.

여기서 김유정의 해학적인 문체는 작품의 성과에 크게 기여한다. 요컨대 그의 해학적인 문체는 현실로부터 도피하거나 현실을 미화하는 수단이 아니다. 오히려 대상을 직접 공격하지 않고 우회적으로 비판함으로써 당대의 현실을 더 정직하게 드러낸다. 특히 우리 언어에 대한 그의 관심은 1930년대 당시 일제의 우리 문화 말살정책을 염두에 둘 때 그 의의가 크다. 그는 그야말로 생활 속의 언어를 발굴하여 구사함으로써 당대의 농민 생활을 더욱 생동감 있게 그려내고 있다. 요컨대, 김유정 소설은 그 특유의 해학적인 문체를 통해 당대의 그 어떤 작품보다 살아있는 농민을 창조하고 있다.

분단극복과 인간 보편의 가치 탐구
- 최인훈의 『광장』

1. '환각'(幻覺)의 세계와 그 실체의 확인 작업

최인훈(崔仁勳, 1936~)은 1936년 함경북도 회령에서 목재 상인의 4남 2녀 가운데 장남으로 태어났다. 8·15광복 후 그의 아버지가 부르주아지로 분류되자 가족과 함께 함경남도 원산으로 이주, 그곳에서 원산중학교를 마쳤다. 이어 원산고등학교에 다니던 중 6·25전쟁이 일어나자 12월 원산항에서 해군함정 LST를 타고 가족이 모두 월남한다. 1개월 정도 부산의 피난민수용소에서 지내다 외가 쪽 친척이 있는 목포로 이주, 그곳의 목포고등학교를 졸업한다. 1952년 다시 피난 수도인 부산으로 돌아와 서울대 법대에 입학하지만 마지막 학기 등록을 포기하고 중퇴한다. 이때 자신의 첫 작품인 『두만강』을 집필한다. 1957년 군에 입대하여 1963년까지 7년 간 통역 장교로 복무하며 문단 활동을 겸하게 된다. 1977년에는 서울예술대학 문예창작과 교수로 취임하여 2001년 정년 퇴임하기까지 학생들의 창작 지도에 전념했다. 지금은 그 대학 명예 교수로 있다. 수상 경력 또한 화려하다. 「웃음소리」로 제11회 <동인문학상>(1966)을 받았고, 그밖에도 <한국연극영화예술상 희곡상>(1977),

<중앙문화대상 예술부문 장려상>(1978), <서울시문화상>(1979), <서울극평가 그룹상>(1979)을 받았다.

최인훈은 1959년 「Grey구락부 전말기」를 발표한 뒤 이어서 「라울전」이 안수길에 의해 추천되어 문단에 나왔다. 그는 남북의 이데올로기를 정면으로 비판한 대표작 『광장』을 발표하면서 작가로서의 역량을 크게 인정받게 되었다. 그밖에도 수많은 중·단편과 장편을 남기고 있다. 그 가운데 「놀부뎐」, 「춘향뎐」 등 우리 고전을 패러디한 작품도 여럿 있고, 「총독의 소리」, 「소설가 구보 씨의 일일」, 『구운몽』 등 형식 실험을 시도한 작품들도 여럿 있다. 한편 희곡에도 남다른 재능을 보여 「옛날 옛적에 훠어이 훠이」, 「달아 달아 밝은 달아」를 발표하기도 했다. 그리고 냉전 이데올로기의 근원지를 찾아다니며 존재의 실존적 의미를 탐구한 자전적 소설 『화두』를 발표했다.

최인훈은 줄곧 식민지 잔재, 전쟁, 분단 등 우리 현대사의 굵직한 문제들을 지식인의 예리한 시각으로 파헤치고 있다. 사실 그의 소설은 평론 또는 에세이와 구별할 수 없을 정도로 지식인의 사유 세계가 폭넓게 전개되고 있다. 그의 문학을 두고 '관념적'이라는 수식어가 늘 따라붙는 것도 그 때문이다. 그러나 바로 이 때문에 그는 우리 문학사에 뚜렷한 위치를 확보하고 있다. 어쨌든 그만큼 분단과 근대화 그리고 오늘의 세계 문제에 이르기까지 우리 사회의 무거운 핵심 문제들에 계속해서 매달리며 고민한 작가도 드물다. 그의 작품에 리얼리티가 부족하다거나 실천력이 결여되어 있다는 지적은 타당하다. 하지만 다른 한편 그만이 성취할 수 있었던 문학적 의미 또한 놓쳐서는 안 된다. 그는 특히 해방 이전 오늘날의 초등학교에 해당하는 몇 년간을 일본어로 수업을 받은 세대에 속한다. 그럼에도 그는 우리말의 감각을 십분 발휘하고 있다.

우리 문학사에서 1950년대 후반은 중요한 의미를 지니고 있다. 그때부터 이른바 손창섭 류의 전후문학이 지닌 상투적인 절망과 혼돈에서 벗어나 새로운 출발이 모색되기 때문이다. 특히 최인훈의『광장』(1960)은 바로 이와 같이 전후문학의 새로운 기운을 바르게 계승하면서 동시에 그것을 훌륭하게 극복하고 있다. 즉,『광장』은 분단으로 인한 남북의 이데올로기 대립을 정면으로 문제삼으면서 남북한 사회를 총체적으로 분석하고 있다. 최인훈의 소설은 대부분 문학적 상상력과 정치적 이데올로기 사이의 관계를 끊임없이 천착하고 있다. 이 점에서『광장』은 그의 문학적 성과를 가늠하는 좋은 표본이 된다.

우리나라는 세계에서 유일하게 남은 분단국가이다. 그리고 우리가 분단국가로 남아 있는 한, 이는 일차적으로 우리의 발전을 가로막고 나아가 세계의 평화와 발전에도 지장을 초래하고 있다. 이 점에서 우리 민족의 통일은 우리만의 문제가 아니다. 오늘의 세계가 함께 해결해야 할 문제다. 통일은 우리 민족의 힘만으로는 불가능하다. 한반도를 둘러싸고 중국, 러시아, 일본, 미국, 그 밖의 여러 나라의 이해 관계가 서로 얽혀있기 때문이다. 그럼에도 불구하고 냉전체제가 종식된 오늘이야말로 우리 민족이 통일을 위해 지혜를 발휘해야 할 때다. 우리의 통일은 무엇보다 남북한 어느 한쪽의 체제를 절대화하려 해서는 결코 성취될 수 없다. 서로를 인정하면서, 남북한 모두 자유롭고 평등한 사회를 만들어 서로의 협력 공간을 계속해서 넓혀가야 한다.『광장』은 바로 이와 같은 여러 문제들을 훌륭하게 형상화하고 있다.

『광장』의 등장 인물들은 모두 이데올로기의 대립과 전쟁에 의한 상처를 앓고 있다.『광장』은 전쟁 포로 이명준이 석방된 뒤 배를 타고 중립국으로 가는 것으로 시작하여, 가는 도중 바다에 투신하여 결국 죽는 것으로 끝난다. 이 시작과 끝 그 가운데 이명준의 남한에서의 생활과 월북 후의 생활이 전개되고, 그리고 전쟁이 일어난다. 그런데 이명준은 작품의 첫 부분에서부터 어떤 '환각'(幻覺)으로부터 계속하여 괴롭힘을 당한다.『광장』은 사실 그 환각을 가져오는 실체를 확인하는 구조로 되어 있다. 우선 다음 부분을 보자.

> 석방 포로 이명준(李明俊)은, 오른편에 곧장 갑판으로 통한 사닥다리를 타고 내려가, 배 뒤쪽 난간에 가서, 거기 기대어 선다. 담배를 꺼내 물고 라이터를 켜 댔으나 바람에 이내 꺼지고 하여, 몇 번이나 그르친 끝에, 그 자리에 쭈그리고 앉아서 오른팔로 얼굴을 가리고 간신히 당긴다. 그때다. 또 그 눈이다. 배가 떠나고부터 가끔 나타나는 허깨비다. 누군가 엿보고 있다가는, 명준이 휙 돌아보면, 쑥 숨어버린다. 헛것인 줄 알게 되고서도 줄곧 멈추지 않는 허깨비다. 이번에는 그 눈은, 뱃간으로 들어가는 문 안쪽에서 이쪽을 지켜보다가, 명준이 고개를 들자 쑥 숨어버린다. 얼굴이 없는 눈이다. 그때마다 그래 온 것처럼, 이번에도 잊어서는 안 될 무엇인가를 잊어버리고 있다가, 문득 무언가를 잊었다는 것을 깨달은 느낌이 든다. 무엇인가는 언제나처럼 생각나지 않는다. 실은 아무것도 잊은 것은 없다. 그런 줄을 알면서도 이 느낌은 틀림없이 일어난다. 아주 언짢다.
>
> —『광장』의 서두

인용문에서처럼, 우선 이명준은 기억의 환각에 시달리고 있다. 그 환각을 가져오는 대상은 '얼굴'의 형태를 지니고 있다. 따라서 『광장』은 일차적으로 그 '얼굴'의 정체를 확인하고자 한다.

이명준의 의식을 규정하고 있는 것은 분단과 전쟁이다. 또한 『광장』은 분단과 전쟁 등 시대적 상황에도 불구하고 그 이야기의 중심은 '여자'와 관련되어 있다. 남한의 윤애와 북한의 은혜가 그러하다. 다시 말하면 『광장』은 여자와의 사랑이라는 보편적인 주제가 분단·전쟁과 같은 시대적 상황을 감싸고 있다. 이 점 『광장』을 이해하는 데 매우 중요하다.

2. 밀실과 광장, 이데올로기적인 이분법

『광장』은 '남한 – 북한 – 중립국' 가운데 구도에서 중립국을 택함으로써 이데올로기와 전쟁의 횡포를 문제삼고 있다. 주인공 이명준은 철학과 3학년생이다. 그는 "비치는 단단함 속에 젖어가면서 살 수 있는 삶"을 바라고 있다. 그러나 그는 아무 일에도 흥미를 느끼지 못하고 있으며 또 마음을 쏟을 만한 일도 찾지 못하고 있다. 그런데 그가 바라는바 그 "비치는 단단함"을 가진 생활은 고단한 현실의 삶이 전제될 수밖에 없다. 그럼에도 불구하고 그는 오히려 책장을 대하며 흐뭇해 할 따름이다. 그는 책장을 자신의 몸을 감싸는 갑옷처럼 느끼며, "책이 한 권씩 늘어갈 적마다 몸 속에 깨끗한 세포가 한 방씩 늘어가는 듯"한 느낌을 받는다. 이러한 그가 하는 일이란 고작 창문을 통해 바깥을 내다보며 "헛궁리질"을 하는 것이다. 그는 "젊고 가난한 철부지 책벌레"이며, "관념 철학자의 달걀"에 불과하다. 그가 얼마나 자기 중심적이며 폐쇄적인지는 다음 인용문에서 잘 드러난다.

> 자기라는 낱말 속에는 밥이며, 신발, 양말, 옷, 이불, 잠자리, 납부금, 담배, 우산…… 그런 물건이 들어 있지 않았다. 오히려 어떤 물건에서 그것들 모두를 빼버리고 남는 게 자기였다. 모든 것을 드러낸 다음까지, 덩그렇게 남는 의심할 수 없는 마지막 것. 관념 철학자의 달걀 이명준에게 뜻 있고, 실속 있는 자기란 그런 것이다. 아버지가 그의 '나'의 내용일 수 없었다. 어머니가 그의 나의 한 식구일 수는 없었다. 나의 방에는 명준 혼자만 있다. 나는 광장이 아니다. 그건 방이었다. 수인의 독방처럼, 복수가 들어가지 못하는 단 한 사람을 위한 방.

이러한 이명준의 생활에 서서히 균열이 생기기 시작한다. 현실의 강하고 거센 힘이 비집고 들어오는 것이다. 사실 그가 현실에 패배할 수밖에 없는 것은 그의 단순하고 소박한 현실 인식 때문이다. 그는 개인은 그 자신의 '밀실'에서만 살 수 없고 그 '밀실'은 '광장'과 이어져 있다고 말한다. 그러나 정작 그는 개인만 있고 국가는 없다거나 밀실만 있고 광장은 없다고 말하는데, 이것은 현실적으로 불가능하다. 광장이 없는 밀실이 올바른 의미에서 밀실일 수 없듯이, 밀실이 없는 광장 또한 올바른 의미에서 광장일 수 없기 때문이다. 그러므로 '남한/북한' '밀실/광장'의 선명한 이분법은 그것이 널리 유포된 만큼 『광장』의 바른 독해에 지장을 주었다고 할 수 있다. 정작 중요한 것은 그 밀실이 어떤 밀실이고 또 그 광장이 어떤 광장인가, 나아가 밀실과 광장은 이어져 있기에 거기서 바람직한 것이 무엇인가를 인식하는 것이다. 요컨대 이명준은 남한이든 북한이든 밀실과 광장이 서로 이어져 있다는 사실을 정확히 깨닫지 못하고 있다. 당연히 그와 같은 자각에서부터 문제의 해결책을 찾아야 한다는 사실도 분명히 알지 못했다. 물론 남한의 반공체제와 북한의 유일사상체제를 한 개인의 힘으로 감당하기는 어렵다. 그럼에도 불구하고 현실을 바라보는 이명준의 인식 자체에 또한 한계가 있었다.

이명준은 광복되던 해 월북한 그의 아버지가 평양방송의 대남방송 시간에 나온 것을 계기로 큰 변화를 맞게 된다. 경찰서 조서 과정에서 구타를 당하면서 그는 비로소 자신의 "방문이 무너지는" 소리를 듣는다. 튼튼하리라고 믿었던 자신의 방문이 노크도 없이 무례하게 젖혀지고 망가지는 모습을 보았다. 밀실은 그의 생각과 달리 광장의 횡포와 이어져 있었던 것이다. 그가 소중히 간직하고자 한 밀실은 허구에 불과했으며, 따라서 그 밀실이 온전한 것이 되기 위해서는 광장과 소통하고 있어야만 했던 것이다.

그가 월북을 결심하게 된 것은 우선 그의 아버지의 이름이 놀림을 받을 때 아버지를 사랑하는 마음이 생겨났기 때문이다. 이것보다 더 직접적인 이유는 다른 데 있다. 그가 도피처로 삼으려고 한 윤애와의 사랑이 파탄에 직면했기 때문이다. "철학의 탑 속에서 사람을 풍경처럼" 바라보고 있었던 그에게 마찬가지로 소극적인 윤애의 태도는 그의 마음을 더욱 아프게 했다. 윤애 또한 그 못지 않게 자기만의 두터운 밀실을 가지고 있었던 것이다. 그러나 여기서도 정작 문제는 이명준에게 있었다.

그러면 광장을 찾아 월북한 뒤 북한에서 이명준의 생활은 어떠한가.

명준이 북녘에서 만난 것은 잿빛 공화국이었다. 이 만주의 저녁 노을처럼 핏빛으로 타면서, 나라의 팔자를 고치는 들뜸 속에 살고 있는 공화국이 아니었다. 더욱 그를 놀라게 한 것은, 코뮤니스트들이 들뜨거나 격하기를 바라지 않는다는 일이었다. 그가 처음 이 고장 됨됨이를 똑똑히 느끼기는, 넘어와서 바로 북조선 굵직한 도시를 당이 시켜서 강연 걸음을 했을 때였다. 학교, 공장, 시민회관, 그 자리를 채운 맥빠진 얼굴들. 그저 앉아 있었다. 그들의 얼굴에는 아무 울림도 없었다. 혁명의 공화국에 사는 열기 띤 시민의 얼굴이 아니었다. 가락 높은 말을 쓰고 있는 자신이 점점 쑥스러워지는 것이었다.

이명준은 월북한 지 만 년이 지나 "호랑이 굴에 스스로 걸어 들어온" 사신을 저주하기 시작한다. 그러나 무엇보다 남한에서 그가 '밀실'을 오해했듯 북한에서도 그는 자신이 맞이한 광장을 오해했다. 그것은 아버지에 대한 그의 태도에서 잘 드러난다. 민주주의 민족통일전선 중앙선전 책임자인 그의 아버지는 새 장가를 들어 적산 가옥에서 살고 있었다. 이명준은 자기 또래의 의붓어머니가 머릿수건을 쓰고 아버지가 벗어놓은 양말을 헹구고 있는 모습을 보고 무슨 끔찍한 꼴을 본 듯 얼굴을 돌린다. 그리고 그녀가 30촉 전등 아래 신문지로 덮어놓은 밥상을 지키고 앉은 모습을 지옥으로 표현한다. 그러나 이러한 인식 자체가 관념적인 것이다. 이러한 모습들은 그가 바랐던 광장의 모습은 아니라는 것인데, 그러나 그 광장이 올바른 의미의 광장이 되기 위해서는 각 개인의 가장 일상적인 생활이 결코 무시되어서는 안 된다는 사실을 그는 여전히 인식하지 못하고 있다. 오히려 그는 그러한 의붓어머니의 모습을 보고 그토록 그가 도망쳐 나오고자 했던 "평범이란 이름의 진구렁"을 다시 목격하며 "맥빠진 월급쟁이 집안의 저녁 한 때"를 떠올린다. 바로 여기서 '남한/북한' '밀실/광장'이라는 그의 선명한 이분법이 작동한다. 그가 보기에 남한은 광장은 없이 오직 비루한 욕망, 탈을 쓴 권세욕, 섹스, 민주주의를 가장한 인민의 학대, 친일 분자의 득세, 친미 사대주의, 청년들의 타락 및 통속화, 자신과 가족의 안일만을 위한 유학병 등이 활개를 치고 있다. 마찬가지로 북한 또한 개인의 밀실은 말살되고 오직 당의 명령과 마르크스주의의 교조적 해석이 난무하고 그것을 따르는 앵무새 같은 인민들의 수동적인 생활만 있었다. 더욱이 그가 한 일과 아무런 관계도 없이 그는 전체 인민의 이름으로 반성해야 하는 상황에 직면하게 되는데, 그는 또 한번 "그의 마음의 방문이 부서지는 소리"를 듣게 된다. 그 소리는 이전보다 더 큰 울림으로 다가왔다. 그리하여 그는 북한 사회도 남한 사회 못지 않게 "혁명과 인민의 탈을 쓴 여전한 부르주아 사회"라고 진단한다.

남한에서도 그랬듯이, 북한에서도 이 거짓의 탈을 벗기기 위해 그가 하는 일은 아무것도 없다. 국립극장 소속 발레리나인 은혜에게서 그의 도피처를 마련할 따름이다. 그는 "깎아놓은 짐승"만을 보다가 "사람"인 은혜를 만나게 된다. 그는 은혜가 자신을 구원해줄 유일한 대상이라 생각했다. 그러나 남한에서의 윤애가 그랬듯이, 은혜 또한 그의 유일한 도피처는 아니었다. 그의 간절한 만류에도 불구하고 그녀는 끝내 모스크바로 공연을 떠나고 만 것이다. 그는 윤애와 은혜에게서 모두 몸과 몸의 섞임이 아니라 마음과 마음의 섞임을 원했다. 그러나 그것은 끝내 이루어지지 않았다. 더욱이 전쟁은 마음과 마음의 섞임은커녕 몸과 몸의 섞임조차 거부했다. 전쟁은 "소총이 미치지 못하는 사이를 두고 포격만 해대는 나쁜 장난"이었기 때문이다.

그러면 여기서 벗어나는 방법은 없는가. 현실적으로, 남한이든 북한이든 밀실과 광장이 이어져 있는 이상적인 공간은 없었다. 물론 제한적이긴 하나 전혀 없지는 않다. 전쟁터에서 이명준과 은혜가 숨어든 "원시의 동굴", 그리고 '바다'로 상징되는 "푸른 광장"이 그것이다. 그러나 이상적인 공간은 그저 주어지는 것이 아니라 우리 스스로 끊임없이 만들어가야 하는 것임을 이명준은 정확하게 알지 못했다. 그의 죽음은 여기서 충분히 암시되는 바 있다.

3. 이데올로기에 대한 비판과 '사랑'의 의미

『광장』은 여러 차례 개작되었다. 그 과정에서 구성상 연대기적인 착오를 바로잡거나, 이명준의 성격상 애매모호한 부분을 고치거나, 문체 면에서 자주 사용된 콤마와 현재형 어미를 손질하거나 한자어를 한글로 고쳤다. 이것들 외에 가장 큰 변화는 은혜와 관련된 부분이다. 남과 북 그 어느 곳도 선택하지 않고 중립국으로 가는 이명준, 그 뒤를 두 마리의 갈매기가 줄곧 따라다니는데, 그 두 갈매기가 이명준이 사랑한 두 여자로 암시되어 있는 결말 부분이 그것이다. 이명준은 두 마리의 갈매기가 암시하는바 두 여자와의 관계에서 결코 자유롭지 못했다. 그의 죽음은 그래서 필연적으로 보인다. 그 두 마리의 갈매기는 1976년 문학과지성사의 전집판 이전에는 각각 윤애와 은혜를 암시하고 있었다. 그런데 1976년 전집판에서는 은혜와 그녀의 딸로 각각 암시되어 있다. 이전 판본들과 비교할 때 가장 차이가 많이 나는 것이 바로 이 부분이다.

> 은혜를 바다와 동일시하고, 마침내는 그녀와 그녀의 딸을 큰 새와 꼬마 새로 표상했다는 것은, 작자의 의식이 그 이전의 판본에서와는 상당히 먼 거리에 와 있음을 보여준다. 그 이전의 판본에서 작가는 이명준이 그와 그의 애인들과의 과거에서 자유스러울 수 없다는 것을 깨닫고 그녀들이 있는 곳으로 돌아간다고 묘사하고 있는데, 전집판에서 그는 그에게 기쁨을 준 바다로 되돌아가는 것처럼 묘사되고 있다. 그의 뿌리를 받아준 바다 속으로 그는 그의 몸을 던져 들어가는 것이다. 바다는 단순한 죽음의 장소가 아니라, 자신이 몸을 던져 뿌리를 내려야 할 우주의 자궁이다. 이 진술은 작가에게 매우 중대한 의미를 갖고 있다. 그 이전의 판본에서 이명준의 죽음은 중립국에서도 별로 보람 있는 삶을 찾을 수 없으리라는 것을 깨달은 자의 죽음이지만, 전집판에서의 이명준의 죽음은 정말로 사랑이라는 것이 무엇인가를 투철하게 깨달은 자의 자기가 사랑한 여자와의 합일, 작가의 표현을 빌면 "무덤 속에서 몸을 푼 여자의 용기"에 해당하는 행위인 것이다. **작자가 전집판에서 이명준의 죽음을 사랑을 확인하는 행위로 묘사하고 있는 것은, 그 이전의 판본에서 그가 이명준의 죽음을 이데올로기적인 죽음으로 처리하고 있는 것에 비교할 때, 그의 사고가 지금 어디에 와 있는가를 짐작할 수 있게 한다. 작가 자신은 이데올로기 대신에 사랑을 선택한 것이다.**
>
> — 김현, 「사랑의 재확인」

말하자면, 『광장』은 '남한 – 북한 – 중립국' 가운데 중립국을 택함으로써 이데올로기와 전쟁의 횡포를 문제삼으면서, 그와 같은 역사적 상황을 '윤애 – 은혜 – 은혜와 그녀의 딸'로 대변되는 '사랑'의 삼각 구도가 감싸고 있다. 바로 이것이 『광장』이 우리에게 감동을 주는 원천일 것이다. 즉, 『광장』은 분단과 전쟁 등 가장 현실적인 문제를 다루면서 '사랑'이라는 탈역사적이고 보편적인 삶의 의미를 탐구하고 있는 것이다.

이명준은 인간이 서로 고독하기 때문에 전쟁이 일어난다고 생각한다. 전쟁터에서 다시 만난 이명준과 은혜의 다음 대화를 보자.

> "자기가 외롭다고 남을 이렇게 할 권리가 있나요?"
>
> "권리? 권리가 있어서만 움직인다면 벌써 천당이 왔을 거야."
>
> "김일성 동무는 애인이 없었던가 보지요?"
>
> "있어도 신통치 않았겠지."
>
> "이 동무가 수상이라면 어떡하시겠어요?"
>
> "나? 나 같으면 이 따위 바보짓은 안 해. 전쟁 따윈 안 해. 나라면 이런 내각 명령을 내겠어. 무릇 조선민주주의 인민공화국의 공민은 삶을 사랑하는 의무를 진다. 사랑하지 않는 자는 인민의 적이며, 자본가의 개이며, 제국주의자들의 스파이이다. 누구를 묻지 않고, 사랑하지 않는 자는 인민의 이름으로 사형에 처한다. 이렇게 말이야."

인용에서 '사랑'은 전쟁의 횡포를 감싸고 있다. "사상과 애인과 부친을 깡그리 잃어버리고, 손에 잡히지 않는 죽음과 서로 멍하니 바라보고 앉아 있던" 이명준에게 전쟁터에서 다시 만난 은혜는 이전보다 훨씬 밀도 있게 다가온다. 구원의 메시지인 셈이다. 전쟁 중 남한에서 다시 만난 옛 애인 윤애가 그에게 용서를 빌며 한 말은 "악마에게 빌붙는 천사의 그것"처럼 파렴치한 것이었다. 하지만 전쟁터에 다시 나타난 은혜가 용서를 빌며 한 말은 "애인 앞에 뉘우치는 죄지은 여자의 것"이었다. 그만큼 은혜의 뉘우침은 이제 거짓의 탈을 벗어 던진 보다 인간적인 것이었다. 그래서인지 이명준과 은혜는 '동굴' 다시 말해 "원시의 광장"에서 마음껏 사랑을 나눈다.

바로 이 지점에서 우리는 '바다' 다시 말해 "푸른 광장"을 문제삼을 수 있다. 우선 말하자면, 이 "푸른 광장"은 이명준이 이념상 중립국을 선택하는 것보다 훨씬 그 의미의 진폭이 크다. 이명준은 은혜의 죽음 이후 그가 의지할 마지막 돛대가 부러졌음을 확인한다. 그리고 이어 중립국 행을 선택한다. "환상의 술에 취해보지 못한 섬" 그 중립국에서 그는 "환상 없는 삶"을 살기를 바랐다. 하지만, 그는 결국 바다에 투신하는 길을 택한다. 그의 말처럼, "광장에서 졌을 때 사람은 동굴로 물러가는 것"이었다. 그러면 이것을 이명준의 좌절로 볼 수 있는가. 사실 현실 공간에서는 그가 그토록 바랐던 "한 뼘의 광장과 한 마리의 벗"도 그에게 용납되지 않았다. 그러나 『광장』은 이런 판단을 유보하게 하는 상징적 장치를 가지고 있다. "푸른 광장"이 그것이다. 이명준은 "푸른 광장"인 '바다'에 뛰어듦으로써 비로소 은혜와 그녀의 딸을 암시하는 두 마리의 갈매기와 '몸과 마음으로' 완전히 하나가 되는 것이다.

다만 그 "푸른 광장"은 결코 현실 공간은 아니었다. "푸른 광장"이 아무리 그들만의 내밀한 공간이자 그들이 마음껏 자유를 누릴 수 있는 공간이라 하더라도, 그것은 환각의 세계에 불과하다. 오늘의 현실이 안고 있는 문제의식을 되살리면서 『광장』을 읽어야 하는 이유가 여기에 있다.

4. 역사적 과제로서의 분단극복과 보편적 주제로서의 '사랑'

『광장』의 주인공 이명준은 그가 바라던 이상적인 공간을 현실 공간에서는 끝내 찾지 못했다. 굳이 찾자면, 전쟁터에서 발견한 '동굴'("원시의 광장") 또는 '바다'("푸른 광장")가 있기는 하다. 그러나 '동굴'은 현실의 고통과 역사의 횡포를 이길 힘이 없는 "원시의 동굴"이었으며, "푸른 광장" 또한 환각의 세계였다. 요컨대 '동굴'과 '바다'는 분단과 전쟁 등 이데올로기와 역사의 횡포를 견디기에는 부족했다.

그럼에도 불구하고 이렇게만 볼 수 없는 데에『광장』의 호소력이 있다. 도식적이기까지 한 '남한/북한' '밀실/광장'과 같은 이분법과 전쟁이라는 역사적 외피를 벗기면, 우리는 곧바로 '사랑'이라는 인간 보편의 문제의식과 마주하게 된다. "원시의 광장"인 '동굴' 특히 '바다'로 표상되는 "푸른 광장"이 우리에게 주는 의미가 바로 이것이다. 다시 말해『광장』은 인간 보편의 의미 탐구라는 보편적인 주제가 분단과 전쟁 등 역사적 문제를 감싸고 있다. 나아가『광장』은 현실적 차원에서 우리가 '통일'을 이루는 것과 다른 사람을 진정으로 '사랑'하는 것은 별개의 것이 아니며, 따라서 그 둘을 위해서는 고도의 지혜와 마음 씀씀이가 요구된다는 사실을 우리에게 알려주고 있다.

요컨대, 이명준은 여전히 환각의 세계일 따름인 "푸른 광장"에서 이상적인 공간의 가능성을 겨우 내비치고 있다. 그러므로 그 이상적인 공간을 '찾는' 것이 아니라 현실 공간에서 '만들어내는' 것은『광장』을 읽는 우리 모두의 몫이다. 그래서 그 공간을 우리가 만들어낼 때까지『광장』은 두고두고 읽힐 것이다. 그 이후에도 '사랑'이라는 보편적인 주제로 하여 또한 두고두고 읽힐 것이다.『광장』의 문제의식은 그만큼 구체적이면서 보편적이다.

유종호의 비평 세계
-1950~1960년대의 비평을 중심으로

　　유종호는 1959년 「비평의 반성」, 「산문정신고」로 제4회 현대문학 신인상을 수상한 이후, 1986년에는 평론집 『소설과 사회사』로 제3회 서울문화예술 평론상을, 그리고 1988년에는 평론집 『사회역사적 상상력』으로 대한민국문학상 평론부문 본상을 수상하였다. 그는 「언어의 유곡」을 발표한 이래 「비평의 반성」, 「산문정신고」, 「비순수의 선언」 같은 빼어난 평론을 발표하였으며, 『미메시스』(김우창 공역, 민음사, 1979)를 포함한 여러 권의 번역서, 『문학과 여성상』(중앙일보사, 1985), 『우수의 거리에서』(한길사, 1986)를 포함한 여러 권의 신문집과 에세이집을 출간하였다. 그리고 『비순수의 선언』(신구문화사, 1962), 『문학과 현실』(민음사, 1975), 『문학이란 무엇인가』(민음사, 1979), 『동시대의 시와 진실』(민음사, 1982), 『현실주의 상상력』(나남, 유종호 문학선, 1991), 『시란 무엇인가 : 경험의 시학』(민음사, 1995), 『문학의 즐거움』(민음사, 1995), 『서정적 진실을 찾아서』(민음사, 2001) 등의 평론집을 출간하였다.

　　한국 문단에서 그만큼 줄기차게 다량의 평문을 발표하며 활발하게 활동한 비평가도 드물다. 특히 그의 비평 세계의 골격은 1960년을 전후로 해서 이미 마련된다. 「언어의 유곡」(『문학예술』, 1957.11), 「비평의 반성」(『현대문학』,

1958.4~5), 「산문정신고」(『현대문학』, 1958.9), 「비평의 제문제」(『현대문학』, 1958.12), 「작가, 창조, 현실」(『현대문학』, 1959.3), 「모멸과 연민 – 손창섭론」(『현대문학』, 1959.9~10), 「토착어의 인간상」(『현대문학』, 1959.12), 「소설의 실험과 장래」(『자유문학』, 1960.1) 등이 그것이다. 그리고 무엇보다 1950년대 문학을 총결산하면서 쓴 「비순수의 선언 – <何如之鄕>론」(『사상계』, 1960.3)은 지금까지의 그의 비평 세계를 단적으로 보여준다.

여기서는 지금까지도 그의 비평 세계의 원천으로 작용하고 있는 1950년대 그의 평문들을 우선 살펴보고 나서 이 시기의 문제의식이 이후 어떻게 전개되어 나가는지 간략히 검토하고자 한다. 그의 문학관의 일단을 확인하기 위해 1987년 민음사에서 출간한 『사회역사적 상상력』의 '책머리에'를 살펴보자.

> 문학이 감당할 수 있는 몫의 과도한 자임에는 유보감을 느낀다. 그러나 문학이 사람의 위엄에 어울리는 인간화된 사회 공간을 마련하는 데 기여해야 한다는 생각에 변함은 없다. 사회역사적 상상력에 기존하지 않은 어떠한 세계 이해나 인간 파악은 변변치 못하다는 생각에는 변함이 없다.

이미 그의 문학의 방향을 분명히 한 첫 평론집 『비순수의 선언』 '서(序)'에서 그는 자신이 사용한 '비순수'라는 말에 현대문학과 현대의 중요한 성격이 암시되어 있다고 말하면서, "시대의 상황은 언어의 위력(威力)과 언어의 비력(非力)을 동시에 절감케 한다"라고 밝히고 있다. 엄혹한 정치 현실 아래에서 문학이 할 수 있는 것과 할 수 없는 것을 분명히 자각하고 있었던 것이다. 즉 그는 문학의 본령인 언어의 힘을 극도의 정제함과 절제로 활용하면서도 항상 그것을 시대 문제와의 예민한 교감 속에서 형상화한다. 그의 이런 투철한 문학관은 시류에 휩쓸리는 그 어떤 문학 행위도 넘볼 수 없는 그만의 특징이다. 그는 언어의 절대성과 문학의 순수성만을 고집하지 않았다. 동시에 문학의 현실(참여)적 성격을 강조하는 것과도 거리가 멀었다. 오히려 이 둘의 긴장 관계를 항상 유지하고자 했다. 그리하여 그 누구보다도 먼저, 이미 5·16 직후 발표한 「한국의 페시미즘」, 「현대시의 50년」이란 글에서, 해금되기 전의 월북 작가들의 시를 이름은 거론치 않고 언급하는 애정을 보였다. 그에 의해 정지용은 정치적 이유에서 나온 지나친 폄훼를 극복하고 우리 문학사에 처음으로 온전히 복원되기에 이른다.

　1950년대 후반은 우리 문학사에서 여러 모로 중요한 의미를 지닌다. 그것은 크게 두 가지로 정리할 수 있을 것이다. 이른바 이승만 정부의 메카시즘의 열풍 속에 문학의 '문학다움'은 찾아볼 수가 없었다. '순수'라는 이름으로 문학이 거의 고사지경에 이른 것이다. 그러나 1950년대 후반을 접어들며 서서히 문학의 현실적 계기가 인식되면서 이호철, 박경리 등 후반기 작가들이 등장하여 문단이 활기를 띠게 된다. 유종호는 비평 분야에서 이런 흐름을 이끈 대표적인 평론가이다. 그가 평론가 이어령과 갈라지는 지점도 여기에 있다. 이어령이 '순수'문학의 폐해를 정확히 지적했지만, 그리고 그 누구보다도 문학의 현실비판 기능을 강조했지만, 그것은 어디까지나 자신이 설정한 문학의 '순수'성이라는 카테고리 내에서였다. 그는 어떤 면에서 순수문학 진영 못지 않게 문학의 '순수'성이라는 카테고리에서 자유롭지 못했다. 그의 데뷔 평론인 「환위와 환계」가 그것을 잘 말해주고 있다. 그러나 유종호는 순수와 참여의 단순한 이분법을 훨씬 넘어서는, 문학의 근본 수단인 '언어'에 밀착하여 자신의 논리를 전개한다.

　유종호는 그의 첫 평론 「언어의 유곡」에서 시어의 음악성과 의미의 조화를 추구하고 있는데, 이는 자신의 비평이 나아갈 좌표를 모색하고 있는 「비평의 반성」에 오면 '상식의 양식성'으로 정리된다. 상식의 양식성이란 "자유로운 입장에서 사물을 종합적으로 관찰해보는 정신"을 말한다. 이러한 정신은 시나 산문 분석에서 일관되고 있다. 「산문정신고」에서 그가 언급하고 있듯이, 그가 말하는 산문정신이란 다름 아닌 인간 현실의 냉혹한 전면적 관찰자, 이에 따른 통찰적 비판의 철인, 그리고 당초의 언어 예술가, 이 세 가지의 행복한 결합을 말한다. 분석적 경향과 역사적 경향을 동시에 비판하고 있는 그의 문제의식은 이와 무관하지 않으며, 이처럼 균형잡힌 그의 문제의식은 지금까지 그의 일관된 비평 정신이기도 한다. 「비순수의 선언」은 바로 이같은 그의 비평 태도를 집약해서 보여준다.

「비순수의 선언」에서 그는 송욱의 「하여지향」을 분석한다. 그는 이 글에서 산문적인 것의 대담한 도입과 시의 음악성, 특히 우리말에 있어서의 음악성의 추구를 높이 평가하면서도 그 한계를 정확히 지적하며 우리 시의 미래를 예견하고 있다. 무엇보다 시는 언어의 산물이며, 또 언어의 산물인 시는 음악성을 결코 배제할 수 없는데, 따라서 산문적인 것을 대담하게 도입한 「하여지향」 또한 또 다른 차원에서 시의 음악성을 추구하고 있다는 것이다. 「하여지향」의 한 구절 "現金이 實現하는 現實"을 분석하면서, 이 구절이 현실을 리얼하게 계시하면서 의미와 음상이 행복하게 결합되어 있는 것을 잘 보여준다는 것이다. 그러면서, 그는 예술이 반드시 '미(美)'와 결합할 필요는 없다고 강조한다. 즉 비속한 현실을 그렸다고 해서 시가 아닌 것이 아니라, 「하여지향」처럼 그런 비속한 현실을 다루면서도 얼마든지 좋은 시가 될 수 있다는 것, 그리고 적어도 시의 음악성이라는 '부(富)'를 생각한다면 이 시의 위트가 발산하는 것도 일종의 경쾌한 심미감의 발현일 수 있다는 것이다. 그는 「하여지향」에서 심미감의 퇴조를 읽어내기보다 오히려 「하여지향」이 '비평적 시'라는 독창적인 시방법을 추구하고 있다고 지적하며, 이런 지적을 '비순수의 선언'이라는 자신의 명제와 연결시키고 있다. 그의 지적처럼 「하여지향」은 "재래적인 천편 일률의 풍월이나 저능한 산문"이 횡행하는 상황에서 그 가치가 높이 평가되어야 할 것이다. 더욱이 외래적인 시작(詩作) 방법과 시비평 이론이 난무하는 상황에서 우리말이 지닌 묘미와 민요와 같은 우리 전통시의 맥락에서 우리의 현대시를 평가하고 있는 그의 비평의 참신함은 그 이후 지금까지 우리 평단을 아주 풍성하게 해주었다.

유종호의 글은 특히 문학에 대한 근본적인 반성을 촉구하는 경우가 많다. 그만큼 우리 평단에서 그는 문학의 문학다움과 어떤 것에도 얽매이지 않는 문학의 자유로움을 추구한 드문 비평가에 속한다. 앞서 지적했듯, 그가 '언어' 문제에 남달리 집착하고 있는 것도 문학의 본질을 누구보다 철저히 인식하고 있었기 때문이다. 「언어의 유곡」이후, 「토착어의 인간상」에서 그는 "토착어(우리의 한글과 우리말이 되어버린 한자어)의 자리를 대체하여 가고 있는 생경한 언어군을 어떻게 예술적으로 형상해가느냐" 하는 데서 우리 문학의 새로운 가능성을 찾고자 했으며, 그의 이러한 문제의식은 「시의 토착어 지향」(1981), 「시인과 모국어」(1988), 그리고 언어적 세목에 대한 음미를 요구하고 있는 『시란 무엇인가』(1995), 『서정적 진실을 찾아서』(2001)에까지 이어진다. 이처럼 문학 언어, 그리고 우리 언어의 가능성에 대한 탐구는 그의 비평 세계를 특징짓는 방법론적 과제와 결부되어 있다.

언어에 관심을 기울인다고 해서 그가 문학의 사회성을 소홀히 하는 것은 전혀 아니다. 60년대 중·후반에 발표한 글들을 대부분 싣고 있는 『문학과 현실』이 그것을 잘 반증해준다. 그는 누구보다 시대 현실에 예민한 촉수를 가지고 있었다. 그 이후 70년대 중반까지 그는 거의 글을 쓰지 않는데, 유신의 충격이 그만큼 컸던 것이다. 현실에 대한 지식인의 태도를 문제삼고 있는 「지식인과 지적 자유」(1974)는 그런 점에서 매우 시사적이다. 문학과 현실의 관계에 대한 탐구는 70년대 중반부터 80년대 초까지 쓴 글들을 싣고 있는 『동시대의 시와 진실』, 『사회역사적 상상력』에까지 이어진다. 그 중에서 「근대소설과 리얼리즘」(『창작과비평』, 1976.3.)은 리얼리즘과 그것의 쇠퇴라는 관점에서 서구의 근대문학을 전체적으로 조망하고 있다. 중산계급이 자신감을 상실하고, 리얼리스트들이 수행하고 있는 기능이 보다 냉철한 사회학자의 손으로 이루어진다는 생각이 나타나면서 리얼리즘의 주요한 자부 사항이 근거를 잃게 되었으며, 그리고 무엇보다 현실을 어떻게 파악하느냐 하는 현실관의 변화가 일어나면서 리얼리즘이 쇠퇴하게 되었다고 그는 진단한다. 리얼리즘에 대한 그의 생각은 다음 인용문에 잘 나타나 있다.

> 리얼리즘의 쇠퇴가 과연 소설 장르의 자체의 위기를 예고하는 것인지 또는 모더니즘으로의 발전적인 쇠퇴를 의미하는 것인지 하는 것은 사람에 따라 의견이 다를 것이다. 우리가 확인할 수 있는 것은 리얼리즘에서 떨어져나간 소설이 전세기의 걸작에 비해서 반드시 상승 곡선을 그리고 있지 않다는 것, 리얼리즘을 대치한 모더니즘이 대체로 비인간화 경향을 가고 있다는 것이다. 그리고 리얼리즘의 쇠퇴가 – 우리는 이것이 전면적인 추세라고 생각지는 않는다. 리얼리즘에의 동경은 아직 많은 작가들의 활력이 되어 있다 – 문화적 맥락에서 우리의 주목을 끄는 것은 그것이 사람들 사이의 공통 경험의 축소와 공유 경험의 붕괴, 그리고 경험 교환 가능성에 대한 믿음의 상실과 연관되어 있다는 점이다. 그리고 같은 시대의 역사를 살아가는 사람들 사이에서 이러한 현상이 빚어진다는 것이 사람들의 행복에도 사회의 건강에도 기여하지 못한다는 점이다.

리얼리즘과 모더니즘에 대한 그의 균형잡힌 시각이 돋보이는 위의 인용은 오늘에 이르기까지 유종호 비평의 근간에 자리잡고 있다. 그가 말하는바 리얼리즘과 모더니즘의 균형 감각은 작가(현실)와 작품, 이념과 문학간의 균형

감각이라고 달리 말할 수 있다. 이문구와 김승옥 문학의 문체적 특질과 그 성과를 각각 분석하고 있는 「농촌 최후의 시인 – 다시 읽는 이문구」(1993)와 「슬픈 도회의 어법 – 다시 읽는 김승옥」(1994)은 그 같은 균형 감각을 잘 보여준다. 이런 그의 문학관의 일단은 『문학이란 무엇인가』, 『문학의 즐거움』 등에서 집중적으로 다루어진다.

요컨대 언어에 대한 그의 관심은 그의 기본적인 문제의식이 되고 있다. 해금되기 전 정지용의 작품 세계를 가장 먼저 거론한 것도 그의 이런 문학관에 힘입은 바 크다. 그 점에서 시에 있어 언어의 짜임새를 치밀하게 분석해 보여주고 있는 「시는 언어로 빚는다 – 정지용의 시」(1994)는 그 연장선상에 있다. 문학이 언어 예술이며 시가 그 특성을 가장 잘 드러낼 수 있다는 생각은, 가장 최근에 펴낸 『서정적 진실을 찾아서』에서도 자연스럽게 표출되어 있다.

유종호의 비평 세계는 그의 전집 제5권의 제목처럼 '문학의 즐거움'을 향한 끊임없는 도정과도 같다.

자 료

- ✔ 1980년대 문학비평 자료
- ✔ 안함광 평론

1980년대 문학비평 자료

● 개괄적 성격의 글

구중서, 「80년대 비평문학의 전개」, 『한국문학의 현단계 Ⅱ』, 백낙청 ·
　　　　염무웅 편, 창작과비평사, 1983.

윤지관, 「전환기의 민족, 민중문학과 소설」, 『실천문학』, 1990.3.

_____, 「80년대 민족 · 민중문학의 평가와 반성」, 『창작과비평』, 1990.3.

김명환, 「90년대 문학운동의 새로운 전망」, 『창작과비평』, 1990.3.

임헌영, 「민주주의와 민중미학을 위하여」, 『문학과사회』, 1990.3.

김명인, 「시민문학론에서 민족해방문학론까지 － 1970, 80년대 민족문학
　　　　비평사」, 『사상문예운동』, 풀빛사, 1990.3.

백낙청, 「지혜의 시대를 위하여」, 『창작과비평』, 1990.3.

(대담 : 최원식 외), 「민족문학, 80년대와 90년대 : 대중화와 통일전선의
모색」, 『한길문학』, 1990.5.

손경목, 「80년대 문학과 파시즘의 문제」, 『실천문학』, 1990.6.

하정일, 「민족문학과 문예통일전선」, 『실천문학』, 1990.6.

임홍배, 「현단계 노동계급 현실주의의 쟁점과 전망」, 『실천문학』, 1990.6.

김병익, 「새로운 지식인 문학을 기다리며」, 『문학과사회』, 1990.6.

박형규, 「민족문학과 사회주의 문학」, 『한길문학』, 1990.8.

지철경, 「현단계 민족문학 논쟁의 비판적 검토」, 『실천문학』, 1990.9.

윤병로, 「민족문학론의 쟁점과 평가」, 『성대문학』, 1990.12.

(좌담 : 백낙청 · 김세균 · 김종철 · 이미경 · 김록호), 「생태계적 위기와 민족민주운동의 사상」, 『창작과비평』, 1990.12.

백낙청, 「민족문학론과 리얼리즘론」, 『한국근대문학사의 쟁점』, 창작과비 평사, 1990.

권성우, 「예술성, 다원주의, 문학적 진정성 : 민족문학의 재점검」, 『한길 문학』, 1991.3.

(토론 : 백낙청 – 발제/김명환 · 김재용 외) 「90년대 민족문학의 과제」, 『창작과비평』, 1991.3.

황국명, 「민족문학의 진전을 위한 포스트모더니즘 비판」, 『오늘의 문예 비평』, 1991.4.

정남영, 「전환기의 세계와 민중, 민족문학의 진로」, 『한길문학』, 1991.12.

(특집) 「민중문학이 수정되어야 한다」, 『동서문학』, 1991.12.

　　윤지관, 「전환기 민족문학과 비평의 자세」

　　이동하, 「마르크스주의 체제의 몰락과 민중문학의 과제」

이성훈, 「80년대 리얼리즘 논의와 맑스주의적 예술실천 이론의 모색」, 『오늘의 문예비평』, 1992.3.

김진경, 「민족문학의 올바른 편제를 위한 출발점 – 90년대 문학운동의 진 전을 위하여 – 채광석 5주기에 부치는 글」, 『실천문학』, 1992.6.

박혜경, 「80년대 비평문학에 대한 반성적 회고」, 『비평의 시대』(2집), 문 학과지성사, 1993.1.

오현주, 「민족문학론의 성과와 반성 : 민족문학의 이념과 방법」, 『민족문
　　　학사연구』(6), 1994.12.

임규찬, 「80년대 민족문학 논쟁」, 『문학사상』, 1995.7.

이광호, 「비평이론과 방법론의 실천적 심화」, 최동호 편, 『남북한현대문
　　　학사』, 나남, 1995.

● 단행본

김흥규, 『문학과 역사적 인간』, 창작과비평사, 1980.

백낙청(편), 『민족주의란 무엇인가』, 창작과비평사, 1981.

김우창, 『지상의 척도』, 민음사, 1981.

구중서, 『분단시대의 문학』, 전예원, 1981.

김치수, 『문학사회학을 위하여』, 문학과지성사, 1981.

채광석, 『그 어딘가의 구비에서 우리가 만났듯이』, 형성사, 1981.

이청원, 『한국민족문학사론』, 원광대 출판국, 1982.

김병익, 『지성과 문학』, 문학과지성사, 1982.

변형윤 · 송건호(편), 『역사와 인간』, 두레, 1982.

유종호, 『동시대의 시와 진실』, 민음사, 1982.

백낙청(외), 『제3세계문학론』, 한벗사, 1982.

최원식, 『민족문학의 논리』, 창작과비평사, 1982.

송건호 · 강만길(편), 『한국민족주의론』, 창작과비평사, 1982.

백낙청, 『한국문학의 현단계 Ⅰ』, 창작과비평사, 1982.

한국신학연구소(편), 『한국민중론』, 한국신학연구소, 1984.

유재천(편), 『민중』, 문학과지성사, 1984.

성민엽(편), 『민중문학론』, 문학과지성사, 1984.

박현채, 『한국 자본주의와 민족운동』, 한길사, 1984.

백낙청, 『민족문학과 세계문학 Ⅱ』, 창작과비평사, 1985.

변형윤(외), 『분단시대와 한국 사회』, 까치, 1985.

박현채 · 정창렬(편), 『한국민족주의론 Ⅲ』, 창작과비평사, 1985.

자유실천문인협의회(편), 『노동의 문학 문학의 새벽』, 이삭, 1985.

김병걸 · 채광석(편), 『80년대 대표 평론선 1』, 지양사, 1985.

임헌영, 『창조와 변혁』, 형성사, 1985.

_____, 『민족의 상황과 문학사상』, 한길사, 1986.

조 민, 『국가독점자본주의론 1』, 한울, 1986.

이영희 · 강만길(편), 『한국의 민족주의운동과 민중』, 두레, 1987.

김병익, 『전망을 위한 성찰』, 문학과지성사, 1987.

채광석, 『민족문학의 흐름』, 한마당, 1987.

_____, 『민중적 민족문학론』, 『김의 문화 만남의 문화』, 채광석 전집
　　　　4 · 5, 풀빛, 1989.

고 은(외), 『강좌, 민족문학』, 정민, 1989.

김사인 · 강형철(편), 『민족민중문학론의 쟁점과 전망』, 80년대 문제평론
　　　　선, 푸른숲, 1989.

정한용(편), 『민족문학 주체논쟁』, 청하, 1989.

이남호 · 정효구(편), 『80년대의 젊은 비평가들』, 문학과비평사, 1989.

조정환, 『민주주의 민족문학론과 자기 비판』, 연구사, 1989.

_____, 『민족해방문학의 논리』, 노동문학사, 1990.

백낙청, 『민족문학의 새 단계』, 창작과비평사, 1990.

김명인, 『희망의 문학』, 풀빛, 1990.

이상일 · 김시태 · 이동하 · 박강수(공저), 『민족문학의 실상과 이해』, 한
    국정신문화연구원, 1990.

문병란, 『민족문학 강좌』, 남풍, 1991.

실천문학 편집위원회(편), 『다시 문제는 리얼리즘이다』, 실천문학사, 1992.

●1980년대 잡지

1) 지방문학(화)무크지 : 『지평』(부산), 『삶의 문학』(대전), 『분단시대』(대
    구와 충주), 『마산문화』(마산), 『모퉁이돌』, 『일과 놀이』(광주), 『민족
    현실과 문학운동』(계간/광주 · 전남 민족문학인협회), 『토박이』(부산)

2) 시전문무크 : 『반시』(70년대 이후), 『목요시』(1970년대 이후), 『자유
    시』(1970년대 이후), 『시인』, 『열린시』, 『오월시』, 『시와 경제』, 『시
    운동』

3) 시동인지 : 『말의 힘』, 『암호』, 『시도(詩圖)』, 『백지』, 『황토』, 『응시』,
    『청녹두』, 『동강』, 『80년대』(풀빛사, 편집위원 : 박상수 · 신동원 · 오
    환섭 · 이흔복)

4) 종합문학(화)무크 : 『실천문학』, 『우리 세대(시대)의 문학』, 『공동체문
    화』(창비 계열), 『현장』(돌베개), 『민주노동』, 『현실과 전망』(풀빛),
    『함성』(창작과비평사), 『우리들』(한울), 『노동문학』(실천문학사), 『노
    동해방문학』(월간/노동문학사; 편집위원 : 백무산 · 정인화 · 김사인 ·
    조정환 · 정남영 · 임규찬 · 임홍배), 『르뽀문학』, 『르뽀시대』(실천문
    학사, 편집위원 : 오효진 · 이태호 · 윤재걸 · 황지우), 『청춘』(전반기
    발간), 『민족문화운동』(작가회의), 『문학예술운동』(2호까지 편집위원 :
    류해정 · 현준만 · 김명인 · 신승엽; 3호 편집위원 : 박인배 · 오성택 ·

김명인 · 도진순 · 문용식), 『민중』(창비 계열), 『민중시』, 『문학의 시대』, 『언어의 세계』(문지 계열), 『지방사회연구』(한길사), 『시대정신』, 『한국사회연구』, 『제3세계연구』, 『민중』, 『민중시』(부정기 시집/청사), 『노래』, 『교육운동』, 『민중교육』, 『한국문학의 현단계』, 『녹두꽃』(편집위원 : 김형수 · 백진기 · 정도상), 『청춘』(공동체)

5) 기타 : 『작가』, 『작단』, 『현장문학』

\# 구중서의 구분 : 공동체의식의 문학 – 반시, 시와 경제, 오월시, 시인, 실천 문학, 공동체문화, 한국문학의 현단계

개인의식의 문학 – 시운동, 자유시, 언어의 세계, 우리 세대의 문학

●비평자료

(특집) 「70년대의 문학과 80년대의 문학」, 『실천문학』(1권), 1980.3.

　　백낙청, 「민족문학론의 새로운 과제」(「80년대 민족문학론의 전망」, 『민족문학과 세계문학 Ⅱ』, 1985)

　　구중서, 「제3세계 민족문학의 전망」

김병익, 「두 열림을 향하여」, 『실천문학』(창간호), 1980.5.

백낙청, 「4 · 19의 역사적 의의와 현재성」, 『창작과비평』(56), 1980.6.

김도연, 「언어 질서의 변혁을 바라며」, 『시와경제』(1집), 육문사, 1981.1.

최일수, 「식민 시대의 민족문학」, 『한국문학』(88～89), 1981.2～3.

　　____, 「민족문학론」, 『현대문학』(315～316), 1981.3～4.

정창렬, 「백성의식 · 평민의식 · 민중의식」, 『현상과인식』, 1981.12.

백낙청, 「통일지향 문학의 여건」, 『실천문학』(2권), 1981.

_____, 「로렌스 문학과 기술 시대의 문제」, 한국영어영문학회 편, 『20세기 영국 소설 연구』, 민음사, 1981.

김종철, 「제3세계의 문학과 리얼리즘」, 『한국문학의 현단계 Ⅰ』, 1982.2.

김병익, 「민중소설에 대한 몇 가지 재검」, 『문예중앙』(16), 1982.3.

김정환, 「80년대 문학을 위한 모색」, 『정경문화』(206), 1982.4.

최원식, 「민족문학론의 반성」, 송건호·강만길 편, 『한국민족주의론』, 창작과비평사, 1982.

이동하, 「낭만적 상상력의 세계 인식」, 『우리 세대의 문학 1』, 문학과지성사, 1982.

정다비, 「자기 정립의 노력과 그 전망」, 『우리 세대의 문학 1』, 문학과지성사, 1982.

(기획 구성) 「한국문학을 위한 새로운 전망의 모색」, 『우리 시대의 문학 2』, 문학과지성사, 1983.1.

　　　　　　정과리, 「소집단 운동의 양상과 의미」(권두 발제)

김흥규, 「민족문학론의 실천적 모색 – 최원식 평론집 민족문학의 논리」, 『월간조선』, 1983.2.

백낙청, 「민족문학의 새로운 고비를 맞아」, 『한국문학의 현단계 Ⅱ』, 1983.3.

구중서, 「80년대 비평문학의 전개」, 『한국문학의 현단계 Ⅱ』, 1983.3.

정다비, 「시적 태도의 자리옮김」, 『언어의 세계 1』, 청하, 1983.3.

박덕규, 「이 땅의 새로움」, 『언어의 세계 1』, 청하, 1983.3.

채광석, 「진정한 새로움을 기대하며」(해설), 『르뽀시대』(1권), 실천문학사, 1983.5.

황지우, 「무크 바람」, 『르뽀시대』(1권), 실천문학사, 1983.5.

김사인, 「80년대 문학의 과제」, 『세계의 문학』, 1983.6.

백원담, 「이야기꾼에 대한 이야기」, 『공동체문화』(1), 1983.6.

허병섭, 「민중 사실에 관한 연구」, 『공동체문화』(1), 1983.6.

(공동체 선언) 「분단극복의 문화운동」, 「공동체문화」(1), 1983.6.

(권두 좌담 : 정창렬·정윤형·신경림·김상태·김순진·체희완) 「공동
체의 역사·경제학적 전망과 문화운동의 시각」, 「공동체문화」(1), 공동
체, 1983.6.

이선영, 「민족문학적 시각과 세계문학적 시각」(서평), 『세계의 문학』(29),
　　　　1983.9.

김도연, 「80년대 문학운동의 방향」, 『숭전대학보』, 1983.9.22.

_____, 「공동체적 질서에 의한 대화의 언어로」, 『이대학보』, 1983.10.31.

윤병로, 「식민 분단시대의 민족문학」, 『현대문학』(347), 1983.11.

성민엽, 「80년대는 시의 시대인가?」, 『마당』, 1983.11.

채광석, 「민중·민족문학의 확대 심화로서의 지방문학운동」, 『이대학보』,
　　　　1983.11.28.

(특집) 「80년대 문학의 전망」, 『문학의 시대』(1권), 풀빛, 1983.12.

　　홍정선, 「70년대 비평의 정신과 80년대 비평의 전개 양상」

　　이남호, 「80년대 시의 심화 양상」

　　송승철, 「산업화와 70년대 소설」

　　김태현, 「열린 세계로서의 연극」

이재현, 「문학의 노동화와 노동의 문학화」, 『실천문학』(4권), 1983.12.

김도연, 「민족문학의 정통성을 찾아」, 『정경문화』, 1983.12.

채광석·김도연(공동 구성), 「중간 결산에서 새로운 전환점으로」, 『마당』,

1983.12.

이재현, 「문학운동을 위하여」, 『문학과 예술의 실천 논리』, 실천문학사, 1983.

채광석, 「설 자리, 갈 길 – 시를 위한 한 제언」, 『반시』(8집), 육문사, 1983.(성민엽의 『민중문학의 논리』에 재수록)

박현채, 「문학과 경제 : 민중문학에 대한 사회과학적 인식」, 『실천문학』 (제4권 – 삶과 노동과 문학), 1983.

(특집) 소집단 문화운동의 향방 : 「민족 형식의 창출을 위하여」(좌담), 『마당』, 1984.1.

성민엽, 「'문학무크'지 풍향은 어디?」, 『정경문화』, 1984.2.

구중서, 「활기 속의 반성」, 『마당』, 1984.2.

(특집) 「우리 시대 문화운동의 이념과 지향」, 『오늘의 책』, 1984.3.

    김병익, 「문화와 민주주의」

이재현, 「일과 놀이, 혹은 일과 싸움」, 『부대(釜大)신문』, 1984.3.26.

(특집/좌담 : 김영무 · 박영조 · 김사인 · 김종철 · 조남선), 「바람직한 문학운동을 위하여 – 운동 개념으로서의 문학」, 『시인』(?), 시인사, 1984.5.

(특집) 「문학의 본질과 갈 길」, 『시인』(2), 시인사, 1984.5.

    채광석, 「시를 생각한다」

    백원담, 「인간 해방의 정서와 의지의 형상화」

    현준만, 「시와 정치적 상상력 – 김지하론」

박태순, 「문학의 세계와 제3세계문학」, 『한국문학의 현단계 Ⅲ』, 1984.6.

김병익, 「80년대 문학의 천착」, 『한국문학의 현단계 Ⅲ』, 1984.6.

백낙청, 「1983년의 무크 운동」, 『한국문학의 현단계 Ⅲ』, 1984.6.

임헌영, 「한의 문학과 민중의식」, 『오늘의 책』(2), 1984.6.

채광석, 「분단의 비극과 통일에의 열망」, 『문예중앙』, 1984.9.

(대담 : 김정환 · 이인성) 「80년대 문학운동의 맥락 – 문학의 시대적 대응 양상을 중심으로」, 『문예중앙』, 1984.9.

성민엽, 「민중문학의 논리」, 『예술과비평』(3), 1984.9.

고　은, 「민족의 언어, 민중의 시」, 『오늘의 책』(3), 1984.9.

박태순, 「제3세계 언어 현실과 문화 식민주의 극복」, 『오늘의 책』(3), 1984.9.

이재현, 「노동, 문학, 그리고 민주주의」, 『일터의 소리 1』, 1984.10.

김도연, 「노동문학의 가능성」, 『이대학보』, 1984.12.3.

(특집) 「오늘의 민중예술운동」, 『오늘의 책』(4), 1984.12.

　　이재현, 「민중문학운동의 과제」

　　＿＿＿, 「민족의 정서, 민중의 노래」

박영근, 「노동문화의 실상과 가야 할 길」, 『공동체문화』(2), 1984.12.

정현백, 「노동자 문화의 소시민화와 그 기원」, 『공동체문화』(2), 1984.12.

현준만, 「구속과 해방의 변증법」, 『오늘의 책』(4), 1984.12.

(특집) 「80년대 문화운동」, 『문학의 시대』(2권), 풀빛, 1984.12.

　　채광석, 「민족문학과 민중문학」

　　박인배 · 이영미, 「마당극론의 진전을 위하여」

채광석, 「제3세계 속의 리얼리즘」, 『숙대학보』(24집), 1984.(성민엽의 『민중문학의 논리』에 재수록)

＿＿＿, 「내일을 향한 죽음과 삶」, 『실천문학』(4권), 1984.

(좌담 : 임헌영 · 채광석 · 김도연) 「새로운 민중문학을 위하여」, 『실천문학』(5권), 1984.

성민엽, 「현장성인가 실천성인가」, 『실천문학』(5권), 1984.

이남호, 「동인지 시대의 비판적 검증」, 『언어의 세계 3』, 청하, 1984.

백진기, 「물적 기초와 해방의 의지화」, 『언어의 세계 3』, 청하, 1984.

유재천, 「민중 개념의 내포와 외연」, 유재천 편, 『민중』, 문학과지성사, 1984.

김도연, 「장르 확산을 위하여」, 『한국문학의 현단계 Ⅲ』, 창작과비평사, 1984.

박현채, 「문학과 경제 – 보다 근원적인 상호 관계에 대한 인식」, 『실천문학』(5호), 1984.

(특집) 「민족문학의 새로운 지평」, 『한국문학』(135), 1985.1.

    이보영, 「국민문학의 필요성」

    이동하, 「민족문학의 지향점」

진형준(외), 「80년대 소설이 가고 있는 길」, 『우리 시대의 문학 4』, 문학과지성사, 1985.1.

(특집) 「우리 시대의 민중, 민중문학」, 『한국문학』(136), 1985.2.

    박현채, 「민중과 문학」

    채광석, 「민중문학의 당위성」

    전영태, 「민중문학론에 대한 몇 가지 의문」

    김정환, 「민중문학의 전망에 대한 몇 가지 생각」

(특집) 「자유실천문인협의회 84' 대회 및 민족문학의 밤」, 『민족문학』(1), 1985.2.

    김병걸, 「정치적 현실과 지식인의 자세」

    백기완, 「통일을 위한 문학」

    백진기, 「수기와 르포의 운동 역량을 위한 문제제기」

(대담 : 백낙청 · 김지하) 「민족, 민중, 그리고 문학」, 『실천문학』(계간 1),

1985.3.

김사인, 「전문성에 대한 비판과 옹호」, 『실천문학』(계간 1), 1985.3.

김영수, 「민중문학의 형성 과정 일별」, 『시문학』(164), 1985.3.

오세영, 「민중문학에 대한 몇 가지 질문」, 『정경문화』(241), 1985.3.

최원식, 「노동자와 농민 – 박노해와 김용택」, 『실천문학』(계간 1), 1985.3.

백낙청, 「민족문학론의 새로운 과제」, 『실천문학』(계간 1), 1985.3.

김병익, 「두 열림을 향하여」, 『실천문학』(계간 1), 1985.3.

김대호, 「한국 노동자 문화운동의 전개와 성격」, 『공동체문화』(3), 1985.3.

백낙청, 「민족문학과 민중문학」, 『민족문학』(2), 1985.3.

임헌영, 「노동문학의 새 방향」, 자유실천문인협의회 편, 『민족문학 : 문학의 노동화와 노동의 문학화』, 1985.4.

김병익, 「민중문학론의 실천적 과제」, 자유실천문인협의회 편, 『민족문학 : 문학의 노동화와 노동의 문학화』, 1985.4.

성민엽, 「백낙청 · 김지하의 문학 선언」, 『정경문화』, 1985.5.

김지하, 「민중문학의 형식 문제」, 『민족문학』(3), 1985.5.

김윤식, 「민중문학은 누구의 것인가」, 『신동아』, 1985.6.

(특집) 「농촌문학과 사회」, 『외국문학』(5), 1985.6.

　박태순, 「농민문학의 논의와 민중문학의 시각」

김인환, 「민족문학과 리얼리즘 – 백낙청 저 민족문학과 세계문학 II」, 『외국문학』(5), 1985.6.

현준만, 「노동문학의 현재적 의미」, 『한국문학의 현단계 IV』, 창작과비평사, 1985.6.

황광수, 「노동 문제의 소설적 표현」, 『한국문학의 현단계 IV』, 창작과비평사, 1985.6.

김홍규, 「민족문학과 농민문학」, 『한국문학의 현단계 Ⅳ』, 창작과비평
　　　사, 1985.6.

김명인, 「민족문학과 농민문학」, 『한국문학의 현단계 Ⅳ』, 창작과비평
　　　사, 1985.6.

(좌담 : 박현채·최원식·박인배·백낙청) 「80년대의 민족운동과 한국문
학」, 『한국문학의 현단계 Ⅳ』, 창작과비평사, 1985.6.

조남현, 「노동문학, 어떻게 볼 것인가」, 『신동아』, 1985.7.

김영무, 「삶의 신비에 겸허한 비평 자세 – 백낙청 평론집 민족문학과 세
　　　계문학 Ⅱ」, 『신동아』, 1985.7.

최일수, 「민족문학과 상황의식」, 『현대문학』(367), 1985.7.

고　은, 「민족 현실과 문학」(강연), 『민족문학』(5), 1985. 8.

김병익, 「민중문학론의 실천적 과제」, 『민족문학』(5), 1985.8.

(대담 : 김지하·신홍범) 「생명 사상의 전개」, 『남녘 땅 뱃노래』, 두레,
1985.8.

(특집 좌담 : 신경림·김춘복·최원식·윤기현·백원담) 「농민운동과
농민문학」, 『민족문학』(5), 1985.8.

(특집) 「분단 상황과 현대시」, 『시문학』(170), 1985.9.

　　홍문표, 「민족문학의 가능성」

(특집) 「문학/노동/경제」, 『외국문학』(6), 1985.9.

　　홍정선, 「노동문학의 정립을 위하여」

백진기, 「노동문학, 그 실천적 가능성을 향하여」, 『시인』(3), 1985.9.

성민엽, 「문학과 계층의 목소리」, 『시인』(3), 1985.9.

백낙청, 「민중·민족문학의 새 단계」, 『창작과비평』(57, 복간 1호), 1985.10.

(좌담 : 염무웅·전영태·김사인·이재현) 「80년대의 문학」, 『창작과비

평』(57), 1985.10.

현준만, 「르뽀의 문학적 정착을 위하여」, 『르뽀시대』(2권), 1985.10.

황의봉, 「노동 현장의 지식인들」, 『르뽀시대』(2권), 1985.10.

백진기, 「하늘 없는 땅」, 『르뽀시대』(2권), 1985.10.

윤재걸, 「재야 민주·민중운동 단체들」, 『르뽀시대』(2권), 1985.10.

강우식, 「리얼리즘과 민중문학」, 『현대문학』(371), 1985.11.

조희연, 「한국 사회의 민중과 변혁주체론」, 『연세춘추』, 1985.12.2.

이재현, 「집단적 신명과 비판의 무기」, 『일터의 소리 2 - 노동과 예술』,
지양사, 1985.12.

백진기, 「수기와 르뽀의 운동 역량을 위한 문제제기」, 『민족의 문학 민중
의 문학 : 문학의 자유와 실천을 위하여 Ⅰ』, 지양사, 1985.

이재현, 「노동, 문학 그리고 민주주의」, 『일터의 소리 1』, 지양사, 1985.

백낙청, 「80년대 소설의 분단극복의식」, 변형윤 외, 『분단시대와 한국사
회』, 까치, 1985.

채광석, 「새로운 민중문학을 위하여」, 『실천문학』(5권), 실천문학사.

정과리, 「소집단 운동의 양상과 의미」, 『문학, 존재의 변증법』, 문학과지
성사, 1985.

백기완, 「민족문학의 나아갈 길은 이렇다」, 『민족문학』(5), 1986.5.

(좌담) 「현단계 문학운동과 자유실천문인협회회」, 『민족문학』(5), 1986.5.

(권두 주제) 「한국 사회와 문학적 인식의 문제」, 『우리 시대의 문학 5』,
문학과지성사, 1986.5.

　　권오룡, 「공동체적 생산 양식으로서의 문학」

　　성민엽, 「문학·이데올로기·세계관」

　　정과리, 「문학의 주체와 형태」

진형준, 「문학, 그리고 상상력」

홍정선, 「문학 교육의 제문제」

(특집 ①) 「우리 시대의 비평가들」, 『문학의 시대』(3권), 풀빛, 1986.6.

　　김태현, 「백낙청론 – 주도 비평의 민족문학적 환원」

　　이남호, 「유종호론 – 비순수로부터 동시대에로의 전개」

　　이동하, 「김우창론 – 이성주의자의 깊이와 한계」

　　정과리, 「김병익론 – 깊어져 열리기」

　　진형준, 「김주연론 – 시적 자아에서 초월까지」

　　홍정선, 「염무웅론 – 삶의 무게와 비평의 논리」

강형철, 「혁명기의 문학적 대응 양상 – 박몽구와 채광석의 경우」(서평),
　　　『시인』(4), 시인사, 1986.8.

백낙청, 「민족문학과 외국문학 연구」, 『우리문학 1』, 1986. 12.

고　은, 「분단시대의 문학」, 『민족과문학』, 한길사, 1986.

임헌영, 「분단인식과 민족문학」, 『민족의 상황과 문학사상』, 한길사,
　　　1986.

김명섭, 「이데올로기적 지배와 대항이데올로기의 창출」, 『80년대 한국사
　　　회』, 공동체, 1986.

김정환, 「예술성 · 운동성 · 대중성 · 일상성 · 전문성」, 『문화운동론 2』,
　　　공동체, 1986.

백낙청, 「민족문학의 민중성과 예술성」, 『민족교육의 반성』, 학민사,
　　　1986.

이호철, 「통일 논의는 개방되어야 한다」, 『민족문학』, 1986.

이문구, 「정신 나간 소리」, 『민족문학』, 1986.

(쟁점) 「민중문학론의 점검」, 『민족문학』, 1986.

　　김병익, 「민중문학론의 실천적 과제」

(특집 좌담 : 신경림·김춘복·최원식·윤기현·백원담) 「농민운동과 농민문학」, 『민족문학』, 1986.

(창작평가토론보고서), 『민족문학』, 1986.

　　연구조사분과위원회, 「박노해의 『노동의 새벽』」

정한용, 「노동시 연구」, 『시운동 8』, 1986.

신승엽, 「노동문학의 현단계」, 『문학예술운동 1 : 전환기의 민족문학』, 풀빛, 1987.3.

(좌담 : 임헌영·채광석·류해정) 「문학과 예술의 대중화를 위하여」, 『문학예술운동 1』, 풀빛, 1987.3.

(대담 : 고은·황지우), 「귀소」, 『문예중앙』, 1987.3.

김명인, 「지식인 문학의 위기와 새로운 민족문학의 구상」, 『문학예술운동 1』, 풀빛, 1987.3.

정홍섭, 「전후 민족문학의 전개 과정」, 『문학예술운동 1』, 풀빛, 1987.3.

김진경, 「민중적 민족문학의 정립을 위하여」, 『문학예술운동 1』, 풀빛, 1987.3.

＿＿＿, 「'지식인' 문학의 민중성은 가능한가」, 『서울시립대신문』, 1987.5.11.

(기획 평론) 「80년대 문학의 생성 공간」, 『우리 시대의 문학 6』, 문학과지성사, 1987.6.

　　성민엽, 「두 개의 시각과 부정·비판·변혁」

　　정과리, 「80년대의 시 생산」

(특집) 「민중문학의 발전적 논리」, 『80년대』(1집), 1987.10.

　　박상수·신동원·오환섭·이흔복, 「전선적 민중문학은 왜 제기되었나」

_____, 「전선적 민중문학의 주체에 대하여」

백낙청, 「민족문학론과 분단 문제」, 대구 지방사연구회 심포지움 발제문, 1987.10.

백진기, 「80년대 민족 · 민중문학의 쟁점과 그 의미」, 『문예중앙』, 1987. 12.

_____, 「현단계 민족 · 민중문학의 논리」, 『분단시대』(3), 학민사, 1987.

황광수, 「80년대 민중문학론의 지향」, 『창비 1987』, 1987.

최원식, 「역사적 진실과 문학적 진실 – 『태백산맥』을 읽고」, 『창비 1987』, 1987.

(좌담 : 백낙청 · 정윤형 · 윤소영 · 조희연) 「현단계 한국 사회의 성격과 민족운동의 과제」, 『창비 1987』, 1987.

성민엽, 「현단계 민중문학의 반성」, 『실천문학』, 1987.

(대담 : 박현채 · 송기숙) 「80년대의 민족사적 의의」, 『실천문학』, 1987.

조정환, 「80년대 문학운동의 새로운 전망 – 민주주의 민족문학론의 제기」, 『서강』(17호), 1987.

고 은, 「80년대 복판에 서서」, 『실천문학』, 1987.

오양호, 「전환기 민족문학의 논리 : 민족, 민중문학의 논리를 중심으로」, 『월간문학』, 1988.1.

(기획 논단) 『노동문학』(1), 실천문학사, 1988.1.

　　박현채, 「국가독점자본주의 하에서의 노동운동」

　　홍정선, 「노동문학과 생산 주체」

　　유중하, 「중국의 집단창작운동」

　　정지창, 「전후 독일 노동문학의 전개」

　　강남훈, 「노동운동과 노동가치론」

　김　용, 「노동운동의 현단계」

홍정선, 「오늘의 민족문학운동과 그 진로」, 『문학과비평』, 1988.3.

정과리, 「민중문학론의 인식 구조」, 『문학과사회』, 1988.3.

성민엽, 「전환기의 문학과 사회」, 『문학과 사회』, 1988.3.

박현채, 「분단시대의 국가와 민족 문제」, 『창작과비평』(복간 1호), 1988.3.

(좌담 : 최원식 · 임영일 · 전승희 · 김명인) 「민족문학과 민중문학」, 『창
작과비평』, 1988.3.

백낙청, 「오늘의 민족문학과 민족운동」, 『창작과비평』, 1988.3.

＿＿＿, 「분단시대의 민족 감정」, 『샘이깊은물』, 1988.5.

김병익, 「'노동' 문학과 노동 '문학'」, 『문학과사회』, 1988.6.

김명인, 「민족문학 논의의 올바른 인식을 위한 시론」, 『월간중앙』, 1988.6.

백낙청, 「한국의 민족문학과 한일 민중의 연대」, 『창작과비평』, 1988.6.

백진기, 「변혁운동과 그 부문운동에 대한 형상화」, 『선비』, 1988.6.

김명인, 『민족문학론은 실천 이론이다』, 『월간중앙』, 1988.6.

조정환, 「'문학성' 이해의 제경향과 문학적 현실주의의 문제」, 『현상과인
　　　식』, 1988.6.

＿＿＿, 「체험의 기록과 주체적 현실 파악」, 『실천문학』, 1988.6.

(좌담) 「공동 창작의 회고와 전망」, 『삶의 문학』(8), 1988.6.

(좌담 : 김명인 · 김사인 · 정과리 · 홍정선) 「'88년 상반기 소설 작품을
중심으로 한 민족문학 주체 논쟁」, 『오늘의 소설 1』, 1988.7.

백진기, 「문예통일전선과 80년대 후반기 민족문학의 대오」 『녹두꽃』
　　　(1집), 1988.8.

임우기, 「민족문학론과 지식인 작가의 위상」, 『월간중앙』, 1988.8.

김재용, 「민족문학과 노동문학」, 『서울여대학보』, 1988.9.

민현기, 「해방 직후의 민족문학론」, 『문학과사회』, 1988.9.

홍정선, 「민족문학 개념에 대한 역사적 검토」, 『문학과사회』, 1988.9.

임우기, 「민족문학론의 계급론적 관점」, 『문학과사회』, 1988.9.

조정환, 「한국 현대 민중문학의 방법 문제에 대한 연구(1)」, 『실천문학』, 1988.9.

백진기, 「현단계 문학 논쟁의 성격과 문예통일전선의 모색」, 『실천문학』, 1988.9.

신승엽, 「'노동해방문학'과 문학 대중화」, 『실천문학』, 1988.9.

김윤태, 「노동자문예운동의 현황과 과제」, 『실천문학』, 1988.9.

전영태, 「민족문학론의 현단계와 전망」, 『예술과비평』, 1988.9.

조정환, 「민주주의 민족문학의 현단계와 문학적 현실주의의 전망」, 『창작과비평』, 1988.9.

(좌담 : 박현채·백낙청·양건·박형준), 「민족통일운동과 민주화운동」, 『창작과비평』, 1988.9.

조선희, 「민족문학 주체 논쟁」(신문기사), 『한겨레신문』, 1988.10~11.

신범순, 「민족문학의 주체와 방법론 : 88문학 쟁점을 총결산한다」, 『문학사상』, 1988.12.

권영민, 「민족문학인가 민중문학인가 : 민족문학론의 논리와 실천」, 『예술과비평』, 1988.12.

김명환, 「분단 극복과 민족문학운동」, 『실천문학』, 1988.12.

임영일, 「한국 사회의 현실 이해와 민족문학론」, 『경제와사회』, 1988.12.

임규찬, 「8·15직후 민족문학론의 민중성과 당파성」, 『실천문학』, 1988.12.

임홍배, 「집단창작론의 비판적 검토」, 『실천문학』, 1988.12.

최원식, 「민족문학과 반미문학」, 『창작과비평』, 1988.12.

권영민, 「민족문학론의 논리와 실천」, 『한국 민족문학론 연구』, 민음사, 1988.

이윤택, 「민족문학 이데올로기의 정립을 위하여」, 『해체, 실천, 그 이후』, 청하, 1988.

임영일, 「노동문학과 생산 주체」, 『노동문학』, 실천문학사, 1988.

(좌담 : 김명인 · 김사인 · 정과리 · 홍정선) 「민족문학 주체논쟁」, 『오늘의 소설』(1), 1988.

(특집) 「보고문학」, 『문학예술운동』(2), 풀빛, 1989.1.

  신승엽, 「보고문학의 활발한 창작을 위하여」

  김오성, 「<자료> 보고통신문학 제문제」

  최현석, 「1987 구로구청, 그 뜨거웠던 마지막 보름의 일기」

  김남일, 「5월에서 통일로」

김남주, 「시와 혁명」(특별 기고), 『문학예술운동』(2), 1989.1.

류해정, 「노동자문화운동의 발전을 기대하며」(권두 제언), 『문학예술운동』(2), 1989.1.

(민족문학교실), 『민족현실과 문학운동』, 1989.3.

  최원식, 「우리 문학사 속의 반미문학」

  김명인, 「민족문학은 실천 이론이다」

  김태현, 「민족문학의 주체와 세계관」

류철균, 「노동문학 대중화의 길」, 『문예중앙』, 1989.3.

백낙청, 「통일운동과 문학」, 『창작과비평』, 1989.3.

성민엽, 「민중문화의 흐름과 발전적 전개」, 『예술과비평』, 1989.3.

김명인, 「리얼리즘 문제의 재인식(1)」, 『문학예술운동』(3), 1989.3.

유순하, 「현상과 대응 – '민족문학 주체논쟁'에 대한 한 소설가의 소견」,

『문학예술운동』(3), 1989.3.

강형철, 「혁명기의 문학적 대응 양상 – 박몽구와 채광석의 경우」, 『문학
　　　예술운동』(3), 1989.3.

오세영, 「민족문학 수립의 한 과제」, 『동서문학』, 1989.4.

김명인, 「노동문학과 서정성」(노동문학 강좌), 『노동문학』(4), 1989.4.

조정환, 「민주주의 민족문학론에 대한 자기 비판과 『노동해방문학론』의
　　　제창」, 『노동해방문학』(창간호), 1989.4.

(특집) 「현단계 문예운동의 비판적 조망」, 『문학예술운동』(4), 1989.4.

　　　라원식, 「80년대 노동현장 문화예술 활동의 궤적」

　　　김명인, 「리얼리즘 문제의 재인식(1)」

　　　이영미, 「민족극의 발전과 민중극으로서의 전망」

김남일, 「문제는 리얼리즘인데!」, 『문학예술운동』(4), 1989.4.

장시기, 「민족문학 주체 논쟁의 의의와 전망」, 『동국』, 1989.5.

이강은, 「광주민중항쟁에 대한 소시민적 문학관을 비판한다」, 『노동해방
　　　문학』(제2호), 1989.5.

임영일, 「80년대의 사회 상황과 사회이식」, 『문예중앙』, 1989.6.

(지상 토론 : 구모룡 · 백진기 · 임규찬 · 조만영 · 홍정선), 「현단계 민족
문학의 상황과 쟁점」, 『창작과비평』, 1989.6.

백진기, 「북한의 문예에 대한 올바른 이해를 위해」, 『실천문학』, 1989.6.

임영일, 「민족문학론의 새로운 전개와 노동해방문학론」, 『실천문학』,
　　　1989.6.

조정환, 「'민족문학 주체 논쟁'의 종식과 노동해방문학운동의 출발점」,
　　　『노동해방문학』, 1989. 6 · 7합호.

신경득, 「민족문학을 위하여」, 『비평문학』, 1989.8.

조정환, 「『노동의 새벽』과 박노해 시의 '변모'를 둘러싼 쟁점 비판」, 『노
　　　동해방문학』, 1989.9.

정남영, 「민족문학과 노동자계급문학」, 『창작과비평』, 1989.9.

김명인, 「90년대 문학운동의 과제와 방법에 대하여」, 『문예중앙』, 1989.9.

유염하, 「문학운동의 주체 문제에 대하여」, 『사상문예운동』(창간호), 풀
　　　빛, 1989.9.

조정환, 「『박노해론』에 이어 노동해방문학론 비평의 새 지평을 열어가는
　　　역작 – 백무산 시의 '두 가지'와 '하나의 뿌리' – <현실주의적 지
　　　향>과 <상징주의적 지향>」, 『노동해방문학』, 1989.10.

이정로, 「"노동해방"의 전망에 선 '통일운동'의 진로」, 『노동해방문학』,
　　　1989.10.

조정환, 「문학가의 전선 이탈과 창작의 침체를 돌파하는 노동자계급의 문
　　　예운동전술 – <보고문학창작단> 조직을 제안한다」, 『노동해방문
　　　학』, 1989.11.

(특집) 「민족문학의 새 시각」, 『녹두꽃』(2집), 1989.11.

　　　백진기, 「민족해방문학의 성격과 임무」(총론)

　　　정채화, 「'자주적 문예운동관'을 정립하자」(운동론)

　　　오봉옥, 「조기천의 시 세계」(작품론)

고규태, 「문학 동향 : 현단계 문학창작, 어디까지 왔는가」, 『녹두꽃』, 녹
　　　두, 1989.11.

조정환, 「고은 시인의 '신세대' 비판에 대한 답신」, 『노동해방문학』, 1989.12.

김병익, 「80년대 : 인식 변화의 가능성을 위하여」, 『문학과사회』, 1989. 12.

(좌담 : 백낙청 · 정윤형 · 안병직 · 김승호) 「민주주의의 이념과 민족민주
　　　운동의 성격」, 『창작과비평』, 1989.12.

김명인, 「먼저 '전형'에 대해 고민하자 – 리얼리즘 문제의 재인식 2」, 『창
　　　작과비평』, 1989.12.

임영일, 「민족문학론의 새로운 전개와 노동해방문학론」, 『실천문학』,
　　　1989.12.

강형철, 「문학운동의 조직적 과제와 전망」, 『실천문학』, 1989.12.

채광석, 「소시민적 민족문학에서 민중적 민족문학론으로」(원제 : 「민족문
　　　학의 새로운 지평」), 『민중적 민족문학론』(채광석 전집 4), 풀빛,
　　　1989.

백진기, 「북한의 주체적 문예이론과 문예 작품」, 『애국의 길』(창간호), 녹
　　　두, 1989.

조정환, 「80년대 문학운동의 새로운 전망」, 『민주주의 민족문학론과 자
　　　기 비판』, 연구사, 1989.

이성욱, 「소시민적 문학론의 탈락과 민족문학론의 분화」, 『80년대 사회
　　　운동 논쟁』, 한길사, 1989.

김재용, 「노동자계급의 당파성을 어떻게 구현할 것인가?」, 『80년대 사회
　　　운동 논쟁』, 한길사, 1989.

신승엽, 「보고문학의 활발한 창작을 위하여」, 『문예운동의 현단계』, 풀
　　　빛, 1989.

조정환, 「부르주아 문학 경향의 준동에 대한 경고와 '노동자계급 현실주
　　　의' 문학의 옹호」, 『노동해방문학의 논리』, 노동문학사, 1989.

고　은, 「문학은 무엇을 위해 존재하는가」, 『신동아』, 1990.1. *원래 1989.
　　　11.18일자 민족문학작가회의 심포지엄의 발제문을 뒤에 정리한
　　　글임.

이병훈, 「현단계 전선문학운동의 성격과 조직 문제에 대한 검토」, 『사상

문예운동』, 1990.3.

정남영, 「김영현 소설은 남한 문예운동의 미래인가, 과거인가 – 자유주의
　　　문학가들의 '김영현론'에 대한 비판적 검토」, 『노동해방문학』(복
　　　간호, 통권 제9호), 1990.6.

●백낙청 · 염무웅 공편, 『한국문학의 현단계』, 창작과비평사
　수록 논문

－1권－(1982)

염무웅, 「서사시의 가능성과 문제점」; 김사인, 「지금 이곳에서의 시」; 김
정환, 「80년대의 시」; 김종철(金種澈), 「작가의 진실성과 문학적 감동」; 황광
수, 「삶과 역사적 진실성」; 이동하, 「70년대의 소설」; 최원식, 「장한몽과 위
안으로서의 문학」; 채희완 · 임진택, 「마당극에서 마당굿으로」; 구중서, 「문
학과 세계관의 문제」; 이동렬, 「문학과 사회에 관한 논의」; 김종철(金種哲), 「제
3세계의 문학과 리얼리즘」; 백낙청, 「리얼리즘에 관하여」

－2권－(1983)

백낙청, 「민족문학의 새로운 고비를 맞아」; 채광석, 「부끄러움과 힘의 부
재 – 『시운동』과 『시와 경제』에 대하여」; 김종철(金種澈), 「상업주의 소설론」;
구중서, 「80년대 비평문학의 전개」; 안종관, 「한국 연극, 이대로 좋은가」; 김
영무, 「시의 방법과 관념적 진실 – 정현종의 시에 대한 비판적 논의」; 성민엽,
「이(異)차원의 전망 – 조세희론」; 황광수, 「과거의 재생과 현재적 삶의 완성
– 『객주』와 『타오르는 강』을 중심으로」; 최원식, 「아시아의 연대 – 『월남망

국사』 소고」; 이강옥, 「『차산필담』과 이율배반적 중인의식 – 야담집의 문학
사적 의의 규명의 일환으로」; 임진택, 「살아있는 판소리」; 유해정, 「새로운
대동놀이를 위하여」; 김윤수, 「한국 미술의 새 단계」

– 3권 – (1984)

백낙청, 「1983년의 무크운동」; 최원식, 「농민문학론을 위하여」; 김종철
(金種澈), 「저항과 인간 해방의 리얼리즘 – 김정한론」; 성민엽, 「작가적 신념
과 현실 – 황석영론」, 최동호, 「김소월 시의 현재성 – 죽음의 시대와 혼의 형
식」; 윤영천, 「복종과 자유의 변증법 – 만해 한용운론」; 채광석, 「민족 시인
신동엽」; 김도연, 「장르 확산을 위하여」; 박태순, 「문학의 세계와 제3세계문학」;
김방옥, 「문학적 연극의 위기 – 70년대 이후의 창작극에 미친 전통극의 영향
을 중심으로」; 홍기선, 「영화운동에 대해서」; 김창남, 「대중가요, 그 현실 순
응의 이데올로기」; 홍윤기, 「현실학의 예고 – 철학의 재생을 넘어서」; 서평
(전인순, 「80년대 시의 나아갈 길」; 백진기, 「두 시인의 열림과 닫힘」; 이운
용, 「한국시 방향 모색을 위한 동인 활동」; 김영호, 「역사적 사실과 문학적
상상력」; 민현기, 「역사적 하강기의 불행한 삶」; 김영희, 「러시아 형식주의의
해독」; 이해찬, 「민중 속의 지식인」; 김진균, 「완성이 추구되는 4·19민주혁
명」)

– 4권 – (1985)

(좌담 : 박현채·최원식·박인배·백낙청) 「80년대의 민족운동과 한국문
학」; 황광수, 「노동 문제의 소설적 표현」; 현준만, 「노동문학의 현재적 의미」;
구중서, 「소설과 총체성의 관문」; 김영무, 「자기 탐닉에서 공감의 세계로」;
조태일, 「분단과 50년대 시의 현재성」; 김흥규, 「민족문학과 순수문학」; 김명

인, 「민족문학과 농민문학」; 이영미, 「1920년대 대중화논쟁과 문화적 엘리트주의」; 홍승용, 「문학 행위 – 리얼리즘」; 전승희, 「예술과 사회의 변증법」

●김사인 · 강형철 엮음, 『민족민중문학론의 쟁점과 전망』, 80년대 문제평론선, 푸른숲, 1989 수록 논문

제1부 최원식, 「민족문학론의 반성과 전망」; 백낙청, 「민중민족문학의 새 단계」; 김진경, 「민주적 민족문학의 정립을 위해」; 김명인, 「지식인 문학의 위기와 새로운 민족문학의 구상」; 조정환, 「민주주의 민족문학의 현단계와 문학적 현실주의의 전망」

제2부 박현채, 「문학과 경제」; 강형철, 「제3계문학과 리얼리즘」; 성민엽, 「민중문학의 논리」; 이재현, 「민중문학운동의 과제」

제3부 현준만, 「노동문학의 현재적 의미」; 백진기, 「노동문학 그 실천적 가능성을 위하여」; 조정환, 「민주주의 민족문학론에 대한 자기 비판과 노동 해방문학론의 제창」

제4부 김도연, 「장르 확산을 위하여」; 채광석, 「시를 생각한다」; 김사인, 「전문성에 대한 비판과 옹호」; 임홍배, 「집단창작론의 비판적 검토」

●정한용 편, 『민족문학주체논쟁』, 청하, 1989 수록 논문

제1부 최원식, 「민족문학론의 반성과 전망」; 성민엽, 「민중문학의 논리」; 황광수, 「80년대 민중문학론의 지향」

제2부 김명인, 「지식인 문학의 위기와 새로운 민족문학의 구상」; 정과리, 「민중문학론의 인식 구조」; 임우기, 「민족문학론의 계급적 관점」; 홍정선, 「노

동문학과 생산 주체」; 조정환, 「민주주의 민족문학의 현단계와 문학적 현실주의의 전망」; 백진기, 「현단계 문학 논쟁의 성격과 문예통일 전선의 모색」; 정한용, 「문학의 생산 주체와 수용자」

제3부 조선희, 「민족문학 주체 논쟁」; (좌담) 「88'상반기 소설 작품을 중심으로 한 민족문학 주체 논쟁」; 「민족문학론 주요 평론 목록」

● 김병걸 · 채광석 편, 『역사, 현실 그리고 문학』, 지양사, 1985, 80년대 대표평론선 1

1. 세계, 역사 그리고 문학

김종철(金種哲), 「역사, 일상 생활, 욕망 – 문학 생산의 사회적 성격」; 박현채, 「문학과 경제 – 민중문학에 대한 사회과학적 인식」; 구중서, 「제3세계 문학으로서의 한국문학」; 정과리, 「자기 정립의 노력과 그 전망 – 50년대 이후 한국문학의 맥」; 홍정선, 「70년대 비평의 정신과 80년대 비평의 전개 양상 –『창작과비평』과 『문학과지성』을 중심으로」; 최원식, 「민족문학론의 반성과 전망」

2. 상황과 문학

임헌영, 「민족의 상황과 문학사상」; 채광석, 「시를 생각한다」; 김병익, 「80년대 문학의 천착」; 구중서, 「80년대 문학, 의욕과 반성」

3. 소설의 지평

임헌영, 「80년대 소설의 지평」; 김종철(金種澈), 「상업주의 소설론」; 황광수, 「과거의 재생과 현재적 삶의 완성 – 『객주』와 『타오르는 강』을 중심으로」; 진형준, 「어느 리얼리스트의 상상 체계」 – 황석영, 혹은 갈등 없는 힘의 세계」; 권오룡, 「원체험과 변형의식 – 오정희론」

●김병걸 · 채광석 편, 『민족, 민중 그리고 문학』, 지양사, 1985, 80년대 대표평론선 2

1. 민족, 민중 그리고 문학

백원담, 「인간 해방의 정서와 의지의 형상화 – 민중 전통의 창조적 계승의 입지에서」; 백낙청, 「민족문학과 민중문학」; 황석영, 「일과 삶의 조건 – 문학에 뜻을 둔 아우에게」; 박현채, 「민중과 문학」; 채광석, 「민족문학과 민중문학」; 성민엽, 「민중문학의 논리」

2. 민중문학의 현단계

최원식, 「농민문학론을 위하여」; 임헌영, 「노동문학의 새 방향」; 염무웅, 「서사시의 가능성과 문제점」; 김지하, 「민중문학의 형식 문제」; 김도연, 「장르 확산을 위하여」; 이재현, 「민중문학운동의 과제」

3. 실천의 문학, 삶의 문학

고은, 「실천론 서설」; 백기완, 「나는 어떻게 문학을 읽었는가」; 백기완, 「통일을 위한 문학」; 김정환, 「문학의 활성화를 위하여」; 백낙청, 「실천적 비평에 관한 단상 – 김병걸 선생의 회갑을 맞으며」; 박태순, 「문화운동과 실천으로서의 문학 예술」; 신경림, 「무엇을 어떻게 쓸 것인가 – 70년대의 반성과 80

년대의 길」; 현준만, 「구속과 해방의 변증법」; 최원식, 「노동자와 농민 – 박노해와 김용택」; 백진기, 「수기와 르포의 운동 역량을 위한 문제제기」

●김병걸 · 채광석 편, 『민중, 노동 그리고 문학』, 지양사, 1985,
  80년대 대표평론선 3

제1부 박태순, 「문학의 세계와 제3세계문학」; 김영무, 「제3세계의 문학 : 개념의 명료화와 대중화를 위하여」; 김윤식, 「모더니즘과 리얼리즘의 넘어서기에 대하여 – 30년대 우리 문학의 역사철학적 해석」; 김명인, 「민족문학과 농민문학 – 식민지 시대 농민문학론에 대한 비판적 접근」; 김병익, 「민중문학론의 실천적 과제」

제2부 홍정선, 「노동문학의 정립을 위하여」; 이재현, 「노동, 문학 그리고 민주주의」; 현준만, 「노동문학의 현재적 의미」; 백진기, 「노동문학, 그 실천적 가능성을 위하여」; 성민엽, 「문학과 계층의 목소리」

제3부 정명환, 「졸라의 『제르미날』과 노동자」; 황광수, 「노동 문제의 소설적 표현」; 김영호, 「농민시의 가능성」; 김진균, 「최근의 현장 수기에 대하여」; 최재현, 「일하는 이들의 삶의 이야기」

안함광 평론

「내지 문학의 특성과 조선 작가의 작품 – 재동경 안함광」
(『매일신보』, 1940.7.24~7.27)

1.

×××××××문단 소개 또는 진출이 왕성하다고까지는 말할 수 없어도 이 ×에 비해서는 그×에 있어서 증가되어지면서 있다. 이렇게 내지 문단 소개 진출이 증가되어지면서 있다는 사실 그 자체가 일본문학×(가)의 조선문학에 대한 새로운 ×(관)심의 반×(증)인 것은 두말할 것도 없으나 그와 동×(시)에 그러한 조선문학의 소개 내지는 진출을 계기로 하여 조선문학에 대한 내지 일반 문학인의 인식을 새롭게 하고 관심의 정도를 높히면서 있다는 것도 한 사실이다.

이러한 사실을 앞에 놓고 조선문학인은 그러한 사실의 연원에 대하여 어떠한 이해를 가짐이 타당할 지며 또는 어떠한 태도로써 임해 나가야 할거냐? 하는 문제가 나에게 맡겨진 과제다.

이러한 문제의 기본면을 취급하기 이전에 조선문학이 소개되는 과정에 있어 여러 가지 잘못을 지적 논의한다는 것도 시야의 일면일뿐 아니라 또 유익한 노릇이기도 하다.

가령 아직까지의 소개는 대체로 조선문학인의 ×(총)의적인 ×(여)론에 의거했었다느니보다는 조선문학의 실정에 대하여는 그리 명확한 지×(식)을 갖고 있지 못한 몇몇 개인의 상업주의적 자의에 의하여 행사되어진 것도 있다는 것은 어느 모로 보나 결코 상서롭지 못한 일이다.

그리고 당연히 존중되어져야 할 작자의 협력적 의사를 소외해버린 번역자의 무책임성은 충분히 ××의 ×상이 됨이 족하다.

또는 평론에 의한 조선문학의 실정×× 같은 것도 문학 정신의 특질이라든가 그 동태 등을 입체적으로 구성 전개한 것이 못 되고 단순히 목록서를 작성하는 데 그치는 것도 있어서 미흡한 점이 없는 것도 아니다.

하나 이러한 부면 즉 소개 과정에 있어서의 여러 가지 잘못과 미흡한 점들에 대하여는 요새 발표(조선일보 지상) 중에 있는 김두용 씨의 시평문이 취급하고 있는 것 같다.

(나는 아직 씨의 시평문은 이회분밖에는 읽지 못했으나)

그래서 나는 시야를 달리해서 앞에서 설정한 문제의 기본면에로 돌아가기 전에 없이 요새 와서 조선문학의 소개 내지 진출이 증가되면서 있는 사실의 원천에 대해서부터 이야기해야겠는데 논술의 편의상 그러한 소개 내지 진출이 가(可)하냐 부(否)하냐? 하는 문제에 대해서부터 이야기하기로 하겠다.

한데 이러한 문제의 제기 그 자체가 소박성을 면할 수는 없다고 생각×이어서 우리는 우리의 문학의 소개 내지 진출에 대하여 결코 편협한 태도를 취할 필요는 없는 것이라고 생각한다.

시야를 넓혀서 세계문학의 동태를 생각할지라도 문화의 국제성에로의 확전이라든가 문화 교류의 부절한 영위 등에 대해여는 지금 새삼스러히 ××할 필요조차 없는 일이다. 하나 이것은 문화의 코스모폴리타니즘을 말하는 것은 아니다.

문화에 있어의 코스모폴리타니즘이 결국 허망한 물건이었다는 것은 제1차 세계대전이 여실히 폭로 설명한 바이어니와 그러할지라도 그 이후 치열한 관심의 적이 된 나쇼나리즘이 전통주의에로까지 심화되었다쳐도 그것이 국제주의와까지 모순되어지는 것이냐 하면 그런 것은 아니다.

하기는 국제연맹이 공(空)문화하고 독일에 있어는 민족의 순수성이 고조(약소 민족의 합병 등으로 사실과는 다소 어긋나는 일이지만은)되어지고 × (말)아 정치적으로는 국민주의와 국제주의가 대×(치)되어 있는 것이 사실이긴 하나 일이 문학에 대한 한 그렇게 획일되어지지 못한 것만도 사실이다.

차라리 「전통」의 심장과 「국민적」인 호흡을 갖는 각자의 노래는 「세계」라는 큰 무대 우에서 일대 교향악을 형성하고 있는 것임에 불외하다.

2.

그러기 때문에만 각국의 국민적 고전 작가들은 세계의 정치적 형세가 어떻게 달러지든간에 언제나 동시에 세계적 고전 작가일 수 있는 일이다.

더욱이 이러한 문화적인 교섭은 민족국가인 경우에 있어서는 다시 말하면 동일한 국가 권내에 있어의 민족과 민족 사이에 있어는 그 밀도가 보담 긴밀해질 게고 그 가능성이라든가 필요성 등도 보담 증가되어질 거다.

이런 의미에 있어 번역을 매개로 한 조선문학의 소개에 대하여는 다시 더 말할 것도 없는 일이어니와 어학력에 혜택받은 일부 작가 스스로가 어떤 기회에 자기 작품을 동경문단에 발표해나간다는 것에 대하여도 결코 편협한 태도를 취할 것은 아니라고 생각한다.

그러한 거사가 객관적으로 혹종의 사대사상을 표방한다든가 또는 당해 작가들이 조선 문단에 있어의 노작(勞作)은 중지해버린다든가 하면 이는 별문제다.

그러나 예상이란 하나의 기우에 불과할 것이라 생각한다.

다만 개성이 다른 번역자의 손에만 의탁해버릴 수 없는 심정 또는 성장한 ×(예)술적 수준이라든가 전통의 고유성을 전달코저 용허되어지는 어떤 기회를 이용하는 것임에 불외한 것이나 아닌가 생각한다.

『문예』 7월호 조선문학 특집 중의 김사량 씨(이 분은 현재는 조선 문단에 있어서보다는 동경 문단에서 보담 많이 활동하고 있는 이이긴 하나)의 「草深シ」 유진오 씨의 「夏」 이효석 씨의 「ほのかな光」 등도 모다 저간의 소식을 전하는 것 같다.

이런 의미에서 그것들은 조선문학의 대외적인 선전이라든가 인식의 요청에 이바지하는 바 있고 따라서 조선 문단에 있어도 관심과 논의에 치하는 바 있으리라 믿는다.

한데 이러한 조선문학의 동경 문단에 있어의 발표가 그 동기에 있어나 또는 결과에 있어나를 막론(莫論)하고 그것이 문단 이적을 의미하는 것이 아니라 단순히 선전상적 역할을 간간히 해보는 데 불외한 것인 한에 있어서 그러한 작품들은 자기 생활 권내의 전통적 체취라는 것을 떼어버릴 수는 업슬 것이다.

그러면 그 생활적인 특수성이란 건 무어냐?

그리고 그러한 전통적인 특수성이 동경 문단에서는 어떠한 위치에서 조명되어지고 있는 것일까? 이 편의 생각과 저 편의 생각 사이에 경정(徑庭)은 없을까? 경정이 있다면 우리는 그것을 어떻게 보아야 할까?

이러한 측면의 해답을 갖기 위하여는 조선문학의 소개 예정 진출이 전에 비해서 증가되면서 있는 사실의 원천이라든가 동경 문단에 나타난 이곳 작가들의 작품의 실상에 대한 이야기를 필요로 하게 될 것 같다.

조선문학의 소개라든가 진출이 증가되어지고 있는 것은 주로 「시국」에서 와진 결과라고 하는 것이 지금에 있어의 통설이다. 그리고 이것은 대과없는 견해다. 하나 지나치게 범박한 견해란 그 탓으로 해서 대과도 없는 대신에 구체성도 갖질 못하는 경우가 왕왕히 있는 법이다.

그렇다고 하는 것은 동일한 시국하에 있어서의 내지문학의 특성, 그 자체가 구극적인 정신적 약속에 있어는 동일한 것이라손치더라도 이것과 저것과 사이에는 색체의 경정이 있다. 다시 말하면 「결론」은 동일한 것이라손치더라도 「사색」과 「논리」의 과정은 이×(양)한 것이 사실이고 따라서 요새 동경 문단에 나타나는 조선 작품에 대한 내지문학인의 보는 바 관점이라든가, 기대의 각도 등도, 결코 동일하지는 않은 것 같다.

이래서 내지 문학인들에게 있어 조선문학에 대한 관심의 정도가 높아가면서 있는 이유는 시기의 특성이라는 공통적인 사실을 떠나서는 이해할 수 없는 것이 사실이라 할지라도, 조선문학에 대한 인식의 성질이라든가 기대의 각도 등에 있어는, 결코 공통적인 어떤 총의라는 것이 존재한 것은 아니다.

3.

그는 문학인의 교양의 특질이라든가 감상안이 질적으로 서로 달라서 그렇다는 것을 말하는 것은 아니다. 이런 것은 너무나 지당한 이유일 터이겠기 때문이다.

　그러한 너무나 지나치게 지당한 이유 이상으로 보담 근원적인 이유에서 와지는 사리의 귀결이다.

　「시국」의 정신적 특성에 대한 구극적 약속은 동일한 것이겠지만은 그 목적을 수행하는 과정에 대한 견해에 있어서는 대략 두 개의 계류로 분기되어져 있는 것이 사실이 아닌가 한다. 즉 소여된 목적을 수행함에 있어 문학인은 어디까지든지 문학의 프로파티 — 를 고지(固持)함에 의해서만 보담 효과적일 수 있다고 생각하는 견해와 그와는 달리 비문학적 요무(要務)를 적극적으로 취입할 필요가 있다고 생각하는 견해로 나누어진다. 이런 것은 물론 세계적인 현상인 것도 사실이나 좌우간 전자가 이른바 순수문학적 경향이라고 하면 후자는 이른바 소재문학파적 경향으로 대립되어져 있고 전자에 이전에는 문학의 外廻的 흐름 즉 자연주의의 영향 하에서 자라난 宇×(野)浩二 등 일련의 우수한 형상력의 부대와 아울러 저하된 일부 좌익문학인이 소속되어져 있는 한편 후자에는 비교적 신진들에 의하여 그 활동이 영위되어지면서 있다는 것은 특징적이다.

　하나 「시국과 문학」에 있어의 직계는 역시 소재문학적 경향이겠는데 그것은 다시 세칭 대륙 「개척」문학 생산문학 농민문학 등으로 분류되어지는 것이나 그러나 이전의 리알리즘론과는 다단한 거리를 갖는 것이어서 소재문학파적 경향에 대한 반대의 지점에 서 있는 젊은 비평가 窪川鶴次郎 등이 창작 메소 — 드의 새로운 적용을 권하고, 허구성의 문제를 보고문학에까지 결부시켜 이론화하고 심지어는 예술적 개괄력의 이론을 소환해보고 해도 결국 소기의 만회를 거두지 못하는 것은 요컨대 혹정의 개개인의 사상이란 거대한 시대의 흐름 앞에서는 지극히 무력한 것이라는 좋은 실증인 것 같다.

　그야 어쨌든 좌우간 그 세력에 있어의 차이는 있겠지만은 문학 정신의 특질에 있어 두 개의 계류로 나누어 가지는 것이 사실인 것 같고 따라서 동경 문단에 나타나는 조선 작품의 이해의 각도도 서로 다른 것 같다.

김사량 씨의 「光の中に」가 중인 일치의 절찬을 쌓은 것은 물론 전체적으로 그 작품이 가지는 예술적 특수성에 연유되어진 것은 두말할 것도 없는 일이나 다른 한 편에서 생각하면 형상력의 통일과 아울러 「테 – 마」의 진지성이라는 특질에서도 생각되어져야 할 일이다.

다시 말하면 시국의 문제를 신경질적 반발이라든가, 편승적 태도로서가 아니라 울면서 부둥켜 안는 순심성이라든가 진지성과 상사해서 그의 형상력의 우수성이 각이한 계류의 문학 정신으로 하여금 일치된 칭사를 읊조리게 한 원인이라 믿는다.

물론 오늘에 있어 특히 중요한 과제가 되어 있는 시국의 문제를 「光の中に」가 해결하였다는 것도 아니며 대체로 작품(문학)이란 것이 열병에 하열 × 모양으로 현실 문제를 사무적으로 처리 해법한다고 생각하는 견해부터가 소박할 것임에 불외한다.

남선생이 연못 ××다리를 나려가다 앗차 – 엎으러질 듯 하면서 그 소년을 부둥켜 안는 결말 장면 대신에 두리가 모다 저마다의 생각에 젖어 멀리 하늘을 우러러 망연히 앉어 있는 장면으로 바꿈이 어떻겠느냐는 견해도 있었으나 그 경우에 있어 결말은 이러나 저러나 대차가 없는 일이겠고 오로지 그러한 결말에 이르기까지의 형상의 계류만이 높은 평가에 당하는 것이었다 생각한다.

한데 씨의 「天馬」에 대하면 반드시 일치된 찬사만이 나타난 것은 아닌 것 같다. 작가적 형상력에 대한 기대에 있어서는 일치되어 있으면서도 그 「테마」에 대하여는 반드시 그러지만도 못해서 공감과 동정도 있었지마는 반×(발)적 경향도 있어서 주인공을 희생시켜봤댔자 현실의 조건이 제거되어진 것은 아니라는 지당한 비평이 있는가 하면 현이라는 주인공과 같은 일개의 문학 청년이 안하무인격으로 행세한다는 것도 조선이 아니고서는 볼 수 없는 특성이라는 성실치 못한 비평어를 농하는 분도 있었다.

물론 전중(田中)이란 사람의 냉×(소)적인 조선문학관이라든가 또는 주인공에 대한 비판을 성실한 조선 작가 자신과의 대조에서 형상화하지 않고 작가 자신의 평면적인 설×을 취한 탓으로 해서 그리한 오해가 기어들 無×가 없는 배는 아니나 그러나 그런 것은 어디까지든지 부수적인 것을 따름으로 기본적인 「테 – 마」를 대신하여 부수적인 「테 – 마」만을 문제로 삼는다는 건 작가측으로 보나 문학 수요자 측으로 보나 모다 섭섭한 일임에 불외하리라 생각한다.

4.

씨의 「草深シ」의 주인공은 곳 작자의 분신이었을 것으로 주인공의 정신적 태도라든가 또는 주인공이 관찰한 현실이 양상이라든기기 비평의 직집직인 「테 – 마」이어야 할 게라고 생각하는데 그러나 그에 대한 비평이 작자가 견운 방향과는 먼 거리의 것이었고 따라서 우리네의 향수와도 그 시각을 달리하는 바 있었다고 기억된다.

좌우간 앞에서 말한 바와 같은 내지 문학의 현재적 특성에 의해서 동경 문단에 나타나는 조선문학 작품에 대한 기대에 있어도 보담 많이 「테 – 마」의 현재적 특성에 치중하는 부면과 형상력의 ××력에 치중하는 부면에로 나누어 생각할 수 있는 일이 아닌가 한다.

한데 그와 동시에 생활권을 달리하는 문학의 특수성이란 것에 대한 기대가 없는 배 아니겠으나 그 두 개의 문학 계열이 모다 구극적인 정신적 약속에 있어는 동일한 것이라는 현실적 이유의 탓으로 해서 「현재적 보편성」과의 교섭을 갖지 않는 특수성이란 것에 대하여는 그리 커다란 동감을 기대할 수는 없는 일이리라 생각한다.

「김치 깍두기」나 「多ヲソ」이 서로 특수한 것이긴 하나 양자가 모다 「무이」(大根)과는 공통적인 재료의 것이라는 연대에까지 교섭되어지지 못하는 특수성의 고집은 무의미하다고도 간×(주)하는 탓이라고나 할까?

이효석 씨의 「ほのかな光」가 경원(?)히 되어지면서 있다는 것도 이러한 사정에서 와지는 것이라고 생각한다면 이는 독자 개인의 억측에 불과한 것일까?

이 작품에 대한 어떤 비평이 주인공의 성격을 풀조차 베혀지지 않는 장검을 휘둘러보는 동키호 – 테로서 회화화하였는데 이도 물론 이해의 한 방법이긴 하겠으나 그러나 피차 ×(관)찰의 차이가 있다는 것도 또한 부인할 수 없는 일이리라 생각한다.

편집적인 정열 이외엔 아모것도 없다고 생각하는 절박된 호흡에 대한 공감없는 세계에 있어는 그를 한낫 객기의 점철이라고 이해한다는 것도 결코 무리한 일은 아니다.

대체로 시간과 공간의 제한에 따라서 외지에서 환영되어지는 작가(작품)와 그러지 못한 작가가 있다. 뿐만 아니라 외지에서 환영되어지고 안되고 하는 것이 예술 작품의 가치를 결정하는 ××인 것도 아니다. 이는 문학사적 실례로서 주서들 수도 있는 문제이어서 꾀 – 테와 시루럴의 관계라든가 지금에 있어는 지 – 드의 경우 등에 있어도 추찰할 수 있는 일이다.

그러니까 수출품이라고 해서 상대방의 평가 기준에 일일이 영합할려고 애쓸 필요는 조곰도 없는 일이다.

그러나 수출품의 문학 제작에 국한해서가 아니라 일반적인 문학 태도에서 말할지라도 전통의 특수성이란 것을 과거적 요소에로의 편집에서만 강조할 것이 아니라 그 과거적 요소가 현재적인 것의 창×(조)에는 여하히 교섭되어지고 있으며 한 걸음 더 나가서 미래에로의 방향은 어떤 것이냐(?) 하는 것 등이 새로히 취급되어질 필요가 있다고 생각한다.

한 말로 말하자면 전통의 정체면이 아니라 진실로 전통일 수 있는 것이 약속하고 있는 바 그것의 건설면을 모색해야 할 게라고 생각한다.

전통의 정체면과의 ××(총화)는 결국 감상적인 동양 취미라든가 회고적 애수를 약속하는 것임에 불외하겠는데 물론 이러한 면조차가 오늘 우리네 현실의 정직한 일 표현일 수는 있는 일이지마는 그렇다고 해서 전통의 적극면이 전연 소외되어져버린다고 하면 그는 조선문학의 전체적 발전을 위하여는 ××된 사태를 결과하는 것임에 불외할 것이다.

그리고 김사량 씨는 앞에서 말한 바와 같이 「光の中に」 이후에 「天馬」 「草深シ」 등을 보여주었는데 조선 문단에 있어서도 그 정력을 발휘해 주는 바 있기를 바라며 동경 문단에 있어서 발표한 아직까지의 작품의 특성이 우리로 하여금 호의를 갖게 함에 충분하나 그러나 「天馬」 「草深シ」 등과 같은 소재의 취급 방식을 그대로 계속해 나간다고 하면 거기에 대하여는 다소의 불안이 없는 것도 아니다.

세세한 이야기는 생략커니와 보담 예술적인 형상력에 치중하는 작품 제작에로 유의하는 바 있기를 바란다.

지면이 다 되어서 우진오 장혁주 씨 등에 대하여는 언×(급)치 못한 채로 ××(조필)한다. (끝)